中国现代文学序跋研究

付平 著

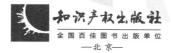

知识产权出版社

全国百佳图书出版单位

——北京——

图书在版编目（CIP）数据

中国现代文学序跋研究 / 付平著. —北京：知识产权出版社，2023.12
ISBN 978-7-5130-9024-7

Ⅰ．①中… Ⅱ．①付… Ⅲ．①序跋–文学研究–中国–现代 Ⅳ．①I207.65

中国国家版本馆 CIP 数据核字（2023）第 228668 号

内容提要

本书力求在中国现代文学序跋这一视野中，进行序跋作品与著作之间的关系考察、序跋作者与著书者之间的关系考察，比照相关的文学史、文学批评等文本，全面深入地了解认识中国现代文学序跋的本质，挖掘其魅力，考察作家序跋写作实绩，从而深化对中国现代文学作品的阐释，审视作家的思想特质、审美追求与彼此之间的看法。

本书可作为现代文学研究者的参考用书，为其提供相关研究资料，促进当代乃至未来序跋写作的健康发展。

责任编辑：许 波　　　　　　　　**责任印制：孙婷婷**

中国现代文学序跋研究
ZHONGGUO XIANDAI WENXUE XUBA YANJIU

付 平 著

出版发行：知识产权出版社有限责任公司	网　　址：http://www.ipph.cn
电　话：010-82004826	http://www.laichushu.com
社　址：北京市海淀区气象路 50 号院	邮　编：100081
责编电话：010-82000860 转 8380	责编邮箱：xubo@cnipr.com
发行电话：010-82000860 转 8101	发行传真：010-82000893
印　刷：北京中献拓方科技发展有限公司	经　销：新华书店、各大网上书店及相关专业书店
开　本：720mm×1000mm　1/16	印　张：19
版　次：2023 年 12 月第 1 版	印　次：2023 年 12 月第 1 次印刷
字　数：300 千字	定　价：98.00 元

ISBN 978-7-5130-9024-7

目 录

第一章　绪　论

第一节　中国现代文学序跋研究的学术意义

中国现代文学序跋不仅数量很多，而且有许多佳作流传于世。序跋五花八门、千差万别，不仅因著作而异，也会因人而异。因此，不仅序跋没有严格规范的格式、固定的写法，也没有专门致力于写作序跋的作家。但是，作为一种众人参与的写作文本，序跋必然会形成一些不成文的规则与约定，拥有一些共性的特质，从而构成序跋文体的"无形之形"。目前，虽然中国现代文学的序跋已经开始受到重视，出现了一些针对中国现代文学序跋的研究，且有所突破，但是系统全面地研究中国现代文学序跋，整体把握其特征的研究依然不充分。本书力求通过对诸多中国现代文学序跋进行文本考察，实现对中国现代文学作品的独特阐释，审视中国现代文学作家的思想特质、审美追求与彼此之间的看法。在中国现代文学序跋这一视野中，进行序跋作品与著作之间的关系考察、序跋作者与著书者之间的关系考察，比照相关的文学史、文学批评等文本，细致探究中国现代文学序跋，从而使中国现代文学序跋研究有所推进与完善。

中国现代文学序跋研究的学术意义在于以下几点。

首先，关于中国古代文学序跋的研究，专著、博士论文和硕士论文数量多、研究深入，且已经形成体系。这些研究，基于整个中国古代文学，特别是根据文体进行分类、根据时代特点进行分期后，从序跋史的角度，对中国古代文学序跋的文化认知价值、理论价值和史料价值给予了纵向横向的全面梳理与深入研究，为研究中国古代文学史、理论史以及中国古代文化和文艺思想，考证作家生平、作品版本、源流等问题，提供了理论支撑和信息参考。而中国现代文学序跋研究，目前没有形成以时间为序的源流联系，长期以来一直呈现出缺失和不足的状况。本书期望，将中国现代文学序跋研究与古代文学序跋研究构成整体，衔接传统，使整个文学序跋形成延续性、系统性的研究，对于序跋这一特殊创作进行流脉的梳理与总体把握。

其次，通过对于中国现代文学序跋的研究，有助于从一个特殊的视角，对于中国现代文学作家、作品进行深入的分析与研究。序跋不仅与书有着密不可分的关系，也与著书者、序跋作者有着直接的联系。序跋位于著作、著作者、序跋作者之间，自然就与作品有着统一性，又包含作家的话外之音、评判者的当时之音。同时，序跋既作为书不可分割的附属文字，又具有独立成文的特点。由此切入，将让我们更好地理解作家本人或序跋作者的思想特质、审美判断以及由此透视出的作家之间、作家与评论家之间、作家群体之间错综复杂的关系。同时，我们在独立赏析序跋时，也可以将其作为独立的文体，体味其迥异的写作风格、缤纷的艺术特色、独有的文学追求与纷呈的评论方式。

最后，伴随着文学作品的长久流传，随着现代出版业的发展与进步，出书有序跋、读书先读序，已经成为一种被作者、读者接受的习惯。对中国现代文学序跋的研究，不仅具有重要的学术意义，也具有现实意义，将为提高日后序跋的写作水平奠定基础。

总之，选择"中国现代文学序跋"作为研究课题，就是想进一步认识中国现代文学序跋的本质，挖掘其魅力，考察序跋作者写作实绩，从而填补中国现代文学序跋研究领域的空白，促进当代乃至未来序跋写作的健康发展。

第二节　中国现代文学序跋的文体定位

20 世纪 80 年代以来，对于中国现代文学序跋的研究日益引起人们的关注，已经有一些学术成果出现。有的对现代文学序跋进行整体性研究，如彭林祥的《新文学序跋论略》❶《序跋与中国现当代文学研究》❷与金宏宇合著的《作为副文本的新文学序跋》❸，以及金宏宇著《新文学的版本批评》有关章节等；有的研究现代文学序跋源流，如贺根民的《旧形新质：晚清民初小说序跋的观念张力》❹ 等；有的对某一位作家的序跋进行论析，如出现了针对鲁迅、林纾、周作人、陈寅恪、老舍、胡适、梁遇春、郁达夫、郭沫若、徐志摩、郁达夫等作家序跋的专题研究，并出现了《鲁迅书评序跋论稿》❺、《鲁迅序跋解读》❻ 等专著。但对中国现代文学序跋的研究，仍有许多空白亟须填补。

首先需要厘清的是中国现代文学序跋的文体定位。序跋作为一种特殊的文体，与书的关系非常密切，也因此引发讨论：序跋是独立的文体吗？序跋是不独立的副文本吗？围绕中国现代文学序跋的文体问题，笔者进行了若干梳理与思考。

迄今为止，对于中国现代文学序跋的文体研究，基本在版本学、目录学的研究范畴内开展。主要有两种声音：一种声音认同序跋研究是版本学、目录学的内容之一，同时没有否定序跋作为文体的独立性。此类观点的代表人物是唐弢、朱金顺、姜德明等人。笔者称为"要素说"。另外一种声

---

❶ 彭林祥.新文学序跋论略[J].南通大学学报(社会科学版),2008,24(6):59-63.

❷ 彭林祥.序跋与中国现当代文学研究[J].中国图书评论,2010,(3):79-82.

❸ 彭林祥,金宏宇.作为副文本的新文学序跋[J].江汉论坛,2009,(10):98-101.

❹ 贺根民.旧形新质:晚清民初小说序跋的观念张力[J].山西师范大学学报(社会科学版),2008,35(5):106-110.

❺ 李元龙.鲁迅书评序跋论稿[M].成都:电子科技大学出版社,1999.

❻ 傅义正.鲁迅序跋解读[M].呼伦贝尔:内蒙古文化出版社,2005.

音，是以武汉大学文学院金宏宇、彭林祥为主要代表的学者，提出了从副文本角度考察新文学序跋的必要性，认为正文是正文本，而序跋是与标题、副标题、题词、插图、图画、封面等同层面的副文本，不是独立文体。笔者称为"分层说"。两种声音的不同点，在于序跋是否被确定为独立文体。

一、要素说

较早进行新文学版本研究的唐弢，在《晦庵书话》中回忆，"叶圣陶曾经对唐弢说："古书讲究版本，你现在谈新书的版本，开拓了版本学的天地，很有意思。""●唐弢认为版本应该"从纸张、墨色、字体、版式、牌记、讳字、头版、序文、藏家印章和题跋考察起来"●。可以明晰看出，唐弢认为，序文是考察版本的要素之一（图1-1）。

图 1-1　唐弢要素说

而朱金顺则在不同书中有不同的说法。在 1990 年出版的《新文学考据举隅》一书中，朱金顺谈到新文学研究与朴学之关系时，认同新文学研究

---

❶　唐弢.晦庵书话[M].北京:生活·读书·新知三联书店,2007:5.
❷　同❶:498.

受到了清代乾嘉学派的影响，同时认为"以乾嘉学派为代表的朴学家们，治学的方法是科学的，也是可以学习和继承的。那么，他们爬梳史料、整理典籍、考证辨伪的方法和手段，是否可以用于新文学的研究呢？回答是肯定的，而且在中国现代文学研究领域里，我们也正是这么做的"❶。他指出在讲求版本时，要注重文献的价值。特别以《雷雨》的初版本为例，认为《雷雨》初版本的《序》与《序幕》《尾声》明显体现了曹禺宿命论思想，能够解决有关曹禺宿命论的论争，从而说明观点之争实为版本之争。由此可以发现，朱金顺将序跋作为了版本学的要素之一。在1998年出版的《新文学资料引论》中，他明确指出原始资料的研究包括版本、校勘、目录三者，"是各自独立的，都是资料学研究的重要内容。在我国古代，因为三者有着天然的血缘关系，往往划不清界限，……在新文学的资料学范围内，这是三个独立的、关系密切的门类，不可相混的"❷。谈到版本学时，他认为"从事版本研究，就需要明白一书的出版、用纸、装订、字体、行款、格式种种"❸。虽然他也指出"新书出版后，作者有时会在书上写一段跋语，或为感想，或为记事，这在版本上也是有意义的"❹。但是，此处的"跋语"，应该理解为作者手书的题辞类。在谈到目录学时，他认同余嘉锡在《目录学概论》中的观点："目"是篇目，一书的篇或卷的名称；"录"是叙录，是包括一书的内容、作者的事迹、书的评价、校勘的经过等的简明扼要文字。由此，我们又会发现，朱金顺将序跋，至少是将短小的序文归入了目录学研究范畴。在2006年出版的《新文学资料丛话》中，朱金顺在《新文学版本琐谈》一文中，再次以曹禺《雷雨》的宿命论思想问题为例，强调观点之争实为版本之争。说明历经十九年，朱金顺仍然认为序跋的问题归属于版本问题。或许，正如他自己认同的，"在厘清篇章、比勘文字、探求版刻源流、鉴别版本优劣、部次群书、条别异同、推阐大义、考镜源流中，（版本、校勘、目录）三者是相互为用、互相促进、共同发展的关

❶ 朱金顺.新文学考据举隅[M].北京：中国文史出版社,1990：272.
❷ 朱金顺.新文学资料引论[M].北京：北京语言学院出版社,1998：6.
❸ 同❷：85.
❹ 同❷：110.

系"❶，序文是版本学与目录学的交叉（图1-2）。

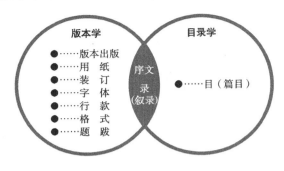

图1-2　朱金顺 要素说

综上所述，在新文学的史料研究中，唐弢、朱金顺、姜德明等人，虽然对于序跋的归属有着不同的说法，但是都认为序跋是史料研究的要素之一，具有重要的意义，不仅可以阐释书的内容，还可以表述作家身世、呈现友情、感叹时事，更具有考察版本的重要价值。

但是，不可否认，"要素说"将序跋固化在了史料研究的范围之内，对于序跋作为一种独立文体的考察有所缺失，对于超越史料学之外的序跋的文学价值、思想价值的考察有所缺失，而这也正是笔者希望进一步探究的方向所在。

二、分层说

以金宏宇、彭林祥为主要代表的学者，提出了新文学版本"九页"（图1-3），该观点以新文学版本为核心，从序跋与书的关系角度入手，认同法国文论家热拉尔·热奈特与弗兰克·埃尔拉夫的副文本理论——"副文本指围绕在作品文本周围的元素：标题、副标题、序、跋、题词、插图、图画、封面"❷。该观点提出了新文学版本"九页"的观点，即"一个完整的版本应该有九种因素，即封面页、书名页、题辞或引言页、序跋页、正文

---

❶　余嘉锡.目录学概论[M].北京：中华书局，1982：12-13.
❷　弗兰克·埃尔拉夫.杂闻与文学[M].天津：天津人民出版社，2003：51.

页、插图页、附录页、广告页、版权页"❶。这九页作为文本构成，可分为正文本与副文本。正文页是正文本，而序跋页与其他七页则归属于副文本。笔者称之为"分层说"。

可以明显地发现，该论点汲取了西方文艺思想的给养，为中国现代文学序跋研究开拓了一个新空间，可成一家之言。但是，该论点在研究中也无法规避一些问题。

第一，序跋作为一种文体的独立性价值将会因此而模糊。

为书籍写序跋，是我国由来以久的文化传统。早在南北朝梁朝萧统的《文选》中，即承认"序"作为一种文体存在，位列 35 类文体中的第 20 位。此外，在《文苑英华》《唐文萃》《文薮》《宋文鉴》《元文类》《文章辨体》《明文衡》《文体明辨》《明文在》等著作中，序均作为独立的文体存在。

正文本：正文页
副文本 {
● ……封面页
● ……书名页
● ……题辞或引言页
● ……序跋页
● ……插图页
● ……附录页
● ……广告页
● ……版权页
}

图 1-3 分层说

同时，不可否认的是，序跋区别于封面、书名、题辞或引言、插图、附录、广告、版权等，具有独立的文学审美价值与功用。明代学者徐师曾在《文体明辨序说·小序》中指出，《诗经》"小序"是"序其篇章之所由作"❷，"司马迁以下诸儒，着书自为之序，然后己意瞭然而无误耳"❸。《文心雕龙》中指出："序以建言，首引情本；乱以理篇，写送文势"❹。诸如此类的材料体现了中国古代文人对于序跋文体特征的把握与认同。

钱仲联先生在他主编的《历代别集序跋综录》所作序中说："昔无锡钱基博先生示人读古书之方，应先读其书之序跋（含作者自序及他人所作序跋），如此则可在通读全书之前，洞悉其书之内涵，作者为书之宗旨，当时及后世对其书之评鉴。因古书序跋之作者，往往为至高成就之人，具深邃

❶ 金宏宇.新文学的版本批评[M].武汉:武汉大学出版社,2007:314.

❷ 吴纳,徐师曾.文章辨体序说·文体明辨序说[M].北京:人民文学出版社,1962:135.

❸ 同❷:136.

❹ 戚良德.文心雕龙校注通译[M].上海:上海古籍出版社,2008:87

之学识，文坛有一定之声誉，尤其是别集类之序跋，用途更大，持较读一般文学史，其弋猎所获，何啻倍蓰！"❶

推演中国序跋传统，优秀的序跋往往具有独立的艺术魅力与社会功能，将其置于副文本的位置，并与封面等非文字类元素混在一起，实有待商榷。笔者认为，既然中国现代文学序跋有着不可割裂的中国传统延承，在依据西方理论进行解析之前，在拓展新的言说空间之前，先要明确中国现代文学序跋与传统序跋的传承关系，这是一个核心问题。

第二，根据两种理论对中国现代文学序跋进行文体判断，都具有可立足的空间。

从文本理论的角度，可对中国现代文学序跋作为副文本这一观点进行探究。文本（text）作为20世纪文学理论的新兴概念，有多重含义。有学者认为，文本的基本含义是原文、版本。"文本（text）研究在中国和西方其实都早已有之，它指的是对一部著作的版本分析和研究。……早期的文本研究可以称为'文本校勘批评'。"❷ 有学者认为，文本不是著作的版本，而是由语言文字组成的文学实体。无论是哪一种说法，如果以这些理论为依据，我们都大可判断序跋可作为独立的文本存在。

与此同时，如依据法国文论家热拉尔·热奈特与弗兰克·埃尔拉夫的副文本理论，也可以判断序跋是一种副文本。

这一有趣的现象也证明，仅仅套用西方理论，无法明晰中国现代文学序跋的文体定位。

第三，笔者考察金宏宇、彭林祥等人的相关论文与著作，没有发现其清晰阐述了中国现代文学序跋作为副文本的真正内涵。

《作为副文本的新文学序跋》一文中，强调了从副文本角度来考察新文学序跋的必要性，认为这一定位可使序跋与新文学作品、新文学作家等之间的张力得以显现。这种张力不但为深化新文学的作家、作品研究带来了契机，也为新文学序跋的研究提供了广阔的言说空间和诸多可能。但是，对于中国现代文学的序跋为什么是副文本、序跋作为副文本的特点没有明

❶ 钱仲联.历代别集序跋综录[M].南京:江苏教育出版社,2005:序言.
❷ 南帆,刘小新,练暑生.文学理论基础[M].北京:北京大学出版社,2008:40-41.

确阐释，同时笔者认为，文中所说的序跋的诸多特点与作用，抛开副文本这一理论依然可以存在。

基于以上剖析，笔者认为，将序跋与封面、书名、题辞或引言、插图、附录、广告、版权等合为一体、同层对待，尚需商榷。中国现代文学序跋不仅仅是副文本，其文学价值、诸多文体问题尚需研究。

第三节　中国现代文学序跋的文体归类探究

笔者注意到夏美武在《序跋类文体述评》一文中，提出了一个有价值的议题："序跋虽在创作实践中已具备条件成为一个重要的文体大类，并且长期以来得到广泛的应用和传播，但在该类文体的理论研究和写作实践中还存在一些不足。"❶ 但是，夏美武并没有在该文或者相关论文中，指出真正影响中国现代文学序跋文体研究的根源性问题与原因，也没有明确地回答"中国现代文学序跋的文体特点到底是什么"这一问题。此外，吴道弘的《序跋与书评——"书评例话"之八》（《书评例话》，中国书籍出版社，1991 年 7 月第 1 版）、钱仓水的《序跋日记书信的考释》（《盐城师专学报（哲学社会科学版）》，1992 年第 4 期）、米兰的《序跋亦杂文——一读〈人世百图〉后记》（《杂文选刊》，2007 年 3 月）等文章也涉及了现代文学序跋的文体特征问题，但是对于现代文学序跋的文体归属均没有明晰的阐释。

笔者认为，真正影响中国现代文学序跋文体归属的原因有三：一是因为序跋类文体的命名在现代文学三十年出现了变化，但是该变化并未引起相关的注意；二是因为序跋的归类不仅有中国古代文体的归类方法，同时又受到西方四分法等理论的影响，从而呈现出混乱性；三是因为序跋类文体与书的关系尚未厘清。

其中，笔者认为，序跋作为文体归类的混乱与复杂，对于序跋文体研

---

❶ 夏美武.序跋类文体述评[J].铜陵财经专科学校学报,1999,(3):74.

究的影响至关重要。目前，主要存在着三种序跋归类观点，固然都有其归类理由，但也存在一些不完善之处。

第一，序跋作为独立门类。

明代徐师曾在《文体明辨序说》中，将序跋作为127类文体中的一种。其原则延承了中国古典文学"因文立体"的原则。"'因文立体'是根据具体的文本确定文体，是一种经验性的分类法。这种文体分类比较灵活，不容易受文类规范在先的'立体而选文'的逻辑概念限制。但是它的缺点也相当明显，经常导致文类家族太过于庞大。"❶

笔者认为，当考量中国现代文学序跋的文体特征时，确实应该将其作为一种独立的文体论析。但是其研究方法应该是从更具有文体意义的角度进行论证，应该将现代文体辨析与古代沿承并举，同时在大的文体范畴内比较进行，才能让序跋的文体论析呈现清晰的脉络。

第二，序跋作为文学批评的一种形式。

笔者注意到，1983年9月花城出版社与生活·读书·新知三联书店香港分店联合编辑出版的《郁达夫文集》（国内版）将郁达夫的文论与序跋合为了第七卷，而1999年1月人民文学出版社出版的《老舍文集》第十七卷文论二集，则收录了老舍诸多的序跋作品。由此，可以发现，将序跋作为文学批评的一种是可以被接受的方式。

一些研究者将序跋作为文学批评的一种形式，如王一川在《文学理论（修订版）》（北京大学出版社，2011年3月第1版）一书的相关章节，周海波在《作为文学批评的近代序跋》（《聊城师范学院学报（哲学社会科学版）》，1997年第1期）一文中，均持这一观点。这些研究者从文学批评的角度对序跋进行了剖析，指出其特点与功用，不失为一个新角度。

但是，从"作为文学批评的近代序跋"❷、"序跋文批评文体是指以作品的序文或跋文方式去传达批评意见的批评文体"❸ 的表述中即可发现，他们

---

❶ 南帆,刘小新,练暑生.文学理论基础[M].北京:北京大学出版社,2008:53-54.

❷ 周海波.作为文学批评的近代序跋[J].聊城师范学院学报(哲学社会科学版),1997,(1):113.

❸ 王一川.文学理论(修订版)[M].北京:北京大学出版社,2011:333.

所指的批评类序跋只是序跋的一种，无法涵盖所有的序跋作品。因此，笔者认为，将序跋作为文学批评的一种形式进行文体分析，仅仅是针对部分序跋的一个维度。

第三，序跋作为散文的一种。

确实，自清代起即有将序跋作为散文一类的观点，此归类观点延续至现代乃至当代。例如，上海全球书店 1929 年 5 月出版的《中国近十年散文集》收录了周作人《〈自己的园地〉旧序》《〈雨天的书序〉》、俞平伯诗集《〈忆〉跋》等；江苏教育出版社 1998 年 7 月出版的《朱自清散文全集》中将朱自清的序跋文作为散文集的内容；清华大学出版社 2009 年 8 月出版的《中国古典散文精选》将《序跋卷》作为八卷之一。

由于散文目前尚无统一的确切定义，《文体学概论》一书建议，可以从"1. 写作意图与对象；2. 立论方法；3. 篇章的组织与结构；4. 段落的过渡与扩展；5. 句型的选择与运用；6. 词汇的分析与比较；7. 语言的逻辑与表达；8. 语气与态度；9. 文体与修辞；10. 节奏与韵律；11. 引语、暗指与典故，等等"❶ 角度分析散文文体。

因此，笔者认为，仅仅从散文的角度对序跋进行粗线条的文体研究，是远远无法明晰序跋的文体特点的。

第四节　单一中国现代作家序跋的研究

笔者发现，目前已经出现了不少以单一现代作家所作序跋为对象的研究。其中有些研究强调序跋作者的个体特色对于序跋文体的影响，例如毕绪龙的《鲁迅的序跋文体及其文学批评》（《山东师范大学学报（人文社会科学版）》，2007 年第 52 卷第 3 期）、姬海英的《郁达夫的序跋体文学批评探索》（《临沂师范学院学报》，2009 年 2 月第 31 卷第 1 期）、彭林祥的

---

❶ 刘世生,朱端青. 文体学概论[M].北京:北京大学出版社,2006:277.

《论郭沫若的序跋》(《新乡学院学报(社会科学版)》,2009 年 6 月第 23 卷第 3 期)等,均是产生过一定影响的研究论文。2023 年最新公开发表的研究为陈柏彤的《论臧克家新诗集(1933—1948)序跋的诗史价值》。❶

毕绪龙的《鲁迅的序跋文体及其文学批评》是一篇整体分析鲁迅序跋的论文,涵盖了鲁迅为自己的创作、译作和别人的创作、译作所作的序跋,较为全面。该文从鲁迅自序跋和他序跋的角度分别进行了分析与阐述,并分析了鲁迅序跋作为文学批评主要为点评式。该文对于鲁迅序跋阐发的文学观念、重要思想以及文体特征有着较为深入的研究,例如对于鲁迅序跋作为文学批评具有模式化的分析,虽为一家之言,却具有创新之处。笔者注意到:该文对于鲁迅序跋进行了较为针对性的文本分析,与诸多泛泛而谈的论文比照,学理性很强。

姬海英的《郁达夫的序跋体文学批评探索》将郁达夫的序跋体文学批评分为自序、为他人所作序、良友版《中国新文学大系》选集导言三类进行分类,强调郁达夫的自序一般以自我的生活经历为切入点、以自我的情绪为旨归,生活之流和情绪之流交互流淌,经常向读者倾诉他的不幸、无奈;良友版《中国新文学大系》选集导言在评述作家作品时,常用比较的方法和精彩的比喻,是典范的现代白话文。总体来讲,该文对于郁达夫序跋的分析失于浅白,尤其是对郁达夫良友版《中国新文学大系》选集导言的分析流于表面,缺乏深度和研究思路。

彭林祥的《论郭沫若的序跋》由人生历程的见证和记录,作家思想、文艺观变化的印迹,作品创作、出版和接受过程等的记载,序跋写作的特色四个部分构成,基本延续了该作者在《新文学序跋论略》中从作家文事交往的见证、作家思想历程的载体、版本批评的依据、宣传作品的广告文本的研究思路,对于郭沫若序跋进行了专题研究。

但是,以上论文也存在着诸多问题。

第一,由于选题原因,太过重视作家序跋的个体风格,疏忽序跋的整体文体特质。

---

❶ 陈柏彤.论臧克家新诗集(1933—1948)序跋的诗史价值[J].社会科学动态,2023(4):18-22.

对于中国现代文学序跋的文体特点，诸多研究者采用了规避或是忽视的方式。因此，我们可以发现：毕绪龙研究鲁迅序跋文体，仅仅说"一方面，它的文体传统要求作者大致遵循一定的写法；另一方面，作者的主体系统又可能时时突破这一文体传统表现出创新的意味来"❶。但是，序跋的文体传统是什么？毕绪龙没有回答。彭祥林虽然指出"郭沫若序跋的文体非常杂，既有诗歌体，也有论文体、散文体等，很难把他所有的序跋归入某类文体"❷，但是这一特点不仅仅是郭沫若序跋的特点，更是中国现代文学序跋创作的整体状况。因其复杂，所以更需厘清。而姬海英则直接从序跋体的文学批评入手，指出"古代序跋体以典雅的古文写成，一般篇幅较短，多为随笔手法，写来散漫自由，体式多样，不拘一格。现代序跋体脱胎于古代序跋体，既和古代序跋体血脉相连，又有了自己的特质。郁达夫的序跋体文学批评即是现代序跋体文学批评中富有活力的一部分"❸。姑且不论该观点对于古代序跋的评析是否正确，就是关于中国现代序跋的特质，该作者也没有论及。

由此可以发现，由于缺乏对于中国现代文学序跋文体的整体论析，许多研究的着力点只能指向作家序跋的个体特色，无法在整体关照中呈现作家序跋的文体特征。

第二，不同作家序跋间的对比性研究较少。

虽然毕绪龙在谈到鲁迅序跋的时候，有自己的创建，诸如鲁迅序跋作为批评文体的模式化、互文性、点评式等，但是，由于没有进行不同作家序跋的比较式研究，因此既无法判定这些特点是否为鲁迅序跋的独特性，也无法厘清这些特点是否为现代文学序跋的整体特点。

特别是彭林祥，既有《新文学序跋论略》（《南通大学学报·社会科学版》，2008 年 11 月第 24 卷第 6 期）、《规训与认同的话语实践——以 1950—1957 年现代作家选集的序跋为例》（《郧阳师范高等专科学校学报》，2009

❶ 毕绪龙.鲁迅的序跋文体及其文学批评[J].山东师范大学学报（人文社会科学版）,2007,32(3):77.
❷ 彭祥林.论郭沫若的序跋[J].新乡学院学报（社会科学版）,2009,23(3):125.
❸ 姬海英.郁达夫的序跋体文学批评探索[J].临沂师范学院学报,2009,31(1):105.

年 2 月第 29 卷第 1 期)、《序跋写作佚事谈往》(《博览群书》, 2009 年第 7 期)、与金宏宇合著《作为副文本的新文学序跋》(《江汉论坛》, 2009 年 10 月)、《序跋与中国现当代文学研究》(《中国图书评论》, 2010 年第 3 期) 等整体性研究, 又有《老舍序跋的写作艺术》(《写作: 高级版》, 2008 年第 12 期)、与李安飞合著《老舍序跋论略》(《长江工程职业技术学院学报》, 2009 年 3 月第 26 卷第 1 期)、《论郭沫若的序跋》(《新乡学院学报 (社会科学版)》, 2009 年 6 月第 23 卷第 3 期)、《徐志摩惹祸的三篇序跋》(《重庆与世界》, 2009 年第 11 期) 等针对老舍、郭沫若、徐志摩序跋的专题研究。但是, 都缺乏对于不同作家序跋文体特点异同的对比研究, 不能说不是一种遗憾。

相同点意味着共同的文体特点、时代特征, 不同点展示不同的文学理念、创作风格, 有对比方可展现完整的风貌, 有对比方可深化个体性的研究。因此, 笔者认为, 将不同作家的中国现代文学序跋进行对比研究是进行序跋文体研究不可缺失的一步。

此外, 近年来针对单一作家的现代文学序跋进行研究的论文陆续出现, 形成了若干重点作家的序跋研究热点。

其中, 针对鲁迅的序跋研究较多。例如邱伍芳的《试论鲁迅序跋的特色》(《九江师范高等专科学校学报 (哲学社会科学版)》, 1985 年第 4 期)、王德禄的《鲁迅的序跋观与序跋艺术》(《鲁迅研究月刊》, 1993 年第 8 期)、傅义正的《鲁迅序跋中的世界文化视野》(《内蒙古师范大学学报 (哲学社会科学版)》, 2006 年 11 月第 35 卷第 6 期)、毕绪龙的《鲁迅的序跋文体及其文学批评》(《山东师范大学学报 (人文社会科学版)》, 2007 年第 52 卷第 3 期)、李拉利的《略论鲁迅古籍序跋集的内容——以小说、历史为中心》(《运城学院学报》, 2009 年 6 月第 27 卷第 3 期)、马德忠与赵秀明的《从鲁迅的译文序跋中看鲁迅的翻译思想》(《四川教育学院学报》, 2009 年 9 月第 25 卷第 9 期)、周娜与王谦毅的《冷眼悲情睿见深——从题跋文字看鲁迅精神的偏激与深刻》(《当代文坛》, 2010 年第 6 期) 等。

针对郁达夫序跋的研究主要有姬海英的《郁达夫的序跋体文学批评探索》(《临沂师范学院学报》, 2009 年 2 月第 31 卷第 1 期)、郑明阳的《论郁达夫序跋文的特色与价值》（《柳州师范高等专科学校学报》，2010 年 2 月第 25 卷第 1 期）等。

此外，还有彭林祥的《老舍序跋的写作艺术》（《写作：高级版》，2008 年第 12 期）、与李安飞合著《老舍序跋论略》（《长江工程职业技术学院学报》，2009 年 3 月第 26 卷第 1 期）、《论郭沫若的序跋》（《新乡学院学报（社会科学版）》，2009 年 6 月第 23 卷第 3 期）、《徐志摩惹祸的三篇序跋》（《重庆与世界》，2009 年第 11 期），陆远的《序跋：理解陈寅恪学术理路的一种态度》（《东方论坛》，2008 年第 3 期）和《对花还忆去年人——以序跋作品考察陈寅恪的学术理路》（《山西师范大学学报：社会科学版》，2008 年第 35 卷第 5 期），以及荆荥落的《梁遇春译作序跋研究》（《民族论坛》，2009 年第 1 期）、贾红霞的《译者的主观意图与客观效果之关系——林译小说前期序跋读解》（《辽宁教育行政学院学报》，2007 年 1 月第 24 卷第 1 期）等相关论文。

从目前已有的现代序跋作者的个体性研究中，可以发现鲁迅、周作人、郭沫若、胡适、郁达夫、老舍等人是研究的重点，且有较高水平，特别是鲁迅序跋研究已经从多个角度入手，形成了若干有影响的论文。这些论文针对不同作家的序跋特点、从不同的角度进行了分析，推进了中国现代文学序跋研究的丰富性、多样性。

但是，以上提及的诸位作家的序跋，尚有研究的空间可挖掘。同时，对于其他序跋创作很多并有一定影响力的作家，如朱自清、巴金、田汉、臧克家等人的序跋，很少涉及。特别是对于中国现代文学序跋作家创作的许多共同点，例如诗歌体序跋的创作、代序与代跋的出现、现代文学选集序跋的特点等诸多复杂而典型的文体问题，目前尚无针对性论述出现。对于中国现代文学阶段序跋创作，诸多作家序跋创作共同的现象与集体性变化，研究有所缺失。

总体而言，目前学界对中国现代文学序跋源流的研究依然缺乏从古代序跋到现代序跋的延承性分析，缺乏对于中国现代序跋与古代序跋的对比研究，既没有挖掘出中国现代文学序跋整体上与古代序跋的联系，也没有考察出中国现代文学序跋的整体性特质，更没有形成具有指导现今序跋创作的研究。以上中国现代文学序跋研究中的大多数成果，体现出近年来中国现代文学序跋研究已经进入一些研究者的视野，也取得了一些成绩与突破，但是比照中国现代文学序跋作品的质与量而言，还明显留有空间，针对中国现代文学序跋的整体研究，缺乏更多视角、更丰富内涵的挖掘与梳理。

第五节　创新研究与思考

研究中国现代文学序跋，在研究思路上，笔者有如下一些考虑。

第一，需要明确中国现代文学序跋作品的研究范畴。

考察序跋，有必要对其缘起做一梳理。"序"作为一种文体，早在《尚书》《诗经》里就有。但是从文体分类的角度，承认"序"这一文体存在，是南北朝时期梁朝萧统的《文选》。相对序文而言，跋文出现较晚。因为起初，著作的序文往往放在书后，如《史记·太史公自序》。自晋朝始，著作者把序文置于书文之前，而把书后的序文称为跋。

序，亦作叙，此外通常的表述方式还有"前记""前言""序志""序言""代序""引言""弁言""序说""题记""题词""小引""引""广序""绪""绪论""绪言""考""小缀""小序""卷首语"等。跋则有"后叙""后序""稿后""文后""后录""书后""后记""跋缀""自跋""题后""后语""结语""卷末语"等类似的称呼。

在中国现代文学阶段，序跋发展更为普及，几乎所有的作家和文化名人都写过序跋。在这一时期出现的序跋写作，主要有为新文学作品所作的序跋，为出版古籍所作的序跋，为翻译作品所作的序跋。在具体的写作中，我们可以看到，很多现代序跋作家是古籍、新文学书籍兼谈的，如鲁迅《古籍序跋集》，胡适、钱玄同、刘半农、徐志摩、孙楷第、陈独秀等为亚东版古代白话小说 16 种共新作序跋 28 篇，等等。那么，他们为古籍所作的序跋应该被视作"古代序跋"还是"现代序跋"呢？属于本文的研究范畴吗？笔者认为，现代作家为古籍所创作的序跋，虽然也显示了他们对于现代文学的认识，但毕竟是针对古代文学创作而言，固然带有现代接受的成分，但是并不直接阐释其现代文学观。并且这其中涉及的问题非常复杂。鉴于此，本书不讨论"古籍序跋"的涵盖范围，也不强调这些序跋所谈论的内容。翻译作品类的序跋，则会从序跋创作内容上予以分析，而对于翻译学的专业探讨则不涉及。

此外，虽然序也有赠序、寿序、宴序等类型，但是本书的研究对象专指在 1917 年至 1949 年随现代文学书籍同步出版的序跋作品，其他不在涉及范畴。

第二，笔者期望通过对于序跋本身的考察，通过梳理序跋、作序者、著作者之间的关系，剖析重要的序跋文本个案，发现这些序跋作品的思想意蕴、审美特质、写作风格，从而发现现代文学序跋的整体文体特征，希望对此项研究有所突破。从作家的个体创作来看，在现代文学史上，很多作家进行过序跋写作，写作了大量序跋类作品的更是大有人在。鲁迅、郭沫若、巴金、朱自清、叶圣陶、老舍、周扬、俞平伯、胡适、阿英、臧克家、冰心、茅盾等人有专门的序跋集出版。面对如此众多的序跋作家，选择哪些做个案研究就显得有些困难。在进行了认真的考辨以后，笔者将以凸显中国现代文学序跋的特征为遴选标准，涵盖诸多作家的自序跋和为他人作品创作的序跋。

第三，序跋与书关系密切，这必然会对序跋的文体产生重要的影响，甚至因其成为序跋文体研究的重要元素。但是，序跋与书的关系，看似简单，实则复杂。笔者将以此为重要切入点，研究中国现代文学序跋的文体定位与特征，从而厘清序跋与书的关系，并从中发现中国现代文学序跋的魅力。

第四，主要创新点和难点。

笔者以为，全面、整体性地研究中国现代文学序跋的成果目前比较少见，特别是从现代作家序跋观、序跋的思想意蕴、序跋文体特点等各个角度进行的综合性研究尚无专著，因此本书自身就具有较为明显的创新性。同时，从序跋发展的角度，对古代序跋、现代序跋与当代序跋的发展脉络进行梳理，从而促进对中国现代文学序跋进行的源流性研究，也将对序跋文体的研究有所推进。

　　本书由于涉及诸多中国现代文学序跋作品，因此在典型材料的选取上有一定的困难；由于序跋是在作品之外，又在作家的生活之内，同时序跋具有自身的价值，因此在研究中，既要深入序跋与作家、作品的关系，同时也要注意不可过度阐释，这一尺度较难把握；此外，由于本书涉及版本学、目录学等相关研究，因此对于笔者的研究能力必然是一个挑战。这都是本书写作的难点与挑战。

第二章　中国现代文学序跋的
基本概况

　　作为一种文体，序跋古已有之，源远流长，且诸多优秀的序跋作品曾经在中国文学史上引人注目。直至现在，"出书有序跋"依然盛行，"读书先读序"也是很多阅读者的习惯。

　　"序"一词，在《尔雅》中训诂为"东西墙谓之序，又与绪通"。《尔雅·释诂》云："叙，绪也。然则举其纲要，若茧之抽绪。孔子为《书》作《序》，为《易》作《序卦》，子夏为《诗》作《序》，故亦称《序》，序《春秋》名义、经传体例及已为解之意也"。宋末王应麟在《辞学指南》卷四《序》中说："序者，叙典籍之所以作。"比较序文，跋出现较晚，"（自晋朝始），著作者便把序文置于书文之前，而把书后的序文称为跋"❶。到中国现代文学阶段，由于出版事业的发展，出版书籍大量增多，很多著名作家、文化名人参与序跋写作，呈现出繁盛的风貌。

第一节　中国现代文学序跋的基本面貌

　　在中国现代文学三十年间，涌现出了大量的文学作品，在贾植芳、俞元桂主编的《中国现代文学总书目》中"辑录中国现代文学史上出版的文

---

❶　石建初.中国古代序跋史论［M］.长沙：湖南人民出版社,2008：10.

学书籍约 135 000 余种"❶。随书而出的序跋作品同样数量众多，笔者据贾植芳、俞元桂主编的《中国现代文学总书目》以及张泽贤著《中国现代文学诗歌版本闻见录 1920—1949》《中国现代文学诗歌版本闻见录续集 1923—1949》《中国现代文学戏剧版本闻见录 1912—1949》《中国现代文学戏剧版本闻见录续集 1908—1949》《中国现代文学小说版本闻见录 1909—1933》《中国现代文学小说版本闻见录 1934—1949》《中国现代文学散文版本闻见录 1921—1936》等书籍统计整理，在 1917 年至 1949 期间，共有 1099 部小说著作附有序跋，共有 1081 部散文集附有序跋，共有 772 部诗集附有序跋，共有 552 部戏剧集附有序跋。

中国现代文学三十年间序跋概貌

按时间跨度进行梳理，笔者主要根据贾植芳、俞元桂主编的《中国现代文学总书目》编纂书目，对中国现代文学三十年间的序跋进行了统计。

最早为小说所作的序跋是孙玉声 1917 年 8 月所作《〈此中人语〉序》、庄秋水 1917 年 8 月 15 日所作《〈此中人语〉序》、钱绍芬 1917 年所作《〈此中人语〉序》，杨学圃 1917 年夏所作《〈此中人语〉跋》（《此中人语》，朱瘦菊著，1918 年 5 月上海新民图书馆初版发行，长篇小说）。最晚为小说所作的序是郭沫若 1949 年 9 月 8 日所作《〈新儿女英雄传〉序》（《新儿女英雄传》，孔厥、袁静著，1949 年 9 月上海海燕书店出版，长篇小说）。最晚为小说所作的跋是许杰 1949 年 8 月 13 日所作《〈一个人的锻炼〉后记》（《一个人的锻炼》，许杰著，1949 年上海中原书店初版发行，短篇小说集）。

最早为诗集所作的序是 1920 年 1 月，新诗编辑部为《新诗集：第一编》（1920 年 1 月，上海新诗社出版部初版发行）所作的序，题为《吾们为什么要印新诗集》。最早为诗集所作的跋是 1923 年 10 月，谢采江为诗集《野火》（1923 年 10 月，三块协（社）出版）自作跋《末尾的话》。最晚为诗集所作序跋是 1949 年 9 月鲁藜所作《泥土——〈爱与自由〉代序》，周达

---

❶ 贾植芳,俞元桂.中国现代文学总书目[M].福州:福建教育出版社,1993:凡例.

所作《〈爱与自由〉校后记》（《爱与自由》，周达著，1949 年 9 月红河社初版发行）。

最早为散文集所作的序是三篇，1920 年 5 月田寿昌（田汉）作《〈三叶集〉序》、宗白华作《〈三叶集〉序》和郭沫若《〈三叶集〉序》（《三叶集》，田汉、宗白华、郭沫若著，1920 年 5 月上海亚东图书馆初版发行）。最早为散文集所作的跋是 1922 年 9 月瞿秋白所作《〈新俄国游记〉跋》（《新俄国游记（从中国到俄国的纪程）》，瞿秋白著，1922 年 9 月上海商务印书馆初版发行）。最晚为散文集所作的序跋是 1949 年 9 月张如愚为《人物杂志三年选集》所作序言《写在三年选集之前》，人物杂志社编辑部所作的《〈人物杂志三年选集〉编后记》（《人物杂志三年选集》，人物杂志社编，人物杂志社 1949 年 9 月初版发行）。

最早为戏剧集所作的序是 1923 年 2 月黄俊作《〈菊园〉序》、汪剑余作《〈菊园〉自序》（《菊园》，汪剑余著，1923 年 2 月上海新文化书社初版发行，戏剧诗歌集）。最早为戏剧所作的跋是 1925 年 6 月黄嘉谟所作《〈断鸿零雁〉编演后》（《断鸿零雁》，黄嘉谟著，1925 年 6 月厦门思明报社初版发行）。最晚为戏剧所作的序是 1949 年 9 月周扬所作《〈把眼光放远一点〉序》、牧虹所作《〈把眼光放远一点〉前记》（《把眼光放远一点》，冀中火线剧社等著，1949 年 9 月新华书店初版发行，独幕话剧选）。最晚为戏剧集所作的跋是 1949 年 8 月逯斐、陈明所作《〈生死仇〉后记》（《生死仇》，逯斐、陈明著，1949 年 8 月北平天下图书公司初版发行）。

由此可见，与小说、散文、诗歌、戏剧同步，中国现代文学序跋的创作，贯穿了整个中国现代文学三十年。小说序跋不仅数量最多，也最早出现在现代文学视野中。

一书多序跋

值得注意的是，"一书多序跋"的现象造成了现代文学阶段序跋数量与出版的书籍数量无法形成一对一的对应。

一套丛书可同时有总序、分序。统帅丛书的为总序，冠于各集之前的是分序。如 1933 年 9 月上海启明学社初版发行了陈光尧著《光尧散文集》，共分为《放言集》《独行集》《灯蛾集》三集，陈光尧作《〈光尧散文集〉总序》，刘半农作《〈光尧散文集〉序》，同时陈光尧分别为三册分集作了《〈放言集〉序》《〈独行集〉序》《〈灯蛾集〉序》。又如，1934 年至 1935 年上海良友图书公司出版的《中国新文学大系》共十册，赵家璧作前言，蔡元培写总序，十位编选者分作导言，胡适作《〈中国新文学大系·建设理论集〉导言》、郑振铎作《〈中国新文学大系·文学论争集〉导言》、茅盾作《〈中国新文学大系·小说一集〉导言》、鲁迅作《〈中国新文学大系·小说二集〉导言》、郑伯奇作《〈中国新文学大系·小说三集〉导言》、周作人作《〈中国新文学大系·散文一集〉导言》、郁达夫作《〈中国新文学大系·散文二集〉导言》、朱自清作《〈中国新文学大系·诗集〉导言》、洪深作《〈中国新文学大系·戏剧集〉导言》、阿英作《〈中国新文学大系·史料·索引〉序例》。1940 年 10 月，良友复兴图书印刷公司将这部大系的导言汇为一编，出版了《中国新文学大系导论集》。不仅在当时引发轰动，也成为现代文学研究的权威论著，而每一篇导言也成为经典的文本。

一部书也可同时有总序、分序。如 1935 年 3 月光明书局初版发行了阿英编校的《现代十六家小品》，阿英不仅为该书写了《〈现代十六家小品〉序》，还为 16 卷小品文各写了《〈周作人小品〉序》《〈俞平伯小品〉序》《〈朱自清小品〉序》《〈钟敬文小品〉序》《〈谢冰心小品〉序》《〈苏绿漪小品〉序》《〈叶绍钧小品〉序》《〈茅盾小品〉序》《〈华生小品〉序》《〈王统照小品〉序》《〈郭沫若小品〉序》《〈郁达夫小品〉序》《〈徐志摩小品〉序》《〈鲁迅小品〉序》《〈陈西滢小品〉序》《〈林语堂小品〉序》。

笔者以为，这种总序、分序的方式，延承了战国前期《毛诗序》大小序的传统。《诗经》有大序、小序之分，大序概论《诗经》，小序列在诸诗之前阐释该诗。在现代文学阶段，更多的是把总序放在总集正文前，分序放在分集或者分卷正文前，虽然继承了中国的序跋传统，但是已经少有为单篇的诗歌、散文等单独作序的情况。

此外，一部书既有自序跋也有他序跋。有时出于各种原因，诸多文学家、批评家、著名编辑或者文化名人分别为一部书作序跋，如上海亚东图书馆 1922 年 8 月出版汪静之著诗集《蕙的风》，朱自清、胡适、刘延陵三人分别为该书作序，并附有汪静之自序；上海商务印书馆 1926 年 5 月初版发行徐公美著戏剧《歧途》（文学研究会通俗戏剧丛书第 6 种），欧阳予倩、汪仲贤、孙太空、丁芳镇、徐半梅、陈大悲分作 6 篇序言，徐公美作了《作者自序》；1932 年 7 月上海湖风书局重版发行华汉（阳翰笙）所著长篇小说《地泉》，收纳了华汉所作《〈地泉〉重版自序》，并将瞿秋白的《革命的浪漫蒂克》、茅盾《〈地泉〉读后感》作为序文放在书前，同时收入了钱杏邨、郑伯奇二人所作序文；上海开明书店 1934 年 6 月初版发行梁遇春遗作散文集《泪与笑》，废名、刘国平、石民三人分别作了序一、序二、序三，叶公超作跋。这些序跋因为序跋作者的影响力与序跋文自身的水准，在当时的文坛产生了影响，乃至现在也依然被一般阅读者甚至批评家关注。

当然，在现代文学阶段，也存在一书多达数篇乃至十几篇序跋文的现象，如上海文萃书局 1929 年 5 月初版发行钟吉宇所著的长篇小说《女学生外传》，共有吴微雨、吴农花、沈秋雁、谷韵芳、周瘦鹃、姜渌湄、施济群、徐呆呆、徐枕亚、徐耻痕、许廑父、陈听潮、冯立尘、贺秀湄、郑子褒、蒋剑侯所作序 16 篇，并有钟吉宇所作自跋、冯立尘所作校后跋 2 篇；上海中孚书局 1934 年 12 月出版郑逸梅著散文集《逸梅小品续集》，共有李鹤金、陆士谔、刘铁冷、顾明道、范烟桥、周无住、范叔寒、蒋吟秋、邓铁造、朱天目、徐碧波、周瘦鹃、程小青所作序言 13 篇；上海中孚书局 1934 年 12 月初版发行范烟桥著散文集《茶烟歇》，有范烟桥自作《〈茶烟歇〉前语》，并有孙东吴、严独鹤、周瘦鹃、程小青、顾明道、尤半狂、江红蕉、金震、赵汉威、张圣瑜、金祖谦、冯超人所作序言 12 篇；上海亚东图书馆 1929 年 3 月出版钱君匋著诗集《水晶座》，赵景深、汪静之、叶绍钧、章克标、汪馥泉分作序言 4 篇，钱君匋自作题记，姚方仁作跋；上海华新印刷所 1929 年 12 月初版发行李昌鉴著戏剧《魔力》，李昌鉴作自序 1 篇，戚饭牛、何药樵、郑正秋、徐公美、朱瘦竹、谭焕祥、冯积芳、曹祖璋、王简、沈冰血分作他序 10 篇。这种"一书多序跋"现象的滥觞，体现了在现代文学阶段著书者、出版发行者、批评家乃至读者对序跋的重视程度，著书者希望借助序跋提高书的影响，出版发行者希望序跋促进书的销量，批评家重视序跋这一发表言论的平台，读者在序跋中读到了书中读不到的东西。不过物极必反，虽然序跋的品质与一书多序跋的现象没有必然的联系，但是由于序跋作者水准良莠不齐、身份复杂，自然会集中体现出一些弊端。因为这些序跋难免会有应酬之作或拘于友谊，无法做到对书或著书者了然无误，有时空洞无物，有时穿凿附会，有时不乏阿谀，因而丧失了序跋的立场，损失了序跋的品质。即使篇篇都是优秀序跋，如果一本书有过多的序跋，也难免喧宾夺主，或者可能因观点繁复使人无所从，反而影响对著作的阅读，对读者造成困惑。

此外，有些书出版后因为广受欢迎，因此一而再版，也会出现新增序跋的现象。如据 1982 年 3 月花城出版社出版的巴金《序跋集》和李存光所编《中国现代文学史资料全编·现代卷：巴金研究资料》统计，巴金为《家》共写过 11 篇序跋，分别为《〈激流〉总序》（1931 年）、《〈家〉后记》（1932 年）、《〈家〉初版代序——呈献给一个人》（1932 年）、《〈家〉五版题记》（1936 年）、《〈家〉十版代序——给我的一个表哥》（1937 年）、《〈家〉新版后记》（1953 年）、《〈家〉英译本后记（1956 年）、《〈家〉重印后记》（1977 年）、《〈家〉法文译本序》（1978 年）、《〈家〉罗马尼亚文译本序》（1979 年）、《〈家〉意大利文译本序》（1980 年）。这一现象，不仅体现出他对《家》的重视与喜爱，也可证明巴金对于序跋这一文体的重视。当然也有两书共用一序的，如钱钟书《人·鬼·兽》与《写在人生边上》就是两书共用一序，周作人为废名的两部小说《枣》与《桥》写了一篇共用的序言，题为《〈枣〉和〈桥〉的序》。不过这种情况非常罕见。

中国现代作家序跋文集

众多中国现代文学作家在序跋创作领域大放异彩，借由序跋这一独特的文体，展现出新文学作家独有的思想特质与审美追求。在钱理群、温儒敏、吴福辉著，作为普通高等教育"九五"教育部重点教材的《中国现代文学三十年（修订本)》中，在独立专章中出现的鲁迅、郭沫若、茅盾、老舍、巴金、沈从文、曹禺、赵树理、艾青，在专节出现的闻一多、徐志摩、周作人、冰心、朱自清、郁达夫、田汉、丁西林、张恨水、戴望舒、卞之琳、林语堂、夏衍、李健吾、胡风、冯至、穆旦，都写过序跋。由此可以发现中国现代文学作家对序跋这一文体的重视，同时借由他们的参与，也让我们能够看到很多流传于世的序跋佳作。

中国现代作家序跋文独立成集，最早的是《苦雨斋序跋文》（周作人著，上海天马书店 1934 年 3 月初版发行）。❶ 笔者根据《中国现代文学总书目》进行统计，这也是现代文学阶段唯一一部根据单一作者将序跋单独成集的书。以后即有《阿英序跋集》、巴金《序跋集》《新编冰心文集（第 5卷）》《郭沫若集外序跋集》《胡适书评序跋集》《鲁迅全集》第十卷《古籍序跋集》译文序跋集、《鲁迅序跋》《鲁迅序跋集（上下卷）》《老舍序跋集》《林语堂书评序跋集》《茅盾序跋集》《郁达夫文集》（国内版）第七卷·文论、序跋、《俞平伯序跋集》《叶圣陶序跋集》《臧克家序跋选》《周扬序跋集》、周作人《苦雨斋序跋文》《知堂序跋》《朱自清序跋书评集》等（中国现代文学序跋集见表 2-1，以作家姓名音序排序，同一作家按照出版年份排序）。这些序跋集的出现，让人们可以集中地了解这些序跋作者对于自己或其他作家思想与创作的评述，他们对著作内容与得失的褒贬，发现各人在各时期的认知水平、审美观念、文学思想（或思潮）及视角的异同，实际上也从一个侧面展现了该作家创作、批评与接受的纵向发展。

表 2-1　中国现代作家序跋文独立成集

作者	书名	编者	出版社	时间	备注
阿英	《阿英序跋集》		河南大学出版社（开封）	1989 年 3 月第 1 版	周扬作序钱璎、钱厚祥作后记
巴金	《序跋集》（花城文库）		花城出版社（广州）	1982 年 3 月第 1 版	巴金作序、再序
冰心	《新编冰心文集（第 5 卷）》	卓如	商务印书馆国际有限公司（北京）	1998 年 10 月第 1 版	

---

❶　贾植芳,俞元桂.中国现代文学总书目[M].福州:福建教育出版社,1993:200.

作者	书名	编者	出版社	时间	备注
郭沫若	《郭沫若集外序跋集》	上海图书馆文献资料室、四川大学郭沫若研究室	四川人民出版社（成都）	1983 年 2 月第一版	
胡适	《胡适书评序跋集》	黄保定、季维龙	岳麓书社（长沙）	1987 年 10 月第 1 版	
鲁迅	《鲁迅全集》第十卷		人民文学出版社(北京)	1981 年第 1 版	包括：古籍序跋集、译文序跋集
	《鲁迅序跋》	陈漱渝	百花文艺出版社（天津）	1985 年 5 月第一版	
	《鲁迅序跋集》（上、下卷）	刘运峰	山东画报出版社（济南）	2004 年 6 月第 1 版	
	《鲁迅选集》序跋、书信卷		湖南文艺出版社（长沙）	2004 年 6 月第 1 版	林贤治评注
老舍	《老舍序跋集》		花城出版社（广州）	1984 年 10 月第 1 版	胡絜青作序
林语堂	《林语堂书评序跋集》	黄保定、季维龙	岳麓书社（长沙）	1988 年 12 月第 1 版	
茅盾	《茅盾序跋集》	丁尔纲	生活·读书·新知三联书店（北京）	1994 年 6 月第 1 版	
郁达夫	《郁达夫文集》（国内版）第七卷·文论、序跋	王自立、陈子善	花城出版社（广州）、生活·读书·新知三联书店香港分店（香港）	1983 年 9 月第 1 版	
俞平伯	《俞平伯序跋集》	孙玉蓉	生活·读书·新知三联书店（北京）	1986 年 6 月第 1 版	吴小如作序

续表

作者	书名	编者	出版社	时间	备注
叶圣陶	《叶圣陶序跋集》	叶至善、叶至诚	生活·读书·新知三联书店（北京、香港）	1983 年 12 月第 1 版	
臧克家	《臧克家序跋选》	刘增人	青岛出版社	1989 年 10 月第 1 版	
周扬	《周扬序跋集》	缪俊杰、蒋荫安	湖南人民出版社（长沙）	1985 年 9 月第 1 版	
周作人	《苦雨斋序跋文》		上海天马书店	1934 年 3 月初版	周作人作序
	《知堂序跋》	钟叔河编订	中国人民大学出版社（北京）	2009 年 11 月第 1 次印刷	钟叔河作序
朱自清	《朱自清序跋书评集》		生活·读书·新知三联书店	1983 年 9 月第 1 版	朱乔森作跋

从中国现代文学序跋的数量上，从中国现代文学作家的参与度上，都可以发现中国现代文学序跋是中国现代文学一个不可分割的部分，是对中国现代文学作家、作品进行最直观的分析与研究的一个特殊领域，是凝聚现代文学创作、评论、观念与史实的宝贵资源。

此外，虽然无法推测出于何种原因，有些中国现代文学著作已经遗失，但是幸有序跋尚存，才可让人们通过序跋对原作风貌作些揣测。如朱自清在 1943 年为马君玠所著《北望集》写了《北平诗——〈北望集〉序》，在序言中摘录了原作若干诗句。现在，很难寻找到《北望集》，国内诗歌选本中也没有收录马君玠的诗歌，这些仅可在《北平诗——〈北望集〉序》中得见的诗歌引文，可让人们感受到马君玠诗作的独特魅力。

序跋是书籍不可分割的部分，从中或能看到作品成书的前因后果，或能发现诸多作品之外的信息，关乎序跋作者对于作品、作者、当时文坛的看法与态度，乃至于序跋作者的人生观、世界观的流露。序跋文不是书籍正文，却有无法被书籍正文替代的价值；序跋作者无论是否是正文的著作者，都有着不同于正文著作者的出发点与特质。

第二节　中国现代文学序跋观简说

纵观现代文学三十年，并没有专门的论著系统地体现序跋作者整体的序跋观，甚至也少有文章专门地谈到序跋观。但是从序跋文中或者其他文本中，可以零散地获取序跋作者对序跋的看法；在重要的文论中，研究者引用序跋文内容，可证他们对于序跋的重视；在作品的批评史上，序跋文中的观点可以成为数十年的论述焦点。从这些方面，笔者简单梳理了中国现代文学序跋观，尝试从相关文本了解在现代文学三十年中，诸多序跋大家如何认识序跋。

重视序跋创作

以鲁迅为例，他曾经在《〈铁流〉编校后记》中指出："没有木刻的插图还不要紧，而缺乏一篇好好的序文，却实在觉得有些遗憾。"❶ 彭祥林将其解释为比较插图而言，鲁迅对于序跋这一重要的副文本尤为重视。但是，鲁迅在《〈中国小说史略〉后记》中写道："小说初刻，多有序跋，可借知成书年代及其撰人，而旧本希觏，仅获新书，贾人草率，于本文之外，大率刊落；用以编录，亦复依据寡薄，时虑讹谬。"❷ 许广平在《鲁迅先生序跋集·序言》中说："时间自一九〇三年《月界旅行》的辨言起，至一九三六年鲁迅先生逝世前几天写的《〈苏联作家七人集〉序言》止，共约二十五万余言。以一个文化工作者的立场，仅只是介绍著作，就写了二十几万字，而每一篇序跋，即可以概括那书的精要，我们读了这集之后，不但对于许多书有了概括的认识，同时对于鲁迅先生的博学精湛，也随之增加深一层

---

❶　鲁迅.鲁迅全集:第七卷[M].北京:人民文学出版社,1981:369.
❷　同❶:296.

的认识。"❶（1941 年王冶秋选编了《鲁迅先生序跋集》，后因日寇轰炸上海，该书未能出版。）从这些文本中，我们首先可以明确地发现鲁迅重视序跋，因为他从对古典文学的研究中，体味到了序跋的重要性；从与其他与书相关而非序跋的艺术创作的对比中，感受到了序跋的重要性；而鲁迅 46 篇创作序跋、39 篇翻译序跋、14 篇勘校古籍序跋、49 篇他人作品序跋（来源于山东画报出版社 2004 年 6 月第 1 版《鲁迅序跋集》的统计）等写作实绩，也以实践表明了鲁迅对序跋的重视。

　　虽然有些现代文学作家在有些地方谈到过自己不喜欢、不愿意作序跋，但是实际上他们自己就写了不少序跋。如老舍在《〈猫城记〉自序》中说"我向来不给自己的作品写序。怕麻烦；很立得住的一个理由。还有呢，要说的话已经在书中说了，何必再絮絮叨叨？再说，夸奖自己吧，不好；诅咒自己吧，更合不着。莫若不言不语，随它去"❷。叶圣陶也在《〈倪焕之〉作者自记》中说"作者对于自己的作品说什么话，我想是多余的事。要说的，说得清白的，应该在作品里都说了。要是怕作品里有些没有说，有些没有说清白，因而想另外说几句；这种求工好胜的心固然可邀谅解，但是，同样的一支笔，在另外的地方就会高明得多么？我不能相信"❸。但是实际上，老舍和叶圣陶为自己的著作、为他人的著作写了很多序跋，最终还汇文成集，出版了《老舍序跋集》《叶圣陶序跋集》。由此看来，序跋的写作已经成为现代文学作家重要而无法回避的文学活动。

探讨序跋写作

　　虽然也有人认为写在书前的话就可以算是序，如章衣萍就在《〈枕上随笔〉序》中写道："听说《枕上随笔》已经排好，快要出版了，因此，写几

❶　许广平.鲁迅先生序跋集·序言[J].《鲁迅研究月刊》,1998,(8):62.
❷　老舍.老舍序跋集[M].广州:花城出版社,1984:3.
❸　叶圣陶.叶圣陶序跋集[M].北京:生活·读书·新知三联书店,1983:4.

句话给你，请排在前面，就算是'序'"❶。但是仅仅这一句话依然透露了几重意思：一是写序跋是书籍排好、出版后的惯例；二是序没有什么严格的写作方法与要求，写上几句，放在书前就是序。

与章衣萍不同，很多序跋作者还是很注意序跋的写作方法的。

周作人在《〈看云集〉自序》中说："做序之一法是从书名去生发，这就是赋得五言六韵法。……其次是来发挥书里边——或书外边的意思。书里边的意思已经在书里边了，我觉得不必再来重复地说，书外边的或者还有些意思罢。"❷ 周作人在这里总结了作序三法：从书名生发；发挥书里边的意思；发挥书外边的意思。而周作人又在《〈燕知草〉跋》中说："做序是批评的工作，他须得切要地抓住这书和人的特点，在不过分的夸扬里明显地表现出来，这才算是成功。"❸ 他认为序是一种文学批评，作序要关注和体现书和著书人，不过于褒扬是评判序跋成功的标准之一。从这些序跋文中可以看出，周作人作为中国现代文学理论的建立者、创作的实践者，不仅重视序跋的写作，更深入探究序跋的写作。

有些序跋作者，不以序跋传统为旨要，而是根据书的特点与自己的实际情况建立自己的序跋主张，如王礼锡在《〈云鸥情书集〉序》中说："'序'对于一本书的作用，或者是增光，或者是提要，与索隐。当庐隐将她与李君合著的《云鸥情书集》来要我做序时，我很愕然。庐隐是女作家中的'闻人'，自然用不着我这动辄得咎的人来增什么光。提要吧，这是一部充满了生命的甜与苦的情书，没有什么'非要'可略，自然也没有什么'要'可'提'。至于索隐，照例是与著者隔世的人的工作，在书出版时做索隐，大概是没有这样的先例。那么，序是无法可做的了，但我终于提笔来写这篇序者，是要来打破千古做序的成例，给著者一个责难，给读者打开一个闷葫芦。"❶ 序跋不以为书增光为使命，不做内容的提要与索隐，而

❶ 柯灵.中国现代文学序跋丛书·散文卷[M].海南：海南人民出版社,1988年：274.

❷ 钟叔河编.知堂序跋[M].北京：中国人民大学出版社,2009：71.

❸ 同❷：292.

❶ 庐隐,李唯建.云鸥情书集[M].深圳：海天出版社,1992：3.

是责难作者，这位序跋作者的想法真是坦率而独特。

有些序跋作者虽然不是文论家或是作家，但是依然也明白作序跋的一些要点。如顾颉刚明确地在《〈隔膜〉序》的开头表示："我虽则没做过文艺的研究，不能说明他的小说在文艺界上的地位，可是要做一篇序来说明他的思想的本质，与他所以做小说的背景，自以为我是最适宜了。"● 而同样的意思，在陆志韦在《〈渡河〉序》中也能发现，他说："我常说作序的本意，为要使读者认识作者的生平，因为作者的主张，寻常人看了他的著作，大概不致有所误会。至于他为什么有这种主张乃是极稳极微之事，有时连作者自身都不曾领会，不过总比他人明了些。我这一回所发表的是感情的文字，更不容不把我写诗的背景坦白地陈述一番。这算是自写供状，决不是自登广告。"● 由此可以发现，在序跋中交待创作背景是一些序跋作者的共识。

开始关注阅读

臧克家曾经在《中国新诗集序跋选》小序中谈到序跋对于阅读者的意义，"序跋，虽然不一定是长篇宏论，可是，它的意义却是不小的。诗人对诗歌问题的看法，对作品的要求与评价，凭个人的亲身经验而道其甘苦。对于一般读者、诗论家以及从事诗史写作与研究的同志，都是有启发和参考的价值的。"● 他将作者分为三类：普通阅读者、诗论家和研究者；他将读者可以了解的内容进行了总结，即文学观点与作品；他提出个人亲身经验是著作者自作序跋的优势，也是阅读者可以获得的独特之处。姑且不论这一观点的正确性与全面性，至少臧克家尝试从不同角度去解读序跋对于阅读者的意义。巴金也在《〈序跋集〉再序》中谈到自己写序跋的想法时说："一是向读者宣传甚至灌输我的思想，怕读者看不出我的用意，不惜一再提醒，反复说明；二是把读者当作朋友和熟人，在书上加一篇序或跋就

● 叶圣陶.叶圣陶集:第一卷[M].南京:江苏教育出版社,2004:178.
● 陆志韦.渡河[M].上海:亚东图书馆,1923:2.
● 陈绍伟.中国新诗集序跋选[M].长沙:湖南文艺出版社,1986:1.

像打开门招呼客人，让他们看见我家里究竟准备了些什么，他们可以考虑要不要进来坐坐。"❶ 他同样注意到了作者、读者、著作之间的关系。

像臧克家、巴金这样集中畅谈自己序跋观点的现代作家并不多见，其他人往往在鳞爪之间关注序跋对阅读者的重要意义。

他们有的把自己当作一个读者去进行序跋的写作。周作人在《〈燕知草〉跋》中说："小时候读书不知有序，每部书总从目录后面第一页看起。后来年纪稍大，读外国书，知道索引之必要与导言之有益，对中国的序跋也感到兴趣。……因为我喜欢读序，所以也就有点喜欢写序……"❷ 从读书到读序跋，从读序跋到写序跋，这就是周作人创作序跋的历程。而废名在《〈周作人散文钞〉序》中说："开明书店将出版一册《周作人散文钞》，从最初的《自己的园地》到最近的《看云集》七个散文集里面选出三十篇文章，我乐于来写一篇序，是想籍这个机会以一个读者的资格说一说一向读了岂明先生的文章所怀的一点意见和感想。"❸ 废名就是把自己当作一个读者，为其他阅读者提供阅读体验。

有些序跋作者重视读者与著作的关系。叶圣陶在《略读指导举隅》前言中指出："读书先看序文，是一种好习惯。……序文的性质常常是全书的提要或批评，先看一遍，至少对于全书有个概括的印象或衡量的标准；然后阅读全书，就不至于茫无头绪。……"❹ 叶圣陶在指导阅读技巧的时候谈到序跋，肯定了序跋对于阅读的重要，他强调读书先读序的习惯，并将这作为方法进行介绍。

有些序跋作家注重读者与著作者之间的关系。叶圣陶在《〈雉的心〉序》中说："序文的责务，最重要的当然在替作者加一种说明，使作品的潜在的容易被忽视的精神很显著地展开于读者的心中。这是所谓批评家能够胜任的工作，可惜我绝无批评家的才能，没有胆量敢于姑一尝试。我又想，如能把作者的生平，如性情、境遇，乃至面貌、身材等，等等，同写生一

❶ 巴金.序跋集[M].广州:花城出版社,1982:5.
❷ 钟叔河.知堂序跋[M].北京:中国人民大学出版社,2009:292.
❸ 王风.废名集(第三卷)[M].北京:北京大学出版社,2009:1274.
❹ 叶圣陶.叶圣陶序跋集[M].北京:生活·读书·新知三联书店,1983:49.

般叙述下来作为序文，也就大有刊载于卷首的价值。因为这样可使读者与作者心心相通，到阅读作者的作品时，便绝无翳蔽和误会了。"❶ 叶圣陶认为，无论序跋如何写作，目的都是让读者与作者达到心意相通。苏汶在《〈望舒草〉序》中说："这篇序文底目的是在于使读者更深一步地了解我们底作者，那么作者所不'敢'说的事实，要是连写序文的人自己都未能参详，固然无从说起，即使有幸地因朋友关系而知道一二，也何尝敢于作者所不敢道？写这篇序文的精力大概不免要白费了吧。"❷ 苏汶明确地阐明了，了解著作者，并将著作者不敢讲的东西在序跋中说出很重要，这都是为了让阅读者了解著作者，这是序跋最重要的使命。

虽然并没有确立系统的理论，但是依然可以发现这些序跋作者根据各自的创作经验与阅读经验，以序跋进行着著作者、阅读者、读者三者关系的探索。而这些探索，对于序跋的写作是弥足珍贵的。

出版商业化的需要

有些序跋作者清晰指出了在现代文学阶段，出版发行的商业要求，让序跋成为不可或缺之文。

老舍在《〈猫城记〉自序》感叹："此次现代书局嘱令给《猫城记》作序，天大的难题！"❸ 徐志摩在《〈猛虎集〉序》中叹息本来不想写序言，"但书店不肯同意；他们说如其作者不来几句序言书店做广告就无从着笔。作者对于生意是完全外行，但至少也知道书卖得好不仅是书店有利益，他自己的版税也跟着像样，所以书店的意思，他是不能不尊敬的"❹。郁达夫在《序冯蕉衣的遗诗》中写道："说万事齐备，只少了我的一篇序，假使我若不写这一篇序的话，则对不起出款子的诸位热心家的事小，对不起死在

❶ 叶圣陶.叶圣陶序跋集[M].北京:生活·读书·新知三联书店,1983:113.

❷ 戴望舒.戴望舒诗全编[M].杭州:浙江文艺出版社,1989:50.

❸ 老舍.老舍序跋集[M].广州:花城出版社,1984:3.

❹ 徐志摩.猛虎集[M].天津:百花文艺出版社,2006:1.

九泉下的诗人，却是很大哩！"❶ 由此可以看出，序跋在中国现代文学阶段出现了一个风潮，不仅仅由于许多作家重视现代文学的序跋创作，也是现代出版业的宣传、广告的要求决定的。

因此，我们回到现代文学的历史环境中，即可发现，序跋对于众多现代作家而言，是言说的重要手段、是获得读者认可的渠道、是商业出版的必需。

第三节　中国现代文学序跋的文学批评价值

我们在诸多文献中发现，序跋中的文字不仅可以作为中国现代文学作家重要的观点出现，更成为当时乃至现在中国现代文学批评家、研究者的重要依据。

仅以《中国新文学大系（1917—1927）》导言中引用的序跋文字为例（表2-2）。

表2-2　《中国新文学大系（1917—1927）》导言中引用的序跋文

导言	编选者	引用序跋数量/处	序跋篇目名	序跋作者	备注
《建设理论集》导言	胡适	12	《官话合声字母》原序	王照	
			《高田忠周古籀篇》序	吴汝纶	
			《中国速记字谱》序	劳乃宣	
			《书摘录〈官话字母〉原书各篇后》	王照	
			《故旧文存》自序	王树枏	
			《科学与人生观》序	陈独秀	
			《科学与人生观》序	胡适	

---

❶　郁达夫. 郁达夫文集(国内版):第七卷·文论、序跋[M]. 广州:花城出版社,香港:生活·读书·新知三联书店香港分店,1983:283.

续表

导言	编选者	引用序跋数量/处	序跋篇目名	序跋作者	备注
《建设理论集》导言	胡适	12	《雪涛阁集》序	袁宏道	
			《小修诗序》	袁宏道	
			《宋元诗序》	袁中道	
			《国语讲习所同学录序》	胡适	
			《尝试集自序》	胡适	
《文学论争集》导言	郑振铎	1	《初期白话诗稿》序	刘半农	
《小说一集》导言	茅盾	2	《潘训小说集》自序	潘训	
			短篇集《火山口》自序	许杰	
《小说二集》导言	鲁迅	5	《雪夜》序	汪敬熙	
			《玉君》自序	杨振声	
			《卷葹》再版后记	陆侃如	
			《烈火》再版自序	黎锦明	
			《地之子》后记	台静农	
《小说三集》导言	郑伯奇	2	《少年维特的烦恼》序引	郭沫若	
			《孤雁》代序	王以仁	
《散文一集》导言	周作人	9	《女诫注释》序文	吴芙	
			《白话丛书》代序《论白话为维新之本》	裘廷梁	
			《近代散文抄》序	周作人	
			《陶庵梦忆》序	周作人	
			《杂拌儿》跋	周作人	
			《燕知草》跋	周作人	
			《杂拌儿之二》序	周作人	
			《古史辨序》	顾颉刚	
			《草木鱼虫》小引	周作人	

续表

导言	编选者	引用序跋数量/处	序跋篇目名	序跋作者	备注
《散文二集》导言	郁达夫	3	《北齐书·文苑传》序	李百药	
			《A group of English Essayists》序言	文极司泰	
			《冰雪小品选》序	周作人	
《诗集》导言	朱自清	11	《尝试集自序》	胡适	
			《尝试集再版自序》	胡适	
			《扬鞭集》序	周作人	
			《尝试集》四版《梦与诗跋》	胡适	
			《诗刊弁言》	徐志摩	
			《渡河》自序	陆志韦	
			《猛虎集》序文	徐志摩	
			《望舒草》序	杜衡	
			《扬鞭集》自序	刘半农	
			《蕙的风》序	朱自清	
			《银玲》自序	姚蓬子	
《戏剧集》导言	洪深	11	《胡适文选》序言	胡适	
			《田汉戏曲集》第一集序文	田汉	
			《田汉戏曲集》第二集序文	田汉	
			《五奎桥》单行本代序	洪深	
			《洪深戏曲集》代序	洪深	
			《剧本汇刊》一集序文	欧阳予倩	
			《少奶奶的扇子》序录	洪深	
			《国剧运动》序文	余上沅	
			《写剧原理》自序	熊佛西	
			《青春的悲剧》自序	熊佛西	
			《三个叛逆的女性》后序	郭沫若	

续表

导言	编选者	引用序跋数量/处	序跋篇目名	序跋作者	备注
《史料·索引》序例	阿英	0			大系中有:《诗刊弁言》(徐志摩)、《学衡弁言》《科学与人生观序》(胡适)、《科学与人生观序》(陈独秀)

《中国新文学大系(1917—1927)》导言的价值、导言作者的影响,无须言说。他们在各自的导言中,多处引用了他人或者自己所作的序跋文字,或为观点的阐释,或为理论的引用,或为例证的应用,无论运用方式如何,均表示他们认为序跋是作者文学观点的一种表达方式、理论构建的一种重要元素,至少是直接体现序跋者思想精髓、文学追求的载体。

自古以来,序跋都是学术史的重要资料。如研究中国小说史、古代小说理论,古代小说的序跋都是非常重要的资料与研究对象。即使在现代乃至当代,读书先读序,也是被众人认可的说法。甚至,多种文学史在介绍作家作品的时候,也需要从序跋中汲取材料、引出观点或将其作为立论依据。因此,序跋的影响是不容置疑的,往往会成为后续批评家进行作品评判的参考。

笔者认为,序跋作者或同为著作作者,或先于其他人阅读了作品,因此他们的阐述必然会被其他批评者重视。同时,在序跋文中,序跋作者的使命是引发关注、强化理解。序跋作者更重视引导阅读行为的发生,重在激发阅读兴趣,更重视引导阅读者对于著作的理解,帮助读者解读隐含在著作中无法言明的事情,而对于著作的高低水平评价则不是重点。往往通过序跋不会进行结论式的批评,因此自然会留存探讨的空间,引发后继人们对于著作的批评。

笔者试图以郁达夫的《〈沉沦〉自序》为样本,对这一现象进行解读。

郁达夫1921年7月30日在《〈沉沦〉自序》中首先以"都不是强有力

的表现"❶为自己的创作进行了自谦之说。一般而言，这是自序者的一种态度。但是"自家做好之后，也不愿再读一遍。所以这本书的批评如何，我是不顾着的"❷则体现出了郁达夫的个性。郁达夫在自序中分别针对《沉沦》小说集中的三篇小说进行了阐释。对于小说《沉沦》，他写道："第一篇《沉沦》是描写着一个病的青年的心理，也可以说是青年忧郁病 Hypo-chondria 的解剖，里边也带叙着现代人的苦闷——便是性的要求与灵肉的冲突——但是我的描写是失败了。"❸关于在文坛上引起巨大震荡的《沉沦》，郁达夫不过寥寥数句，他更多强调了创作的内容，并自谦为写作失败。但是笔者注意到，其中特别有意义的是，郁达夫在讲述《沉沦》时，引发了一个意味的话题"性的要求与灵肉的冲突"❹。他仅仅是从自己创作的初衷出发，但是却成为了批评者长期以来的一个核心话题。

1922 年 2 月 10 日茅盾发表于《小说月报》第 13 卷第 2 期的评论文章《通信》指出："第一篇《沉沦》主人翁的性格，描写得很是认真，始终如一，其间也约略表示主人翁心理状态的发展；在这点上，我承认作者是成功的；但是作者自叙中所说的灵肉冲突，却描写失败了。"❺可以看出，这是茅盾不仅读过郁达夫的《沉沦》，同时也是读过郁达夫的《〈沉沦〉自序》之后所作之文。茅盾的文字很简短，直接对作品进行了结论式的批评：褒扬了《沉沦》心理状态描写的成功，批评了灵肉冲突的失败。

如果说茅盾是点到为止的批评，那么其他人则是洋洋洒洒铺陈开去，谈论《沉沦》灵肉冲突的话题。

周作人（笔名仲密）在批评文章《沉沦》一文中，从"不道德的文学"❻这一议题谈起，引经据典，以美国作家莫台耳《文学上的色情》为依据，阐释"不道德的文学"的分类，指出郁达夫的《沉沦》是"属于第二

---

❶ 郁达夫.郁达夫文集(国内版):第七卷·文论、序跋[M].广州:花城出版社,香港:生活·读书·新知三联书店香港分店,1983:149.

❷ 同❶.

❸ 同❶.

❹ 同❶.

❺ 茅盾(雁冰).通信[J].小说月报,1922,13(2).

❻ 周作人(仲密).沉沦[N].晨报副镌,1922-03-26,"文艺批评"栏.

种的非意识的不端方的文学，虽然有猥亵的分子而无不道德的性质"❶，引用了《〈沉沦〉自序》的文字，肯定"著者在这个描写上实在是很成功了"❷，并将灵肉冲突深化阐释为"所谓灵肉的冲突原只是说情欲与压迫的对抗，并不含有批评的意思，以为灵优而肉劣……他的价值在于非意识的展览自己，艺术地写出升华的色情，这也就是真挚与普遍的所在"❸。成仿吾1923年2月1日在《创造》季刊第1卷第4期发表《〈沉沦〉的评论》，以对于《沉沦》的文本细读和与郁达夫个人的交往与讨论作为论据，指出"《沉沦》的主要色彩，可以用爱的要求或求爱的心 liebe-beduerftiges Herz 来表示"❹，质疑《沉沦》作为灵肉冲突的可信性。

当郁达夫继续出版了他的作品后，在文坛探讨郁达夫的整体创作时，"灵肉冲突"则成为了无法回避的内容。黎锦明1927年9月5日在《一般》第3卷第1期发表《达夫的三时期：〈沉沦〉——〈寒灰集〉——〈过去〉》一文中，强调"此时期是拿他的生活作依据，创造一种普遍的意义相冲突——灵肉的冲突"❺，将灵肉冲突拓展到郁达夫初期创造的整个阶段。1934年9月1日，苏雪林在《文艺月刊》第6卷第1期发表《郁达夫论》，认为郁达夫的《沉沦》"只充满了'肉'的臭味，丝毫嗅不见'灵'的馨香。……郁氏原来旨实是描写灵肉冲突，无奈对于心理学无太研究，自己一向作着肉的奴隶，对于灵的意义原也没有体会过，写作的技巧又幼稚拙劣得非常，所以成了非马非驴的作品"❻。

在郁达夫逝世之后，这种探讨依然在继续。1947年，黄得时在《台湾文化》第2卷第6-8期上发表的《郁达夫先生评传》中，认同周作人的批评，肯定《沉沦》是苦闷的象征，郁达夫以此成为时代的代辩者。1957年6月《人民文学》第5、6期合刊上曹华鹏、范伯群发表的《郁达夫论》，同样也探讨了《沉沦》灵肉冲突的问题。

❶　周作人(仲密).沉沦[N].晨报副镌,1922-03-26,"文艺批评"栏.
❷　同❶.
❸　同❶.
❹　成仿吾.《沉沦》的评论[J].创造季刊,1923,1(4).
❺　黎锦明.达夫的三时期:《沉沦》——《寒灰集》——《过去》[J].一般,1927,3(1).
❻　苏雪林.郁达夫论[J].文艺月刊,1934,6(3).

即使在文学史中，关于灵肉冲突的内容也被纳入其中。1953 年王瑶在《中国新文学史稿》郁达夫一节中，直接引用了《〈沉沦〉自序》中关于灵肉冲突的文字，肯定地指明了《沉沦》反对旧礼教的意义。

时至 20 世纪 80 年代，董易在 1980 年 11 月《文学评论》第 6 期发表《郁达夫的小说创作初探（下）》，依然在解析灵与肉的冲突："郁达夫以他特有的笔调……特别描写了他们灵魂与肉体两方面都遭到的摧残，描写了他们的所谓的'灵与肉的冲突'，描写了他们灵魂上所受的创伤因而被歪扭了的心理状态，特别描写了他们性的苦闷，他们的变态心理，他们沉溺在肉欲中苦海无边的绝境，他们由于绝望而麻醉自己，甚至不惜自己戕害自己，达到自我作践的地步……"❶

笔者无意在本书中辨析诸位批评者论点的正确性与价值，笔者关注的是这一跨越大半个世纪的论辩起点，就在《〈沉沦〉自序》中短短的几个字——灵肉冲突。为何会形成这种状况？首先是因为这是著书者通过序跋去阐发自己对于小说《沉沦》的批评，这就构成了一种评论的源头。这是自序文天生的优势。郁达夫没有进行辩论式的阐释，而是留存了一个开放的空间。"性的要求与灵肉的冲突——但是我的描写是失败了。"❷ 如果说灵肉的冲突是郁达夫想表现的主旨，那么描写失败则是他的自我评价。这是著书者对于创作直接的敏感的批评，虽然他无法摆脱著作者的身份成为独立的批评者，但是仍然具有对于自己作品理解的独创性。通过这一序文，郁达夫将著作的创作意识与序跋的创作意识形成了融合。在序文中，他亲身再次体验在创作小说时的体验、思考在创作小说时的思考。在作者自作的序跋文中，读者的意识与作者的意识形成出发点的一致性，但又不是完全同一，而是基于著作之上的再创造，更为自觉、更为透明。而他的批评则仅仅是自我对创作的认识，从而引发了评论者的诸多探讨，或针对《沉沦》的主旨是否为灵肉冲突，或针对这一描写是否成功。

与此类似，《〈沉沦〉自序》并不是孤立的现象。如曹禺在《〈雷雨〉

❶ 董易.郁达夫的小说创作初探(下)[J].文学评论,1980,(6):27.
❷ 郁达夫.郁达夫文集(国内版):第七卷·文论、序跋[M].广州:花城出版社,香港:生活·读书·新知三联书店香港分店,1983:149.

序》中对于繁漪是"最雷雨"的性格的阐述、郭沫若在《〈虎符〉后话》中对于历史真实与文学真实的辩论、俞平伯在《〈草儿〉序》中对康白情创造精神的嘉许、朱自清在《〈冬夜〉序》中对俞平伯诗歌特色的解读、冰心在《〈寄小读者〉四版自序》中对于母爱的描写、何其芳在《扇上的烟云——〈画梦录〉代序》中对于人生与梦的叙述、鲁迅在《〈阿Q正传〉序》中对于"沉默的国民的魂灵"的阐释、林语堂在《〈京华烟云〉小引》中讲述自己描写琐屑家常的缘由……诸多序跋文，都如同《〈沉沦〉自序》一样引发了日后众多批评者的评析与讨论。

许多批评家进行着序跋的写作，即使不从事序跋写作，也会在文学批评中观照相关序跋。无论批评家是否自觉地认识到序跋的重要性，往往都会重视序跋文。因为，序跋往往会体现出著作者最原初的创作意愿，这些往往会成为他们进行批判的重要基点之一。

第三章 中国现代文学序跋的命名与分类

第一节 中国现代文学序跋的命名

序跋作为文体名，有很多别名。

序，亦作叙，此外通常的表述方式还有"前记""前言""序志""序言""代序""引言""弁言""序说""题记""题词""小引""引""广序""绪""绪论""绪言""考""小缀""小序""卷首语"等。跋，又有"后叙""后序""稿后""文后""后录""书后""后记""跋缀""自跋""题后""后语""结语""卷末语"等类似的称呼。

但是，在中国现代文学阶段，序跋命名的实际情况如何呢？根据贾植芳、俞元桂主编的《中国现代文学总书目》，笔者进行了梳理。笔者发现，中国现代文学序跋沿用传统序跋命名的有很多，现分别举要如下（中国现代文学序的命名表述举要，见表 3-1；中国现代文学跋的命名表述举要，见表 3-2）：

表 3-1　中国现代文学序的命名表述举要

序的表述方式	举要	序作者	书籍版本	书著者或者编者
弁言	《童心》弁言	王统照	《童心》（上海商务印书馆 1925 年 2 月初版）	王统照

续表

序的表述方式	举要	序作者	书籍版本	书著者或者编者
弁语	《名家日记选》弁语	编者	《名家日记选》（上海文艺书局 1933 年 10 月初版）	新绿文学社编
代序	刺向黑暗的"黑心"（代序）	臧克家	《宝贝儿》（上海万叶书店 1946 年 5 月初版）	臧克家
短引	《拉矢吃饭及其他》短引	厉厂樵	《拉矢吃饭及其他》（上海现代书局 1928 年 6 月初版）	厉厂樵
后序	《达夫代表作》后序	钱杏邨	《达夫代表作》（上海春野书店 1928 年 3 月初版）	钱杏邨、孟超、杨邨人合编
篇前	《生活之味精》篇前	赵家璧	《生活之味精》（上海良友图书印刷公司 1931 年 12 月初版）	马国亮
卷前语	《缘溪》卷前语	薛允恭	《缘溪》（北平朝野书店 1931 年 5 月出版）	薛允恭
卷首	《晨曦之前》卷首	于赓虞	《晨曦之前》（上海北新书局 1926 年 10 初版）	于赓虞
卷头语	《将来之花园》卷头语	西谛	《将来之花园》（上海商务印书馆 1922 年 8 月初版）	徐玉诺
卷头言	《风凉话》卷头言	章克标	《风凉话》（上海开明书店 1929 年 8 月初版）	章克标
卷崗语	《海畔》卷崗语	潭云山	《海畔》（广州青野书店 1930 年 8 月出版）	潭云山
前话	《中国史的新页》前话	唐钺	《中国史的新页》（上海商务印书馆 1929 年 3 月初版）	唐钺
题词	《梦痕》题词	谢采江	《梦痕》（北京明报社 1926 年 1 月出版）	谢采江
题辞	《野草》题辞	鲁迅	《野草》（上海北新书局 1927 年 7 月初版）	鲁迅
题前	《阑夜》题前	吴其敏	《阑夜》（1930 年出版）	吴其敏

续表

序的表述方式	举要	序作者	书籍版本	书著者或者编者
引	《泅浪》引	秦心丁	《泅浪》（1924 年 12 月著者自刊）	秦心丁
小引	《辛夷集》小引	郭沫若	《辛夷集》（上海泰东图书局 1923 年出版）	创造社编
小序	《古庙集》小序	章衣萍	《古庙集》（上海北新书局 1929 年 6 月初版）	章衣萍
小缀	《扪虱谈》编前小缀	王任叔	《扪虱谈》（上海世界书局 1939 年 7 月初版）	王任叔
序记	《现代十六家小品》序记	阿英	《现代十六家小品》（上海光明书局 1925 年 3 月初版）	阿英
序曲	《花一般的罪恶》序曲	邵洵美	《花一般的罪恶》（上海金屋书店 1928 年 5 月初版）	邵洵美
序说	《消失了的情绪》序说	张蓬舟	《消失了的情绪》（上海文华美术图书印刷公司）	张蓬舟
序言	《三闲集》序言	鲁迅	《三闲集》（上海北新书局 1932 年 9 月初版）	鲁迅
绪言	《新俄国游记》绪言	瞿秋白	《新俄国游记》（上海商务印书馆 1922 年 9 月初版）	瞿秋白
叙言	《我的母亲》叙言	盛成	《我的母亲》（上海北新书局 1935 年 7 月初版）	盛成
引	《唐钺文存》引	唐钺	《唐钺文存》（上海商务印书馆 1925 年 3 月初版）	唐钺
引论	《荒山野唱》引论	张秀中	《荒山野唱》（北京海音书局 1926 年 11 月初版）	谢采江
引言	《赤都心史》引言	瞿秋白	《赤都心史》（上海商务印书馆 1924 年 6 月初版）	瞿秋白
自叙	《西湖漫拾》自叙	钟敬文	《西湖漫拾》（上海北新书局 1929 年 8 月出版）	钟敬文

表 3-2 中国现代文学跋的命名表述举要

跋的表述方式	举要	跋作者	书籍版本	书著者
跋	《忆》跋	朱自清	《忆》（北京朴社 1925 年 12 月初版）	俞平伯
跋言	《江户流浪曲》跋言	王文川	《江户流浪曲》（上海开明书店 1929 年 6 月初版）	王文川
跋语	《燕都名山游记》跋语	李慎言	《燕都名山游记》（北京燕都学社 1936 年出版）	李慎言
跋尾	《从上海到重庆》跋尾	徐蔚南	《从上海到重庆》（重庆独立出版社 1944 年 11 月初版）	徐蔚南
代跋	寻路的人（代跋）	周作人	《自己的园地》（北京晨报社 1923 年 9 月初版）	周作人
后白	《海外的鳞爪》后白	徐訏	《海外的鳞爪》（上海夜窗书屋 1940 年 12 月初版）	徐訏
后话	《我的幼年》后话	郭沫若	《我的幼年》（上海光华书局 1929 年 4 月初版）	郭沫若
后记	《梅花》后记	朱自清	《梅花》（上海开明书店 1929 年 5 月初版）	李无隅
后叙	《日记九种》后叙	郁达夫	《日记九种》（上海北新书局 1927 年 9 月初版）	郁达夫
后语	《他，她》后语	洪为法	《他，她》（上海芳草书店 1929 年 4 月再版）	洪为法
后言	《献给母亲的诗》后言	袁子彦	《献给母亲的诗》（东方书局 1949 年 4 月出版）	袁子彦
后赘	《蝴蝶》后赘	许钦文	《蝴蝶》（上海北新书局 1928 年 10 月初版）	许钦文
结语	《焚烬》结语	何秋绮	《焚烬》（上海新时代书局 1928 年 5 月初版）	何秋绮
卷末	《残梦》卷末	迦陵	《残梦》（上海春野书店 1928 年 8 月初版）	迦陵

续表

跋的表述方式	举要	跋作者	书籍版本	书著者
末页	《昨夜》末页	丘絮絮	《昨夜》（上海新民图书馆 1929 年 4 月出版）	丘絮絮
题后	《海燕的歌》题后	王亚平	《海燕的歌》（上海联合出版社 1936 年 10 月出版）	王亚平
题尾	《蝙蝠集》题尾	金克木	《蝙蝠集》（上海时代图书公司 1936 年 3 月初版）	金克木
尾曲	《梦与眼泪》尾曲	邱韵铎	《梦与眼泪》（1928 年 8 月初版）	邱韵铎
尾缀	《梅瓣杂记》尾缀	郭兰馨	《梅瓣杂记》（上海乐华图书公司 1930 年 1 月初版）	郭兰馨
尾语	《漂泊之歌》尾语	刘岚山	《漂泊之歌》（衡阳岳南印刷局 1939 年 5 月初版）	刘岚山

经过梳理，笔者发现，关于序跋的命名，如"广序""序志""考""跋缀"等在中国现代文学阶段已经接近消失。

同时出现了一些新的命名，如"出版说明""卷首语""卷末语"等有时也会替代前言、后记。笔者将其归为序跋作品，认为这是中国现代出版业发展，导致出版者、编辑部等身份的序跋作者出现而形成的现象。

此外，笔者注意到另外一些新的命名出现了，如"致读者""给读者""致读者的话""写给读者"等。在散文集出版方面：上海生活书店 1931 年 10 月初版发行了邹韬奋著散文集《小言论（第一集）》，书前有邹韬奋所写《预告读者的几句话》；上海良友图书印刷公司 1933 年 7 月初版发行了马国亮著散文集，书前有马国亮所写《作者致读者》；烽火社 1941 年 6 月桂林初版发行了巴金著散文集《无题》，书前有巴金所写《写给读者（一）》《写给读者（二）》。在诗集出版方面：宁波春风学社 1923 年出版了王任叔著诗集《情诗》，书前有王吟雪所写《给读者》；北京海音书局 1926 年 11 月初版发行了谢采江著诗集《荒山野唱》，书前有谢采江所写《致读者》；上海飞花书室 1944 年出版了郎雪羽著诗集《睫》，郎雪羽写了《致读者

（代跋）》，1947 年 4 月出版了白夫著诗集《白夫诗册》，书后有白夫所写《跋——向读者致谦》。在戏剧出版方面：上海光华书局 1927 年 2 月初版发行了向培良著独幕剧集《沉闷的戏剧》，书前有向培良所写《给读者》；重庆说文社 1945 年 1 月初版发行了鲁觉吾著剧本《自由万岁》，书后有鲁觉吾所写《后记——给读者、导演》。在小说出版方面：上海新宇宙书店 1928 年 10 月初版发行了叶鼎洛著长篇小说《未亡人》，书后有叶鼎洛所写《篇末致读者诸君》；上海光华书局 1930 年 5 月初版发行了陈明中著长篇小说《爱与生命》，书前有陈明中所写《致读者诸君（代序）》。

　　无论是从这些文本的位置、内容还是著作者的态度，都可以发现这些文本作者已经视其为序跋作品。因此，笔者认为这类文本可以归为序跋作品。但是，笔者发现这种命名现象背后隐含的信息目前无相关研究论析，而笔者认为这不仅是现代文学序跋名称的一种变化，更是序跋文体在现代文学阶段的新发展与变化，体现了著书者、出书者、序跋者对于读者群体的重视，体现了现代阅读理念对现代文学的直接影响，呈现出区别于古代序跋的新鲜视角，这种读者意识的意义与价值值得挖掘。

第二节　中国现代文学序跋的分类

　　自古以来，序跋就是一种常见又重要的体裁，但是由于序跋形式自由，篇章结构变化丰富，又兼具实用性与艺术性，在体制、体式上均无严格的规范，其分类一直比较复杂。

一、依据功能分类

　　序跋用途很广，特别是从序的功能来看，有书序、赠序、寿序、宴序之别。

　　明代吴纳著《文章辨体序说》中有"《尔雅》云：'序，绪也。'序之体，始于《诗》之《大序》，首言六义，次言《风》《雅》之变，又次言《二南》王化之自。其言次第有序，故谓之序也。东莱云："'凡序文籍，当序作者之意；如赠送燕集等作，又当随事以序其实也。'"❶由此可见，吴纳将"序"分为两种，一种是为文章典籍所作的序，以此表达著作者的意图；一种是古人在宴集饯别的时候，经常赋诗唱和、撰文赠别，这些记宴饮之乐、传惜别之情的文字后来逐渐发展为脱离诗文而独立存在的"宴集序"与"赠序"。直至清代姚鼐选编《古文辞类纂》时，才将赠序从序跋中分出。

对于这种分类模式，笔者认为，在研究中国现代文学序跋时，所研究的对象是在现代文学阶段为现代文学作品所写的序跋，应该不包括赠序、寿序、宴序等。这些有序之名但其实与书无关的文本，与序跋不同，别为一体，本文暂不将之列于研究范围之内。

二、依据载体分类

随着序跋文体的发展演变，序跋的载体遍及经籍、史传、佛典、诗词文集、书法绘画，甚至广及笔墨纸砚、琴棋金石、山川风物、亭院楼阁。因此，可以根据载体进行细分。

现代文学作家为书画等非文学载体写序跋在现代文学三十年阶段也很普遍。如朱自清在 1925 年作《〈子恺漫画〉代序》；鲁迅 1935 年作《〈全国木刻联合展览会专辑〉序》，1936 年作《〈苏联版画集〉序》；阿英 1938 年作《〈西行漫画〉题记》；等等。虽然这些序跋的作者身为中国现代文学作家，但是这些序跋所针对的载体本身不属于中国现代文学范畴，因此不在中国现代文学序跋的重点考察范围。

三、将序跋进行细分

有学者认为，篇章、典籍的序、跋，是两种功能不相同的文体。石建初在《中国古代序跋史论》中认为序"'序'，亦作'叙'，是说明文章

---

❶　吴纳.文章辨体序说·徐师曾.文体明辨序说［M］.北京:人民文学出版社,1962:42.

或书籍著述，或出版意旨、编次体例和作者情况的文章，也可包括对作家作品的评论和有关问题的阐述研究"❶。而"跋，是一种写在书籍或文章后面的文章，多用来评介书籍或文章内容或说明写作经过的一种文体"❷。可见，石建初认为位置的前后，是序跋最主要的区别点。

　　但是仔细研究中国古代序跋，它们的分类其实更为复杂。明代徐师曾在《文体明辨序说》中将序跋类文体分为大序、小序、引、题跋四类。大序"善叙事理次第有序若丝之绪也。又谓之大序，则对小序而言也。其为体有二：一曰议论，二曰叙事"❸。小序"序其篇章之所由作，对大序而名之也"❹，"司马迁以下诸儒，著书自为之序，然后己意瞭然而无误耳"❺。引在唐代以后出现，"大略如序而稍为短简，盖序之滥觞也"❻。题跋是"简编之后语也。凡经传子史诗文图书之类，前有序引，后有后序，可谓尽矣。其后览者，或因人之请求，或因感而有得，则复撰词以缀于末简，而总谓之题跋"❼。而题跋可细分为四类，"一曰题，二曰跋，三曰书某，四曰读某。……题、读始于唐，跋、书起于宋。曰题跋者，举类以该之也。其词考古证今，释疑订谬，褒善贬恶，立法垂戒，各有所为，而专以简劲为主，故与序引不同"❽。由此可以发现，徐师曾认为序与跋是不同的，甚至认为序跋不是并列于同层级的文体类别，大序、小序、引、题跋同层级，而跋则是位于题跋之下的第二层级。这一分类模式，被不少学者认同。如楼沪光在《中国序跋鉴赏辞典》中认为"《诗经》有大序、小序之分。《毛诗序》中列于诸诗之前的阐释该诗之序为'小序'，在首篇《关雎》的小序之后，有大段文字概论《诗经》的为'大序'"❾。祝尚书所编中国文学研究典

❶　石建初.中国古代序跋史论[M].长沙:湖南人民出版社,2008:13.

❷　同❶:26.

❸　吴纳.文章辨体序说·徐师曾.文体明辨序说[M].北京:人民文学出版社,1962:135.

❹　同❸.

❺　同❸:136.

❻　同❸:136.

❼　同❸:136.

❽　同❸:136-137.

❾　楼沪光,孙琇.中国序跋鉴赏辞典[M].石家庄:河北教育出版社,2003:5.

籍丛刊《宋集序跋汇编》(中华书局 2010 年 7 月第一版) 也认同该分类模式。

但是这一模式并没有在现代文学阶段获得一致的认同。如周作人在《〈苦雨斋序跋文〉自序》中说"题跋向来算是小品文,而序和跋又收入正集里,显然是大品正宗文字。……题跋与序,正如尺牍之于书,盖显有上下床之别矣。……我现在编这本小集,单收序跋,而题跋不在内,这却并不是遵守载道主义,但只以文体区分罢了"❶。又说"我写序跋或题跋都是同样的乱说,不过序跋以一本书为标的,说的较有范围,至于表示个人的私意我见则原无差异也"❷。在周作人的观念中,首先,序跋并列为同层级文体;第二,序跋是同质的;第三,序跋与题跋不同;第四,序跋与题跋的不同并不影响他自由创作。

我们还可从朱自清、周作人分别为《燕知草》作序跋这一创作实践,审视在现代文学阶段,序与跋之间是否有着质的差异。朱自清所作的《〈燕知草〉序》,萦绕着老友的欣赏,一派温和。从燕知草名字解读出深情一片,从俞平伯所写的杭州风景看出俞平伯所写实为同心人的踪迹,从人们对于俞平伯是否像明朝人,道出《燕知草》贵在真情流露,款款而谈之间,从文到人,从人到文,平和之中,字字不以判断为落点,而以欣赏作着落。着意诗人之心,着意同道之情,更着意引导读者对于作品的理解。

反观周作人所作跋文,则不从著作谈起,而是首先直言序的重要,而自己作跋较为容易,谦谦之中从更高的起点谈起。周作人认同朱自清对于《燕知草》所写为杭州的理解,但如果说朱自清评价俞平伯所写杭州之美在于因为有同心人在杭州所以杭州才美,那么周作人则认为,俞平伯所写杭州之所以动人,是因为俞平伯写自己多而写杭州少,所以才"充满着温暖的色彩和空气"❸。因此,可以发现,朱自清认为俞平伯的作品将景作为关照对象,因景中有人,景因人而美,而周作人则认为景非对象,人才是核心。至于是否为杭州,不是重点。为何有此评价?因为周作人的落点在于,"我平常称平伯为近来的一派新散文的代表,是最有文字意味的一种,这类

---

❶ 周作人,著文,钟叔河,编订.知堂序跋[M].北京:中国人民大学出版社,2009:91.

❷ 同❶.

❸ 同❶:292.

文章在《燕知草》中特别的多"❶。而文字的意味，在于雅致，更在于即使文学不是革命，却也是一种反抗，有着艺术独特的力量。因此，俞平伯的《燕知草》才有了时代的地位。从时代的角度谈《燕知草》的价值，这才是周作人的评价点。而这一角度，虽然明显迥异于朱自清，但是主要还是作序跋者自身的原因导致的，彼此的关系并不是重点。如果说俞平伯在《〈燕知草〉自序》中说自己是一个逢人说梦的人，那么朱自清就是一个入梦人，而周作人则是一个解梦人。朱自清描绘的是俞平伯梦之美、梦之真，那么周作人则是阐释了梦从何而来。

从这两篇序跋的比较，我们发现：序跋的内容并非有着严格的区分；序跋的长短没有绝对的规定；不会因为序跋作者身份不同而规定谁应该作序、谁应该作跋；这两篇序跋的不同仅仅在于序跋作者对于著作的理解有着不同，阐释的角度有所不同，这些不同产生的原因在于他们对著作的阅读有着个人的体验，而不是因为序跋文体本身的不同造成的。

从观点到实践，都无法明晰证明，在现代文学阶段，人们重视序与跋的差异。由此，笔者以为，在本次研究中，将《文体明辨序说》的分类模式作为标准去区分中国现代文学序跋，既不符合现代文学序跋的状况，也没有细分与区别的必要。

四、依据韵散分类

在战国时，宋玉写了《〈神女赋〉序》，《神女赋》是赋文体式，《〈神女赋〉序》是散文体式。到了中国现代文学阶段，散文序跋、韵文序跋均有出现。

如果根据散文、韵文的体式区分，可将现代文学序跋分为散文体序跋和诗歌体序跋。据笔者统计，从 1917 年至 1949 年，共 62 部诗歌集有诗歌体序跋，共 11 部散文集有诗歌体序跋，共 17 部小说著作有诗歌体序跋，共 4 部戏剧著作有诗歌体序跋。虽然中国现代文学阶段有这些诗歌体序跋存在，但是散文体序跋最为常见与普遍，占据了中国现代文学序跋的主体，

---

❶ 周作人,著文,钟叔河,编订.知堂序跋[M].北京:中国人民大学出版社,2009：292.

因此以这一分类模式为主体，无法从根本上揭示中国现代文学序跋的文体本质。不过，诗歌体序跋自身确实是值得关注与研究的一种文学现象。

五、依据体裁分类

有些学者根据为之序跋的作品体裁对书的序跋进行分类，可分为小说所作序跋、为诗歌所作序跋、为戏剧所作序跋、为散文所作序跋。

如佘树森所编《现代散文序跋选》（百花文艺出版社，1983 年 8 月）；陈绍伟所编《中国新诗集序跋选》（湖南文艺出版社，1986 年 5 月）；柯灵主编，萧斌如、洪寿祥副主编，《中国现代文学序跋丛书 1919—1949 · 小说卷》（海南人民出版社，1988 年 8 月）；柯灵主编，萧斌如、洪寿祥副主编，《中国现代文学序跋丛书 1919—1949 · 散文卷》（海南人民出版社，1988 年 8 月）；周靖波主编《中国现代戏剧序跋集》（北京广播学院出版社，2003 年 4 月）以及上海远东出版社在 21 世纪初出版的张泽贤编著的分为诗歌、戏剧、小说、散文的一系列中国现代文学版本闻见录等，都是遵循着书的体裁进行分类整理而成的。不过，此分类法并没有考虑到序跋自身的文体特点，只是书的分类，因此作为资料的提供较为便利，作为研究的分类尚不具备科学性。

此外，因为属于专门的范畴，本次研究暂不以为编校古籍、翻译作品所作的序跋为重点考察范围，如鲁迅 1909 年作《〈域外小说集〉序言》，鲁迅 1912 年作《〈古小说钩沉〉序》，周作人 1934 年作《〈希腊拟曲〉序》，周作人 1934 年作《重刊〈袁中郎集〉序》等。

六、按照作者分类

最为普遍、简单的分类，是根据序跋作者与著作者是否同一，将序跋分成为自己的著作所写序跋和为别人的著作所写序跋，即自序跋与他序跋。

笔者承认，自序跋与他序跋是有区别的。一般而言，自序跋的作者与著书者为同一人，因此"如鱼饮水，冷暖自知"。他对著书过程、创作缘起、写作背景的了解是别人无法企及的，同时他也是著作的第一阅读者，因此他的阅读感受也是无法忽略的；此外，因为他兼具创作者与阅读者的双重身份，他的阅读体验自然与其他人不同，这种独特性也是极为重要的。当然，由于是为自己的书作序跋，因此写作的客观性、评价的中立性、判断的距离感，一般也会有所欠缺。而他序跋则不同，如果对书的著作者熟悉，或者对书的内容熟悉，都可弥补由于序跋作者不是著作者而造成的陌生化缺陷。此外，由于一般来讲是请人作序跋，如果序跋作者独具慧眼或水平高于著作者，他所作序跋有时会超越著书者自己的理解，因而形成另外一种不同于自序者的风景。他序跋的作者对于著作优缺点、价值、作用的评论，有时是自序跋者无法述说、不敢述说的。虽难免有吹捧、应酬之作，但可以纳入研究者视野之中的序跋文，多不会有此弊端。所以，无论是自序跋，还是他序跋，都各有优劣，并各有优秀之作。

但是，对于这一诸多学者充分认同的序跋分类，笔者尚有一定怀疑，因为如果我们详细比对自序跋和他序跋，就会发现其中的情况非常复杂。很多序跋的文体特征，不是仅从自序跋或他序跋这种分类角度就可以清晰解释的。

在此，仅以周作人、废名和俞平伯三人彼此之间作序的情况，针对作为一部书同时有自序跋和他序跋，一个序跋作者既为自己的书作序跋也为他人著书作序跋的复杂情况进行样本分析。

《语丝》时期周作人"苦雨斋"的弟子，一向有"四大弟子"之说，即俞平伯、冯文炳（废名）、江绍原和沈启无。但是，周作人从来不承认这"世间的传说"，只是将他们作为后辈的朋友。因此，笔者将周作人与废名、俞平伯的关系归为亦师亦友。这一关系是作序跋最为常见的著书者与序跋作者的关系类型。

据笔者整理，在现代文学阶段，周作人与废名、俞平伯之间互为序跋的情况主要集中围绕以下十部书。

第一部是《竹林的故事》——1925年10月，新潮社初版发行了废名所著小说《竹林的故事》，废名在1925年3月9日自作了《〈竹林的故事〉序》，周作人1925年9月30日作了《〈竹林的故事〉序》。

第二部是《杂拌儿》——1928年8月开明书店初版发行了俞平伯所著散文集《杂拌儿》，周作人1928年5月16日作了《〈杂拌儿〉题记（代跋）》，俞平伯1928年5月18日自作了《〈杂拌儿〉自题记》。

第三部是《桃园》——1928年2月古城出版社初版发行了废名所著小说《桃园》，周作人1928年10月31日作了《〈桃园〉跋》（收于该书的1928年10月开明书店再版、1930年10月三版、1933年6月四版"普及版"）。

第四部是《燕知草》——1930年6月，开明书店出版了俞平伯所著散文集《燕知草》，俞平伯1928年2月末自作了《〈燕知草〉自序》，周作人1928年11月22日作了《〈燕知草〉跋》（朱自清1928年12月19日作了《〈燕知草〉序》）。

第五部是《枣》——1931年10月，开明书店初版发行了废名所著小说《枣》，周作人1931年7月5日作了《〈枣〉和〈桥〉的序》。

第六部是《桥》——1932年4月，开明书店初版发行了废名所著小说《桥（普及版）》，废名1931年4月20日自作了《〈桥〉序》，周作人1931年7月5日作了《〈枣〉和〈桥〉的序》。

第七部是《莫须有先生传》——1932年12月，开明书店初版发行了废名所作小说《莫须有先生传》，周作人1932年2月6日作了《〈莫须有先生传〉序》，废名1932年2月8日自作了《〈莫须有先生传〉序》。

第八部是《周作人散文钞》——1932年8月，开明书店初版发行了周作人所著散文集《周作人散文钞》，废名1932年4月6日作了《〈周作人散文钞〉序》（章锡琛1932年9月作了《〈周作人散文钞〉序》）。

第九部是《杂拌儿之二》——1933年2月，开明书店初版发行了俞平伯所作《杂拌儿之二》，周作人1932年11月25日作了《〈杂拌儿之二〉序》。

第十部是《古槐梦遇》——1936年1月，世界书局初版发行了俞平伯所作《古槐梦遇》，废名1933年5月6日作了《〈古槐梦遇〉小引》，周作人1934年10月21日作了《〈古槐梦遇〉序》，俞平伯在1934年除夕前三日自作了《三槐——〈古槐梦遇〉序》。

关于周作人为废名所作之序跋，早在20世纪30年代即有人关注。沈从文在《论冯文炳》一文中提及"在文章方面，冯文炳作品，所显现的趣味，是周先生的趣味"❶，并指明"在创作积量上看，冯文炳君是正像吝惜到自己文字，仅只薄薄两本。……第一个集子名《竹林的故事》，民国十四年十月出版，第二个集子名《桃园》，十七年二月出版。两书皆附有周作人一点介绍文字，也曾说道'趣味一致'"❷。由此可见，沈从文将这些序跋文作为肯定周作人与废名文学趣味相同的重要论据之一。

笔者关注到在这些序跋文中，确实呈现出他们彼此之间的师友关系，印证了周作人与废名之间因这种亲密情谊而互为作序跋（表3-3）。

表3-3　周作人与废名互作序跋

著作	著作者	序跋	序跋作者	关系信息
《竹林的故事》	废名	《〈竹林的故事〉序》	废名	"我在这里祝福周作人先生，我自己的园地，是由周先生的走来。"
		《〈竹林的故事〉序》	周作人	"这种丛书，向来都是没有别人的序的，但在一年多前我就答应冯君，出小说集时给做一篇序，所以现在不得不写一篇。这只代表我个人的意见，并不是什么批评。我是认识冯君，并且喜欢他的作品的，所以不免有点偏，倘若当作批评去看，那就有点像'戏台里喝彩'式的普通评论，不是我的本意了。"
《桃园》	废名	《〈桃园〉跋》	周作人	"谈论人家的事情很不容易，但假如这是较为熟识的人，那么这事更不容易，有如议论自己的事情一样，不知怎么说才得要领。《桃园》的著者可以算是我的老友之一，虽然我们相识的年数并不太多，只是谈论的时候却也不少，所以思想上总有若干相互的了解。"❸

---

❶　陈振国.中国现代文学史资料全编·现代卷　冯文炳研究资料[M].北京：知识产权出版社，2010：167.

❷　同❶：168.

❸　周作人，著文，钟叔河，编订.知堂序跋[M].北京：中国人民大学出版社，2009：254.

著作	著作者	序跋	序跋作者	关系信息
《枣》	废名	《〈枣〉和〈桥〉的序》	周作人	"最初废名君的《竹林的故事》刊行的时候，我写过一篇序，随后《桃园》出版，我又给他写了一篇跋。现在这《枣》和《桥》两部书又要印好了，我觉得似乎不得不再来写一篇小文——为什么呢？也没有什么理由，只是想借此做点文章，并未规定替废名君包写序文，而且实在也没有多少意思要说，又因为太懒，所以只预备写一篇短序，给两部书去合用罢了。"❶
《莫须有先生传》	废名	《〈莫须有先生传〉序》	周作人	"我的朋友中间有些人不比我老而文章已近乎道，这似乎使我上文的话应该有所修正。废名君即其一。"❷
《莫须有先生传》	废名	《〈莫须有先生传〉序》	废名	"然而昨日得见苦雨老人替此《莫须有先生传》做的序，我却赶忙想来说它一句。"❸
《周作人散文钞》	周作人	《〈周作人散文钞〉序》	废名	"从最初的《自己的园地》到最近的《看云集》七个散文集里面选出三十篇文章，我乐于来写一篇序，是想籍这个机会以一个读者的资格说一说一向读了岂明先生的文章所怀的一点意见与感想。"❹

废名对于周作人的称呼，从"先生"到"苦雨老人"，而废名在周作人从喜欢的"冯君"到"废名君"到"老友"。情谊随时间的流逝渐而深厚，轨迹从序跋文中清晰可见，思想与文学创作的追求更是日趋一致。在《〈竹林的故事〉序》的结尾，废名写道："我在这里祝福周作人先生，我自己的

❶ 周作人,著文,钟叔河,编订.知堂序跋[M].北京:中国人民大学出版社,2009:256.

❷ 同❶:259.

❸ 王风.废名集(第二卷)[M].北京:北京大学出版社,2009:660.

❹ 同❸:1274.

园地,是由周先生的走来。"❶ 短短的一句话,不仅仅是废名直接表达了对
周作人的尊敬与爱戴,更重要的是"我自己的园地"❷ 意味非常。周作人于
1922 年 1 月 22 日在《晨报副镌》上发表了《自己的园地》一文,1923 年
结集出版了文学论集《自己的园地》,以"自己的园地"为喻,提出了自己
独特的文学理论与批评观,主张依照个性、表现自己情思的文学。废名则
在 1925 年 3 月 9 日作《〈竹林的故事〉序》,强调自己对"自己的园地"这
一概念的理解。一重意义是,直接在句中引用周作人的第一部集子《自己
的园地》的名字,是一种显而易见的致敬;一重意义是,将《竹林的故事》
这一创作作为自己的园地,表达与周作人思想的一致性;此外,自己的园
地却是"由他人的走来",则是充分肯定了周作人引领者的地位、废名追随
者的执着与坚定。周作人在为废名所作的《〈竹林的故事〉序》中,首先表
明了自己对于废名小说的喜欢。这是序跋文常有的态度。笔者更为关注的
是,周作人在这篇序文中提到的几个话题:一个是周作人将自己读废名的
小说比作"坐在树阴下"❸,这是一种形象的比喻,敏锐地抓住了废名小说
温暖但不热烈的特质,以"温和"定义了废名小说。并且这一特质是通过
阅读的感受体现出来的,则更具有引导性与体验感。另一个是"文学不是
实录,乃是一个梦:梦并不是醒生活的复写,然而离开了醒生活梦也就没
有了材料,无论所做的是反应的或是满愿的梦"❹。这是在谈生活与创作的
关系。周作人正是以此为废名的小说被人认为是逃避现实的辩白,而废名
的小说则是用创作践行了周作人艺术与人生的理论。还有一个是周作人激
赏了废名的独立精神,鼓励废名"一面独自走他的路,这虽然寂寞一点,
却是最确实的走法,我希望他这样可以走到比此刻更是独殊的他自己的艺
术之大道上去"❺。从这篇序文,我们可以理解为什么废名会说"我自己的

❶ 王风.废名集(第一卷)[M].北京:北京大学出版社,2009:12.

❷ 同❶.

❸ 周作人,著文,钟叔河,编订.知堂序跋[M].北京:中国人民大学出版社,2009:
252.

❹ 同❸.

❺ 同❸:253.

园地，是由周先生的走来"❶。

在《〈桃园〉跋》中，周作人先说了两个有趣的话题：一个是"他（笔者注：废名）现在隐居于西郊农家，但谈到有些问题他的思想似乎比我更为激烈"❷，另一个是"废名君是诗人，虽然是做着小说；我的头脑是散文的，唯物的"❸。这两个话题，一个是谈废名的思想，另一个是谈废名的创作。有意思的是，这两个话题都用的是转折的句式，都含有对比的意味在其中：隐居与激烈，诗人与小说。对于这段文本，有当代学者曾经认为废名"出版《桃园》前后，他已隐居北京西郊，虽然思想'仍很激烈'（周作人《〈桃园〉跋》），但却赞同周作人关于蔼里斯是叛徒和隐逸合一的话，老、庄乃至佛教思想，麻醉了他的性灵，常常参禅打坐，跌入神秘不可解一路去了"❹。但是，笔者以为，在这段跋文中，周作人更强调的是无论他们有着怎样的异或同，废名都有着自己的特色、自己的见解，他们思想上是相通的，创作上却是独立的。因此，在该篇跋文中，周作人赞了《桃园》两点：一为简练有力的写法，一为人物的可爱。在这二赞之中，始终围绕着一个隐逸——简洁中蕴含着含蓄的古典趣味，人物如同在梦想幻境。《桃园》"好象是在黄昏天气，在这时候朦胧暮色之中一切生物无生物都消失在里面，都觉得互相亲近，互相和解。在这一点上废名君的隐逸性似乎是占了势力"❺。这篇跋文无论是在思想上，还是在创作方法上，都延续了周作人对于废名《竹林的故事》的赞赏，即"树阴下"的感受与独立之精神。

《〈枣〉和〈桥〉的序》中，周作人洋洋洒洒，谈古论今，核心只是"我觉得废名君的著作在现代中国小说界有他独特的价值者，其第一的原因是其文章之美"❻。但是，在这篇序文中，周作人将废名文章之美在《〈桃园

❶　王风.废名集(第一卷)[M].北京:北京大学出版社,2009:12.
❷　周作人,著文,钟叔河,编订.知堂序跋[M].北京:中国人民大学出版社,2009:254.
❸　同❷.
❹　凌宇.从《桃园》看废名艺术风格的得失[J].十月,1981,(1):68.
❺　同❷:255.
❻　同❷:256.

跋》之基础上再度深化与扩展，从意境之美升华至文体简洁，从废名谈到俞平伯，从五四新文学谈到明代的公安派的新文学运动，从进化论谈到世事轮回。但是，核心之意义在于赞废名的文章之美实际是用文体的创新为新文学做出贡献，这是废名创作的价值所在。而废名在《〈桥〉序》中，则是在十年造桥的漫漫时间之中，悟到了"创造"二字，而这创造应该是对于周作人在《〈竹林的故事〉序》所赞的独立精神的回应。

在周作人所作的《〈莫须有先生传〉序》与废名所作的《〈莫须有先生传〉序》中，周作人借用庄子《逍遥游》谈到《莫须有先生传》，认为这"是从新的散文中间变化而来的一种新格式"❶。而废名则在《〈莫须有先生传〉序》中以庄子的庖丁解牛作呼应。

在这一系列的序跋文中，我们可以清晰发现的是认同，是他们通过序跋表达的对共同的文学的答案、社会的答案的寻求。它可以明晰地体现出序跋作者的态度，无须掩饰序跋作者的好恶与亲疏，而是在鲜明地表达对于著作乃至著作者的欣赏，因此更个性化与情绪化。一向显得冲淡的周作人尚且如此，更何况其他作序跋的人。这种认同，已经不是简单的批评，而是一种参与与进入，是一种可以无须掩饰的接受，一种没有距离的契合，正如周作人所说，"有如议论自己的事情一样"❷。但是，我们也清晰地发现，这些序跋文都是针对书或者著书者而进行书写的，没有明晰地体现出因属于自序跋或他序跋而产生的观点的差异，也没有体现出因属于自序跋或他序跋而呈现的不同的文风。

笔者认为，毕竟序跋的书写对象是书，因此所有的区别应该是因书而异的。当一本书只有自序或他序时，因无对照，所以无须区分；当一本书，既有自序也有他序时，也不过是各自的角度不同，因而从对书的不同理解出发各自进行阐释。作为一个序跋作者，一个人的文学主张，甚至文风，不会因为是为自己作序还是为他人作序而改变；序跋的品质，不会是因为自己的著作作序还是为他人著作作序而发生质变。

---

❶　周作人,著文,钟叔河,编订.知堂序跋[M].北京:中国人民大学出版社,2009:260.

❷　同❶:254.

因此笔者认为，绝对地从自序与他序进行区别研究，无法得出呈现中国现代文学序跋文体特征的更为本质的结论。

七、区别书里、书外分类

《尔雅·释宫》中说"东西墙谓之序"，又说"此谓室前堂上东厢西厢之墙也"，"所以序别内外"。由此，我们可以发现，序的较原初意思，就是区别内与外。

虽然周作人曾经说过"书里边的意思已经在书里边了，我觉得不必再来重复地说，书外边的或者还有些意思罢"❶。但是，他在诸多序跋中却热衷于介绍自己所创作书籍的书名由来，解释很多书里的事情。由此我们可以知道，书里的确实已经在书里，但也还是有必要在序跋里进行解读的，而书外的意思更需要说明。

在阐明这一分类之前，首先，我们需要厘清序跋与书的关系。

林贤治认为："古来序跋是一种文体，现代的理论家把他们划归散文的范围。虽然它们能像其他散文一样写人状物，叙事抒情，但毕竟与书人书事有关。"❷确实，一般而言，序跋是在著作写成以后对写作缘由、内容、体例和目次加以叙述、申说，因此与书有关不言而喻。

很多序跋与所序跋的作品具有很强的关联性，此类序跋更为关注并着力阐释书里的意思。明代徐师曾在《文体明辨序说》中讲跋的文体特点是"因文而见本也"❸，笔者以为，在现代文学阶段，这应该是与书关联性强的序跋文的特点，因此将"文"扩大至序跋文体，而"见本"自然就是呈现出书的本来意思：或介绍书之命名，或追溯创作之缘起，或发表对书的评价。虽然是讲书里的意思，但却是阅读者在书中无法发现的，只能在序跋文中得以呈现。

---

❶　周作人,著文,钟叔河,编订.知堂序跋[M].北京:中国人民大学出版社,2009:71.

❷　林贤治.鲁迅选集:序跋、书信卷[M].长沙:湖南文艺出版社,2004:3.

❸　吴纳.文章辨体序说·徐师曾.文体明辨序说[M].北京:人民文学出版社,1962:136.

但是有的时候，这种相关性是非常隐蔽的。如郭沫若在 1922 年 7 月 3 日写下了《〈辛夷集〉小引》。为了明确笔者意图，现将该序全文摘录如下：

有一天清早，太阳从东海出来，照在一湾平如明镜的海水上，照在一座青如螺黛的海岛上。

岛滨砂岸，经过晚潮的洗刷，好像面着一张白绢的一般。

近海处有一岩石洼穴中，睡着一匹小小的鱼儿，是被猛烈的晚潮把他抛撇在这儿的。

岛上松林中，传出一片女子的歌声：

月光一样的朝暾

照透了蓊郁着的森林，

银白色的沙中

交横着迷离疏影。

一个穿白色的唐时装束的少女走了出来。她头上顶着一幅素罗，手中拿着一支百合，两脚是精赤裸裸的。她一面走，一面唱歌。她的脚印，印在雪白的沙岸上，就好像一瓣一瓣的辛夷。

她在沙岸上走了一会，走到鱼儿睡着的岩石上来了。她仰头眺望了一回，无心之间，又把头儿低了下去。

她把头儿低了下去，无心之间，便看见洼穴中的那匹鱼儿。

她把腰儿弓了下去，详细看那鱼儿时，她才知道他是死了。

她不言不语地，不禁涌了几行清泪，点点滴滴地滴在那洼穴里。洼穴处便汇成一个小小的泪池。

少女哭了之后，她又凄凄寂寂地走了。

鱼儿在泪池中便渐渐苏活了转来。❶

整篇序言，除了少女的脚印像辛夷花瓣，没有一点与《辛夷集》相关的显著信息，就是一篇优美的散文。《辛夷集》字样没有在序言中出现；关于这本《辛夷集》是与郁达夫、邓均吾、郑伯奇、张资平等人合著的诗文集等相关情况也没有提及；关于序言中的"她"，没有交代。查询其他相关

---

❶ 郭沫若,郁达夫,邓均吾,等.辛夷集[M].上海:泰东图书馆,1923:1-4.

史料才得知，这个"她"是指安娜。与安娜的恋爱激发了郭沫若的创作欲望，《〈辛夷集〉小引》原本是 1916 年圣诞节郭沫若用英文写给安娜的散文诗，后来改成了序的形式。

中国现代文学序跋作品中这样的情况并不少见，如蔡元培所作《〈中国新文学大系〉总序》，几乎没有涉及"大系"，而是讲述了欧洲文艺复兴的历史进程和中国自周朝以来的科学与艺术成就与演进。因此，可以明确的是，序跋是与书相关的文体，至少它是和著作在一本书里发表，但其相关性确实是一个复杂的问题。

周作人在《〈看云集〉自序》中指出"做序之一法是从书名去生发……其次是来发挥书里边——或者书外边的意思"❶。他谈的是作序之法。但从中可以给予我们启迪。从序跋与书的关系上，可以将现代文学序跋分为两种类型：一种与书有很强的关联性，以阐释书的叙述为主，对书的情况进行说明，对著作进行释义，对书的价值进行判断与评价，笔者认为这是序跋书里边的事情，可以帮助阅读者最大限度地还原著作的历史语境，重建或者更新阅读经验。另外一种，虽然附在书上，但是不以书的内容为主，而是超出了书的范围去漫谈，是序跋作者（无论是否为著作者）的一种自我表达，不拘泥于原著的叙说，笔者认为这是序跋书外面的事情，阅读者徜徉在书外的事，感受到不同于书的意义世界。对于这种序跋，已经不再是书的附属与陪衬，而是具有独立于书的价值，如同《兰亭集序》《指南录后序》的闪耀的光芒，已经暗淡了《兰亭集》《指南录》。不过在具体的序跋文本中，很多内容不是可以严格地以书里、书外进行划分的。

笔者认为，序跋是一种特殊的文体，是与书的正文有着复杂关系的一种文本，是与正文有着一定的依附性、又不同于正文的一种文体。由于序跋不是著作本身天然具备、必不可少的组成部分，因此有时会被忽视。有学者在谈到古代小说序跋时，曾经打了一个有趣的比方："序跋同小说或者小说集的关系，有点像帽子、鞋子同人的身体的关系。……人有头有脚，却不一定非得穿鞋戴帽不可；小说写得有头有尾，却不一定非得有序跋不可。然而，也

---

❶　周作人,著文,钟叔河,编订. 知堂序跋[M]. 北京:中国人民大学出版社,2009:71.

不能说鞋子、帽子对于人就一点儿重要性也没有。……小说序跋也有类似的作用。"● 因此，无论是对中国现代文学作品的研究，还是对中国现代文学作家的研究，中国现代文学序跋都有着自身的价值与意义。虽然由于这一文体的特殊性，无法完全按照以上七种标准予以分类，但是以与书的关系、与著作者的关系为核心，序跋或是因书而作，或是由书而发，这就是笔者所应用中国现代文学序跋分类：因书而作的中国现代文学序跋、由书而发的中国现代文学序跋。

● 王先霈.古代小说序跋漫话[M].沈阳:辽宁教育出版社,1993:1-2.

第四章　因书而作的中国现代文学序跋

中国现代文学序跋是因为现代文学作品而诞生的，很多序跋文本以书为核心，为书而书写，或是为了阐释书名的本意，或是追溯创作缘起，或是评荐书的价值。著作本身，也就是书，是序跋的阐释对象，因此序跋成为一种因书而作的文本。

第一节　阐释书名本意

关于为书起名，林语堂在《〈大荒集〉序》中曾经做过以下论述："有人出书，是因为偶然想到一个书名，觉得太好了，然后去做书；有人是先做好了书，才想起书名，甚至屡次易名，如同《家》中的宁馨儿，先生出来，再给取名，却因为宠爱，连着起三四个绰号，也不觉得重复。名之来源，常人都不知道⋯⋯"❶ 正是因为有了序跋的存在，作家才有了一个特别的载体为大家介绍书名的来源。确实，许多中国现代文学的序跋作者习惯于在序跋中阐释作品的命名，特别是在为自己的作品作序之时更是如此。

序跋在阐释书名的时候，并非如同解词般简单解释，而是创建了一个语境，通过各种方式来引导、丰富、深化读者对于书名的理解，以此体

---

❶　季维龙,黄保定.林语堂书评序跋集[M].长沙:岳麓书社,1988:270.

味著书者的匠心，感受一本书的内容如何凝聚为一个言简意丰的书名，从而将书名的真正含义阐释出来。

胡适在《〈尝试集〉自序》中放言否定了陆游"尝试成功自古无"，高唱"自古成功在尝试"❶，从药圣尝百草、名医试丹药来诉说尝试不易，号召大家"尝试"作诗、做事。"自古成功在尝试"，是以《尝试集》作为一种挑战的宣言，经由对序跋文的解读，为"尝试"一词赋予了新意义，使开辟新诗天地、与千百年文言诗决裂的坚定喷薄而出。钱杏邨在为自己的散文集《麦穗集》所作序言中，用从麦秆上落到田间的穗子，映射出将平时随手写的文章掇拾汇集的意思。唐弢在《〈推背集〉前记》中表明，之所以如此命名，并非有深意或是预言，而是映对着"时时觉得有人在推着我的脊背止住我"❷。与此异曲同工的是老舍的《赶集》，在《〈赶集〉序》中，老舍幽默地说："这里的《赶集》不是逢一四七或二五八到集上去卖两只鸡或买二斗米的意思，不是；这是说这本集子里的十几篇东西都是赶出来的。"❸ 钱钟书在《〈写在人生的边上〉序》中说："假使人生是一部大书，那末，下面的几篇散文只能算是写在人生边上的。这本书真大！一时不易看完，就是写过的边上也还留下好多空白。"❹ 在这里，人生被比喻为大书，散文被作为书边的文字，而空白则体现了作者的自谦以及对人生之敬重，而文字之不俗在于，无一个生僻字词，而意象却是崭新的，更有书香韵味与文人雅趣。关于《杂拌儿》，俞平伯在《〈杂拌儿〉自题记》中解释为"只因为想不出名字来，'取他杂的意思'，并无他意"❺。而周作人在俞平伯自序前两日为《杂拌儿》所作题记代跋中，不仅为大家解释了杂拌儿是一种什锦干果，更揣度俞平伯的命名的意思是取其杂。两篇序跋文对照阅读，同道之感顿现。

让我们把目光放在曹禺的《关于〈蜕变〉二字》中。他在这篇序跋中特别阐释了"蜕变"："生物界里有一种新陈代谢的现象：多少昆虫（听说

❶ 胡适.尝试集[M].北京:华夏出版社,2009:89.

❷ 唐弢.唐弢杂文集[M].北京:生活·读书·新知三联书店,1984:2.

❸ 老舍.老舍序跋集[M].广州:花城出版社,1984:5.

❹ 钱钟书.写在人生边上[M].沈阳:辽宁人民出版社,2001:2.

❺ 俞平伯.杂拌儿集[M].北京:中国青年出版社,1995:2.

有些爬行的多足动物也是如此，）在生长的过程中需要硬狠狠把昔日的老腐的躯壳蜕掉，然后新嫩的生命才逐渐长成。这种现象我们姑且为它杜撰一个名词，叫作'蜕变'。'蜕变'中的生物究竟感觉如何虽不可知，但也不难想象。当着春天来临，一种潜伏的泼剌剌的生命力开始蕴化在它体内的时候，它或者会觉到一种巨大的变动将到以前的不宁之感。这个预感该使它快乐而苦痛，因为它不只要生新体，却又要蜕掉那层相依已久的旧壳。'自然'这样派定下那不可避免的铁律：只有忍痛蜕掉那一层腐旧的躯壳，新的愉快的生命才能降生。……戏的关键还是在我们民族在抗战中一种'蜕'旧'变'新的气象。这题目就是本戏的主题。"❶ 从这段文本，我们可以发现，它首先是极为明确地提出了曹禺创作《蜕变》一剧的目的，其次，它传达了作家借此期望引起特定的情感呼应。我们从中可以发现，曹禺从生物学中获取了一个"蜕变"的意向，由此出发，从自然演绎到社会，演绎到民族抗战的现实主题。这所有的意义，如何被人们发现并理解呢？序跋文就强化了这种理解，让人们在解读中发现作家的初衷。

当然由于时代因素、个体原因，人们对于艺术作品必然会产生自己的解读，但是对于作家创作意图的了解应该是最基本的，特别是对于研究者而言。这正是序跋文解读作品命名的重要作用。

以序跋去阐释书名，这不仅是由书的内容与书名的关系决定着，也与序跋作者的创作习惯、风格有关，甚至与序跋创作时的具体情形有关。相同的意象，有时会由于序跋文不同的解读而产生不同的文学感悟。周作人《雨天的书》源于冬雨中的空想，空想后的心思散漫，散漫后的随便漫写。这雨，可是自然界之雨，也可是心中的雨。同是雨，在许地山的《空山灵雨》中，不是空濛的感受，而是"杂沓纷纭，毫无线索"❷。林语堂在《〈大荒集〉序》中阐释说："因而想到'大荒集'这名词，因为含意捉摸不定，不知如何解法，或是有许多解法，所以觉得很好。由草泽而逃入大荒中，大荒过后，是怎样个山水景物，无从知道。但是好就好在无人知道，

---

❶ 曹禺.蜕变[M].重庆:重庆文化生活出版社,1941:398.

❷ 许地山.空山灵雨[M].福州:福建人民出版社,2012:2.

就这样走，走，走吧。"❶与林语堂不同，艾芜喜欢"荒地"这两个字，因为无边无际的荒凉的景色围绕着自己，他期望这种荒地的景色不再困扰同时代的年轻人，而在荒凉之苦中获得勇气，因此将自己的短篇小说集命名为《荒地》。

从这些序跋文可以看出，书名通过序跋的阐释，焕发出了作者创作的冲动，展现出作者创作的真正出发点，一种自我思想的呈现，因此具有着深刻的意义，也构成了阅读者进入作者创作之中的途径。这类命名的阐释，是对作家创作的一种披露，是将焦点汇集在作者自我意识的体现上，着重于对主题的揭示与深化。

我们在序跋文中也可以发现，许多作品的命名其实也经过了周折，特别是当自己的作品名字与他人的作品名字重复之时。周作人的《木片集》曾经想拟名为《鳞爪集》或《草叶集》，因为怕与他人著作重复，所以定名《木片集》，就是所谓的竹头木屑，也可以有用处，即使不能做简牍，也可当生火的柴禾。周作人的弟子废名与他有着同样的想法，在《〈桥〉序》中，我们得知，《桥》本来想题名为《塔》，但是因为别人有书命名为《塔》，因此转而命名为《桥》，但他依然有些惋惜，因此说"我也喜欢塔这个名字，不只一回，我总想把我的桥岸立一座塔，自己好好的在上面刻几个字，到了今日仿佛老眼有点昏花似的，那些字迹已经模糊，也一点没有思去追认它了"❷。而以塔为名的作品，应该是郭沫若的小说《塔》，"把我青春时期的残骸收藏在这个小小的'塔'里"❸。而徐志摩却与之迥异，虽然他的散文集《落叶》与郭沫若的小说《落叶》同名，但是觉得同名的书和同名的人一样常有，更因为广告已经发出去，因此在《〈落叶〉序》中，期望郭沫若气量大不要怪罪。同样有趣味的是，李广田在《〈画廊集〉题记》中，也历数了他曾经考虑过将这本散文集命名为《悲哀的玩具》《无名树》，最终用了《画廊集》，是因为这是最适合这部集子的一个记号，像里面有平常而杂乱的年画的画廊，因此最终命名。

❶　林语堂.大荒集[M].海南：上海生活书店,1934:2.
❷　王风.废名集（第一卷）[M].北京：北京大学出版社,2009:337-338.
❸　郭沫若.郭沫若作品新编[M].海南：人民文学出版社,2010:312.

从这种命名的变化，我们可以透视作家的个性、情趣甚至彼此之间的关系。更为重要的是，由于作品的命名是一个非常重要的问题，有着如同父母为子女起名的意义与价值，因此，序跋文的相关阐释，就为我们厘清了发生变化的过程，复原了原始创作的风貌，让我们从对序跋文的校勘与考证之中，更为直接地与创作者完成对话。

一、周作人序跋"生发"书名本意

周作人在《〈看云集〉自序》中说："做序之一法是从书名去生发……"❶ 序跋由书名生发，包含了两个要素，一是书名，一是生发。没有书名，就没有了作序的主体，不能生发；生发，则是探究书名的本意，一般或介绍书名的由来，或由书名生发出新的内容，或体现生发出新内容的意义何在。

如关于"苦茶"一词，周作人在1931年所作的《〈苦茶随笔〉小引一》中，只是淡淡谈及因为是在吃苦茶的时候所写，因此命名为《苦茶随笔》。但是在1935年所作的《〈苦茶随笔〉小引二》中，他则洋洋洒洒从"忍过事堪喜"的诗句写开来，"我不是尊奉它作格言，我是赏识它的境界。这有如吃苦茶。苦茶并不是好吃的，平常的茶小孩也要到十几岁才肯喝，咽一口酽茶觉得爽快，这是大人的可怜处。人生的'苦甜'，如古希腊女诗人之称恋爱，《诗》云，谁谓荼苦，其甘如荠"❷。从饮茶之苦，到人生之苦，到艺术之苦，淡然之中是周作人的态度表现，从其小引中可以体味到，周作人认为：人生之苦为常态，以苦为乐自甘甜，忍得苦方能成就艺术之隽永境界。

周作人很多书籍的命名源于中国的古文或典故。源于古诗文或典故的书名，无法一下让很多阅读者明了，因此往往需要序跋作者告知阅读者引用的古诗文或典故来自何处，并解释为何由此命名。因此他惯于在序跋中为阅读者进行书名解读。有学者评价他的散文："在他的带动和影响下，从20年代开始，中国文坛就形成了一个学者式散文流派，成为现代文学中崇

❶ 周作人,著文,钟叔河,编订. 知堂序跋[M].北京:中国人民大学出版社,2009:71.
❷ 同❶:101.

尚闲适、青涩，知识性与趣味性并重的一个散文流脉。"❶ 他的序跋也如是，从不讳言从中国古代文学中发掘新文学的艺术灵感。

如果没有序跋的导读，有时我们会忽略作者命名书籍的匠心。如周作人的《看云集》的命名，"看云"二字看似平凡，有人会仅从字面简单判断为单纯的看云彩这一举动，经由《〈看云集〉自序》解释，我们方可确定作者最初的意思来自王维的诗句"行到水穷处，坐看云起时"，其中不仅包含作者观人生的理念，也有对中国古代文化空灵境界的向往。品读《〈夜读抄〉小引》，我们会发现，周作人"夜读"的爱好与憧憬来自"欧阳子方夜读书"的梦想，来自与夜读相连的书室向往，是一种置身于瓦屋纸窗、有灯有竹的趣味，是一种对于禅意的追求。《〈苦竹杂记〉小引》从宝庆的《会稽续志》中"苦竹"词条谈起，谈自己的杂记并非有着种种苦不堪言的味道，而仅仅是取自嘉泰《会稽志》中的"苦竹亦可为纸，但堪作寓钱尔"❷，自谦为粗陋之作。最后，又引用了《冬心先生画竹题记》再谈苦竹，但说明这与他自己著作的意思无关。通篇序文在引用的否定—肯定—否定之中，广征博引，让人体味到赵景深所说宛如博学老前辈的微笑，又恰具曹聚仁所评"羚羊挂角，无迹可求"的神韵。

即使具有深厚文化功底的阅读者，如无序跋的解释，有时也无法明确作者引故用典的真正意思。如在《〈秉烛谈〉序》中，周作人娓娓道来《秉烛谈》不是源于《古诗十九首》的"昼短苦夜长，何不秉烛游"，不是来自陶渊明的《饮酒二十首》的"寄言酣中客，日没烛当秉"，而是《杜诗解》中《羌村三道》的"夜阑更秉烛，相对如梦寐"的境地与情致。在《〈风雨谈〉小引》中，周作人直言《风雨谈》典故来自《诗经·郑风》的《风雨》三章，爱其"风雨凄凄以至如晦"的意境，但更说到自己不谈风月，只是因为"想定了风和雨，所以只得把月割爱了"❸，都是天文类，没有什么差异。比照鲁迅《准风月谈》的斗争之激烈、讥讽之执着，别有一种参

❶　刘勇,邹红.中国现代文学史[M].北京:北京师范大学出版社,2010:169.

❷　周作人,著文,钟叔河,编订.知堂序跋[M].北京:中国人民大学出版社,2009:106.

❸　同❷:111.

悟人生的平和冲淡。钱公侠、施瑛在 1936 年所写的《〈小品文〉小引》一文中曾形象地比喻，鲁迅的文章如辣椒，周作人的文章像橄榄，从《〈风雨谈〉小引》与《〈准风月谈〉前记》两篇序跋文即可见一斑。又如，对于周作人的《瓜豆集》，许多人有着自己的猜测，有人认为是寓意着种瓜得瓜种豆得豆的运命，有人认为是讲"豆棚瓜架雨如丝"❶ 的神鬼，有人认为是"竟瓜剖而豆分"❷ 的伤时之作。但是周作人自己在《〈瓜豆集〉题记》中，明明白白地指出，以上的猜测都不对，"瓜豆"就是日常生活中的冬瓜、长豇豆而已。如果非要探究更深的意思，就是杜园瓜豆，强调人云亦云是缺点，讲自己所知、谈自己所想，"出自园丁，不经市儿之手"❸，"土膏露气真味尚存"❹，才是取法乎上。废名在《再谈用典故》中谈道"作文叙事抒情有时有很难写的地方，每每借助于典故。这样用典故最见作者思想的高下，高就高，低就低，一点不能撒谎的"❺，并赞叹陶渊明读书用典是神解，这样的赞美用在周作人以序跋文释典之处也很恰切。

与周作人有着相同趣味，喜欢在序跋中解释书名中引古用典的现代作家还有很多。如黄天鹏在《〈黄粱集〉自序》中自述追忆往事如同庐生邯郸一梦，因此将散文集命名为《黄粱集》；唐弢的散文集《短长书》，据其在《〈短长书〉序》解释，源自《战国策》的别名，因为集中所收录散文长短不拘，并作于战时，因而命名；王统照在《〈繁辞集〉序言》中自言因为惆怅言辞的不适当和少所启发，因此从阮籍的诗句"繁辞将诉谁"化出《繁辞集》这一散文集名；郁达夫在《〈鸡肋集〉题辞》中戏称自己的东西"弃之可惜，存之可羞"，因此他把自己的全集第二卷称为鸡肋。周黎庵在《〈吴钩集〉序》中说自己不喜欢《吴越春秋》中"吴钩"的典故，更爱的是清代才人黄仲则"昨夜朗吟浑未寐，草堂风雪看吴钩"的意境，由此辨析自己所用典故的真正来源与用意。

---

❶ 周作人,著文,钟叔河,编订.知堂序跋[M].北京:中国人民大学出版社,2009:117.

❷ 同❶.

❸ 同❶:118.

❹ 同❶:118.

❺ 王风.废名集(第三卷)[M].北京:北京大学出版社,2009:1466.

笔者特别注意到，极受西洋散文影响的梁遇春，在《〈春醪集〉序》中，不仅直言"春醪"这一典故出于《洛阳伽蓝记》中游侠"不畏张弓拔刀，但畏白堕春醪"，更说自己没有"醉里挑灯看剑"的豪情，是梦话般没有成熟的作品，只期望与同醉人们莞尔。在1930年5月23日的午夜，梁遇春在《〈春醪集〉序》的结尾写道："再过几十年，当酒醒帘幕低垂，擦着惺忪睡眼时节，我的心境又会变成怎么样子，我想只有上帝知道罢。我现在是不想知道的。我面前还有大半杯未喝进去的春醪。"❶ 在那一时刻，他肯定无法预料到，他的人生再无几十年，仅仅两年后的1932年自己即撒手而逝。这青春式的写作，真的如废名在《〈泪与笑〉序一》中所说是"一个春的怀抱，……更作一个春的挣扎……"❷ 而"春醪"之解，则让阅读者更能体会到梁遇春序跋文有别于人们习见的他英式散文之外的文风。

　　以古诗文、典故为书名，确实典雅风趣又含蓄有致。但是往往因言简意赅、辞近旨远，而无法让阅读者完全领悟。如果是平常的熟语容易让阅读者误读，序跋的作用就是让阅读者发现著书者在书名中的引古用典，以免匆匆而过的阅读者遗漏著书者用心；如果古文或典故来源很多，序跋的作用就是释源，告知阅读者著书者用典的来源，屏蔽种种误读。此外，通过序跋对其进行生发性解读，也可让阅读者领悟著书者的真意。

　　自"五四"以来，有些现代文学作家以西方文学为参照进行创作，因此往往重视西方的文学观念和文学发展状况，他们对于西方现代文化和文学的热情，在以序跋解释书名的过程中依然可见一斑。如早在1919年，张枕绿在为自己的短篇小说集《〈爱个丝光〉》所作自序中就说："签之曰《爱个丝光》则取X光之意，以譬吾作，盖自夸也。既付梓，闻李涵秋有长篇社会小说《爱克司光录》之作。命名若相同，而体格不相类，则仍吾旧不敢避讳矣。"❸ 从中，我们既可以发现张枕绿对于西方科技的了解与崇尚，也可以从竟然有同名小说出现的现象发现这种对于西方文明认同的时尚感、普遍感，绝然不是单一的现象。

❶　梁遇春.梁遇春散文选集[M].天津:百花文艺出版社,2004:2.
❷　梁遇春.泪与笑[M].北京:中国文联出版公司,1993:3.
❸　柯灵.中国现代文学序跋丛书·小说卷[M].海南:海南人民出版社,1988:1.

从西方文学中汲取营养与灵感，是一些中国现代文学作家的选择。在诸多的序跋文中，可见端倪。从《写在〈短裤党〉的前面》，我们了解到蒋光赤的"短裤党"借用的是法国大革命最穷的革命党人的名字——短裤党（Des Sans culottes）；从《写在〈野蔷薇〉的前面》，我们知晓了茅盾的《野蔷薇》源于脑威（挪威）现代小说家包以尔小说中的意象；从《〈忏余集〉独白》，我们了解到郁达夫的忏悔来自哥德（歌德）垂死时所说的"更要光明！更要光明!"（Mehr Lioht! ……Mehr Lioht!）；巴金在《〈沉默〉序》中说："小说集题名《沉默》，只是借用阿·司皮斯（A·Spies）的一句话的意思。（司皮斯在绞刑架上说了这样一句话：'我们在坟墓中的沉默比我们今天被你们绞死的声音更有力的时候快到了。'）"❶ 这些序跋文，不仅直白地告知了我们作品源自外国的作品或受其启迪，有的还在行文之中夹杂了外文单词，彻底体现了当时欧化文体的色彩。

周作人也很擅长化用西方典故入书名。通过《〈自己的园地〉序言》，我们可以发现，周作人"自己的园地"源自法国人福禄特尔（伏尔泰）的小说《亢迭特》（Candide，《老实人》）。但是，借助这一外来的"自己的园地"，周作人实际上在阐发自己独特文学理论与批评观。首先，周作人强调自己的园地要"本了他个人的自觉"❷，种蔷薇地丁与种果蔬药材有着同样的价值，这是在认同创造者可以并应该有自己的声音；第二，"自己的园地"是文艺，文艺要"依了自己的心的倾向"❸，主张文艺要尊重个性、抒发心的声音；第三，"自己的园地"超越了"为人生""为艺术"两大派别，追求独立的艺术美与无形的功利。"有些人种花聊以消遣，有些人种花志在卖钱；真种花者以种花为其生活——而花亦未尝不美，未尝于人无益。"❹ 诚如温儒敏所说，"'自己的园地'是周作人对文学的本质与功能的独立思索，也是他后来整个文学理论与批评的基础，其核心就是强调文学

---

❶　巴金.序跋集[M].广州:花城出版社,1992:84-85.
❷　周作人,著文,钟叔河,编订.知堂序跋[M].北京:中国人民大学出版社,2009:23.
❸　同❷.
❹　同❷:24.

的创作个性以及'不为而为'的创作态度"❶。笔者关注的是，如此重要的文艺理论、事关两大派系的重要论争，但是周作人却以种植园地的轻松比喻谈出，不复当年高唱"人的文学"的先驱与引领者形象，更体现出周作人认为"自己的园地"是自己的选择，也应该是别人的选择。别有意味的是，废名在《〈竹林的故事〉序》中，明确地说："我自己的园地，是由周先生的走来。"❷ 这已经是在周作人作《〈自己的园地〉序言》3 年以后，废名作为周作人创作与理论的追随者、认同者的身份不言自明。

1917 年，胡适在《文学改良刍议》中提出文学改良的"八事"——"一曰，须言之有物。二曰，不摹仿古人。三曰，须讲求文法。四曰，不作无病之呻吟。五曰，务去烂调套语。六曰，不用典。七曰，不讲对仗。八曰，不避俗字俗语。"❸ 废除用典，是其中一项重要的主张。随之，作为骈体文的狭义用典法渐渐减少；但是广义的用典方法，因为有助于说理、修辞、表达丰富的内涵，便于发表无法直言之事，因此就如启功在 20 世纪 90 年代所说，"七十年前虽已提出废黜的倡议，并已被公认应废，但它仍在人们不知不觉中活跃地存在着"❹，不难在中国现代文学的视野中发现用典的踪迹。由于许多中国现代文学著作的命名，确是源于古诗文或典故，因此在中国现代文学序跋中，自然也可以发现对于这类书之命名的解读。同时，也会如废名所说，"作文用典故本来同用比喻一样，有他的心理学上的根据，任何国的文学皆然。在外国文学里头用典故这件事简直不成问题，只看典故用得好不好，正如同比喻用得好不好"❺。中国现代文学著作的命名，西方典故也是用典的来源之一。因此，随之而来的就是中国现代文学序跋作者将书名的解读扩展至了西方文化领域。周作人从书名生发序跋，最常见的就是对书名典故的解读，这也让他的序跋文往往洋溢着学者之味，使阅读者在了解其著作之外获得学识上的熏染。

---

❶ 温儒敏.中国现代文学批评史[M].北京:北京大学出版社,1993:26.

❷ 王风.废名集(第一卷)[M].北京:北京大学出版社,2009:12.

❸ 胡适.文学改良刍议[J].新青年,1917,2(5).

❹ 启功.启功全集:第 1 卷[M].北京:北京师范大学出版社,2009:198.

❺ 王风.废名集(第三卷)[M].北京:北京大学出版社,2009:1458.

二、鲁迅序跋的应有之意

鲁迅已经将阐释书名作为序跋文的一种应有之意。在他为自己的著作所作序跋中，仅有《集外集》《两地书》等少数书籍没有在序跋中被明确解释书名。

鲁迅在诸多自序中，以隐喻手法阐释了自己创作的书籍何以命名。对于《呐喊》《彷徨》两部小说的命名，凝聚了鲁迅情绪的倾向与行动的指向。呐喊的原因是自身的寂寞与悲哀，呐喊的目的是慰藉同样寂寞、同样前行的勇士；彷徨同样源于寂寞，因为战斗意气的冷却，因为寻觅新战友而不得。鲁迅的散文集《朝花夕拾》则是从回忆中汲取的诗意，散文诗集《野草》更是鲁迅诗情的抒发。这几篇序跋文，虽然文风不同、内容迥异，但是在阐释书名这一方面，皆用了隐喻，从其序跋文可以发现其中有着多层次的对应关系。

在《〈呐喊〉自序》（该序 1923 年 8 月 21 日发表于北京《晨报·文学旬刊》）中，鲁迅认为呐喊是一种对于自己和同行的猛士都不可不为的行动，"在我自己，本以为现在是已经并非一个迫切而不能已于言的人了，但或者也还未能忘怀于当日自己的寂寞的悲哀罢，所以有时候仍不免呐喊几声，聊以慰藉那在寂寞里奔驰的猛士，使他不惮于前驱。至于我的喊声是勇猛或是悲哀，是可憎或是可笑，那倒是不暇顾及的……"❶鲁迅没有像《呐喊》一书那样为《彷徨》作序，但笔者在《〈鲁迅自选集〉自序》（该序鲁迅于 1932 年 12 月 14 日作于上海寓居）中，发现了鲁迅对于"彷徨"的阐释："得到较齐整的材料，则还是做短篇小说，只因为成了游勇，布不成阵了，所以技术虽然比先前好一些，思路也似乎较无拘束，而战斗的意气却冷得不少。新的战友在那里呢？我想，这是很不好的。于是集印了这时期的十一篇作品，谓之《彷徨》，愿以后不再这模样。"❷"呐喊"与"彷徨"，都非常简洁，在一个完整的充满想象力的框架里，具有多义性，可以让读者分享更多的感受和情绪，产生不同的解读。王富仁从中解读出"《呐喊》

---

❶ 鲁迅.鲁迅全集:第一卷[M].北京:人民文学出版社,1981:419.

❷ 鲁迅.鲁迅全集:第四卷[M].北京:人民文学出版社,1981:456.

更集中于对旧民主主义政治革命的沉思,《彷徨》则更集中于对新的民主主义政治革命的期待"❶。钱理群则认为"正是'希望'与'绝望'这两个命题的互相纠结、渗透、否定的动态发展构成了鲁迅的《呐喊》(与《彷徨》)最基本的心理内容"❷。而相关的序跋解释,则从作者的角度传达给阅读者最直接的意义。"呐喊"这一动作,对应着追忆往事的悲哀,对应着同是前行者的寂寞苦痛,对应着对猛士的关爱与慰藉,更在喊声中对应着鲁迅弃医从文的转变、对于文学启蒙的思考。"彷徨"则是对应着"游勇"一词,是对"布不成阵了"的现实的苦闷,是对"战斗的意气却冷得不少"的悲哀,是寻觅"新的战友"而不得的寂寞,鲁迅的诗"寂寞新文苑,平安旧战场。两间余一卒,荷戟独彷徨",可以作为佐证。

关于"故事新编",鲁迅是针对着评论家的庸俗而发音的,他在《〈故事新编〉序言》(作于1935年12月26日)中说:"我是不薄'庸俗',也自甘'庸俗'的;对于历史小说,则以为博考文献,言必有据者,纵使有人讥为'教授小说',其实是很难组织之作,至于只取一点因由,随意点染,铺成一篇,倒无须怎样的手腕;况且'如鱼饮水,冷暖自知',用庸俗的话来说,就是'自家有病自家知'罢……并且仍旧拾取古代的传说之类,预备足成八则《故事新编》。"❸"故事新编","故事"看似有一个明晰的含义——历史小说,"新编"是一种方式,是作者拾取古代的传说而作。钱理群《〈故事新编〉解读》一文认为:"如果说'故事'(神话、传说及史实)是人类历史早期对于外部世界及自身的一种认识,'新编'就是身处20世纪二三十年代的作者对于这种认识的再认识,其间自然要渗透新的时代精神和作家个人某些内心体验。"❹不过,从序言中我们可以发现,一新一旧,针对着"庸俗"而言,针对着胡梦华对于《蕙的风》的批评和成仿吾批评《呐喊》某些作品"浅薄""庸俗",这一新一旧就有了更能体现当时历史环境的解读与寓意。

───────────

❶　王富仁.中国反封建思想革命的一面镜子:《呐喊》《彷徨》综论[M].北京:中国人民大学出版社,2010:70.

❷　钱理群.走进当代的鲁迅[M].北京:北京大学出版社,1999:142.

❸　鲁迅.鲁迅全集:第二卷[M].北京:人民文学出版社,1981:342.

❹　同❷:127.

关于《野草》的阐释，是大家耳熟能详的，我们可以在《〈野草〉题辞》（该序 1927 年 4 月 26 日作于广州白云楼，1927 年 7 月 2 日发表在北京《语丝》周刊第 138 期）中发现野草意象对于鲁迅的意义："野草，根本不深，花叶不美，然而吸取露，吸取水，吸取陈死人的血和肉，各各夺取它的生存。当生存时，还是将遭践踏，将遭删刈，直至于死亡而朽腐。但我坦然，欣然。我将大笑，我将歌唱。我自爱我的野草，但我憎恶这以野草作装饰的地面。……我以这一丛野草，在明与暗，生与死，过去与未来之际，献于友与仇，人与兽，爱者与不爱者之前作证。"❶ "野草"是开放性的隐喻，野草有着生存的苦楚，有着没有成为乔木的自责，更有着宿命的悲哀，而大笑、歌唱，则是作者的冷静与豪迈。爱与憎恶，明与暗，生与死，过去与未来，友与仇，人与兽，爱者与不爱者，一系列尖锐的对比中，是鲁迅最鲜明的情绪表达。或许，这里有着钱理群所理解的"怎样看待群众（'友''人''爱者'）？怎样对待敌人（'仇''兽''不爱者'）？怎样看待自己？又怎样看待'过去与未来'？——这正是鲁迅在《野草》时期日夜苦苦探求的中心"❷。或许，这里有着汪晖所认为的"实质上体现了鲁迅就死亡在生命本身中的功能阐释和认识死亡的态度，以及从生命终点（未来）返顾生命意义（现在）的追问……"❸ 笔者无意解析哪一种解读更为合理，只想说明，由于所有情绪的指向性作者都没有言说，因此构成了阅读者无尽的解读与理解的场域，这正是《野草》日益成为一种鲁迅哲学言说的原因，也是鲁迅《〈野草〉题辞》文本的价值所在。

而"朝花夕拾"也是如同"野草"一样，被鲁迅以诗意的阐释赋予了特别的意义，他在《〈朝花夕拾〉小引》（1927 年 5 月 1 日作于广州白云楼，1927 年 5 月 25 日发表于北京《莽原》半月刊第 2 卷第 10 期）中写道："带露折花，色香自然要好得多，但是我不能够。便是现在心目中的离奇和芜杂，我也还不能使他即刻幻化，转成离奇或芜杂的文章。或者，他日仰看

---

❶ 鲁迅.鲁迅全集:第二卷[M].北京:人民文学出版社,1981:159.
❷ 钱理群.走进当代的鲁迅[M].北京:北京大学出版社,1999:371.
❸ 汪晖.反抗绝望:鲁迅及其文学世界(增订版)[M].北京:生活·读书·新知三联书店,2008:262.

流云时，会在我的眼前一闪烁罢。我有一时，曾经屡次忆起儿时在故乡所吃的蔬果：菱角、罗汉豆、茭白、香瓜。凡这些，都是极其鲜美可口的；都曾是使我思乡的蛊惑。后来，我在久别之后尝到了，也不过如此；惟独在记忆上，还有旧来的意味留存。他们也许要哄骗我一生，使我时时反顾。"❶ "朝花夕拾"是一种对比性的隐喻，朝花不可拾取，是因为在记忆中才更美；夕拾，是岁月的沉淀与心情的积淀。从"编辑旧稿"到"回忆散文"到"朝花夕拾"，从行为到文章到动作，书名的演绎彰显的是作者的心情，更具有典型的力量和脱颖而出的审美功能，从而让这一意象成为了人们耳熟能详的追忆的凝聚，超越了一时、一地、一人的局限，成为永久的经典意象。

隐喻指向创作的内在语境，强调文本语境激起的心理感受、情感体验。"呐喊"是寂寞的，"彷徨"因为自感是"游勇"，"野草"是自爱的，"故事新编"冷暖自知，"朝花"是记忆中的，在这里，鲁迅更多的自我内心的独白，是自我的审视，并不强调对话性，但就是因为在序跋中依然仿佛在自言自语，因此更突显了内心世界的寂寞。不过，这种寂寞，并非因为鲁迅自己的个人因素，而是一个时代先行者的寂寞，一个时代的悲哀。

此外，我们发现鲁迅序跋文中阐释了书名因隐喻而呈现出的抒情意味。这种特点，体现在这5篇序跋文的诗意化书写中。《〈呐喊〉自序》中，"人"用"已经并非一个迫切而不能已于言"来修饰，"悲哀"是"或者也还未能忘怀于当日自己的寂寞的"，猛士是"在寂寞里奔驰"的，复杂、连续的修饰语，给予读者强大的情绪压强，仿佛可见呐喊者的挣扎与痛苦。而在对《彷徨》的解读中，"只因为成了游勇，布不成阵了，所以技术虽然比先前好一些，思路也似乎较无拘束，而战斗的意气却冷得不少。"❷ 一连串的连接词，因果、并列、转折的复杂使用，更让"新的战友在那里呢？"❸的寻觅显得迫切而凄凉。《〈野草〉题辞》本身就是一首散文诗，关于书名解释的诗句，特别让笔者注意到了其中的重复与对比：两个"根本不深，

❶ 鲁迅.鲁迅全集：第二卷[M].北京：人民文学出版社,1981:229-230.

❷ 鲁迅.鲁迅全集：第四卷[M].北京：人民文学出版社,1981:456.

❸ 同❷.

花叶不美"、三个"吸取"连用,"坦然"与"欣然"的现实态、"将大笑"与"将歌唱"的未来态四组动词连用,"明与暗""生与死""过去与未来""友与仇""人与兽""爱者与不爱者"6组对比连用,音调的铿锵、情绪的起伏,散发着浓郁的诗情,创造了独特的诗歌意境。而《〈朝花夕拾〉小引》中,"带露折花""仰看流云""思乡的蛊惑",都是色香味俱佳的点染,而"哄骗"一词更是佳妙,对往事的留恋、记忆的美好这无法言说的情趣跃然纸上。

鲁迅杂文集的命名,与以上鲁迅的序跋文不同,直接指向现实生活中的论争。如果没有序跋文对于当时历史事件、文化背景的阐释,后代的人们往往无法理解这些文集何以命名。

在《〈热风〉题记》(1925年11月3日)中,我们发现"热风"是他自说自话的反抗性行动:"但如果凡我所写,的确都是冷的呢?则它的生命原来就没有,更谈不到中国的病证究竟如何。然而,无情的冷嘲和有情的讽刺相去本不及一张纸,对于周围的感受和反应,又大概是有所谓'如鱼饮水冷暖自知'的;我却觉得周围的空气太寒冽了,我自说我的话,所以反而称之曰《热风》。"❶

在《〈华盖集〉题记》(1925年12月31日作于绿林书屋东壁下)中,鲁迅的文字充满了反讽的意味,解释着"华盖"的意思:"这病痛的根柢就在我活在人间,又是一个常人,能够交着'华盖运'。我平生没有学过算命,不过听老年人说,人是有时要交'华盖运'的。这'华盖'在他们口头上大概已经讹作'镬盖'了,现在加以订正。所以,这运,在和尚是好运:顶有华盖,自然是成佛作祖之兆。但俗人可不行,华盖在上,就要给罩住了,只好碰钉子。"❷ 而《华盖集续编》一名,则不仅仅是简单的沿用,更有着对于时事的思考。他在《〈华盖集续编〉小引》(1926年10月14日作于厦门,1926年11月16日发表于《语丝》周刊第104期)中写道:"书名呢?年月是改了,情形却依旧,就还叫《华盖集》。然而年月究竟是改

---

❶ 鲁迅.鲁迅全集:第一卷[M].北京:人民文学出版社,1981:292.

❷ 鲁迅.鲁迅全集:第三卷[M].北京:人民文学出版社,1981:3-4.

了，因此只得添上两个字：'续编。'"❶

关于"坟"的命名，鲁迅在《〈坟〉的题记》与《写在〈坟〉后面》两篇序跋文中反复进行了阐释。他在《〈坟〉的题记》（1926 年 10 月 30 日作于厦门，1926 年 11 月 20 日发表于北京《语丝》周刊 106 期）中写道："此外，在我自己，还有一点小意义，就是这总算是生活的一部分的痕迹。所以虽然明知道过去已经过去，神魂是无法追蹑的，但总不能那么决绝，还想将糟粕收敛起来，造成一座小小的新坟，一面是埋藏，一面也是留恋。至于不远的踏成平地，那是不想管，也无从管了。"❷ 他在《写在〈坟〉后面》（1926 年 11 月 11 日夜）中又写道："当呼吸还在时，只要是自己的，我有时却也喜欢将陈迹收存起来，明知不值一文，总不能绝无眷恋，集杂文而名之曰《坟》，究竟还是一种巧取的掩饰。……不幸我的古文和白话文合成的杂集，又恰在此时出版了，也许又要给读者若干毒害。只是在自己，却还不能毅然决然将他毁灭，还想借此暂时看看逝去的生活的余痕。惟愿偏爱我的作品的读者也不过将这当作一种纪念，知道这小小的丘陇中，无非埋着曾经活过的躯壳。待再经若干岁月，又当化为烟埃，并纪念也从人间消去，而我的事也就完毕了。"❸ 反复之中，却有着众多屈折难言的意思在其中。

在《〈而已集〉题辞》（1928 年 10 月 30 日，最初收入《华盖集续编》，是作者 1926 年 10 月 14 日编完该书时所作）中，鲁迅连续用了 4 个"而已"表达自己出离愤怒的心态："这半年我又看见了许多血和许多泪，然而我只有杂感而已。泪揩了，血消了；屠伯们逍遥复逍遥，用钢刀的，用软刀的。然而我只有'杂感'而已。连'杂感'也被'放进了应该去的地方'时，我于是只有'而已'而已！"❹ 我们从《〈三闲集〉序言》（1932 年 4 月 24 日）中，发现了"三闲"的来历："但是，我将编《中国小说史略》时所集的材料，印为《小说旧闻钞》，以省青年的检查之力，而成仿吾以无产阶

❶ 鲁迅.鲁迅全集:第三卷[M].北京:人民文学出版社,1981:183.
❷ 鲁迅.鲁迅全集:第一卷[M].北京:人民文学出版社,1981:4.
❸ 同❷:283-287.
❹ 同❶:407.

级之名，指为'有闲'，而且'有闲'还至于有三个，却是至今还不能完全忘却的。我以为无产阶级是不会有这样锻炼周纳法的，他们没有学过'刀笔'。编成而名之曰《三闲集》，尚以射仿吾也。"❶ 而《〈二心集〉序言》（1932年4月30日）则告诉我们，"二心"是对"三闲"体例的模仿，"去年偶然看见了几篇梅林格（Franz Mehring）的论文，大意说，在坏了下去的旧社会里，倘有人怀一点不同的意见，有一点携贰的心思，是一定要大吃其苦的。而攻击陷害得最凶的，则是这人的同阶级的人物。他们以为这是最可恶的叛逆，比异阶级的奴隶造反还可恶，所以一定要除掉他。我才知道中外古今，无不如此，真是读书可以养气，竟没有先前那样'不满于现状'了，并且仿《三闲集》之例而变其意，拾来做了这一本书的名目。"❷

《〈伪自由书〉前记》（1933年7月19日作于上海寓庐）让我们了解到"自由"的多重意味："这些短评，有的由于个人的感触，有的则出于时事的刺戟，但意思都极平常，说话也往往很晦涩，我知道《自由谈》并非同人杂志，'自由'更当然不过是一句反话，我决不想在这上面去驰骋的。我之所以投稿，一是为了朋友的交情，一则在给寂寞者以呐喊，也还是由于自己的老脾气。"❸

因袭了从"三闲"到"二心"，我们从《〈南腔北调集〉题记》（1933年12月31日作于上海寓斋）发现了鲁迅曾经有过从"南腔北调"到"五讲三嘘"的构想："一两年前，上海有一位文学家，现在是好像不在这里了，那时候，却常常拉别人为材料，来写她的所谓'素描'。我也没有被赦免。据说，我极喜欢演说，但讲话的时候是口吃的，至于用语，则是南腔北调。前两点我很惊奇，后一点可是十分佩服了。真的，我不会说绵软的苏白，不会打响亮的京腔，不入调，不入流，实在是南腔北调。而且近几年来，这缺点还有开拓到文字上去的趋势；《语丝》早经停刊，没有了任意说话的地方，打杂的笔墨，是也得给各个编辑者设身处地地想一想的，于是文章也就不能划一不二，可说之处说一点，不能说之处便罢休。即使在

---

❶ 鲁迅.鲁迅全集：第四卷[M].北京：人民文学出版社，1981：6.

❷ 同❶：191.

❸ 鲁迅.鲁迅全集：第五卷[M].北京：人民文学出版社，1981：4.

电影上，不也有时看得见黑奴怒形于色的时候，一有同是黑奴而手里拿着皮鞭的走过来，便赶紧低下头去么？我也毫不强横。……同时记得了那上面所说的'素描'里的话，便名之曰《南腔北调集》，准备和还未成书的将来的《五讲三嘘集》配对。"❶

从《〈准风月谈〉前记》（1934 年 3 月 10 日作于上海）和《〈花边文学〉序言》（1935 年 12 月 29 日），我们体味到了风月之所指、花边为何物。"自从中华民国建国二十有二年五月二十五日《自由谈》的编者刊出了'吁请海内文豪，从兹多谈风月'的启事以来，很使老牌风月文豪摇头晃脑的高兴了一大阵，讲冷话的也有，说俏皮话的也有，连只会做'文探'的叭儿们也翘起了它尊贵的尾巴。但有趣的是谈风云的人，风月也谈得，谈风月就谈风月罢，虽然仍旧不能正如尊意。"❷ "聚起一九三四年所写的这些东西来，就是这一本《花边文学》。这一个名称，是和我在同一营垒里的青年战友，换掉姓名挂在暗箭上射给我的。那立意非常巧妙：一，因为这类短评，在报上登出来的时候往往围绕一圈花边以示重要，使我的战友看得头疼；二，因为'花边'也是银元的别名，以见我的这些文章是为了稿费，其实并无足取。"❸

而"且介亭"一词则隐含在《〈且介亭杂文〉序言》（1935 年 12 月 30 日）和《〈且介亭杂文二集〉序言》（1935 年 12 月 31 日）两文中的落款中，"一九三五年十二月三十日，记于上海之且介亭。"❹ "昨天编完了去年的文字，取发表于日报的短论以外者，谓之《且介亭杂文》；今天再来编今年的，因为除做了几篇《文学论坛》，没有多写短文，便都收录在这里面，算是《二集》。……一九三五年十二月三十一日，鲁迅记于上海之且介亭"❺。

我们从相关序跋文可以发现，这些对于书之命名的解释，多是直接针对现实社会中的人或事。"热风"针对着无情的冷嘲和有情的讽刺；"华盖

❶ 鲁迅.鲁迅全集:第四卷[M].北京:人民文学出版社,1981:417.
❷ 鲁迅.鲁迅全集:第五卷[M].北京:人民文学出版社,1981:189.
❸ 同❷:417.
❹ 鲁迅.鲁迅全集:第六卷[M].北京:人民文学出版社,1981:4.
❺ 同❶:217-218.

运"是 1925 年所遭受到的"一些所谓学者，文士，正人，君子等等"的讨伐；"坟"不仅激扬着鲁迅与北洋军阀的政客集团、现代评论派斗争的精神，还有着对于当时某些人借劝读古文进行复古的警醒；"而已"8 句话自由体诗创作于《〈华盖集续编〉小引》写作完毕的当日，作为 2 年后出版的《而已集》的题辞，更是对 1927 年一年腥风血雨的抨击；"三闲"是鲁迅针对创造社、太阳社青年文学家的攻击有感而发；"二心"是对 1930 年 5 月 7 日《民国日报》所载一文（署名男儿的《文坛上的贰臣传—— 一、鲁迅》）的反击；"伪自由书"尖锐地讽刺了国民党当局讳言时事压制言论自由；"南腔北调"与"花边文学"体现了鲁迅与文化围剿与打压的斗争策略；"准风月谈"不仅继续体现了鲁迅与文化为围剿的斗争，同时也是对"鸳鸯蝴蝶派"的讥讽；"且介亭"是对半租界时代的抨击。

因此，这类序跋文在解释书名的时候更强调对话的张力。虽然看似"我自说我的话"，但自说自话却是因为"觉得周围的空气太寒冽了"，因此"反而称之曰《热风》"，一冷一热，彰显了行文的力量。鲁迅戏称《华盖集》创作于绿林书屋，这是对 1925 年北洋政府教育部专门教育司司长刘百昭和现代评论派的一些人辱骂鲁迅等反对章士钊、支持女师大学生斗争的教员为"土匪""学匪"的辛辣回击，行文细处也见笔锋，既显现鲁迅的睿智，也可见文禁的严苛。"且介亭'的命名与之有异曲同工之妙。《三闲集》则直接点成仿吾的名字，直接告知命名源于成仿吾所说的"闲暇的指责"。在《〈二心集〉序言》中，鲁迅慨叹"真是读书可以养气，竟没有先前那样的'不满于现状'了"，这"不满于现状"直接引用的是梁实秋在《新月》月刊第 2 卷第 8 期发表的《"不满于现状"，便怎样呢?》的题目，直接驳斥梁实秋等人对于杂文创作的批评。《〈南腔北调集〉题记》则换了一种笔法，名为讥讽署名"美子"的文人所作的作家素描，实为针对着国民党当局的压制打击和文化围剿，表明"南腔北调"实为一种斗争策略。

从序跋文解读作家对于书名的命名，可以发现序跋与书的内在联系。但是，序跋文不是被动地记录，而是主动地创作，是序跋作者对于自我作品的另一种审视与关注，是对书籍主题的再度探索。这是作家作为创作主体对于作品的新的经历与把握，是综合了创作与批评的行为，是作家借助这种文体表达自己对世界与人生的感受与认知，是更为直接地阐释自我观点的一种手段。

三、老舍序跋的主要用途

胡絜青在《老舍序跋集》的《序》中写道："在老舍那里，序的主要用途有三：第一，解释书名；第二，指明编选原则；第三，说明版本情况。"❶从这段文字可以发现，老舍的序跋文中解释书名占据了重要的位置。细读其写作于现代文学阶段的序跋文，可以发现，老舍的作品命名，往往从生活之物中选取，让我们走进他的生活，从而在熟悉之中体味其用心。

老舍在《〈樱海集〉序》（1935年5月作于青岛）中告诉我们，"樱海"是他写作时看见的风景，"开开屋门，正看到邻家院里的一树樱桃。再一探头，由两所房中间的隙空看见一小块儿绿海。这是五月的青岛，红樱绿海都在新从南方来的小风里。……这十篇差不多都是在青岛写的——应当名'青'或'岛'。但'青集'与'岛集'都不好听，于是向屋外一望，继以探头，'樱海'岂不美哉！"❷"蛤藻"则是来自他与女儿的海边嬉戏，"取名'蛤藻'，无非见景生情：住在青岛，看海很方便：潮退后，每携小女到海边上去；沙滩上有的是蛤壳与断藻，便与她拾着玩。……设若以蛤及藻象征此集，那就只能说：出奇的蛤壳是不易拾着，而那有豆儿且有益于身体的藻也还没能找到。眼高手低，作出来的东西总不能使自己满意，一点不是谦虚"❸（《〈蛤藻集〉序》，序于青岛，1936年双十节）。老舍在《〈三四一〉自序》（1938年6月序于武昌）中幽默地告诉读者，"三四一"其实没有什么深奥的意思，不过是因为"这本小书里有三篇大鼓书词，四出二黄戏，和一篇旧型的小说，故名之曰《三四一》"❹。《东海巴山集》的命

❶　老舍.老舍序跋集[M].广州:花城出版社,1984:1.
❷　同❶:11–12.
❸　同❶:15–16.
❹　同❶:18.

名是因为"此集所收，或成于青岛，或成于重庆，故以东海巴山名之"❶（《〈东海巴山集〉序》）。

由此我们可以发现老舍文集命名的特点，往往与文集的内容或是主题无直接关系，更多是源自创作时所在地点的景物，透视着作者的生活状况，透视着作者在作品成集时的心情。这种看似随意的方式，却体现着老舍的生活情趣。而这种情趣，往往通过细节来展现。无论是"开开""正看到""再一探头""向屋外一望""继以探头"的诸多动作，还是"一小块儿绿海""新从南方来的小风"的清新描写，还是与小女嬉戏海边的情景，都洋溢着作者对于日常生活的关注与热爱，这是与老舍一贯的创作风格一致的。

此外，老舍序跋的遣词造句朴实而直白，没有隐喻或是令人费解的词语，仿佛一个厚道又有些顽皮的人在与读者对话，是一个来自京城、一口京白的人在讲述有趣的故事，客气中有着可亲可爱，有着最直接的生活感受、最直观的艺术判断，因此他在《〈微神集〉序》中说"名之曰《微神集》者，第一是因为微神这两个字倒还悦耳，第二是因为它是我心爱的一篇，第三是因为这样的一个名字也许比甲集乙集什么的更雅趣"❷，他甚至在《〈文博士〉序》中玩笑式地说"想了好久，题目决定为《文博士》。是什么呢？不能说，说破就不灵了"❸。这种情绪，直如在与朋友调皮地谈笑。

从老舍简洁的序跋文中，从他对于书名的阐释中，我们可以发现，文学就是他的生活，生活就是他的文学，文学从来不是抽象的、游离于生活之外的元素。在他的阐释中，他在寻求一种认同，是建立在最直接经验上的认同，在他这里，语言不再是高高在上的符号，而是一种平等感的参与，一种主客体交融的一致。

---

❶ 老舍.老舍序跋集[M].广州:花城出版社,1984:55.

❷ 同❶:57.

❸ 同❶:26.

第二节　追溯创作缘起

明代徐师曾在《文体明辨序说》中提出了"序其篇章之所由作"❶的观点。可见，以序跋文阐明创作的缘起，是中国序跋文的传统。固然从文学史中，我们可以了解一些作家的创作初衷，但其主要是概述性的书写，即使是名家名著，也无法具体到针对每一本书进行阐释。或者在作家的传记中，有时也可发现作家对于自己创作初衷的陈述，但由于传记的出发点是作家本身，因此无法完全聚焦在某一著作上，甚至由于序跋的史料价值，有些传记会将序跋作为素材或佐证加以运用。唯有序跋，是作家在第一时间里，针对自己的创作缘起进行的阐释，即使是他序，也是经由作家认同的第一时间面世的阐释。在追溯作家创作缘起时，序跋必然就具有其他文体不可取代的意义。

序跋作为一种阐释，往往会让阅读者回到著作创作的现场，这是在第一现场，由著作者或者著作者信任的人进行阐释；这是在第一时间，没有经过长期批评的侵染，而是最原初的阐释；这是在进行最直接的阐释，不是暗示，而是明白地阐释，在距离著作最近的地方为人们揭晓。

序跋重现了一种踪迹，让我们的心情跟随着创作者的脚步跌宕起伏。通过《〈果园城记〉序》，我们了解到师陀的小城源于上海附近的一座小城。小城里蹦蹦跳跳的小女孩，让师陀惊讶的一片片果树，激发他创作的最初冲动。历经了战争的洗礼，流落到各地的经历，最终让生活中的小城变成了小说中的果园城，于是才有师陀在序言中所说"我有意把这小城写成中国一切小城的代表，它在我心目中有生命，有性格，有思想，有见解，有情感，有寿命，象一个活的人"❷。

---

❶　吴纳.文章辨体序说·徐师曾.文体明辨序说[M].北京:人民文学出版社,1962: 135.

❷　师陀.师陀全集:第三卷[M].开封:海南人民河南大学出版社,1988:4.

序跋重建了一种心境，让我们体味到创作者的真实意思。李广田在《〈画廊集〉题记》中说"我知道我这个世界实在太狭，太小，而又太缺少华丽，然而这个无妨，我喜欢我这个朴野的小天地，假如可能，我愿意我能够把我在这个世界里所见到所感到的都写成文字，我愿意把我这个极村俗的画廊里的一切都有机会展览起来"❶。但是，只有阅读了《〈画廊集〉题记》，才能明白这个画廊实际上与小朋友在墙上随意乱画的细节相关，更强调自己画着喜欢，自己看着高兴。

由于所序跋的作品不同，由于作序跋的人不同，由于所处时代不同，甚至由于作序跋时的环境、心境不同，所以试图从现代文学序跋的内容上归纳出作家的创作缘起，既无可能，也无必要。笔者关注的是，在了解作家创作缘起的时候，由于序跋的存在，自然会获得不同于文学史、传记等文体的阅读体验。因为在序跋这种表述中，作序者或将作家创作缘起抽丝剥茧地过程化，或会披露出种种细节，或会采用不同于文学史结论性的语态，更充满个性与情绪。

笔者发现许多序跋对于作家创作该作品缘由的阐释，经常被引入文学史或作为文学批评的要素。如郁达夫在《忏余独白——〈忏余〉代序》中对自己创作动机的揭示，"由这大自然的迷恋，必然地会发生出一种向空远的渴望……从这向空远的渴望中，又必然会酝酿出一种远游之情……想来想去，这三重精神要素，大约是不已地使我想拿起笔来写些东西的主要动机"❷，是剖析郁达夫创作的一个重要论题。但是，唯有回归到序跋本身，我们才能了解创作缘起不是一个结论、一个判断就可以阐明的，往往这种创作缘起的揭示在序跋中具有过程性的呈现。而过程性的阐释，让我们不仅可以了解事物发展的来龙去脉，更可以在对过程的解读中更为全面地知晓这些创作的本源与本意，以免因为断章取义而产生理解的偏差。

如鲁迅的《呐喊》自发表以来直至现在，引发了各个阶段的批评家诸多评价，在各种版本的现代文学史上都占据着一席之地。甚至在《中国现

---

❶　李广田.画廊集[M].北京:人民文学出版社,2001:271.

❷　郁达夫.郁达夫文集(国内版):第七卷·文论、序跋[M].广州:花城出版社,香港:生活·读书·新知三联书店香港分店,1983:250.

代文学三十年（修订版）》中，与《彷徨》共同被评为"中国现代小说的开端与成熟标志"❶。但是，我们却只能在〈呐喊〉自序》中，真正了解到鲁迅创作《呐喊》的由来。

　　鲁迅在《〈呐喊〉自序》开篇即说："我在年青时候也曾经做过许多梦，后来大半忘却了，但自己也并不以为可惜。所谓回忆者，虽说可以使人欢欣，有时也不免使人寂寞，使精神的丝缕还牵着已逝的寂寞的时光，又有什么意味呢，而我偏苦于不能全忘却，这不能全忘的一部分，到现在便成了《呐喊》的来由。"❷ 在回顾自己的人生经历后，在序文的结尾部分，他又写道："至于自己，却也并不愿将自己以为苦的寂寞，再来传染给也如我那年青时候似的正做着好梦的青年了。"❸ 由此可见，该篇序文始终都在阐释着《呐喊》为何创作。展开的方式，是自我揭示的过程。这种揭示以鲁迅的经历为叙述的主体，但是始终围绕着"梦"和"寂寞"两个核心词。

　　鲁迅说"我在年青时候也曾经做过许多梦"，那让我们看看他到底做了什么梦。

　　第一个梦——梦想着父亲可以治愈，但结果却是"然而我的父亲终于日重一日的亡故了"❹。这个梦告诉人们庸医害人，暗示着当时中国医药科技之落后与愚弄民众的恶劣。

　　第二个梦——"我要到 N 进 K 学堂去了，仿佛是想走异路，逃异地，去寻求别样的人们"❺。梦想着寻找到新的世界，而这一世界不是来源于中国传统文明。"世人的真面目"❻，是作者寻找新世界的第二个动力，是对封建文化残害的切身体会。

　　第三个梦——"我的梦很美满，预备卒业回来，救治象我父亲似的被

❶　钱理群,温儒敏,吴福辉.中国现代文学三十年(修订本)［M］.北京:北京大学出版社,1998:30.
❷　鲁迅.鲁迅全集:第一卷［M］.北京:人民文学出版社,1981:415.
❸　同❶:420.
❹　同❶.
❺　同❶.
❻　同❶.

误的病人的疾苦，战争时候便去当军医，一面又促进了国人对于维新的信仰"❶。这是从医救民的选择。但最终这个梦破碎了，成为了鲁迅弃医从文的重要转折点。

第四个梦——文学梦，但"不能在一处纵谈将来的好梦了，这就是我们的并未产生的《新生》的结局"❷，在这里，文学梦最初幻灭了。

从这里开始，"寂寞"的主题出现了，寂寞的原因是梦的破碎。

鲁迅说，回忆"有时也不免使人寂寞"，到底是谁在寂寞？

开始是"我"在寂寞，"我于是以我所感到者为寂寞"❸，"这寂寞又一天一天的长大起来，如大毒蛇，缠住了我的灵魂了"❶。然后是"我"感受到了办《新青年》的人们的寂寞，"我想，他们许是感到寂寞了"❺。最终，是共同的寂寞，让"我"与猛士走到了一起，"但或者也还未能忘怀于当日自己的寂寞的悲哀罢，所以有时候仍不免呐喊几声，聊以慰藉那在寂寞里奔驰的猛士……"❻。

我们可以发现，作者的寂寞从量变——"这寂寞又一天一天的长大起来"——发生了质变，从个人的体验延伸到了他人的共同体验、他人的范围，又由特定的"办《新青年》的人"扩展到了不特指的"奔驰的猛士"。从而，让因为"文艺梦"破灭而产生的"寂寞"，又因为"文艺梦"不再"寂寞"。

当梦与寂寞合为一体时：

对应——"至于自己，却也并不愿将自己以为苦的寂寞，再来传染给也如我那年青时候似的正做着好梦的青年了"。解梦就是文学梦的再度燃点。

我们可以发现，在该序文中，"梦"和"寂寞"是被反复提及的高频词，它们的反复出现，揭示着这两个概念的重要性，应该是作者在自觉不

---

❶　鲁迅.鲁迅全集:第一卷[M].北京:人民文学出版社,1981:416.
❷　同❶:417.
❸　同❶:417.
❹　同❶:417.
❺　同❶:419.
❻　同❶:419.

自觉中期待阅读者关注的焦点；而关于经历与心情的描述，则是通过细节来衬托的。在序文的前半部，"梦"是主旋律，而当文学梦破灭后，"寂寞"则成了主题。所有的叙述都指向了这一方向，从而清晰无误地点明了意义所在。最关键在于转换，从"梦"转向了"寂寞"，这构成了一种暗示，因为"梦"是一种个体的体验，而"寂寞"是可以感染的情绪，是可以传达的意向，因此，这种"寂寞"就构成了欲分享而无法宣泄的基点。为什么其他的"梦"破灭以后，他没有"寂寞"，唯有文艺之梦破灭以后"寂寞"，原因就在于，他认定了文艺是拯救国民最佳、最适合的方法。当出现了"梦"与"寂寞"两个关键词结合的时候，就激发出了"呐喊"的由来与价值，并以一种探索而非告知的精神，达到了创造的新高度，获得阅读者理解的新高度。

这篇序文，不是对原作干巴巴的重复，而是创作者让隐含在原作曲折的情节与人物下的思想跃然而出，以鲜活的文本，让作者的观点更具生命力，让阅读者获得洞察作者思想的洞察力，并在文学意味中得到启迪。这种对于作家创作缘由的真切揭示，只在这篇自序中才如此淋漓尽致。

如鲁迅一样在序跋中，将自己创作的缘由进行过程性交代的，并非仅有《〈呐喊〉自序》一篇。如巴金在《〈寒夜〉再版后记》中强调了自己走出家的视野，将普通人物作为描写对象的文学主题的转变，自言通过"一个渺小的读书人的生与死""替那些吐尽了血痰死去的人和那些还没有吐尽血痰的人讲话"[1]。笔者特别注意到，在《〈寒夜〉再版后记》中，这一创作缘由的阐释，是通过交代从生活中的"寒夜"到小说中的"寒夜"中的过程得以实现的。

生活里的寒夜——晚上常常要准备蜡烛来照亮书桌，午夜还得拿热水瓶向叫卖"炒米糖开水"的老人买开水解渴。

写小说的寒夜——一个寒冷的冬夜，巴金开始写作长篇小说《寒夜》。

回忆中的寒夜——巴金在桂林写的一篇散文《寒夜》，说过"这是光明的呼声，它会把白昼给我们唤醒。漫漫的长夜逼近它的终点了"[2]。

---

[1] 巴金.序跋集[M].广州:花城出版社,1982:347.

[2] 同[1]:348.

再版序文的寒夜——"今天天气的确冷得可怕，我左手边摊开的一张《大公报》上就有着'全天在零度以下，两天来收路尸共一百多具'的标题。窗外冷风呼呼地吹着，没有关紧的门不时发出咿呀的声音，我那两只躲在皮鞋里的脚已经快冻僵了。一年前，两年前都不曾有过这样的'寒夜'"❶。

这些寒夜从生活到写作到阅读，丰富了我们对于小说《寒夜》的理解，让人们更能体会胜利之后寒夜依然的苦难。

巴金作为书籍与序跋文的作者，以序跋文为书籍的创作缘由划定了界限，向读者传达了自我认定的特定意义，序跋文担当了让书籍的阅读者更贴近著作者意图的使命。虽然笔者承认巴金的序跋所揭示的著作意义是有限的，并且这也并不意味着序跋的阐释就是巴金创作书籍的全部意图或是巴金著作的全部价值，但不能否认的是，由于是作为著作者巴金的自我阐释，因此序跋文应该作为一个考量作家创作意图的重要维度，它代表着著作者的意向，代表着著作者最初创作著作时所理解的意义，代表着著作者期望阅读者能够读出、读懂的意义。

有时这种创作缘由的揭示是历尽了波折生活历程后的感悟，恰如艾芜《〈南行记〉序》所说"文艺并不是茶余饭后的消遣品"❷，"打算把我身经的，看见的，听过的——一切弱小者被压迫而挣扎起来的悲剧，切切实实地写了出来，也要象美帝国主义那些艺术家们一样'Telling The World'的"❸。有时这种创作缘由的揭示是集合了时代的变化与身边朋友的影响的激扬，恰如钟敬文在《〈荔枝小品〉题记》中所说："我近来的心情，的确的掀动起来了。我不满足于我这疲萎的生活，我厌恨了我这周围沉闷的氛围，换言之，我要踏上新的途径，我要试下别的方式！这册小文，是我过去的心声，是我未来的纪念，为了这个旨趣，我把它付印了。"❹ 因此，序跋自然就构成了一种独特语境，在这一语境中，著书者通过序跋作者（二

---

❶ 巴金.序跋集[M].广州:花城出版社,1982:348.
❷ 艾芜.南行记[M].北京:华夏出版社,2009:3.
❸ 同❷.
❹ 钟敬文.荔枝小品·西湖漫拾[M].石家庄:河北教育出版社,1994:2.

者或者一致、或者不一致），与作品对话，与读者对话。因此，虽然对于所有的文学作品而言，对于作品的理解是无止境的，也是无法统一的、最具个性与发展的，但是序跋文必定是存在于其他读者之前、先于其他阅读的一种理解，即使有所偏离或局限，也是最先呈现于阅读者面前的一种观点，因此是无法被忽略的。

当序跋作者面对着作品时，无论是否是自己的作品，他都肩负着将作品推入阅读者世界的中介责任，为了消除与阅读者的距离，为了获得阅读者的认同，有时著书者或者知情者在阐述创作缘起的时候，会特别披露出诸多细节，以此创造出如临现场的更多接触点，从而让阅读序跋的人了解更丰富的含义，最大限度地赢得读者的认同，从而形成全面的、细节性的深度冲击，透过结论而获得深层次的理解。

许钦文是被鲁迅欣赏的乡土作家，与鲁迅有同乡之谊、师生之情。鲁迅不仅在《〈中国新文学大系·小说二集〉导言》中评价了许钦文的小说，还将许钦文的三篇小说《父亲的花园》《小狗的厄运》《石宕》选入了《中国新文学大系·小说二集》。在 1926 年 11 月，许钦文创作了《〈鼻涕阿二〉前记》。

他在《〈鼻涕阿二〉前记》起始就写道："时常在羊肉馆里吃水饺子或炸酱面吃晚餐，往往，正在对着食物上底蒸气喜欢，偶然旋转脸去，看到一个瘦饿的脸在玻璃窗口出神地探望；又常和友人在夜静的马路上同行闲谈，正当兴趣浓厚，忽然面前出现个同样的人，伸着颤动的手迫切地向我们说'大爷，给个大化罢！'总被弄得食而不知其味，谈而不知其趣，使我凝思于可怜和可恨底关系的问题。在这种情境中，又使我不期然而然地回忆起许多往事来，也就形成了写作这篇的动机。"[1] 序文作者通过两个场景的描述，去阐释《鼻涕阿二》的写作动因。"时常""往往""常""总"，这些词意义相近而反复出现，形成一种持续感，并将事件发生的偶然性上升为一种常态化。这种常态，由于发生的地点是小饭馆、街道，因此就暗示着不仅仅作者会经常遇见，别人也有可能会经常看见。这是一种双重的

---

[1] 许钦文.鼻涕阿二[M].北京:华夏出版社,2009:3.

共同体验的连续，从而形成了情景式的理解。让人们认为他所构建的小说有真实性、普遍性，从而通过序文让"鼻涕阿二"具有了代表性，让小说具有了价值的普众性，从而激发起认同。但是，文学创作不是原始资料的堆积，作者的出发点不是因为偶然的同情而产生的，而是一种"凝思"后的问题。这种文体，更对映着"许多往事"，就在更宽广的视野与思考中，激发了《鼻涕阿二》的创作。因此，序文作者将自己通过小说展现的"为人生的理解"在序文中显性化了，将小说中被冠以名字的"鼻涕阿二"的悲剧通过序文放大了，小说中虚构的世界与现实的世界合二为一。

一般而言，诗人在阐释自己的创作缘起时，往往会采用诗化的语言，尽情抒发自己的情感，如汪静之在《〈蕙的风〉自序》中说自己："为的'不得不'而做诗，我若不写出来，我就闷得发慌!"[1]，而这种"不得不"，他诗化为："花儿一番番地开，喜欢开就开了，那顾得人们有没有鼻子去嗅? 鸟儿一曲曲地唱，喜欢唱就唱了，那顾得人们有没有耳朵去听? 彩霞一阵阵地布，喜欢布就布了，那顾得人们有没有眼睛去看?"[2]

强调为艺术而创作的作家，在写作序跋文时往往也会如此。苏兆骧为谭正璧的《人生底悲哀》所作的序中说："老友谭正璧……上帝对于他的赏赐，除掉悲哀以外，没有什么了。他要发泄他底悲哀，除掉乞灵于文字，还有什么法子呢?"[3] 郭沫若在《〈塔〉前言》中写道："我把我青春时期的残骸收藏在这个小小的'塔'里。"[4] 王以仁在《致不识面的友人的一封信——〈孤雁〉代序》中诉说"孤独的生活的确是包含着丰富的诗趣的……这样的生活不是令人凄然，不是令人充满艺术的性情的生活吗? KP 君，这样孤独的幻想，就是我这几篇文章的来源"[5]。可以发现，这样的序文揭示出著书者创作的原因在于情感的驱使，发泄悲哀是谭正璧创作《人生底悲哀》的动因，收藏青春的残骸是郭沫若创作《塔》的目的，孤独的幻想是王以仁创作《孤雁》的来源。他们不是在理智的基础上，而是在情感的冲击下，不是在外向于

---

[1] 汪静之.蕙的风[M].北京:人民文学出版社,1957:1.

[2] 同[1].

[3] 柯灵.中国现代文学序跋丛书·小说卷[M].海南:海南人民出版社,1988:24.

[4] 郭沫若.郭沫若作品新编[M].北京:人民文学出版社,2010:217.

[5] 王以仁.孤雁[M].上海:三通书局,1941:5.

社会，而是在内指于自我心灵世界去创作。从郑伯奇的《〈中国新文学大系·小说三集〉导言》中可以获知，郭沫若创作《〈塔〉前言》的时候，大约是郭沫若到宜兴调查战绩的时候，他被残酷的现实所冲击，甚至有一种中国的大势生出一日千里的剧变的感叹，但是从《〈塔〉前言》中，我们无法明晰地捕捉到现实的影子，只能模糊地感受到著作者的心情。在这里，他们展现的是一种借助于文字的自由的力量与呼唤，是一种建构于想象力的刺激，由于不明晰因而更具有号召力，由于不严谨因而更具有感染力。这样的序文，不重叙述与说理，更重视情感的宣泄。甚至这种宣泄更像自说自话，而不谋求对话。

在序跋中，通过重现现场披露创作的缘起，实际上是求助于对真实的再现，帮助人们理解创作者的意图，让抽象甚至空洞的创作缘由，因为现场的再现而走向真实，从而形成一种现场感与具体感。因为现场的构建，这种对于创作动机的阐释不再仅仅是概念，而是充满活力、更为具象，更在抓住历史的同时更抓住了思想。序跋文通过现场的重建，揭示了作品的创作缘起，让阅读者能够获得有血有肉、生动活泼的体验，从而强化接受认同。

一、巴金以《〈还魂草〉序》向鲁迅《野草》致敬

1942 年 4 月，重庆文化生活出版社初版发行了巴金的短篇小说集《还魂草》，其中收录了巴金作于 1942 年 1 月的《〈还魂草〉序》。

无论是从作品本身，还是从文学史，或是相关批评文章，我们都无法获知巴金《还魂草》与鲁迅的《野草》的关系。但是通过研读《〈还魂草〉序》，我们发现，《〈还魂草〉序》与鲁迅的《〈野草〉题辞》有着高度的相关性，这是一篇向鲁迅《野草》致敬的序文。

一样的开头，一样的情形！两篇序文以同一句话开头："当我沉默着的时候，我觉得充实；我将开口，同时感到空虚。"❶ 不同的是，巴金紧接着

---

❶ 鲁迅.鲁迅全集:第二卷[M].北京:人民文学出版社,1981:159.

这一句引用说"我常常背诵一位敬爱的前辈的名言。我的情形也是如此"❶。这是一位同为作家的后辈,在时隔近 15 年对于前辈的致敬(鲁迅的《〈野草〉题辞》创作于 1927 年 4 月 26 日广州白云楼,巴金的《〈还魂草〉序》创作于 1942 年 1 月的桂林)。如果说"背诵"这一动作代表着崇敬与认同,那么下一句"我的情形也是如此"则是揭示出了认同的根本原因。鲁迅曾经在 1927 年 9 月 23 日写下《怎么写》一文,解释自己《野草》创作过程中的痛苦情状:"这时,我曾经想要写,但是不能写,无从写。这也就是我所谓'当我沉默着的时候,我觉得充实;我将开口,同时感到空虚。'"❷虽然时代不同,创作方式与内容不同,作家的个性不同,但是巴金在当时与鲁迅写作《〈野草〉题辞》一样,就是看到了很多痛苦的现实,亲历了国家的苦难,但是不能做任何事情,这种痛苦堆积在心中,无从释放。这种痛苦,是知识分子为救国救民探索真理的痛苦经历。正如有学者指出的:"在现代中国,人民反帝反封建的斗争中也是通过军事与文化两种形式表现出来的。一个以反帝反封建为己任的文学家,他对自己文学活动的作用的估计往往与他同一事业的实际斗争情况相联系的。"❸巴金在以文学为斗争武器的道路上,一直是充满激情与苦痛的。他渴望以文学去实践他的理想,不为金钱而写作,也不为艺术而写作,而是为了真正的生活去写作。他描写生活的痛苦,渴望通过文学去改变在现实生活中无力改变的现状。因此他一直挣扎在一种矛盾中:努力去写作、痛说愤懑,同时也深知这种书写无法真正改变现实。从他的序文中可以发现,他同鲁迅一样,想要写,不能写,无从写,但是最终都不能不写,甚至写到欲罢不能。

一样的火,不一样的表达!在鲁迅的《〈野草〉题辞》中,"地火在地下运行,奔突;熔岩一旦喷出,将烧尽一切野草,以及乔木,于是并且无可腐朽"❹。在巴金的《〈还魂草〉序》中,"火在我的胸膛里燃烧,一天一

---

❶ 巴金.序跋集[M].广州:花城出版社,1982:301.

❷ 鲁迅.鲁迅全集:第二卷[M].北京:人民文学出版社,1981:160.

❸ 陈思和,李辉.巴金研究论稿[M].上海:复旦大学出版社,2009:115-116.

❹ 同❷:159.

天炙我的骨，熏我的肉。……愤恨仍然像烈火似地在我的心里燃烧"❶。不同于鲁迅的含蓄与诗意，巴金的《〈还魂草〉序》更为直白，他没有采取隐喻的方式，而是直接在序文中坦露自己的写作历程（表4-1）。

表4-1　巴金《〈还魂草〉序》中的写作历程

不同创作阶段	写作历程心理
创作的积累阶段	全接受 全忍受 全堆在心中
创作阶段	必须拿起笔 倾吐 呻吟
创作后的反思	放下笔 感到窒息 愤恨
反思后再创作	不灰心 继续写下去

如果说鲁迅在隐晦中以诗化的语言为大家解读《野草》，那么巴金则是以直接告白的方式，毫不掩饰地让人们看到了《还魂草》为何而作，这是一种堆积已久、不能不发出的正义控诉。

一样的告别，不一样的情怀！鲁迅在《〈野草〉题辞》的结尾写道："去罢，野草，连着我的题辞！"❷——这是一种决绝与彻底。巴金在《〈还魂草〉序》的结尾写道："那么现在让我暂时向读者诸君告别罢！"❸——这是一种温馨与告白。笔者认为，这是两位作家不同的思想境界、审美方式与面对外界不同的宣泄方式造成的。鲁迅是面对着险恶的文学斗争环境发出决绝的断语，而巴金则是对他期望的读者发出期望获取共鸣的诉说。因此，同是告别，一为冷峻，一为温馨。

二、《俄文译本〈阿Q正传〉序》解读"沉默的国民的魂灵"

当谈到《阿Q正传》时，每一个研究者都无法回避鲁迅自己说的，他之所以要写《阿Q正传》，是因为要"画出这样沉默的国民的魂灵来"❹。

---

❶　巴金.序跋集[M].广州:花城出版社,1982:301.
❷　鲁迅.鲁迅全集:第二卷[M].北京:人民文学出版社,1981:159.
❸　同❶.
❹　鲁迅.鲁迅全集:第七卷[M].北京:人民文学出版社,1981:82.

有些学者在梳理文学史时指出"最初人们也都是这样去理解阿Q的：小说开始连载时，沈雁冰（茅盾）就指出，阿Q是'中国人品性的结晶'；直到三四十年代人们也依然强调阿Q'是中国精神文明的化身'"❶。由此可见，无论是文学史还是批评家，都非常重视《〈阿Q正传〉序》中鲁迅的言说。但鲁迅自己到底是如何阐释"国民的魂灵"，其间种种对于"国民的魂灵"的细节化描述，唯有回到这篇序言本身才能得到答案。吴福辉在《插图本中国现代文学发展史》中就指出，在《阿Q正传》的传播接受史中，这篇序言是"作者参与到自己作品的阐释潮流"❷的开始。

让我们审视这篇《俄文译本〈阿Q正传〉序》。这是1925年5月26日，鲁迅写于北京的一篇序言。最初发表于1925年6月15日《语丝》周刊第31期，是应《阿Q正传》俄文译者王希礼的邀请创作的。

鲁迅在《〈阿Q正传〉序》中，有三处提到"魂灵"，并围绕"魂灵"这一关键词进行阐释（图4-1）。

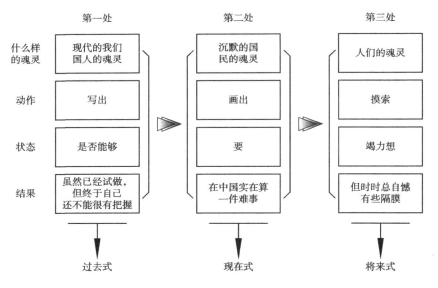

图4-1 《〈阿Q正传〉序》中的"魂灵"阐释

❶ 钱理群,温儒敏,吴福辉.中国现代文学三十年[M].北京:北京大学出版社,1998:37.
❷ 吴福辉.插图本中国现代文学发展史[M].北京:北京大学出版社,2010:157.

从以上构架图中，首先，我们可以发现"魂灵"内涵的变化：第一个"魂灵"，从限定词可以发现，是以现代区别于古代、区别于传统，但是这个现代应该是更强调时间意味，"我们国人"则是指中国人；第二个"魂灵"，则是沉默的国民，这个沉默，已经有了感情的判定色彩，古训的高墙、一块一块文字的可怕，让国民在嘴巴上、思想上都不再说话；第三个"魂灵"，人们的魂灵，则将眼界直指了未来，在模糊之中蕴含了希望。其次，我们发现了动作的变化，从"写"这个最中规中矩的动词，到"画"这个具有形态描摹感受的词语，更何况是"画"出魂灵，画出一个无形之物！这更加显示出序跋作者的激愤与悲哀。"摸索"则是一种希望总会有的期待与无奈。再次，与动作相对应的是状态的呈现，从"是否能够"的忧虑到"要"的期待到"竭力想"的努力，作者的情绪一波三折，欲言又止与痛极必言的交织，显现得淋漓尽致。最后，引出结果：在过去，作者虽然不很有把握，但是"已经试做"——这是创作《阿Q正传》的心情；在现在，作者认为，勾画魂灵"在中国实在算是一件难事"❶——这是作者面对《阿Q正传》出版后迎来的种种责难，而今创作《〈阿Q正传〉序》时的心情；"时时总自憾有些隔膜"❷，在将来，期待俄国读者不同于具有"传统思想"的国人的反应。

从这篇序文中，我们可以体会到，序跋往往是序跋作者对于人们将要阅读的文学创作从独特角度进行洞察性的体认，提醒人们，让人们注意到或许无法察觉的事物，将或许可能视而不见的意义与价值挖掘出来，将隐蔽在人物、情节等文学身影后的思想的真正面孔清晰地显现。

三、《〈迷羊〉后叙》《〈血周〉前记》假托作品的离奇来历

笔者发现，在中国现代文学早期人们为小说而写的序跋中，有一种情况是，假托作品是他人创作，由于离奇的经历，到了作者手中，而作者所作的不过是将得到的作品公诸于世。

---

❶ 鲁迅.鲁迅全集:第七卷[M].北京:人民文学出版社,1981:82.
❷ 同❶.

如郁达夫在《〈迷羊〉后叙》（《迷羊》，一名《恋爱之花》，郁达夫著。上海北新书局1928年1月初版。中篇小说。《〈迷羊〉后叙》作于1927年12月19日）中告诉人们，《迷羊》一书来自他和同学校的美国宣讲师介绍的一位中国留学生，这个留学生曾经在医院里听过这位宣讲师的传道，并留给了宣讲师一篇忏悔录。这就是郁达夫《迷羊》的来历。又如，东方既白（徐訏）在《〈血周〉前记》（《血周》，东方既白著。长篇小说。上海泰东图书局1929年5月初版。《〈血周〉前记》作于1928年4月）中，将自己书的来源归结为一个奇异的事件：他在搭乘火车的时候，有一件东西扔到了他肩上，他拆开后发现了一本手记，这就是《血周》一书的来历。

虽然这在现代文学序跋中并不多见，但是依然作为一种现象存在。笔者关注的并不是这种经历的真实性，而是这种现象存在的原因。

笔者以为，第一，这是小说作为道听途说历史的痕迹留存。在中国古典文学观念中，小说一般作为"闲书"。"所谓'闲书'之意义有二：其一，作者为闲人，以消闲之目的而作。其一，读者为闲人，以消闲之目的而读之也。《汉书艺文志》溯小说之起源，谓其出于稗官，街谈巷议道听途说者之所造。清代《四库全书》析小说之目为三：曰杂事，叙述旧闻者属之；曰异闻，记录神怪者属之；曰琐语，缀辑琐屑者属之。"❶ 虽然自20世纪初到"五四"，中国小说从观念到创作已经发生了巨大的改变，现代小说的意识已经觉醒，但是传统的文学观念依然在读者中有着影响。因此，笔者以为，这类虚幻性创作过程的出现，应是创作者考虑到阅读接受者的一种选择。诚然，创作是作家自己的行为，但是毕竟一个人写作不可能只是为自己，他无法孤立地只创作而不求作品问世，更何况是在现代文学阶段，很多小说作家自觉肩负着教化民众的责任，自然更期望让阅读者接受，因此自会考虑阅读者的接受观念。

第二，由于当时的小说观念，重视求"真"之理念。因此，郁达夫、徐訏虽然表面上是编造出一件件虚幻的奇异之事，但谋求的却是将小说之事做得更实。他们都懂得，通过第三者的立场去转述一个事件，更具有说

---

❶ 君实.小说之概念[J].东方杂志,1919,16(1).

服性。因此，他们臆造出一个个传奇性的故事来历，无非就是为了证明这些故事的真实性、他们作为写作者的公正性。这种看似疏离作者身份的做法，实则更靠近读者接受，是为了实证这些小说创作的真实性，从而以序跋作为一种新的解读，让阅读者在阅读的期待中，在看似受骗的过程中，更坚信作者的言说。

从对于《迷羊》小说的评价，可以从另一面证实笔者的判断。早在1933年，韩侍桁就曾经著文评价《迷羊》："在这本书里，郁达夫先生是第一次企图叙述一篇故事——客观地叙述一篇故事。一向以第一身作主人公，从不隐讳地在述说自己生命的一段故事的这作者，现在开始使用第三身的写法了。为了使读者相信这故事的真实，更介绍了一个青年对着牧师忏悔的场景；于是在书后表明了作者写作的态度，他说他是以忏悔的情绪写作了这本书的。"❶ 无论是采用采用第三人称叙述，还是在跋文中虚拟出这篇小说的来历，郁达夫都看似冷眼旁观着，置身于这个虚拟的艺术世界之外，但其实这更多的是出于一种现实主义追求的考虑，以一种更透彻的目光注视着人物的离合。同时，这扩大着叙述者与故事的距离，让人们在冷静与旁观中，更相信一种真实。笔者无意评判郁达夫这种尝试是否成功，只是从这篇跋文中发现了这是郁达夫探索现实主义风格的一个佐证。

第三节　评荐书之价值

有学者认为，"序跋在艺术上的第一位要求是简——简严、简劲、简峭、简拔，总之是要简而有力"❷。也有学者认为，序跋是一种批评文体，"长短不拘，表述灵活，往往以所为之作序或跋的作品为依托而发表批评见解"❸。纵观中国现代文学序跋，既有短小为几行的文字，也有长达近三万

---

❶　韩侍桁.迷羊[J].创化季刊,1933,1(1).
❷　王先霈.古代小说序跋漫话[M].沈阳:辽宁教育出版社,1992:8.
❸　王一川.文学理论(修订版)[M].北京:北京大学出版社,2011:333.

言的巴金的《〈爱情的三部曲〉总序》，由此可见，篇幅的长短不是序跋的文体本质。

也有人从序跋的文风进行评析，如俞平伯在《〈北河沿畔〉跋》中所说，"序跋之类既异峻刻之批评，又非浮滥之赞誉"❶。但书不同，序跋作者不同，既有书之影响，又有序跋作者自己文风的痕迹，所以这种特征式的评判，既然无法轻易而下，也无法获得公认。

笔者注意到祝尚书在《宋集序跋汇编》的前言中认为"除编集时偶有自序外，更多的是请他人（名家、师友、同僚等）为之序，且每刻必有序，论诗衡文"❷。笔者也认为"论诗衡文"即评判作品的价值，并以此对读者进行推荐，体现了中国现代文学序跋因书而作的文体定位。

臧克家在《中国新诗集序跋选》的小序中说："序跋，虽然不一定是长篇宏论，可是，它的意义却是不小的。诗人对诗歌问题的看法，对作品的要求与评价，凭个人的亲身经验道其甘苦，对于一般读者、诗论家以及从事诗史写作与研究的同志，都是有启发和参考价值的。"❸虽然是谈诗歌序跋，却点出了所有序跋应有的价值。有些序跋重在对作品的评价，这种评价是一种个人的判断，其出发点是介绍和推荐作品，可以对各种阅读者产生不可忽视的重大意义。

序跋，特别是序言，最常见的内容就是简介书的内容，从而让阅读者在很短的时间对著作形成初步的了解。虽然在以后的文学史上，也会有相应的对作品的简要概述，但是序跋与此不同。序跋作者对作品的介绍，不仅仅是出于对作家与作品的了解，更是基于对阅读者的期待。波兰批评家罗曼·英伽登曾说过："文学作品描绘的每一个对象、人物、事件等，都包含着许多不定点，特别是对人和事物的遭遇的描绘。"❹因此，每一部作品都存在着不定点，有很多著作者无法掌控的不确定因素。序跋作者的一个潜意识的目的，就是期望诱发读者反应的潜能，让阅读者跟随着序跋作者

❶ 孙玉蓉.俞平伯序跋集[M].北京:生活·读书·新知三联书店,1986:41.
❷ 祝尚书.宋集序跋汇编[M].北京:中华书局,2010:1.
❸ 陈绍伟.中国新诗集序跋选[M].长沙:湖南文艺出版社,1986:1.
❹ 英伽登.对文学的艺术作品的认识[M].北京:中国文联出版社,1988:50.

的脚步，填充不定点。但是，序跋作者却不会将著作的内容和盘而出，而是让阅读者在阅读之前就形成阅读的潜意识，从而形成内置的心理框架，至少形成一种判断，去影响阅读过程。

笔者认为，序跋与其他批评文章不同，是一种独特的评荐书的价值的文学载体。

即使是同一作者，即使是面对同一作品进行批评，序跋文依然与其他批评文章不同。序跋文是在著作身上重新创造出文本，与著作有着天然的联系与保持一致的意图。在对著作的解读中、在对读者的倾诉中实现其使命，并在序跋中让著作达成更为接近读者的意愿，在参与读者阅读的进程中，序跋本身也成为了独具特色的文本。因此，序跋文更为重视对于读者的引导，更为重视揭示著作者的意图。如果说著作是通过一个个文本片段隐性地显示出著作者的意图，那么序跋则是通过一个文本显性地展开对于著作与著作者的阐释，将著作整个呈现在阅读者眼前。序跋期望的是让读者感同身受地去体验，而批评则更重视处于著作外的审视，并不希求读者的参与。

笔者在此以臧克家为《罪恶的黑手》所作的序跋和他对《罪恶的黑手》的批评文章为例进行剖析。

臧克家在1934年10月创作了《〈罪恶的黑手〉序》，仅仅写了一句"在外形上想脱开过分的拘谨渐渐向博大雄健处走，这可以拿《罪恶的黑手》作例子"[1]。这一自我评价，自然会成为以后的评论家关注的焦点。在1948年，臧克家创作了《今之视昔》一文作为《罪恶的黑手》的跋文，指出"我的步调没能够和那个时代配合在一起，这是就我的人和我的诗说的。当然，这本小诗在当时并不是没有一点影响，《罪恶的黑手》《村夜》，也还有它们的时代意义。……假若以现在的我再活到十三年前去，也许不只表现得这么薄弱；看看眼前的情况，许多和当年有点仿佛，而且更加严重，当年是争取对外战争，今日是争取对内和平"[2]。在这篇跋文中，臧克家依然没有对《罪恶的黑手》进行评价，仅仅从作品对于当时以及时代的意义进行了简单的阐述。

---

❶　刘增人.臧克家序跋选［M］.青岛：青岛出版社,1989：6.

❷　同❶：9.

在 1979 年 11 月，臧克家在《甘苦寸心知——谈自己的诗〈罪恶的黑手〉》一文中明确地指出："学诗五十六年来，长长短短写下的诗，论行数，岂仅三万；谈篇数，何止一千。自己觉得，能经得住时间考验，能为别人所记忆、自己认为尚可一谈的，至多也不过二十首左右。从中挑选一首，那，就挑《罪恶的黑手》吧。"❶ （值得一提的是，臧克家在《答编者问——一个文艺学徒的"自道"》中，当回答所写的诗里最满意的是哪一篇时，臧克家说："你问我最爱自己的哪一篇诗，这是很难回答的。在十五年学诗的习作中，比较稍微像点样子的，放宽一点说，也不会比十篇再多吧？在这寥寥的篇页里去选择，我个人偏爱《六机匠》这个数百行的叙事诗。"❷） 在回顾了 1934 年的岁月以后，他写道："我看了这情况，心中百感交集，把我对帝国主义的侵略、蒋介石反动统治造成的国家破败、乡村破产，化为诗句，带着浓情，带着激愤，我写成这篇诗——《罪恶的黑手》！"❸ 然后，臧克家又简单分析了《罪恶的黑手》的创作特点。

从这 2 篇序跋和 1 篇批评文章中，我们可以发现臧克家的序跋文与他的批评文章有着本质的不同。第一，臧克家在创作《〈罪恶的黑手〉序》《今之视昔》这两篇序跋文时与创作《甘苦寸心知——谈自己的诗〈罪恶的黑手〉》时，无论他是否主动意识到，他的身份是不同的。当他作为序跋作者创作《〈罪恶的黑手〉序》《今之视昔》时，他担当着一个导读者的身份，帮助读者在阅读中体味著作的价值；担当着一个翻译者的身份，帮助著作者直接、明了地阐明创作的目的；担当着一个阐释者的身份，帮助无法发言的著作将暗隐在著作中的意义浮现而出。因此，在序跋文中，批评只是方式与手段，而不是目的。但是，当臧克家创作《甘苦寸心知——谈自己的诗〈罪恶的黑手〉》时，他的身份是一个批评者，虽然是一个特殊的批评者——自己对自己的创作进行批评。因此，他的目的就是评论《罪恶的黑手》。因此，他从自我的喜好，去判定《罪恶的黑手》是自己最满意的诗

❶ 臧克家.甘苦寸心知:谈自己的诗《罪恶的黑手》[J].诗刊,1980,(1):72.
❷ 臧克家.答编者问:一个文艺学徒的"自道"（创作经验谈）[J].文艺知识连丛,1947,1(2).
❸ 臧克家.甘苦寸心知:谈自己的诗《罪恶的黑手》[J].诗刊,1980,(1):71.

作；从自我的经历，去解读自我创作的原因，甚至这些原因在创作《罪恶的黑手》的当时他自己或许也没有清醒的认知；他分析创作的手法，以此来总结自己的写作。这是一种静观的姿态，他的目光完全聚焦《罪恶的黑手》，无论是议论、叙述还是抒情，都是在集中地关注作品。第二，《〈罪恶的黑手〉序》《今之视昔》这两篇序跋文与《甘苦寸心知——谈自己的诗〈罪恶的黑手〉》针对的对象不同。序跋文针对着著作者心目中的读者或是潜在读者，因此臧克家期望着人们能够阅读《罪恶的黑手》。不仅如此，他更期望读者能够不曲解自己的创作意图，能够理解自己作品的价值，能够读诗，更能读懂诗中的意思、诗外的意味。因此，作为序跋文的批评，更是一种对理解的渴望。而《甘苦寸心知——谈自己的诗〈罪恶的黑手〉》这一文本，针对的对象则更复杂与丰富，既涵盖着读者，也涵盖着其他诸如评论家、研究者，甚至涵盖臧克家自己。因此，臧克家需要以全方位的视角去解读《罪恶的黑手》，以一种与作品对话的姿态，以更为自由的阐释，对作品进行表态。因此，这种批评更强调的是表达自己对作品的态度。于是，臧克家在《甘苦寸心知——谈自己的诗〈罪恶的黑手〉》中，对《罪恶的黑手》进行了结论性的自我评价。而这种结论，是无须读者进行参与的。

虽然，笔者承认，以上三篇文本的不同，有着时代不同的原因、有着作家创作心态不同的原因，但是不可否认，文体的不同也是造成它们面貌迥异的原因之一。而以往往往忽略对于这一原因的分析阐释。

诸如此类的影响，我们可以从很多序跋中发现。如钱杏邨 1928 年 2 月在《〈达夫代表作〉后序》中对于郁达夫提出的"零余者"口号的认同；胡风在《〈中国牧歌〉序》中对于田间的作品既有农民之子的温顺又有"战斗的小伙伴"的姿态的评价，其中"战斗的小伙伴"一词就是源自于田间《我是海的一个》一诗中的诗句。如果说著作是著作者"我思"的成果，那么序跋就是序跋作者与著作者（无论是否是同一创作者）"我们思"的结果。而序跋的评价因其历史现场感，更让这种"我们思"保持了一种纯净性，就是在创作到他人阅读之间，没有掺杂任何其他的因素。或许序跋没有沉淀过长久阅读历史的公共经验，也没有融合了各方批评以后的综述之后的距离，但是这种纯净，恰恰创立了一个起点。它没有拘束因而创立了评价的起点，它凝聚在著作之上因而与著作实现了最近距离的贴近，这种如临现场的批评是具有参与力的评价，这种重视艺术直觉的评价是在以后的批评文本中无法再度实现的。

序跋的评价，是与书一起发表的，特别是初版本的序跋最能原汁原味地体现出当时文学风貌。这种原汁原味源于保留了创作初始著作者的自我评价，保留了作为形式上的第一阅读者的阅读评价，保留了当时的文坛未受到他人影响的第一面的批评评价。

章锡琛在1932年9月写下的《〈周作人散文钞〉序》中说道："这部选本用意在给中学生一个榜样，让他们明白怎样才能将文章写得好。周岂明先生散文的美妙是有目共赏的；他那枝笔宛转曲折，什么意思都能达出，而又一点儿不罗嗦不呆板，字字句句恰到好处。……周先生能从平凡的小事物里寻出新意义，他的看法不平凡。……散文与诗不同：诗像星光，不妨疏疏朗朗闪闪烁烁，散文像活水，要娓娓的流下去。委曲周详只有散文才行，但忌'说尽'；'说尽'便是一湾死水了。周先生的文字正像那活泼的'小河'，那还没有'筑堰'的时候的'小河'，流转如一，一点不费力。……徐志摩先生说过他是个博学的人；他随手引证，左右逢源；但见解意境是他自己的，和他文章一样。"❶ 将周作人的散文作为中学生的榜样，作为与古典文本并肩而立的范文，这是该序文告知我们的。该篇序文的存在，让我们可以想象在当时的文坛，存在着这样一种评价周作人散文的声音。

许多序跋文，特别是选编者所创作的序跋文，体现了选本的标准，选编者以此标准对作品进行评价。选编者通过整体性的编选进行比照性点评，同时往往以宽容性的姿态进行隐匿性批评，以此构成因书成文的评荐体系。

笔者注意到，早于1920年3月初版胡适的《尝试集》2个月出版的《新诗集：第一编》中，新诗社编辑部的同仁们创作了《新诗集序》。在这篇序文中，首先肯定了新诗的价值："新诗的价值，有几层可以包括他——

---

❶ 周作人.周作人散文钞[M].北京:开明出版社,1994:2.

有几层老诗里当然也有的——就是：（1）合乎自然的音节，没有规律的束缚；（2）描写自然界和社会上各种真实的现象；（3）发表各个人正确的思想，没有'因词害意'的弊病；（4）表抒各个人优美的情感。"❶序文中阐释了印行《新诗集》的理由：一是汇集新诗试验的成绩，打消怀疑派的质疑；二是以有价值的新诗为研究新诗的人提供样板进行学习；三是诗集刊印便于人们翻阅；四是利于比较与批评。这应该是较早地提出新诗理论的文章，而序跋文则让编者的理论与著作的实践形成了良好的呼应，从而让理论构建在更为坚实的文学创作的基础之上，而前有序文后有作品的优势更让批评落于实处，让阅读者不仅更容易接受作品，也更容易接受作为批评与引导的序文的理论。与此相同的序文还有很多，例如，徐德邻在1920年6月为《分类白话诗选》（1920年8月8日，崇文书局出版）作序，指出了新诗的"三种精神"——"我们要探究白话诗，要先晓得白话诗的'原则'是'纯洁'的，不是'涂脂抹粉'当作'玩意儿的'，是'真实'的，'不是虚的'是'自然'的，不是'矫揉造作'的。有了这三种精神，然后有做白话诗的资格，有了三种精神，然后一切格律音韵的成例都可以打破，而且功夫既深，自有一种天然的神韵，天然的音节，合着人心的美感，比较那些死拘平仄，泥定韵脚的声音总要高出万倍呢。所以，有人说，新诗无韵如何算得是'韵文'，我说，这个人不但不懂新诗，简直连古诗也不懂得罢"❷。诗歌的理论与诗歌的作品实践通过序文形成了水乳交融的效果。由于编者是诗歌作品的选择者，因此他们更可以通过选择来实证自己的理论，而序跋同时也反过来引导、升华诗歌本身的价值，甚至产生超越作者本身预想的更广阔、更深邃的价值。

诚如有研究者指出的，"臧克家所作新诗集序跋……不仅关乎作者对新诗的认识，而且涉及诗歌创作的背景、过程、心路历程等经验内容，既涵盖诗学与现实，又包容史料与批评"❸。笔者特别关注到臧克家在1946年为

❶　新诗社编辑部.新诗集:第一编[M].上海:新诗社出版社,1920:1.
❷　徐德邻.分类白话诗选[M].长沙:崇文书局,1920:2.
❸　陈柏彤.论臧克家新诗集（1933—1948）序跋的诗史价值[J].社会科学动态,2023,(4):18.

主编的《创造诗丛》12 本诗集所作的总序。该序文共用了 7 段总论，以 12 段介绍了 12 位作家的特色。在这 7 段总论中，臧克家首先激情洋溢地说："新诗，它大踏步的朝前猛进。"臧克家阐释着自己对新诗的理解，并由此建立了规则去评价 12 位诗人。臧克家认为，做新诗的人首先要有朝气蓬勃的青春，这种青春迸发出的诗句，应该是在窒息的空气中的呼吸、在悲痛的心境中的哭泣、在扼抑的喉咙中发出的怒吼、在战场上作战的武器。而这种蓬勃的诗句的来源，是从生活到诗句，再从诗句到更大的生活的螺旋式的回转与上升。臧克家明确地指出，诗歌不应该因为类型、形式去规范高低，如同生活是多样的，诗歌的风采也是各异的。因此，以自己的方式去生活、以自己的方式去写诗，才能真正展现出诗人的风采。

臧克家就是以这样的标准评价着风采各异的 12 位诗人，而他的批评更带着诗人的笔触，在他的眼里，杭约赫是"在落潮里想望着一阵新的风暴"[1]，李博程的诗"朴素极了，读上去，像秋阳炙在背上一样的温暖"[2]，康定如同"诗的豪驹奔向那一目千里的郊野"[3]，沈明在人世的沙漠中"向每一粒砂子寄出去一个希望"[4]，方平的"一行句子像一条幽深的曲径，带领着你向他感觉的高峰一步步爬去"[5]，苏金伞的诗"朴素的不仅是诗的外貌，而是贯彻了整个诗体的那个灵魂"[6]，黎先耀的诗"给我们展开了不同的生活"[7]，吴越"是来自乡村的，他始终怀恋着他那灵魂的归宿地"[8]，青勃的每一行诗"就是一股冲击力，他永不回头的勇敢的向前冲者"[9]，田地的诗"像小孩子口里的话，没有虚伪和'做饰'"[10]，唐湜诗歌的美丽"是

[1] 刘增人. 臧克家序跋选[M]. 青岛：青岛出版社，1989：133.
[2] 同[1].
[3] 同[1].
[4] 同[1]：134.
[5] 同[1]：134.
[6] 同[1]：134.
[7] 同[1]：134.
[8] 同[1]：134.
[9] 同[1]：135.
[10] 同[1]：135.

由于他想象力的超脱以及辞藻的丰盛所形成"❶，索开的诗句"制造出那样一股力量，直接打到读者的心上去"❷。这一系列的点评与通常意义的批评不同，更像朱自清曾经在《新诗的进步》（1947 年作家书屋版《新诗杂话》）一文中对臧克家的诗歌特点的评价："他知道节省文字，运用比喻，以暗示代替说明。"❸ 臧克家正是以诗人之心、诗人之情、诗人之笔进行着评判，而序文则给了他一个微妙的平台，让他以引领者、导读者的身份带领阅读者去审视其他诗人的创作。他不仅以自己的创作眼光去看他人的诗歌，更以自己的创作笔调通过直观的形象化语言、因情造境的手法、长于比喻的语言进行批评，予以推荐阅读。

叶圣陶曾在《〈雉的心〉序》中说："序文的责务，最重要的当然在替作者加一种说明，使作品的潜在的容易被忽视的精神很显著地展开于读者的心中。"❹ 这种说明，往往落实在对于内容的圈点上。

著作成书或者是长篇创作，或者是短篇合集。在合集之中遴选出重点篇目，自然就是序跋惯用的引导读者进行重点阅读的方式。这种圈点为读者的阅读设计了优先的路径，将序跋作者自己的创作经验或阅读经验转化为指导性的建议，同时也呈现了序跋作者自己的立场。因为序跋是与著作在一起的，这种立场不是强加性的批评，而是一种建议，阅读者可遵循，也可不遵循，因此，这种对于重点篇目的圈点，反可以更为自由地体现序跋作者的立场，更为无拘无束。

1924 年 8 月天津新中国印书馆出版徐雉的诗集《雉的心》，这部诗集共5 集，收录诗歌将近 70 首。叶圣陶在《〈雉的心〉序》中写道："徐君这部诗集，刘延陵君仔细看过。他说其中最好的是《母亲的哭泣》《微笑》《熄了的心灵之微光》《欢乐》《一切都不是她的》《风儿呵》《愿为情而死》《忆镇海女郎》《有夫之妇》《失恋》《石路》《送给上帝的礼物》《孤独者的烦闷》《爱情的花》《心的轻重》《一篮花》《冲喜》《被污了的灵魂》

---

❶ 刘增人.臧克家序跋选[M].青岛:青岛出版社,1989:135.
❷ 同❶.
❸ 冯光廉,刘增人.臧克家研究资料(上)[M].北京:知识产权出版社,2010:296.
❹ 徐雉.雉的心[M].天津:新中国印书馆,1924:3.

《跳舞的快活》那几首。"❶ 在这里，叶圣陶借助刘延陵之口，坦率地将他们共同认为的重要诗作列举了出来。与此异曲同工现象还有很多，如森堡在为蒲风的诗集所写的《〈茫茫夜〉序》中，也是直接圈点了重点诗作："在这集子当中比较重要而且比较成功的《茫茫夜》《动荡中的故乡》《农夫阿三》《地心的火》《咆哮》……等"❷ 这种直接性在文学史或其他批评文章中并不多见。第一，这是因为序跋作者在这里的身份，是导读者的身份，他最重要的使命就是引导阅读，因此序跋必然要从阅读者如何便捷阅读的角度出发，而圈点重点就是方法之一。第二，序跋作者首先是一个阅读者，先于一般读者进行阅读，因此他必然有着阅读的优势，或是自己创作，或是了解作者、作品背景，或是深受著书者信任，因此序跋作者也就具备了选择的权利。第三，一般而言，序跋会和作品在一起，至少在序跋作者创作的时候是这样认定的，因此他因为无须顾忌整体性，无须过分担心自己的判断影响读者的自己的阅读，因而这种选择更为自由，更能体现序跋作者的个性，也就使序跋圈点作品具有直接性。

有时，这种圈点是铺陈而出的。闻一多在《〈烙印〉序》中说："克家的最有意义的诗，虽是《难民》《老哥哥》《炭鬼》《神女》《贩鱼郎》《老马》《当炉》《女洋车夫》《歇午工》，以至《不久有那么一天》和《天火》等篇，但是若没有《烙印》和《生活》一类的作品作基础，前面那些诗的意义便单薄了，甚至虚伪了。"❸ 短短数语，将臧克家的《烙印》《生活》两首诗突出在整本诗集之中。

有时，这种圈点是在重点中强化重点。温梓川在《〈绀珠集〉序》中说："在这集子里，我最喜爱《街头音乐家》《往事的断片》《深宵》和《四弦琴》等篇。《平凡的生活》是作者自身的白描，可以帮助读者了解作者是过着怎样的一种生活的一个人。"❹

❶ 徐雉.雉的心[M].天津:新中国印书馆,1924:3.
❷ 同❶.
❸ 闻一多.闻一多全集:第2卷[M].武汉:湖北人民出版社,1993:174.
❹ 梓川小品[M].上海:女子书店,1934:6.温志良.《绀珠集》.

有时，这种圈点是褒贬夹杂的。茅盾在《〈斧声集〉序》中说："《斧声集》是一册名副其实的杂文集。你只要看它的目录，就知道里头有杂感，有杂考，有游记，有回忆录，虽然只是薄薄的一册，内中文章的种类却实在不少。……回忆文中《阿鼻生活种种记》及《岭南春》是值得一读的。前者虽然写得不很细腻，可是在中国的特种文献的'监狱生活'记录中至少也添上一页，而后者呢，则因为是写'北伐'前夜的广州，其中的几个人物于我特别觉得亲切，并且这一类的回忆文字在目前文坛上似乎太少。"❶

对于长篇小说，有时序跋作者会直接点明自己喜欢的细节，甚至标出这些细节的页码。这种圈点在其他文本中很是少见。

如施蛰存在《〈将军底头〉自序》中就简单概括了这部短篇小说集中四篇小说的内容："《鸠摩罗什》是写道和爱的冲突，《将军底头》却写种族和爱的冲突了。至于《石秀》一篇，我是只用力在描写一种性欲心理，而最后的《阿褴公主》则目的只简单地在乎把一个美丽的故事复活在我们眼前。"❷

又如胡行之在《〈秋收〉序》中写道："陈瘦石君的小说集——《秋收》，里面所写的是一贯的农村现状。……这里是一篇篇活画出农民被田主压迫的惨状，是一幅幅乡间活动的写真"❸，并将《秋收》中 5 篇短篇小说进行了概要：《轮船票》"表现出农村经济的恐慌和旧家庭婆媳间的不谅解"❹，《惠生叔》"一面表示乡村平民找寻生活的苦况，一面表现中国老百姓柔顺忠厚的实状"❺，《秋收》"活写出田主的高压，佃农的悲酸，甚至以媳妇被人玩弄，而总于因金钱的压迫，不敢伸气"❻。《遗弃》《拔草》两篇"也是写被压迫者，尤其是农民所受的痛苦"❼。洪深的《〈农村三部曲〉自

❶　孔另境.斧声集[M].上海：泰山出版社,1936：4.

❷　施蛰存.十年创作集：文学创作编·小说卷[M].上海：华东师范大学出版社,1996：793.

❸　陈瘦石.秋收[M].上海：生路社,1928：3-4.

❹　同❸：5.

❺　同❸：5.

❻　同❸：5.

❼　同❸：6.

序》也承担了概要的责任："《五奎桥》所写的，是乡村中残留的封建势力。《香稻米》所写的，是农村经济破产。……《青龙潭》所写的，是'口惠而实不至'的结果。讲解，演说，宣传，教育，平时似乎很收效果；然而都是靠不住的！如果负责的人，不能为农民解决生活上的困难；不能使他们获得实际的利益！"❶ 阅读者在阅读著作之前，就先对作品有了大略的认知，但是重要的情节、结局并没有被透露出，因而也就起到了介绍而不是概述的作用。

无论是什么方式，这种圈点都是较为常见的。这既表达了序跋作者的喜好，又将这种喜好告知未来的阅读者，从而引导读者进行重点性的阅读。序跋就是这样决定了阅读者与著作相遇的方式，以一种以点代面的方式，以一种先验式的方式，影响了人们的阅读轨迹。人们在真正阅读著作之前，获得了完整阅读之外的一种阅读方式，获得了另外一种阅读选择，即选择重点进行阅读；同时，如果阅读者依然选择进行完全阅读，也会在阅读的进程之中，因为序言的圈点而留有对于某些篇章、情节的印象。因此，无论阅读者以何种方式进行阅读，在读过此类序言之后的阅读都必然会是阅读之后的阅读。

序跋提供了这样一个平台：在这里，序跋作者既可忠于著书者，也可忠于自己；既是与著书者对话，也是与自我对话；既是为阅读者解释著作的秘密，也是为阅读者阐释自己的观点。值得注意的是，借由序跋这种文体，批评者不仅无须掩饰与著书者的关系，有时甚至会让这种关系显性化，从而不仅促进书籍的销售，更形成一致的影响力，促进序跋作者与著书者的文学阵营的声势，形成激发的要素，构成具有共性的文学活动。

可见，序跋对作品的介绍反映了文学商业化的一面。它对著作重在介绍，而不是总结或概要；重在特征展示，而不是全盘总结；重在引发兴趣，而不是下结论。因此，笔者以为，序跋对于作品的介绍与推荐，也是文学商业化的一种体现。

---

❶ 洪深.农村三部曲[M].上海:上海杂志公司,1936:27.

一、从《序〈李家庄的变迁〉》看《李家庄的变迁》"血淋淋的斗争"

赵树理的《李家庄的变迁》1946年1月由华北新华书店初版。在1947年1月由上海新知书店出版时，增加了茅盾所写的《序〈李家庄的变迁〉》，列入"创造丛书"。

茅盾《序〈李家庄的变迁〉》首先定位于"赵树理先生是在血淋淋的斗争生活中经验过来的，而这经验的告白就是小说《李家庄的变迁》"❶。因此，茅盾对该小说的概述就围绕着"血淋淋的斗争"。笔者发现这篇写于1946年12月1日的序言，在1946年12月10日即发表在《华商报》上，题为《里程碑的作品——赵树理的〈李家庄的变迁〉——读书代序》。因此，笔者由此判断，"血淋淋的斗争"应该是茅盾认为的里程碑作品的最明显特征。那么，茅盾又是如何介绍并推荐该作品的呢？

"背景是晋北的一个山村。然而这山村分明是封建势力最强大的中国北方广大农村的缩影。……作者远远地从民国十七八年起，展开了故事的线索。李家庄的土皇帝是大地主李如珍。这李如珍也是个不倒翁。从民国十七八年到抗战初年，这整整十年中，山西经过的大小事情可真不少呢，然而李如珍应付自如，日本人来了他当然做汉奸，可是出奇的是八路军光复了这山村时，他李如珍还是依然掌握着全村农民的运命。待到八路军展开了民众运动，切实深入民众，这才把老狐狸的原形照了出来。于是血淋淋的斗争开始了，一方面是领导农民抗战的八路军，一方面是假装抗战而一心一意在那里反共的地方军阀阎锡山及其友军，一方面是要求翻身的农民，一方面是什么都可以出卖，唯独他的封建特权却不肯放弃的地主李如珍及其鹰犬：这斗争是长期的，多变化的，艰苦的，有挫折，有牺牲，然而人民的解放者是善于总结经验教训的，最后是人民得到了胜利。不倒翁李如珍终于被打倒了，《李家庄的变迁》于是乎完成。"❷ 这是茅盾在1946年12月对《李家庄的变迁》的概述。

❶ 赵树理.李家庄的变迁[M].上海：新知书店,1947:1.
❷ 同❶:1-2.

比照日后文学史对《李家庄的变迁》的概要，笔者发现了其中的异同。

唐弢、严家炎主编的《现代文学史》中说"长篇小说《李家庄的变迁》描写太行山区一个村庄从大革命失败后到抗战胜利近二十年间所发生的变化，在更为广阔的背景上描写阎锡山统治下山西政局的动荡，以及对于农民生活造成的影响。……作品从沉重的封建压迫写起，描写了一系列事件，最后是激动人心的踊跃参军的场面，生动地表现了党领导的人民革命，经过斗争、失败、再斗争、再失败，直到胜利的过程"❶。程光炜、刘勇、吴晓东等所著《中国现代文学史（第三版）》中认为该书"将如此繁复的历史画卷通过一个村庄的今昔变化徐徐开展，主线是以铁锁为代表的不断自觉的农民与李如珍为代表的乡村封建势力的殊死较量"❷。杨义在《中国现代小说史（下）》中认为《李家庄的变迁》是作家"对故乡农村十几年间纷繁复杂的血泪和风云的一次总体性历史反省。故事开始于二十年代后期。李家庄的外来户张铁锁被李如珍的侄儿春喜诬告侵占了破厕所和小桑树，村长李如珍在龙王庙坐堂审理，判处张铁锁赔偿二百块现洋。……小说以主人公破产流浪的经历，聚阎锡山统治下的山西城乡政治于一炉，在广阔的背景上，透视了军阀混战时期政治的腐败和人民的苦难。……在庆祝胜利的大会上，铁锁宣布了一个坏消息：中央军和阎锡山军又准备打内战了。于是他们把庆祝胜利的大会，开成了欢送参战人员的大会。李家庄十几年间的变迁，是中国农村根据地开辟、发展的一个缩影"❸。夏志清在《中国小说史》中认为"《李家庄的变迁》是赵树理作品中写得最好的一本。……小说的前半，展开一个山西北部穷乡僻野的社会全景，读起来还很引人入胜。……描写自1928年以来一个农民英雄铁锁的苦难生活，抽鸦片的地主及阎锡山的山西省政府的官僚的残酷、自大。"❹

第一，在各种文学史上，对于《李家庄的变迁》的概述与介绍，是放在赵树理整个创作历程中进行概述的，无论花费很多笔墨还是寥寥数笔，

❶ 唐弢，严家炎.中国现代文学史（三）[M].北京：人民文学出版社，1980：377.
❷ 程光炜，刘勇，吴晓东，等.中国现代文学史（第三版）[M].北京：北京大学出版社，2001：378.
❸ 杨义.中国现代小说史（下）[M].北京：人民出版社，1998：567-569.
❹ 夏志清.中国现代小说史[M].上海：复旦大学出版社，2005：308.

都强调《李家庄的变迁》故事的完整性陈述。而茅盾的《序〈李家庄的变迁〉》是针对着《李家庄的变迁》一书进行介绍的，因此它更为强调《李家庄的变迁》的个性化特征，而不是以单纯的介绍内容为主。因为序跋与书一起发行，因此对于内容的介绍不是透露情节，而是突出特点。因为如果按照讲述情节的方式，则会降低阅读者对于书的内容的期待。因此，我们可以在茅盾的介绍中发现，他洋洋洒洒写了很长，但是却连主人公铁锁的名字都没有提及。第二，序跋文虽然是附在书的前面或后面，却是一篇独立的文章，因此介绍书的内容也是放在一篇完整的文章中。茅盾对于《李家庄的变迁》是基于"血淋淋的斗争"这一核心特点进行介绍的，由于他的介绍侧重于斗争的残酷性、复杂性，对于反面人物的介绍自然是重点。第三，序跋，特别是序言，是对假设没有阅读过作品的读者创作的，因此刺激阅读是它的主要目的；而文学史则不存在这样的目的，它是对每一部涉及的作品进行简单的介绍，以此让阅读者理解作品在文学史上的地位。虽然同为简介，但是目的不同，因此介绍的方式、着重点自是不同。

序跋就在这一过程中，成为一种主动性介绍的载体。无论是不是著作者，序跋作者都借助不同于著作创作的另外一支笔、另外一个口吻，为阅读者推荐著作。如果是自序者，这是一种创作者"钦定"的介绍，自然会形成与众不同的征服感与实证力量，因为大多数阅读者相信创作者最为了解自己的作品；如果是他序者，则会形成创作者与阅读者之外第三者的声音，会因为其旁观者、先行阅读者的说服力，形成作为知情者的力度与作为佐证者的公正，从而形成序跋的阅读场，构建一种吸引力。而这种吸引的形成，不同于创作著作时著作者沉浸于创作的境界。在序跋的创作中，序跋作者应该是自主地进行文学推介的，因此在创作—作品—接受的一系列环节中，它应该是在作品—接受这一环节中产生的新文本。它真正地站在了作品与阅读者之间，既是序跋作者对作品的总结，也是序跋作者对阅读者的介绍，是主动地将个体阅读体验、个体创作体验上升为公众阅读的介绍。

二、《〈财主底儿女们〉序》圈点《财主底儿女们》文学史地位

路翎在《〈财主底儿女们〉题记》中写道："我底导师和友人，并且是实际的扶助者，胡风先生……"❶ 确实，因为胡风的慧眼与扶植提携，路翎文学创作获得空前的成就。

如同周作人在《〈燕知草〉跋》中，以"平伯这部小集是现今散文一派的代表，可以与张宗子的《文粃》（刻本改名为《琅嬛文集》）相比，各占一个时代的地位"❷ 一句评价，确立了俞平伯《燕知草》的时代地位。无独有偶，胡风在《〈财主底儿女们〉序》的开篇即响亮地提出"时间会证明，《财主底儿女们》底出版是中国新文学史上一个重大的事件"❸。确如六十多年前胡风所预判的那样，在当代书写的现代文学史上，路翎的《财主底儿女们》获得了应有的重视。

唐弢、严家炎主编的《中国现代文学史》指出《财主底儿女们》"在广阔的社会背景上和强烈的时代气氛中，通过一个封建家庭的崩溃及其儿女们的曲折生活道路这一侧面，显示出中国反帝反封建的民主革命的必要性，而且篇幅巨大，又出自一个青年作者之手，因此小说出版后受到进步文艺界的重视"❹，充分肯定了《财主底儿女们》的文学史价值及其当时的影响。吴福辉在《中国现代文学三十年》中认为《财主底儿女们》"是自巴金《家》问世以来又一部描写封建大家庭及其子女道路的宏大作品"❺。作为新世纪高等学校教材汉语言文学基础课系列教材的《中国现代文学史》（刘勇、邹红，北京师范大学出版社，2010 年 2 月第 2 版）中引用了胡风的序

---

❶ 路翎. 财主底儿女们[M]. 北京：人民文学出版社，1985：3.

❷ 周作人，著文，钟叔河，编订. 知堂序跋[M]. 北京：中国人民大学出版社，2009 年：293.

❸ 同❶：1.

❹ 唐弢，严家炎. 中国现代文学史[M]. 北京：人民文学出版社，1980：526.

❺ 钱理群，温儒敏，吴福辉. 中国现代文学三十年[M]. 北京：北京大学出版社，1998：505.

言：“这部‘可以堂皇地冠以史诗的名称的长篇小说里面，作者路翎所追求的是青年知识分子为辐射中心的现代中国历史动态’，揭示了‘历史事变下面的精神世界底下的波澜和它们的来龙去脉’”●，“路翎的小说具有广阔的社会背景、浓厚的时代氛围，通过一个财主家庭的崩溃及财主儿女们命运的描绘，揭示了中国反帝反封建民主革命的必要性，在文学史上，应给予重要的地位”●。在面向 21 世纪课程教材《中国现代文学史》（程光炜、刘勇、吴晓东等主编，中国人民大学出版社，2007 年 1 月第 2 版）中引用了胡风的序言：“时间会证明，《财主底儿女们》的出版是中国新文学史上一个重大的事件”●，“这是一部展示‘五四’以来知识分子命运的‘心灵史诗’。……路翎将托尔斯泰《战争与和平》的史诗笔触，罗曼·罗兰《约翰·克里斯朵夫》的‘心灵搏斗’和《红楼梦》的描写艺术融为一体，从而形成一种混杂着议论、抒情等各种元素的大气磅礴的小说文体”●。各种不同版本文学史的认定以及对于胡风序言的引用，不仅证实了路翎《财主底儿女们》的文学史位置，也证明了胡风卓越的眼光以及该篇序言自身的价值。

胡风称《财主底儿女们》是“一首青春底诗”●，该篇序文从三个层面解读《财主底儿女们》——“激荡着时代底欢乐和痛苦”●“人民底潜力与追求”●“青年作家自己的痛哭和高歌”●。严家炎曾说过：“在历史的现实主义文学理论家中，还没有哪一个人像胡风这样把作家主观作用强调到如此突出的程度。胡风和七月派作家的这一重要思想，终于促成了中国小说史上一种新形态的现实主义文学——‘体验的现实主义’的诞生。”● 因此

● 刘勇,邹红.中国现代文学史[M].北京:北京师范大学出版社,2010:423.

❷ 同●.

❸ 路翎.财主底儿女们[M].北京:人民文学出版社,1985:1.

❹ 程光炜,刘勇,吴晓东,等.中国现代文学史(第三版)[M].北京:北京大学出版社,2011:359-360.

❺ 同❸.

❻ 同❸.

❼ 同❸.

❽ 同❸.

❾ 严家炎.教训:学术领域应该“费厄泼赖”[J].文学评论,1988,(5):32.

有学者认为在胡风这里形成了体验现实主义批评体系。循此思路，我们确实可以发现胡风在该篇序文中确实在强调作家的体验，强调作家在创造中的主观能动作用。胡风认为"路翎所要的并不是历史事变底纪录，而是历史事变下面的精神世界底汹涌的波澜和它们底来根去向，是那些火辣辣的心灵在历史运命这个无情的审判者面前搏斗的经验"❶。胡风强调的是精神世界的力量，认为精神世界是推动历史的动因，经验是与历史斗争最具有鲜活生命力的力量。而路翎自己在《〈财主底儿女们〉题记》中说："我所追求的，是光明、斗争的交响和青春的世界底强烈欢乐。"❷ 光明与斗争在这里俨然是一种对立，如果说斗争是针对现实的行动，那么光明则是精神的追求；如果说斗争是残酷的历史，那么光明则是精神的境界。而欢乐则是一种精神状态的呈现。由此，我们可以发现，著书者的书写意识与作序者的阅读感受在这里形成了一致——精神世界的力量不仅是战胜现实的重要元素，甚至是在与现实的交融之中最终引导现实的原动力。在胡风的解读中，我们会发现，路翎藉由蒋纯祖在张扬一种精神，胡风藉由路翎在言说一种观点，"举起了他底整个的生命在呼唤着"❸。

如何呼唤？为何能形成呼唤？我们会发现一种轨迹。胡风认为，路翎"对于生活的敏锐的感受力，是被燃烧似的热情所推动、所培养、所升华"❹。而这种热情，被胡风解读为思想力量、思想要求。感受力是创作之根，热情是高于生活的价值体现；感受力是作者进入生活的渠道，热情是让作者捕捉到生活精髓的动力。因此，胡风认为感受力是现实主义的起点，思想力量、思想要求让现实主义形成、成长、强固。感受力和热情形成了合力，让路翎"从生活实际里面引出了人生低悲、喜、追求、搏斗、和梦想，引出了而且创造了人生底诗"❺。并且胡风以"为了坚持并且发展鲁迅底传统，路翎是付出了他底努力的"作为对《财主底儿女们》的评价。可以说，路翎以蒋纯祖的塑造，完成了他的史诗构成，并以此作品对于"中

❶ 路翎.财主底儿女们[M].北京:人民文学出版社,1985:2.

❷ 同❶.

❸ 同❶.

❹ 同❶.

❺ 柯灵.中国现代文学序跋丛书·小说卷[M].海南:海南人民出版社,1988:1365.

国底知识分子们底某几种物质的、精神的世界"进行检讨、批判、肯定，以此巨作实践了胡风的文学理论。

胡风就是藉由对于《财主底儿女们》的评价，以此为例，阐释了自己的文学观、批评观，以肯定路翎的创作彰显的鲁迅精神，去肯定自我对于鲁迅精神的沿承与发扬。因此，这篇序文不仅仅是胡风对于《财主底儿女们》的单纯评价，更是胡风自己学术理论的重要文献。

能够通过序跋定位著作的文学史价值，这一类序跋要求序跋作者具有一定的文坛影响力。如果是自序者，这种定位源于对自己作品的肯定，是创作之后的冷静思考；如果是他人作序，则不仅是序跋由来已久的请名人来做的传统，也体现了现代文学阶段诸多学者、文人扶持新人、推荐新作的慧眼与贡献。

三、《〈现代十六家小品〉序》点评小品文十六家

此外，笔者还注意到：1935 年 3 月，光明书局初版发行了阿英编的《现代十六家小品》，该书不仅有《〈现代十六家小品〉序》，更"仿《皇明十六家小品》例，各写了一篇短序，并不想作什么批判，只是作一点介绍而已，不曾发展深入的加以探讨，是有之的，也是不得已"❶。

按照柯灵主编的《中国现代文学序跋丛书·散文卷》，该 16 篇序文顺序为《鲁迅小品序》—《周作人小品序》—《俞平伯小品序》—《朱自清小品序》—《钟敬文小品序》—《谢冰心小品序》—《苏绿漪小品序》—《叶绍钧小品序》—《茅盾小品序》—《落花生小品序》—《王统照小品序》—《郭沫若小品序》—《郁达夫小品序》—《徐志摩小品序》—《陈西滢小品序》—《林语堂小品序》，河南大学出版社 1989 年 8 月出版的《阿英序跋集》则依次选编了《鲁迅小品序》《落花生小品序》《谢冰心小品序》三篇。笔者在研读阿英所作《鲁迅小品序》时，发现阿英写道："鲁迅的小品文所代表的倾向，在《周作人小品序》里已经说得不少了。"❷ 因此判定 16 篇小品的顺

❶　柯灵.中国现代文学序跋丛书·散文卷[M].海南:海南人民出版社,1988:751.

❷　同❶:769.

序，应该不是《中国现代文学序跋丛书·散文卷》中所列顺序。查阅贾植芳、俞元桂主编的《中国现代文学总书目》，发现这16集小品顺序应该是《周作人小品》—《俞平伯小品》—《朱自清小品》—《钟敬文小品》—《谢冰心小品》—《苏绿漪小品》—《叶绍钧小品》—《茅盾小品》—《华生小品》—《王统照小品》—《郭沫若小品》—《郁达夫小品》—《徐志摩小品》—《鲁迅小品》—《陈西滢小品》—《林语堂小品》。因此，笔者推断或许是因为鲁迅在现代文学史上的地位，有些书将《鲁迅小品》列为第一，但是在1935年阿英编选该套小品文时，确是不仅将《周作人小品》列为第一，还以周作人的小品为核心、为参照，通过对比的手法，为我们展现了这16位小品作家的风采。

在首卷《〈周作人小品〉序》中，阿英首先论述了周作人作为文艺理论家、批评家、翻译家对于中国新文学运动的贡献，然后笔锋一转，"但是，到了一九二四以后，他的努力与发展，却移向另一方面——小品文的写作；这以后，周作人的名字，是和'小品文'不可分离的被记忆在读者们的心里，他的前期的诸姿态，遂为他的小品文的盛名所掩"❶。通过对比，将周作人的小品文置于诸多成就高峰之上。阿英分析了周作人小品文发展的前期、后期，并认为"和平冲淡"是其最显著的特色。但是，笔者认为，该序最值得关注的是，阿英将周作人的"小品文"与鲁迅的"杂感文"进行了对比。阿英认为，周作人"小品文"与鲁迅的"杂感文"是两种不同趋向的代表，一为"田园诗人"，一为"艰苦的斗士"。他们经历了两种不同的历程：周作人从与旧的社会肉搏的战阵中退了下来，走向"闭门读书"，走向专谈"草木虫鱼"的路；鲁迅则不仅不对黑暗颤抖、推却，还用这些黑暗来更进一步地锻炼自己，使自己战斗的精神一天坚强于一天。面对黑暗的现实，周作人不愿逃避而终于不得不逃避；鲁迅则迎上前去，拦头痛击，在血泪交流中渴求光明。可以肯定的是，阿英更欣赏鲁迅的小品，但是他依然将周作人的小品放在了16家小品的第一卷，不可否认，这更加证明了周作人小品在当时社会的影响力与地位。

❶ 柯灵.中国现代文学序跋丛书·散文卷[M].海南:海南人民出版社,1988:755.

审看其他序文我们可以发现，这 16 篇序文中的大部分里，阿英是以周作人为坐标，考量诸家小品创作的。正如他自己所说，"周作人的小品文，在中国新文学运动中，是成了一个很有权威的流派"❶。阿英认同周作人小品文的权威地位，并以周作人的小品文为核心，在比照之中，剖析其他作家小品文的特点。

阿英《〈俞平伯小品〉序》中，首先将俞平伯的小品文归入周作人这一流派，但是他依然明晰地辨析了俞平伯与周作人小品文的相异之处。虽然同为逃避现实，但周作人的逃避"是不得已的，不是他所甘心的，所以，在他的文字中，无论怎样，还处处可以找到他对黑暗的现实的各种各样的抗议的心情"❷，是一种反抗的无力，而俞平伯则"除去初期还微微的表现了反抗以外，是无往而不表现着他的完全逃避现实，只是谈谈书报，说说往事，考考故实的精神"❸，是根本不要反抗。因此，从周作人的小品中，依然可以看到"十数年来中国社会的变迁"❹，而俞平伯的小品则"除掉文言译成语体，有什么变迁可寻呢？——真是细微到极点的"❺。同被世人认为是追迹明朝小品，阿英认为周作人的小品文发展了明朝的小品，而俞平伯则与竟陵派的文章非常类似，缺乏独立的创造精神。他们的写作手法也不相同，周作人的小品文"叙事说理的成分多，抒情的成分少"❻，俞平伯的小品文"抒情的成分是特多的，又多少带一些伤感性"❼。此外，周作人的文字"朴实简练，冲淡和平"❽，而俞平伯的文字"以科学常识为本，加上明净的感情，与清澈的智理，调合成功的一种人生观，以此为志，言志固佳，以此为道，载道亦复何碍。但文字繁缛晦涩，夹叙夹议，一般读者殊难以理解"❾。

❶　柯灵.中国现代文学序跋丛书·散文卷[M].海南：海南人民出版社,1988:758.
❷　同❶:759.
❸　同❶:759-760.
❹　同❶:760.
❺　同❶:760.
❻　同❶:760.
❼　同❶:760.
❽　同❶:760.
❾　同❶:760-761.

阿英在《〈朱自清小品〉序》中，首先引用了钟敬文在《柳花集》中一文《背影》中对朱自清散文的评价："他在同时人的作品中，虽没有周作人先生的隽永，俞平伯先生的绵密，徐志摩先生的艳丽，冰心女士的飘逸，但却于这些而外，另有种真挚清幽的神态。"● 阿英认同真挚清幽是朱自清小品的特色，也认同俞平伯所说的朱自清散文的刹那主义。他首先认同李素伯在《小品文研究》中俞朱并称的对比。李素伯认为：俞平伯小品文与朱自清小品文虽然"同是细腻的描写"❷，但是俞平伯小品文"细腻而委婉"❸，朱自清小品文"细腻而深秀"❹；俞平伯小品文与朱自清小品文虽然"同是缠绵的情致"❺，但是俞平伯小品文"缠绵里满蕴着温熙秾郁的氛围"❻，朱自清小品文"缠绵里多含有眷恋悱恻的气息"❼；如果用俞平伯、朱自清自己的话来描述，俞平伯小品文"朦胧之中似乎胎孕着一个如花的笑"❽，朱自清小品文则"仿佛远处高楼上渺茫的歌声似的"❾。但是，阿英认为李素伯的对比性研究没有触及根底。他认为从思想根底上来说，朱自清的小品文有着"清醒的刹那主义"❿，欢乐少忧患多，有着伤感性，而俞平伯的小品文则更为乐观；朱自清与俞平伯都"执着于现在"⓫，因此往往在现代的元素之上加上光明，虽然都缺乏创造力，但朱自清虽然有着伤感的眼光但依然望着现在，而俞平伯则虽然眼望现代但脚步却回转到过去。但就成果而言，俞平伯比朱自清更高，而朱自清则仅仅在情绪的丰富与奔放、文字的朴素与通俗上优于俞平伯。

阿英在《〈钟敬文小品〉序》中更强调钟敬文小品与周作人小品的相同

---

❶　柯灵.中国现代文学序跋丛书・散文卷[M].海南:海南人民出版社,1988:762.

❷　同❶:763.

❸　同❶:763.

❹　同❶:763.

❺　同❶:763.

❻　同❶:763.

❼　同❶:763.

❽　同❶:763.

❾　同❶:763.

❿　同❶:763.

⓫　同❶:763.

处，将钟敬文的小品归入周作人小品这一流派。他们同有着田园诗人的情怀，有着"飘渺的山林隐逸之思"❶，趣味也同样"欢喜谈说风景，论断书籍，因物抒情"❷，但是钟敬文的小品文"冲淡而轻松，含意比较浅"❸，而周作人的小品文则"冲淡而整齐，含意比较深"❹。

阿英认为叶绍钧、茅盾、王统照、落花生虽然同属"文学研究会"，但是他们的小品文倾向、作文各自不同。

阿英在《〈叶绍钧小品〉序》将叶绍钧小品文与周作人的小品文进行了对比，否认有人认为二者作风相似的说法，认为他们有着绝对的不相同。在对人生问题的理解上，叶绍钧有着"向上的、向前的倾向，比周作人更清醒"❺，因此叶绍钧是"飘逸的徘徊月下，自弄清影的诗人"❻，而周作人的小品文则"具有严肃态度的哲人风景"❼。

阿英在《〈郭沫若小品〉序》中，强调了郭沫若牧歌的情趣，并将郭沫若小品文与周作人小品文、叶绍钧小品文进行了对比。阿英认为，他们三人的小品文都有着牧歌的情趣，不过周作人的小品文"那一种的牧歌的情趣，是一个饱经了世故，把天真的童年的心相当的丧蚀了的中年的较沉静的人的情怀"❽，叶绍钧小品文"这一种情趣，却又是属于悠闲的，沉静的，冷眼观察的人所有"❾，而郭沫若的小品文则"是在基点的牧歌的情趣而外，还加上一颗诗人的热情奔进的心。是一种青年的热的诗的情趣"❿。

阿英在《〈郁达夫小品〉序》中，认为郁达夫的小品文主张与周作人的有类似之处，都主张清新的小品文字，但更强调解剖自己、阐明苦闷，充分展现了富有才情的知识分子在动乱社会里的苦闷心情。在《〈徐志摩小

---

❶ 柯灵.中国现代文学序跋丛书·散文卷[M].海南：海南人民出版社，1988：766.
❷ 同❶.
❸ 同❶：765.
❹ 同❶：765.
❺ 同❶：775.
❻ 同❶：775.
❼ 同❶：775.
❽ 同❶：785.
❾ 同❶：786.
❿ 同❶：786.

品〉序》中，周作人认为"志摩可以与冰心女士归为一派，仿佛是鸭儿梨的样子，流丽轻脆，在白话的基本上加上古文方言欧化种种成分，使引车卖浆之徒的话进而为一种富有表现力的文章"❶，但是阿英认为，徐志摩应作为独立的体系。

当然不可否认，在这 16 家小品的体系中，另一个参照系就是鲁迅。阿英在《〈谢冰心小品〉序》中，首先将鲁迅与冰心对比，"青年的读者，有不受鲁迅影响的，可是，不受冰心文字影响的，那是很少，虽然从创作的伟大性及其成功方面看，鲁迅远超过冰心"❷，在《〈苏绿漪小品〉序》中，将冰心与苏绿漪进行了对比："对于自然的倾爱，和谢冰心到同样的程度，而对母爱的热烈也复相等的，在小品文作家之中，只有苏绿漪（雪林）可以比拟。"❸ 但是，阿英认为，苏绿漪的小品文虽有田园情趣但无独创，因此只能作为冰心倾向的一个支流。

阿英在《〈茅盾小品〉序》中说"在中国的小品文活动中，作为了社会的巨大目标的作家，在努力的探索着这条路的，除茅盾，鲁迅之外，似乎还没有第三个人"❹。阿英在《〈王统照小品〉序》中说"王统照作为小品文作家而存在的，也就是建筑在他的'瞑想的小品文'上。这一类的小品文，除鲁迅的《野草》而外，我想是没有谁可以和王统照比拟的；徐志摩虽也写作瞑想的小品文，然而他的瞑想是偏于欢快"❺。

最为有特色的是《〈陈西滢小品〉序》，在进行了陈西滢与鲁迅的对比后，阿英说："为着这两种不同倾向的对比，以及'闲话'是当时相反的一种主要的倾向，我选了陈西滢的小品。"❻

同时，我们参看同一时期的小品文选集。赵景琛在 1933 年 7 月 21 日作《〈现代小品文选〉序》，虽然他自言 26 位作家是随便排列的，但是在序文中依然将周作人列为第一个评价的小品作家。在 1934 年 11 月，苏渊雷所作的

---

❶　柯灵.中国现代文学序跋丛书·散文卷[M].海南:海南人民出版社,1988:791.

❷　同❶:768.

❸　同❶:771.

❹　同❶:778.

❺　同❶:784.

❻　同❶:796.

《〈小品妙选〉自序》中，清谈小品位列第一，首推周作人的闲趣。由此可见，当时的文学界应该最推崇周作人的小品。阿英虽然有自己的坚持与见解，但是他依然客观地反映了 20 世纪 30 年代周作人提倡的小品文的巨大影响力。笔者回顾诸多的现代文学史著作发现，编选者几乎无一例外地将鲁迅所代表的散文一派列为第一。这固然有其价值与意义。但是，在谈到周作人一派散文时，几乎没有谈及当时的盛况，甚至有些学者谈到中国现代文学理论价值观的时候，明显规避了周作人的散文理论与创作。如果回到当时的历史，在当时的小品文界，周氏兄弟中，绝大多数读者首推周作人，这是不争的事实。因此，即使如阿英，也无法以鲁迅的小品为核心去构架16 篇小品文的排序。同时，笔者也发现，阿英通过这些序文建构了自己对于当时小品文的评价标准，即分为周作人小品文与鲁迅小品文两个主要流派，这在吻合时代阅读的同时，也表达了他自己的价值判断趋向，从而在包容的同时展现了自己的态度。

由于这些序文的存在，还原了当时历史的真实，让我们看到了周作人当时的影响与地位；由于这些序文的存在，我们也看到了后代文学史与当时文学评价的差异性。

第五章 由书而发的中国现代文学序跋

叶圣陶为读者做序目指导时，曾明确指出"有些作者在本文之前作一篇较长的序文，其内容并不是本文的提要，却是阅读本文的准备知识……有些仅仅叙一点因缘，说一点感想，与全书内容关涉很少；那种序文的本身也许是一篇好文字，对于读者就比较不重要了"❶。从中可以看出，叶圣陶认为在序文中少谈甚至不谈与书相关的内容这种做法对于读者的阅读帮助不大，因而并不提倡。与之相反的则是，周作人在《〈看云集〉自序》中却强调，比照从书名生发和讲述书里的事情，"书外边的或者还有点意思罢"❷。其实，书里或是书外，有的时候很难严格区分，不过笔者却发现，很多序跋是以著作为起点的，在序跋中可以发现现代作家的原型经验，可以发现现代作家的生活点滴、创作历程，可以发现作家的文学观点，由书而发，延伸出更为深远、广阔的文本空间。

第一节 呈现原型经验

正如批评家让·斯塔罗宾斯基所说，"批评认为自己是未完成的则更

---

❶ 叶圣陶. 叶圣陶序跋集[M]. 北京:生活·读书·新知三联书店,1983:50.
❷ 周作人,著文,钟叔河,编订. 知堂序跋[M]. 北京:中国人民大学出版社,2009:71.

好，它甚至可以走回头路，重新开始其努力。而每一次走回头路，重新阅读，都是一种无成见的阅读，是一种简简单单的相遇，这种阅读不曾有一丝系统的预谋和理论前提的阴影"❶。而序跋就呈现了著作者的原型经验。

由此，我们可以在《〈欧游杂记〉序》中看到朱自清在赶船时的慌张、坐车时的昏头昏脑、查地图的茫然、亲友陪伴的亲切……在《〈伦敦杂记〉序》中，知道他的房东歇卜士太太，了解他在莎士比亚故乡新戏院落成时看戏三天等有趣的见闻。我们也可以同阿英一起，在《夜航小引》中，在1933年一个深秋的黄昏，与他一起共同经历一次夜航。"我们一行有二十多人，从 K 埠西乡滨海的许家村，分乘了五支小舟，冒着雨，沿着小河流回城。有的身上披着从农家借来的蓑衣，有的用扎成把的稻草罩在头上，预先带着伞的，不过两三个人。在风雨中行进，路程是艰苦的，但一听到那汨汨的溪流声，一看到那愈加青润的两岸，白雾弥漫了的山峰，心头却不禁感到愉快。同行的女孩们，更兴奋得歌唱起来……转折了几个湾，天色渐渐的暗黑了。这使我想到过往的许多夜航的经验，想起了燃烧着希望的柯洛涟柯的《爝火》，想起了'夜航船'。夜航船，是昼伏夜行的，而我的写作生活，也差不多一样，都是在夜阑人静，万籁俱寂的时候，摊开纸来写。"❷ 不同于小说、诗歌、戏剧等文体，序跋往往将作者对人生的直接印象呈现出来。臧克家在《〈十年诗选〉序》中曾经写过"诗是离不开生活的，想了解（不是误解或曲解）一个人的诗，必先挖掘他的生活"❸。序跋文往往会在行文其间，透视出作家的人生经验，而这些人生经验往往也让我们能够更好地体味作品。

俞平伯在《〈冬夜〉自序》中说："现在只把我所经验到的，且真切相信的略叙一点，作为本集底引论。"❹ 在序跋中书写自己创作经验，是很多序跋作者的切入点之一。我们可以发现他们亲历时代的风暴的感受，如林语堂《〈剪拂集〉序》中写道："在这太平的寂寞中，回想到两年前'革命

❶ 斯塔罗宾斯基.批评的关系[M].法国:伽利马出版社,1970:13.
❷ 阿英.阿英序跋集[M].开封:河南大学出版社,1989:82.
❸ 刘增人.臧克家序跋选[M].青岛:青岛出版社,1989:37.
❹ 俞平伯.俞平伯全集:第一卷[M].石家庄:花山文艺出版社,1997:79.

政府'时代的北京，真使我们追忆往日青年勇气的壮毅及政府演出惨剧的热闹。天安门前的大会，五光十色旗帜的飘扬，眉宇扬扬的男女学生面目，西长安街揭竿抛瓦的巷战，哈达门大街赤足冒雨的游行，这是何等的悲壮！国务院前哗剥的枪声，东四牌楼沿途的血迹，各医院的奔走弃尸，北大第三院的追悼大会，这是何等的激昂！"❶林语堂将这两年前的种种亲历化为文字，作为一种追思，以此纪念往昔的悲哀与血泪。我们可以感受到大时代中小文人的悲哀，如顾仲起在《笑与死自序》中描写了自己"别离了天津一带破落的农村社会，逃囚似的来到了帝国主义东方商场的上海"❷，然后开始了他在上海身无分文的生活，不仅需要借钱度日，还被英国水兵醉后殴打，并听闻了自己爱人死于白色恐怖的噩耗，由此他激愤地在小旅馆苦闷三日写成了《笑与死》这部短篇小说集。甚至，我们可以直达他们的内心，如曾今可在《〈法公园之夜〉自序》中谈到自己的初恋："初恋就是初恋，并非正式的恋爱，乃是只到初为止的恋爱。现在我和她——她的名字叫春露；她另有真名，这名字是她秘密和我通信时所用的假名，除了我谁都不知道；虽然我在这里将她的名字说了出来，也决不会有人会知道她究竟是谁。——没有绝交也没有进一步的正式恋爱，自然更无所谓失恋了。一般人所说的初恋恐怕都是指爱的开始的而言吧？我和她却是自始至终都是不出初的范围以外。她现在仍在上海，并且是在一个公司里做着店员。我可以天天去看她，但我除了看她一眼以外从来未走近她身边去。我一见着她就好象失去了一切的勇气，并且我只要见到了她我就已获得慰安，何必定要走近她身边去，使她感到不便？有一次我同两位朋友去向她买东西，我站在她身边连说一句话的勇气都没有！当朋友在买物的时候，我便悄悄地离开了她。她不是不爱我，她是一个独身主义者；她说今生不能爱我，要我待之来世。她有生以来，没有尝过肉味。她天生丽质却不事铅华，她在校读书时，每天有人寄情书给她，她一概塞进字纸篓去不看，这都是她告诉我的。我告诉她我永远爱着她不望她报之以爱，因为我知道她将以独

---

❶ 林语堂,著,季维龙,黄保定,选编.林语堂书评序跋集[M].长沙:岳麓书社,1988:245.

❷ 顾仲起.笑与死[M].上海:泰东图书局,1929:1.

身终老。她也曾对我宣誓，至死也不会忘我！啊！您这伟大而美丽的初恋啊，你将永远的使我兴奋。振作，因为你永远不会使我失望，悲哀。"❶ 这种真实的恋爱的回顾，让我们能够走进作家的内心。

很多文学作品是作家生活经历的一种反映，不过这种反映因其文学性或作家的创作风格而有所不同，有的甚至是非常曲折的或隐含的反映。但是，序跋作为一种特殊的文体则不同，特别是自序跋，往往是一种直接的反映，是一种主动的阐释。由于一般来讲序跋的篇幅较短，因此它会主动地呈现出作家思想或其作品中最核心的意思，形成一种吸引力。同时，序跋不仅仅因其所为之作序跋的作品而存在，更具有其存在的独立价值。因为，在行文之中，作序者往往将自己生活经历中最值得让阅读者知道的事情呈现出来。而这种"最值得"包含了两重意义，一重是与作品的意义有着密切的联系，一重是与自己的生活经验有着密切的关联。序跋不仅仅是一座桥梁，更是一种交集，一边是作品，一边是作家。它如同一扇可以两面推开的窗子，一边是作品的文学空间，一边是作家的生活空间，在虚拟与真实之间，创造出一种独特的审美境界。

一、巴金序跋中的"大哥"与《家》中的"觉新"

巴金长篇小说《家》中高觉新这一人物的原型源自巴金自己的大哥李尧枚，这几乎是路人皆知的。在以往关于《家》或者高觉新这一人物的研究中，有人关注过高觉新这一人物与现实生活中巴金大哥的关系。但是，少有人注意到巴金序跋中的"大哥"与小说《家》中的"觉新"之间存在的特殊关联。

笔者据 1982 年 3 月花城出版社出版的《序跋集（巴金）》统计，巴金为《家》共写过 9 篇序跋，分别为《〈激流〉总序》（1931 年）、《〈家〉初版代序——呈献给一个人》（1932 年）、《〈家〉五版题记》（1936 年）、《〈家〉十版代序——给我的一个表哥》（1937 年）、《〈家〉新版后记》（1953 年）、

---

❶　柯灵.中国现代文学序跋丛书·小说卷[M].海南:海南人民出版社,1988:386.

《〈家〉重印后记》（1977 年）、《〈家〉法文译本序》（1978 年）、《〈家〉罗马尼亚文译本序》（1979 年）、《〈家〉意大利文译本序》（1980 年）。再加上1932 年 5 月 22 日上海《时报》刊载的《〈家〉后记》、1956 年所作《和读者谈〈家〉》一文（该文根据巴金 1956 年为英译本《家》所写《后记》改作，收入《巴金文集》第 14 卷，题为《谈〈家〉》，发表于 1957 年第 1 期《收获》杂志，题为《和读者谈〈家〉》），巴金共为不同版本的《家》写了11 篇序跋。这一现象，不仅体现出他对《家》的重视与喜爱，也可证明巴金对于序跋这一文体的重视。而笔者则在这 11 篇序跋文与《家》的对比阅读中，发现了序跋中的"大哥"与《家》中的"觉新"之间紧密又特殊的联系。

小说中的《两兄弟》与序跋文的"三兄弟"

王瑶在《论巴金的小说》一文中指出"觉新和觉民是始终贯串在《激流三部曲》中的人物，特别是觉新，作者对他所花的笔墨最多，而且可以说是整个作品布局的主干"❶。杨义《中国现代小说史》中认为，"在整部《激流三部曲》中，着墨最多、首尾贯串而又写得至为深刻的是高觉新"❷。笔者承认，高觉新确实是《激流三部曲》中着墨最多的一个主角，但是高觉新是否是首尾贯串的角色，还需要仔细审视。经过细读《家》，笔者发现了一个微妙的地方，至少在《家》的前 5 章，高觉新并不是作为一个主角出现的。

上海《时报》从 1931 年 4 月 18 日至 1932 年 5 月 22 日，连载了巴金的长篇小说《激流》。1931 年 4 月 18 日，上海《时报》登载了巴金所写的《〈激流〉引言》。1932 年 5 月 22 日，上海《时报》登载了巴金所写的《〈家〉后记》。在上海《时报》上连载时，《激流》每一章都有小标题，第一章是《两兄弟》，即觉民与觉慧两兄弟。

首先在《激流》中出场的是觉民与觉慧，他们在谈论学校中演出英文剧《宝岛》的事情。对于觉民这一人物形象，有些评论家认为塑造得较为

❶　王瑶. 论巴金的小说[J]. 文学研究,1957,(4):21.
❷　杨义. 中国现代小说史(中)[M]. 北京:人民出版社,1998:159.

模糊，如闻国新就曾批评说对于觉民"印象却觉得不清楚，他不能成为实际的主人翁"❶。但是，在这前两章中，我们还是可以发现巴金对于觉民这一形象有着很大的企图心。在这里，觉民首先是作为觉慧的引领者而出现的，从觉慧对他的信任与崇敬就可以看出；是作为琴的支持者与鼓励者而出现的，从琴与他的对话就可以发现。觉民在这两章中温和而坚定地存在着，给予弟弟、表妹以指导和希望。他没有觉慧那样的情绪的激动与起伏，但是至少在这两章中，他呈现着一种明亮的色调，让阅读者发现围绕在觉民身边的新思潮的气息，他就是以这种坚定的引领者的姿态，从小说一开篇就进入了读者的视野。

唯一没有因觉民而受到影响的人物是鸣凤。而鸣凤，显然是巴金留给觉慧的一个女性人物。当鸣凤出现的时候，觉民只是答了一句，但是没有看她一眼，或许觉民所有的关注已经给了琴。当鸣凤出现的时候，觉慧却把所有的目光都投向了她。虽然，是通过第三人称的视角为读者描绘出了鸣凤的形象，但是这分明是从觉慧的眼中看到的鸣凤。而这是在前两章节中，觉慧第一次没有跟随着他的哥哥觉民的步伐与思想，而是展现出自己独立的感受、独立的喜悦。读到这里，虽然读者还无法预知觉慧与鸣凤的未来，但可以发现觉慧对鸣凤的态度是极为不同的，因为在《激流》中的对着哥哥觉民仅仅是"微笑"的觉慧，却将第一次的"笑"给了这个婢女，第一次把自己的视线与情感投射到了觉民之外的领域。

巴金把《两兄弟》作为第一章，无疑体现了他的小说最初、最原创的构想。比照他在同一时期所写的《〈激流〉引言》，我们可以发现，他在引言中并不认同罗曼·罗兰生活是悲剧的说法，而是认为生活是一场搏斗。因此，他将觉民、觉慧作为首要出场的人物，显然是把他们作为最具有搏斗精神、最具有征服力量的叛逆者推出的，也就是说准备将他们塑造成为最具有"激流"性格的人物。

在整整前五章中，觉新一直没有成为主角出现。他只是在第二章的两处出现：一处是当知道觉民与觉慧在雪夜回家没有坐轿子时，他笑谈觉慧

---

❶　闻国新. 家[N]. 晨报副刊,1933-11-07,"文艺批评"栏.

是一个人道主义者；一处是教育经费被军阀挪用时，他插嘴道只要读书就好，其他不用管。在这前五章中，觉新就说了这么两句话。他充其量是一个模糊的影子，或许有着一定的新思想，但是没有什么其他鲜明的特征。如果我们的阅读截至此处，断然无法知道觉新会是《激流》的主角之一。

但是从第六章开始，觉新跃然成为主角，独立占据整个章节。巴金不遗余力地花费了整整一章的笔墨，为读者介绍了在前几章一直仅仅作为大哥存在的觉新——这个人物从这里开始从背景中浮出。这一章用了将近6000字，而前五章总共才不过花费了 15 000 字，可见巴金对于这一章节的重视。从这一章节起，高觉新成了《家》的主角之一，而《激流》的格局，也由此演变成了日后的三个兄弟、三种性格、三种结局，激流的世界因此变得更为丰富和复杂。

以往少有人意识到《家》中第六章这一变化的突然。在前五章，这部小说的故事情节非常连贯。第一章的结尾，是觉民与觉慧走进高公馆，第二章的开头是他们进入高公馆遇到婢女鸣凤；第二章的结尾是觉民邀请琴去屋中商讨报名学堂之事，第三章的开头他们边走边谈论学校之事；第三章的结尾，是夜色中鸣凤在为琴的母亲叫轿子，第四章的开头，是鸣凤在黑夜中的思绪；第四章的结尾，是风在呼叫，第五章的开头是风雪中轿子在前行。从这前五章来看，章与章之间的连贯性很强，故事的进展不急不缓，情节的延续性很顺畅。但这种情况在第五章的结尾发生了变化。第五章的结尾是琴看了《新青年》以后给倩如写信，但是第六章却没有延续，而是突然让对高觉新的讲述成为了独立的一章。

为什么突然发生了这种变化？小说本身并未给我们解答，但巴金在序跋中却告诉了我们答案。

1931 年 4 月，上海《时报》发表的《〈激流〉引言》中，巴金只是说要给读者展示自己的过去的生活，但是并没有详细说清是什么样的生活。因为在那时，《激流》刚刚写了两章，后面的情节如何发展、人物如何塑造、冲突如何展现，巴金并未确定。

1933 年 5 月，开明书店根据《时报》初刊排印单行本《家》，巴金将《呈献给一个人》一文作为代序。在读者的视野中，巴金第一次明确地说出了《家》的写作是为了自己的大哥李尧枚——被公认的觉新原型，并提到了一个细节，就是《激流》星期六开始在报上发表，星期日就接到了告知大哥死讯的电报。

1937 年 2 月，巴金在《关于〈家〉十版代序》中为读者回顾了《家》的创作经过。当他正在写《家》的第六章，接到了大哥自杀身亡的电报，"我一夜都不曾闭眼。经过了一夜的思索，我最后一次决定了《家》的全部结构。我把我大哥作为小说的一个主人公。……我写觉新、觉民、觉慧三弟兄，代表三种不同的性格，由这不同的性格而得到不同的结局"●。比照这些序文与《家》著作，可以判定，是巴金的大哥的死亡让觉新成为了《激流》的主角之一，也使两兄弟的《激流》故事从第六章开始演变成为了三兄弟的《家》世界，并由此构成了更为丰富、真实而复杂的《激流三部曲》。

或许阅读者并不在意前五章到第六章的转变，但是巴金自己却非常重视这一改变。因此，他不厌其烦地在将近 50 年的岁月中，为读者讲述着这个故事。在 1932 年的《〈家〉初版代序》、1937 年的《〈家〉十版代序》中，在 1957 年 7 月 24 日发表在《收获》第 1 期上的《和读者谈谈〈家〉》、1958 年 3 月 24 日发表在《收获》第 2 期上的《谈〈春〉》、1958 年 5 月 24 日发表在《收获》第 3 期上的《谈〈秋〉》中，甚至在 1980 年 12 月 14 日，已经 76 岁高龄的巴金依然写下了《关于〈激流〉》一文，所有这些文本都在讲述他接到了哥哥自杀身亡的电报，当时他刚刚写到《家》的第六章。由此可见这一事件对于巴金的重大影响，而最早将这一影响与读者共享的载体，就是巴金所写的序跋。

巴金为什么选择序跋这一载体，将这一信息呈现在读者面前？巴金期望读者在阅读《家》的过程中，或之前，或之后，了解这一事件。因此他认为对这一事件的了解，对于读者理解巴金创作《家》是非常重要的。对于巴金这种坚持将写作视为生活一部分的著作者而言，他承认自己的小说源于自己的实际生活，但是又在极力地否认小说中的主人公是自己。对于巴金而言，与其说文学作品体现了他的实际生活，不如说它抒写了巴金的

---

❶　巴金.序跋集(花城文库)[M].广州:花城出版社,1982:217.

一个梦想，虽然小说中有着巴金生活的影子，但其实也体现了他对生活的一种反抗与搏斗，而搏斗的方式之一就是他期望在著作中改变实际生活中的人的命运。但是，巴金又期望人们能够了解真实的生活到底是什么样子，因此他选择了序跋这一载体，让人们在阅读虚构的小说世界的同时，也了解真实生活中的悲剧的残酷。这种真实生活与著作并行不悖，是巴金一定要让阅读者了解的。因此，他反复地在序跋中讲述着大哥的故事。同时，笔者也并不认为巴金将三兄弟的结局安排成充满各自希望的结尾，是对现实生活的妥协，或是源于对于旧家庭认识的不彻底。笔者以为，通过对著作与序跋的统揽，我们可以感同身受到巴金是缘于对真实生活中有着悲惨命运的人们的爱，才会虚构出《激流三部曲》的结尾。正是对于旧制度的恨、对于人们的爱，在这种爱与恨的交织中，虽然巴金无法指出真正的路在哪里、如何走，但是他渴望给予自己寄怀的人物以温暖的充满憧憬和希望的结局。因此，他在小说中安排了被很多人诟病的结尾，但是却在序跋中告诉读者真实的生活。可以说序跋让巴金写出在小说中不愿写出的真实，是巴金告诉读者的冷酷真相；而小说则是圆了巴金与读者试图超越现实的梦。在真实与梦幻之间，巴金以两种不同的书写方式，给予读者更为强烈的冲击体验，这或许也是巴金反复在序跋中讲述现实的真正意义之所在。

"《家》里面的唯一的真实的人物"

诚如李存光在《二十世纪中国巴金研究掠影》中所说，从1921年到20世纪40年代末，巴金一直是读者、评论家关注的重点。在50年代，伴随着大学的现代文学研究，巴金研究启动。1957年，扬风《巴金论》、王瑶《论巴金的小说》是国内学者开创巴金研究的标志性成果。1977年5月巴金复出文坛不久，《家》得以重印。各报刊相继刊出重新肯定《家》的文章。80年代起，具有学术意义的巴金研究得以真正兴起。进入90年代以后，巴金研究相对沉寂。但到了2008年10月，随着巴金逝世三周年和《家》出版75周年，再度掀起了巴金研究热。在此，笔者特别探究在这几个重要阶段，文学评论界对觉新这一人物的认识与研究。在《激流》三兄弟形象之中，笔者发现，针对觉新这一形象，不同阶段的批评与理解有着较大的差异，但是巴金自己对这一形象的情感一直保持着同一性。

1933年，闻国新在《家》一文中指出这三个兄弟各有特质，"人道主义的觉慧，无抵抗主义的觉新，恋爱至上主义者的觉民……"并特别指出"觉新的作揖主义的描写是全书里比较动人的一部分，但这样的弱者是我们所憎恶的，不足以指示人生的出路"❶。1938年，荫墀在《巴金的〈春〉》一文中说觉新有着痛苦的人生，因为思想与行为的矛盾，因而结果悲惨。从这两篇具有代表性的评论可以看出，他们都认为巴金对于觉新这一人物形象的塑造是成功的，但是对于觉新这一人物的价值，他们仅仅停留在批评与可怜的层面。他们认为这一形象更多的是一种消极，能够唤起的仅仅是同情，虽然也会让人们有一种如果苟安不行动则结局会很悲惨的感受，但是在三兄弟之中，可怜而可悲是觉新这一人物形象的标签，这一人物的结局注定是悲剧。

进入20世纪40年代以后，对于《家》中觉新这一角色的认识有所深化，不过已经将觉新这一人物的塑造认定为巴金《家》不成功的地方。1941年，巴人在《略论巴金的家三部曲》一文中指出，巴金"虽然把握了中国家族的崩溃是中国旧社会崩溃的核心，可是他没有更深入的掘发，使这小说的发展，没有可能成为最高真实的反映"❷。他还指出，悲剧性的人物觉新以喜剧性结束，就是不真实的反映之一。1942年，徐中玉则在《评巴金的〈家〉〈春〉〈秋〉》中指出，觉新这一人物是让人同情的人物，但是却让人失望，同时认为"觉慧和觉民两个是被雕塑得比较成功了，觉新（和剑云）就不免是比较失败"❸。随着《激流三部曲》的完成与出版，这一时期的文艺批评认为觉新这一人物虽让人哀其不幸，更让人怒其不争，同时这一人物的塑造也因为其结局而受到诟病。

在1957年发表的《巴金论》一文中，扬风提出，觉新这一人物是巴金为了说明"不勇敢地反抗那时代旧制度的'家'，不反抗旧礼教的束缚和雅

❶ 闻国新.家[N].晨报副刊,1933-11-07,"文艺批评"栏.

❷ 巴人.窄门集[M].香港:海燕书店,1941:207.

❸ 徐中玉.评巴金的《家》《春》《秋》[J].艺文集刊(第一辑),1942:243-261.

致，就会阴惨地死去，或终身遭受不幸"❶，认为觉新这一形象虽然比较复杂，但巴金依然是怀着对"不抵抗主义""作揖主义"的批评进行创作的。显然，扬风虽然认为觉新这一形象是复杂的，但是对于觉新人物的复杂性以及巴金对这一人物的认识，还是较为单一的。比照而言，王瑶《论巴金的小说》一文对于觉新这一人物的理解更为丰富，特别是王瑶指出由于巴金对于觉新的同情与原谅太多，因而造成读者对觉新的态度也很矛盾，同时也使这一人物的性格发展不和谐。由此可见，王瑶是不完全赞同巴金对于觉新这一人物的塑造的，但认为"这种态度只能说是一种珍惜青春的善良的愿望"❷。这一判断，依然给予了巴金如此安排觉新命运一个重要理由。巴金对于大哥的爱，对于觉新这一人物寄予的情感非同一般，是有目共睹的。

20世纪80年代后，对于觉新这一人物的批评与认识日渐丰富起来。如唐弢在《中国现代文学史简编》中，提出"作家抱着批判和同情兼而有之的矛盾心情，刻画了觉新的形象。这样性格复杂的人物也理应得到这般的对待。觉新不只是《激流三部曲》中写得最为丰富、最为成功的形象，也是整个中国现代文学史上一个著名的艺术典型"❸。这是对觉新这一人物形象，从文学史的角度进行了充分的肯定。朱志棠的论文《〈家〉中觉新形象塑造的艺术辩证法初探》则更进一步提出，巴金辩证地剖析了人物性格、情感和精神上两个方面既矛盾又统一的倾向，才"完成了觉新这个杰出的艺术典型的塑造"❹。

由此我们可以发现，对于觉新这一形象，走过了20世纪30年代艺术上肯定、思想上否定；40年代艺术上与思想上双重否定；50年代后复杂性探讨以及彻底的批评；80年代再度从艺术塑造上予以肯定……总之，与对觉慧、觉民不同，对觉新这一形象的认识与把握，一直存在着争议。无论是

❶ 扬风.巴金论[J].人民文学,1957,(7):36.
❷ 王瑶.论巴金的小说[J].文学研究,1957,(4):21.
❸ 唐弢.中国现代文学史简编(增订版)[M].上海:复旦大学出版社,2011:173.
❹ 朱志棠.《家》中觉新形象塑造的艺术辩证法初探[J].中国现代文学研究丛刊,1984,(3):239.

该人物的艺术塑造，还是该人物的存在对于《家》乃至《激流三部曲》的价值影响，在批评界都很难达成较为一致的共识。

但是，巴金对于觉新这一形象的情感几乎保持了50年不变，他始终把对于大哥李尧枚的爱倾注到了觉新这一人物身上。

1932年，他在《家》初次单本发行时，在《〈家〉初版代序——呈献给一个人》一文中，向读者宣布《家》一书是献给自己的大哥李尧枚的。这是一篇第二人称的序文，整篇都是巴金对自己哥哥的倾诉。从他的倾诉中，读者会发现是大哥希望巴金创作《激流》，但是大哥却没有看到《激流》的诞生。巴金将所有的爱与痛在这里呈现出来，预料到大哥死亡的结局，但是无法接受大哥这么早自杀；怜惜大哥虽然至死还是个青年，却从来没有过青春；痛惜有过梦想、有过前途、有过新理想的大哥，最终葬送在了"作揖哲学"和"无抵抗主义"上。特别是"你曾经爱过一个少女，而又让父亲拿拈阄来决定你的命运，去跟另一个少女结婚；你爱你的妻，却又因了鬼话的缘故把你的将待产的孕妇送到城外荒凉的地方去"❶，这不仅仅是在说自己的大哥，也是在说觉新。在这倾诉之中，巴金将自己的大哥与《家》中的觉新融为了一体。从他的字里行间，我们可以感受到巴金对大哥的爱超越了对觉新这一人物的批评。走出对《家》的描述，巴金特别回忆了大哥与自己的最后一次的见面，回忆在送别的时候，大哥送给自己的唱片。唱片仍在，而人已经逝去。这篇交织痛与爱的倾诉，既是巴金对大哥的倾诉，也未尝不是巴金对寄予了无限情感的觉新的一种倾诉。更为重要的是，巴金认为觉新或是大哥的生活也是一种激流，虽然是充满着痛苦的激流。在这篇序言里，我们可以发现，他期望"时时刻刻都记着你，而且它会使你复活起来，复活起来看我怎样踏过那一切骸骨前进"！❷ 虽然当时《秋》没有写完（1940年《秋》出版），但是巴金已经在期许着大哥的复活，哪怕这种复活仅仅是在虚幻的小说世界。这是一种复杂的情感，因为对于人物的爱让巴金有着一种期望，期望超越看似应该遵循的艺术反映生活的现实主义创作规律，而将人物真实的命运改写。

---

❶ 巴金.序跋集(花城文库)[M].广州:花城出版社,1982:44.
❷ 同❶:47.

在 1937 年 3 月 15 日，巴金写了《家》一文，并以《关于〈家〉（十版改订本代序）——给我底一个表哥》为题，作为 1938 年 1 月开明书店第 10版出版《家》的序言。这是巴金在现代文学三十年期间，为《家》写的最后一篇序言。在巴金读了《家》五遍以后，他已经超越了献给哥哥这个层面，而将这篇序言命名为《关于〈家〉（十版改订本代序）——给我底一个表哥》，并说："我所写的人物并不一定是我们家里有的。我们家里没有，不要紧，中国社会里有！"❶ 不过在这篇序言中，他不仅没有抛开大哥这一重要话题，更将创作《家》的始末详细地为读者解读，并说"我把大哥作为里面的一个主人公。这是《家》里面的唯一的真实的人物"❷。由此可见巴金对于觉新这一人物的特别关注。在不同的时期，他有时告诉读者觉慧有他自己的影子，有时坚决否认自己是觉慧，但是对于自己的大哥就是觉新的原型这一说法，他坚持了 50 年，从来没有改变。

特别是关于接到告知大哥死讯的这一细节，巴金在近 50 年的时间内一直在反复强调。在 1932 年，《〈家〉初版代序——呈献给一个人》中，巴金说："然而出乎我的意料之外，我的小说星期六开始在报上发表，而报告你的死讯的电报星期日就到了。你连读我的小说的机会也没有！"❸ 在 1937 年2 月，巴金在《关于〈家〉（十版改订本代序）——给我底一个表哥》中，写道"我刚写到《做大哥的人》那一章（第六章），报告我大哥自杀的电报就意外地来了。这对我是一个不小的打击。但因此坚定了我的写作的决心，而且使我感到我应尽的责任。……我希望大哥能够读到它，而且把他的意见告诉我。但是我的小说刚在《时报》上发表了一天，那个可怕的电报就来了。我得到电报的晚上，第六章的原稿还不曾送到报馆去"❹。在 1957 年7 月巴金所写的《和读者谈谈〈家〉》（该文根据巴金 1956 年为英译本《家》所写《后记》改作，收入《巴金文集》第 14 卷，题为《谈〈家〉》，发表于 1957 年第 1 期《收获》杂志，题为《和读者谈〈家〉》）一文中，对于这

---

❶ 巴金.序跋集（花城文库）[M].广州:花城出版社,1982:218.

❷ 巴金.家[J].文丛（创刊号）,1937:147.

❸ 同❶:44.

❹ 同❶:216.

段描述惊人的相同："二十六年前我在上海写《家》，刚写到第六章，报告他自杀的电报就来了。"❶ 甚至到了 1980 年，在《文学生活五十年——一九八○年四月四日在日本东京朝日讲堂讲演会上的讲话》一文中还说"我还为我的大哥写了另一本小说，那就是一九三一写的《家》，可是小说刚刚在上海一家日报（《时报》）上连载，第二天我便接到他在成都自杀的电报，我的小说他一个字也没有读到。但是通过这小说，许多人了解他的事情，知道封建家庭怎样摧毁了一个年轻有为的生命"❷。从 1932 年到 1980 年，将近 50 年的岁月，社会发生了巨变，文坛发生了巨变，读者发生了巨变，甚至在几次改版中，《家》也经历了数次修改。但是，对于这一细节，巴金的表述从来没有改变。1931 年的那个星期六（4 月 18 日）、那个星期日（4 月 19 日）成为巴金永生无法忘怀的日子。而在对这一个细节的反复追忆中，我们可以感受到巴金对于大哥的情感、对于觉新这一人物的情感。

　　无论是否有着批判的意味，巴金对于大哥的情感中最为核心就是爱——而这种爱由于无法再对大哥言说，因而就全部浸透在了对觉新这一人物的爱之中。因此，在《家》的初版代序中，他期望自己的书能够让大哥复活；在《秋》这部书中，他为觉新安排了充满希望的结局。这是他作为著作者能够做到的。甚至，当他与读者谈到《家》的时候，还说"我并不为觉慧惋惜，我知道有多少'觉慧'活到现在，而且热情地为新中国的建设在工作。然而觉新不能见到今天的阳光，不能使他的年青的生命发出一点光和热，却是一件使我非常痛心的事，因为觉新不仅是书中人，他还是一个真实的人，他就是我的大哥……觉新是我的大哥。他是我一生爱得最多的人。我常常这样想：要是我早把《家》写出来，他也许会看见了横在他面前的深渊，那么他可能不会落到那里面去。然而太迟了。我的小说刚刚开始在上海的《时报》上连载，他就在成都服毒自杀了"❸。由此，我们就可以理解为什么这在序言中巴金承认的唯一真实的人物，却在小说中

　　❶　巴金.和读者谈谈《家》[J].收获,1957,(1):7.
　　❷　巴金.文学生活五十年:一九八○年四月四日在日本东京朝日讲堂讲演会上的讲话[J].花城,1980,(6):6.
　　❸　同❶.

有了虚构性的结尾。这种虚构性的结尾，源于巴金对于大哥的爱，他期望在现实生活中无法做到的在小说中可以做到，在现实中无法挽回的悲剧在小说中可以挽回。他更期望通过对觉新这一人物形象的塑造，使世界上不再重演大哥这样的悲剧。因此，虽然他反复在序跋中告诉人们，他的大哥死去了，但是在小说中他依然让觉新带着一丝希望活了下来。因为巴金是一个如他自己所说的不冷静的作家，因为巴金认为小说不是历史，不是纪录片，因此可以不按照生活的原貌去安排小说的情节。因此，在《激流三部曲》中，觉新就成为了一个反复沉沦，然而又反复浮起的人物，无论他怎么痛苦或是怎么软弱，巴金都会将他从命运的漩涡中救起。因为，在巴金的心目中，大哥与觉新已经成为了一体，他自己无法在真实生活中挽救大哥的生命，那么在小说中就期望能够挽救觉新的生命。

但是，正是因为巴金对于觉新这一人物的特殊情感，所以觉新这一人物的塑造才更为复杂；正是因为巴金没有让觉新这个人物自杀，所以读者对这一人物的情感才更趋于复杂。正是这一在序言中所说的唯一真实的人物却在小说中有着虚构性的结尾，才真正构成了觉新这一人物的丰满性、复杂性，才让觉新没有沦为一个简单的被可怜的人。觉新活着，不仅缘于巴金对他的爱，也缘于觉新这个人物在小说情节中的反复动摇与软弱，缘于他在新旧思想中的摇摆与妥协。这样的类似于巴金大哥的觉新式的人物，固然死去的会很多，但是苟且活着的会更多。而他们活着，更会让人们体会到封建制度的冷酷，体会到与封建思想斗争的复杂性。因此，巴金看似没有遵循现实生活中的真实，让觉新如同大哥一样自杀，但其实他或许遵循着另一种真实。就如同他自己在1979年接受法国《世界报》记者雷米的采访时所说，"《家》再版的时候，我写了一篇《后记》，解释《家》对我来说已经成为过去，在革命的进行中，它的历史使命已经完成。但当我想在香港《大公报》再次刊登这篇《后记》时，我发现这是不真实的，我的书没有过时，而且并未完成它的使命。它应该继续在革命中起着作用，因为封建制度——至少是封建制度的影响——在中国仍然存在"❶。因为反封

---

❶ 雷米,记录整理,黎海宁,译.巴金答法国《世界报》记者雷米问[N].香港《大公报》,1979-07-02,"大公园"栏.

建斗争具有长期性、复杂性，不是随着中华人民共和国的成立就能将所有的封建思想彻底肃清。反封建这场斗争，远远不是简单的对抗与出走就可能结束的，并不是只有热血才能铸就激流，在生活中反复沉浮与挣扎，在不断的妥协中痛苦与忍耐，这种痛苦本身也是激流。甚至，在经过了50年、100年以后，这种痛苦与忍耐给予人们的启迪，甚至比热血的斗争还让人触目惊心。因此，觉新这一人物历经了几十年以后，因为其复杂性、丰富性，必然会超越觉慧、觉民这两个较为单一的人物形象，更吸引后来的阅读者、研究者。或许，在写作《激流三部曲》之时，巴金并没有完全自觉地认识到这一点；但是，随着《激流三部曲》，特别是《家》的不断刊印，他自己作为阅读者反复地阅读，觉新这一人物形象的重要性与成功性愈加显现，因而他自己就会不断地提及、不断地阐释。

巴金的大哥李尧枚的死，让觉新在《家》中崛起；觉新在《激流三部曲》中痛苦地活着，几经希望，几经破灭，再几经希望，依然不死。在这死与不死之间，让我们看到一个著作者几乎是直觉的激情创作，为我们塑造了一个历经岁月却越来越让人感到真实的艺术形象。序跋文中的解读，不仅是著作者在为读者阐释自己的人物，也是著作者自己在阅读中审视自己的著作，在重新阅读之中走一段回头之路，在每一次回首之中去发现自己在创作中隐藏在深处的自己或许都没有发现的东西，而序跋文就是巴金将自己的每一次发现与阅读者共享的平台。这已经不是简单的经验复原，而是一种新的构建，通过新的阅读体验重新构建自己或是他人对于著作的理解。

二、臧克家序跋中"自己的写照"

通过序跋，我们可以了解作家之间的交往。臧克家在《自序（自己的写照）》中谈自己将作品名字从《群鬼》改为《自己的写照》时，写到自己和王统照一起到老舍家中聚会，三个人一起纵谈各自的创作，王统照说自己计划将《秋实》写到20万字，老舍也计划创作一部200万字的长篇。"这一晚，不觉谈到深夜，我们冒着漫天的海雾回来，身上全打湿了。'你看，谁不有个大的企图呢？'躺在床上问自己。一股劲涌上心来，脸都发烧了。暑假以后回到学校来,足以叫人悲歌慷慨的事情如急流涌来,这一切,一个稍有血气的人是无法闭上眼睛说它是个梦的。看见一些人被这大潮流摔了下来,因而把头缩到腔子里去唤喊女子,另一些人却用生命去实践个人的信仰,去推动时代的轮子。我呢?一时拿不起枪杆来,然而我可以拿起笔杆来。于是,《群鬼》一变为《自己的写照》了。……结果只写足了一千行。"❶ 由此,这首叙事长诗《自己的写照》诞生了。

我们可以从中了解到,臧克家、老舍和王统照形成了一个以文学创作为目的的精神上的集体。虽然作家的创作是个体的行动,但是无法否认的是,群体性的探讨与认知对于推动文学运动具有至关重要的作用。这从文学社团的发展即可看出。笔者所关注的是,从序跋中我们可以发现很多史料,证明着作家彼此之间的情谊,证明着他们彼此之间如何相互激发、促进,共同去追求、实践文学的梦想。而且序跋这一文体往往无需含蓄,而更强调作序跋者自主的表达,是以完全自觉的方式进行着阐释,是主动的内心分析。序跋为我们体察作家的创作活动提供了另一个维度。其材料的琐碎性、细节的真实性,让其更具有鲜活的气息。

我们可以发现作家们心中最重要的风景。臧克家在《〈十年诗选〉序》写到了乡村的四季——春天,农人在耕作,臧克家赤足在田间;夏日,臧克家看到了劳作中的农人,看到了送饭的村妇;秋日是农人最忙也最快乐的日子,也是臧克家描写的最欢乐、最明媚的时光;而冬天因为农人最苦痛,臧克家的笔端也最凄凉。臧克家花费了约700字的篇幅来描写农村,他依然觉得太短、太不够,因为"乡村的风景,使我永远爱'柳梢上的月明',乡村的生活,使我顽强,朴实,几乎是固执。我爱农民,连他们身上的疮疤我也爱。我的爱,是真挚的,是以全心灵去爱,好似拜伦爱他的祖国一样,连着它的瑕疵也爱在一起。了解这一点,才可以了解我的《村夜》《场园上的夏夜》《答客问》《温柔的逆旅》以及《泥土的歌》的全部诗篇"❷。吴组缃在《读〈十年诗选〉》一文中指出,他欣赏臧克家怀念农村生

❶ 刘增人.臧克家序跋选[M].青岛:青岛出版社,1989:12-13.
❷ 同❶:39.

活的作品，因为"我也是农村生长的"❶，这种体认呼应了臧克家序中的共同的生活体验的重要意义。劳辛在《十年诗选》一文中，不仅引用了臧克家的《〈十年诗选〉序》，还将"农村的风景画""田园诗的情调"作为评价臧克家该诗集的重要特征，而这两个特点也同时是该篇序文的特点。

或者说这些序文不仅提供了臧克家这些诗歌的背景，更提供着一种与其诗歌融贯一致的观念，每一种体验、每一个历史上发生的事情，都在追忆与描述中重现，这种不同于诗歌的描述手法，创造了另外一个与臧克家诗歌紧密相连同时具有延伸、扩展的世界。虽然它的作用在表层上是桥梁，但其实它自身是一种抒发与证明，反映出诗人从生活中汲取经验，并根据生活经验解释生活给予他的感受。如果诗歌还需要形式，那么序跋则突破了形式的羁绊与隔阂，更为自由，从而呈现出一个新侧面，为我们揭示更多内涵与情感。

第二节 "叙传"创作历程

章尚正在《一种摇曳多姿的文学样式——谈古代自传文》中曾经论证"古代不乏'自序''自纪''后叙'之作，凡自述生平经历者，即可归之于自传一体"❷，并指出《史记》末篇《自序》首创此体。他还指出前述生平经历，后论著作大旨是该文体的特点。而班固《汉书·叙传》、刘知几《史通·自叙》、王充《论衡·自纪篇》、文天祥《指南录后序》《指南录二序》、谭嗣同《寥天一阁·三十自纪》等都借鉴了该体例。

笔者发现，在现代文学阶段，这种体例传统依然被良好地发扬，并且已经突破了自传的局限。其中顾颉刚所写《〈隔膜〉序》、冰心所写《〈冰心小说集〉自序》、宗白华所写《我和诗——〈流云小诗〉后记》、郁达夫所写

---

❶ 吴组缃.读《十年诗选》[J].文哨,1945,1(1):39.
❷ 章尚正.一种摇曳多姿的文学样式:谈古代自传文[J].文史知识,1996,(3):76.

《五六年来创作生活的回顾——〈过去集〉代序》、穆木天所写《我的诗歌创作之回顾——诗集〈流亡者之歌〉代序》、欧阳山所写《我与文学——〈七年忌〉代序》、洪深所写《戏剧的人生——〈五奎桥〉代序》、方与严所写《我的自白——〈给青年朋友们的信〉代序》等,都是典型的叙传作品。

一、冰心与宗白华,小诗诗人"叙传"

顾颉刚在《〈隔膜〉序》中曾经写道:"历来的学问家文学家,别人替他作传,多在暮年或身后,所采集的材料,多半是享了盛名以后的;至于早年的思想行事,早已佚去,无从寻补。然而一生的基础,就在早年,我们若是要深知一个人的性情学业,这早年的事实必不应轻轻略过。"❶ 他担心如果他不介绍叶圣陶的早年事,将无人知晓。而有些作家,没有将介绍自己早年事的权利赋予别人,而是自己肩负起了这个责任。笔者在现代文学的诸多著作中,选取了冰心写的《〈冰心小说集〉自序》和宗白华写的《我和诗——〈流云小诗〉后记》作为叙传的代表进行解析。

1923 年 12 月正风出版社出版了宗白华的《流云小诗》一书,1923 年 12 月宗白华为此书写下了《我和诗——〈流云小诗〉后记》。1943 年 8 月,上海开明书店出版了《冰心小说集》,但是冰心的《〈冰心小说集〉自序》早于 1932 年的清明节创作于北京香山双清别墅。比照两篇序跋,笔者发现两部书的作者不同、体裁不同、创作的年代不同,甚至两篇文章一为序言,放于书前,一为跋文,置于书后。但是,笔者依然发现它们存在着很多相同点,特别是在强调与创作有关的性情、透视创作的背景、介绍与自己成长有关的人与事三个方面,都以时间为顺序,进行了流水式叙述。

正如宗白华在《我和诗——〈流云小诗〉后记》所写的一样,"我后来的写诗却也不完全是偶然的事。回想我幼年时有一些性情的特点,是和后来的写诗不能说没有关系的"❷。

"孤寂"是笔者从这两篇序跋中发掘的宗白华与冰心第一个共同点。宗

---

❶ 叶圣陶.叶圣陶集:第一卷[M].南京:江苏教育出版社,2004:178.

❷ 宗白华.流云小诗[M].合肥:安徽教育出版社,2001:6.

白华将白云与垂柳视为最亲密的伴侣，将湖山的清景作为童年最不可缺少的构成，将在月下林间倾听箫声笛声视为最快乐的时光。但是笔者注意到宗白华寄情山水的同时，作出的一系列表述：看云的时候，他喜欢一个人坐在水边石上；不同的云彩形态，是他心里独自把玩的对象，他会私自就云的各样境界做成云谱；郊外对他而言，是风烟清寂的；落日中的钟声，让他有一种隔世的感受；独自睡在床上，他爱箫笛之声，因为这时心中深切的凄凉和说不出的幸福融在一起，在孤寂的箫笛之声中他最快乐。他自己说："小小的心里已经筑起一个自己的世界……只是好幻想，有自己的奇异的梦与情感。"❶ 在海边长大的冰心，没有在江南成长的宗白华所见的如画风景，看见的是青色的山、无边的海、水兵和军舰，听见的不是箫笛，而是山风、海涛、军号、喇叭。但是，同宗白华一样，她自认为"从小是个孤寂的孩子"❷。

两个地隔千里的人，同其径路。宗白华是一个诗人，而冰心也以小诗而闻名，这是两个人创作体裁的共同点。海德格尔曾经在《荷尔德林与诗的本质》一文中写道："荷尔德林在给他母亲的信中称写诗为'人的一切活动中最为纯真的'。……写诗像是非常朴实的一种游戏。诗极为自由地构拟出自己意象的世界，沉浸于想象之域乐而忘返。"❸ 笔者从两篇序跋中体味到，不管这两个人的童年是否真如他们各自描述的一样是孤单寂寞的，在他们的回忆与想象中，孤单的特质都是他们童年中看待世界的态度，这种孤寂让他们更为远离现实的世界而获得属于他们自己的自由，并由此获得掌握世界的一种独特的方式。

他们成长的第二个共同点是：心的聆听。从这两篇序跋中，我们了解到宗白华在年少时"没念过什么书，也不爱念书"❹，而冰心与他相同，"对于文字，我却不发生兴趣"❺。不爱读书并不是什么独特的个性优点。笔者关注的是，他们如何发生的转变。冰心的舅舅在晚餐后为她讲《三国志》

❶　宗白华. 流云小诗[M]. 合肥：安徽教育出版社，2001：6-7.

❷　冰心. 冰心小说集[M]. 上海：开明书店，1943：3.

❸　伍蠡甫，胡经之. 西方文艺理论名著选编[M]. 北京：北京大学出版社，1987：574.

❹　同❶：6.

❺　同❷：3-4.

故事，但是因为舅舅有公职，所以无法天天讲，所以冰心只好自己拿起《三国志》开始了阅读的历程。宗白华的启蒙者是他的外祖父方老诗人，在清晨的小花园里听到老人高声唱诗，音调沉郁苍凉，"偷偷一看，是一部《剑南诗抄》，于是我跑到书店里也买了一部回来，这是我生平第一次翻读诗集"❶。或许有人关注的是他们成长背景中的家庭熏陶，但是笔者认为不仅如此。家庭的影响固然是一种元素，但是作家的子女成为作家不是必然而是偶然的现实告诉我们，这不是作家成长的决定性因素。是什么让马鞭也无法威吓到的冰心开始了阅读？是什么让长至17岁都不曾读诗、听诗的宗白华开始了读诗？聆听是偶然的，但是文学魅力与孤寂心灵的呼应是一种必然。在刮风下雨的日子，冰心期待着《三国志》的故事，这比牛郎织女更让喜欢与水兵们为友的冰心觉得痛快；而在小花园听到陆游诗作的宗白华，是他在青岛观海之后，在他的回忆之中，"青岛的半年没读过一首诗，没有写过一首诗，然而那生活却是诗；是我生活里最富于诗境的一段。青年的心襟时时象春天的天空，晴明愉快，没有一点尘滓，俯瞰着波涛万伏的大海，而自守着明爽的天真"❷。在这所有的准备都做好了以后，偶然的倾听铸就了作家的诞生。这种倾听不仅仅是一个接受的过程，更是一个心灵与文学撞击的过程。或许这就是德谟克利特所说的心灵的火焰。

他们成长的第三个共同点是：爱的领悟。冰心谈到爱的时候，有两条线索。一条线索是她在贝满女中读书的时候，因为学习英文知识和受到基督教教义影响，"潜隐的形成了我自己的'爱'的哲学"❸。另外一条线索是母爱，4岁时跟着母亲认字，母亲担忧她过度读书而撕掉书，"我每次做完一篇文字，总是先捧到母亲面前。她是我的最忠实最热诚的批评者"❹。在冰心创作的道路上，这两条线索一直浮现在她的创作中。钱理群、温儒敏、吴福辉著《中国现代文学三十年（修订版）》谈到"问题小说"时，认为"'问题小说'的作者并不都是纯粹的写实派。有的以后发展为写实主义，

❶ 宗白华.流云小诗[M].合肥：安徽教育出版社，2001：6.
❷ 同❶.
❸ 冰心.冰心小说集[M].上海：开明书店，1943：6.
❹ 同❸：8.

但写作‘问题小说’的当儿，偏偏是抽象的‘爱’与‘美’的鼓吹者，是浪漫主义、象征主义色彩皆有的，如冰心、王统照等”❶。程光炜、刘勇、吴晓东等著《中国现代文学史（第三版）》中谈到冰心的小诗时，认为它们“集中体现了她在‘五四’时代著名的爱和美的哲学，这种爱和美的哲学在小诗中具体体现为童心、母爱、自然的母题”❷。这些文学史的评价，都证明了冰心在这篇序传中对自己的回顾之真实、评判之准确，或者说，这篇序言为人们研究冰心的创作提供了一份史料。而宗白华在《我和诗——〈流云小诗〉后记》中谈到爱的时候指的是爱情，他将其描述为“青春的心初次沐浴到爱的情绪，仿佛一朵白莲在晓露里缓缓地展开，迎着初生的太阳，无声地战栗地开放着，一声惊喜的微呼，心上已抹上胭脂的颜色”❸。对宗白华而言，这是一种纯真的刻骨的爱。正是这种爱与自然的美，让宗白华爱上了诗歌。冰心在《〈冰心小说集〉自序》中写道：“我觉得不妨将我的从未道出的，许多创作的背景，呈诉给读我《全集》的人”❹。通过两篇序跋，我们可以发现他们都在其中为阅读者透露了创作背景的关键点。

第一个关键点——阅读背景，即他们阅读过的书籍。

宗白华《我和诗——〈流云小诗〉后记》中的阅读书目是：《剑南诗抄》，楞严经，王孟诗集，庄子、康德、叔本华、歌德的著作，以及太戈尔（泰戈尔）的《园丁集》等。冰心在《〈冰心小说集〉自序》中的阅读书目是：《三国志》《水浒传》《聊斋志异》《说部丛书》《西游记》《天雨花》《再生缘》《儿女英雄传》《说岳》《东周列国志》《封神演义》《红楼梦》《论语》《左传》《唐诗》《班昭女诫》《饮冰室自由书》，以及笔记小说如《虞初志》等。

笔者关注的一点是，虽然宗白华列出了一些西方著作，但是他自己却说：“后来我爱写小诗短诗，可以说是承受唐人绝句的影响，和日本的俳句

---

❶　钱理群,温儒敏,吴福辉.中国现代文学三十年(修订版)[M].北京:北京大学出版社,1998:48.

❷　程光炜,刘勇,吴晓东,等.中国现代文学史(第三版)[M].北京:北京大学出版社,2011:115.

❸　宗白华.流云小诗[M].合肥:安徽教育出版社,2001:7.

❹　冰心.冰心小说集[M].上海:开明书店,1943:3.

毫不相干，太戈尔的影响也不大。"❶ 我们会发现在宗白华讲述自己的阅读与创作时，似乎出现了一定的偏差。但是，深入地阅读该后记，我们又会从中发现端倪。我们可以从该后记中捕捉到几重意义。首先，宗白华在这篇后记中说唐人绝句中他最爱王维的"行到水穷处，坐看云起时"，他爱这种闲和静穆的境界。而这种境界含义有三：一是自然之境，云水之间，清淡悠远。二是心灵之境，行走之间，心自悠然。三是宇宙之境，俯仰之间，天人共悠然。这三者合一，成为诗境。那时的宗白华是用诗歌去观照心灵对宇宙的思考，而 20 年后，王维这一名句出现在宗白华纳入《美学散步》一书中的《中国诗画中所表现的空间意识》（1949 年 3 月，写于南京）一文，以此说明"中国人于有限中见到无限，又于无限中回归有限。他的意趣不是一往不返，而是回旋往复的"❷。他是在用美学的角度去思考心灵与宇宙。其次，无论古今名作，什么是吸引宗白华阅读的动力？或者说，宗白华阅读过很多书籍，为什么他要在这篇后记中列出这些书目（表 5-1）？

表 5-1　宗白华后记中所列书目

书目	喜欢缘由
《剑南诗抄》	声调沉郁苍凉，非常动人
楞严经	音调高朗清远有出世之慨，庄严伟大的佛理境界
王孟诗集	诗境合自己的情味
庄子、康德、叔本华、歌德的著作	心灵的天空出现
太戈尔《园丁集》	引起一股宇宙的遥远底相思的哀感

从单纯的声调看，这是诗歌的形式之美，吸引了宗白华；从音调与佛理的结合看，这是诗歌形式与内容之美的结合，吸引了宗白华；诗境与情味的契合，激发了宗白华的诗心；心灵的天空、宇宙的冥想，穿越了时空与国界，让宗白华走出中国传统的天地理念，走进宇宙之间。由此，在宗白华阅读与自述表面上的偏差中，其实不仅已经体现了宗白华作诗的灵感

---

❶　宗白华.流云小诗[M].合肥:安徽教育出版社,2001:7.
❷　宗白华.美学散步[M].上海:上海人民出版社,1981:113.

在于心灵与宇宙的融合，也让我们能够了解到，这份书目也是日后宗白华作为美学家以学贯中西的学识创造出具有中国特质的体验美学的源头之一。

有意味的是，冰心在行文中出现的书目几乎以中国传统文学为主，但她在序言中却写道："我写《繁星》，正如跋言中所说，因着看太戈尔的《飞鸟集》，而仿用他的形式。"❶ 我们会发现，在讲述自己的阅读与创作时，她与宗白华同样出现了一定的偏差。由是，笔者同样产生了疑惑，为何冰心不惜篇幅列出了诸多中国古典传统小说的书目，但是却又淡淡一笔，谈到了泰戈尔的影响？或许有人会认为，这仅仅是因为这篇序言是冰心的小说序，所以才如此罗列众多的传统小说书目。实际上，这部《冰心小说集》虽然名为小说集，其实涵盖了小说、诗歌和散文三个部分。因此，冰心应不是因为体裁的原因而列出了这些书目。笔者以为，这是体现了冰心对于传统文化的态度。有学者也发现了冰心自小酷爱我国传统文学，认为在冰心的前期小说中，"除了语言之外，很难感到她受过古典小说的影响……在1940年我国新文学界关于'民族形式'问题的论争的影响下，长期潜伏在冰心身上的古典小说修养受到了新的激发"❷。笔者以为，阅读是一种背景，但也仅仅是一种背景，如何转化为创作、转化的方式与方法是什么、转化的态度是主动还是被动，都是非常复杂的情况。但是，冰心在该序言中不惜大篇幅地写出自己的阅读背景，这是一种诚实的表白，至少体现出了一种态度——对中国古典小说的尊敬与喜爱。笔者认同严家炎在《"五四""全盘反传统"问题之考辨》一文中提出的观念："'五四'是一场由理性主导而非感情用事的运动。当时提倡民主、倡导科学、提倡新道德、提倡新文学，介绍近代西方人道主义、个性主义思潮，主张人权、平等、自由，这些都是服从于民族发展的需要而做出的理性选择。胡适、周作人都鼓吹要'重新估定一切价值'，就是要将传统的一切放到理性的审判台前重新检验、重新估价。在反对了儒学的纲常伦理和一味仿古的旧文学之后，他们又提倡科学方法，回过头来整理中国古代的学术文化……这就证明他们是

❶　冰心.冰心小说集[M].上海:开明书店,1943:8.
❷　杨义.中国现代小说史(上)[M].北京:人民出版社,1998:256.

要革新传统文化，而不是要抛弃传统文化，不是全盘否定中国的传统文化。"❶ 虽然冰心没有在理论的创建中提出自己糅杂中西的观点，没有以实践去整理、考察中国传统文学，但是至少在该序中，她以自己的阅读实践表明了自己的态度，肯定了古典文学是她自己的学识背景中重要的元素。一方面，她以体现西方现代思想与文学创作实践形成了与传统文化的冲突，而另一方面，她在序言中又诚实地承认了对传统文化、传统文学的吸收。这种矛盾，朦胧地表现了冰心与当时的诸多文学家一样面临文化变革的判断与选择。而这一态度，是无法仅仅从其作品中体现出来的。由是，更肯定了序跋作为书外之意的重要价值。

第二个关键点——求学背景。

王统照在《论冰心的〈超人〉与〈疯人笔记〉》中曾经写过："一个人的创作品，固然须以自己特有的天才作骨干，但环境与经验，实在于天才外，有最大的威权，对于每个人的作品，凡研究文学的，大概都知这等事；尤其是要详细曲道的批评一个人的作品，除掉由文字中可见出的天才外，更不可不知其环境与经验。这诚然是不容易的事，然热心而精细的读者，一样多少可由作品中探查得出。"❷ 不过幸好有了序跋的存在，让阅读者有幸可以直接了解到很多信息，从而减少了很多在作品中的钻研或猜测。特别是求学经历，它不仅是环境，也是经验，因而对于作家的成长至关重要。相比较而言，宗白华与冰心的求学经历大体相同，既有国内学习经历，又有海外留学经历。但是，两个人对自己求学生涯的描述有着很大不同。

宗白华在《我和诗——〈流云小诗〉后记》中描述的求学轨迹是：1914 年（十七岁）——青岛上学；1916 年——同济大学；1920 年——德国留学。他重点描述的是在德国求学的阶段。在这里，"从静穆的沉思，转到生活的飞跃"❸，都市的意象进入了宗白华的视野，从而给予他新的力点。

宗白华认为，在德国的学习经历是对世界的新的接触，他感受到了文化的冲击。在他的心中，都会的景象与繁华，让他对于生命与宇宙有了更

---

❶ 严家炎. "五四""全盘反传统"问题之考辨[J]. 文艺研究,2007,(11):9.

❷ 剑三. 论冰心的《超人》与《疯人笔记》[J]. 小说月报,1922,13(9):69.

❸ 宗白华. 流云小诗[M]. 合肥:安徽教育出版社,2001:9.

深刻、更丰富的关照。宗白华非常重视这段经历，不仅在后记中花了不少篇幅书写，更在诗歌中充分体现。在该后记中唯一出现的现代诗歌《生命之窗的内外》也是对当时求学生活的追忆：白天开启的生命之窗，绿杨本来应在城郭乡野，但是在宗白华的诗里却与烟囱、电影、机器这些现代都市的产物相映成趣；白云、青空本来应是千载空悠悠，但是在宗白华的诗里却飘荡在人群匆匆的都市上空。夜晚表面上关闭了生命之窗，但雅典的庙宇、莱茵的残堡、山中冷月、海上孤棹，在诗意与梦境中激发出了生命的憧憬，更将引发人们对宇宙的怀想。以中国传统的俯仰天地，看到现代之景象、西方之艺术；以唐宋之情怀，吟唱都市之韵律。而这一切，源于宗白华身在西方，西方的现实冲击着他东方的心灵。因此他重视并追忆着这段求学生活。此外，宗白华还在这篇后记中特别提到罗丹的雕塑，"罗丹的生动的人生造象是我这时最崇拜的诗"[1]。这段求学中的经历，不仅是宗白华当时"最崇拜的诗"，更横亘了他的一生。在 1963 年，时隔 40 多年，宗白华依然写下了《形与影——罗丹作品学习札记》，写到"罗丹创造的形象常常往来在我的心中，帮助我理解艺术"[2]。此为宗白华重视自己这段经历的一个佐证。

冰心在《〈冰心小说集〉自序》中描述的求学轨迹是：1911 年——福州女师；1914 年——北京贝满女中；1919 年——协和女大（后并入燕京大学，称为燕大女校）；1923 年——美国留学。冰心对自己的学业描述较为简单，仅仅多写了几句描写自己在北京燕大女校的生活。"五四运动起时……被女校的学生会，叫回来当文书。同时又选上女学界联合会的宣传股。联合会还叫我们将宣传的文字，除了会刊外，再找报纸去发表。"[3]

比较而言，冰心对自己的求学经历较为淡然，由此没有什么特别的笔墨着于其上。冰心认为在燕京女校的学习经历，是提供了一种机会，让她开始在报刊上发表作品。一般而言，人的经历应该是其创作的活的源泉，但是唯有价值较大的事件才能获得作传者的青睐。只有她认同的标志性的

❶　宗白华. 流云小诗[M]. 合肥:安徽教育出版社,2001:9.
❷　宗白华. 美学散步[M]. 上海:上海人民出版社,1981:278.
❸　冰心. 冰心小说集[M]. 上海:开明书店,1943:6.

事情，并认同这些事件与自己的创作具有强烈的联系，方可进入她的创作视野。

但是，冰心却将自己另外一种求学的暗线呈现了出来：4岁开始，跟着母亲认字片；刮风下雨，缠着母亲或奶娘说故事；让舅舅讲《三国志》；水兵讲林译说部；托送信的马夫买《说部丛书》；表舅父讲经诗；在祖父的书房读书；在北京的家中看《妇女杂志》《小说月报》。这种学习，不是寻常的学校的教育，而是耳濡目染的学习环境与氛围，是一种文化的启蒙。生活是一种学习，环境是一种促进。无论她从中选取了什么，这生活的本源、学校外的教育赋予了冰心独有个性，从而让她以独特的视角洞悉生活的意义，赋予她关照世界的方法，营造了她掌握人生的自由与活力之源。时代强加给了冰心羁绊与阻隔，但是她根据自己的经历创造出了解释生活、突破阻隔的力量，形成了新的解决方案。因此，冰心单纯地依靠温暖的家庭"医院"去治疗青年心灵的烦闷，"把冲向社会，屡屡碰壁的青年，拉回到母亲的怀前膝下，轻轻抚慰"❶。而这篇序言轻学校重家庭，轻狭隘的求学重广义的教育，正体现了冰心推己及人，以个人经历代替社会常规的思想。

因此，从两篇序跋中，我们就可以体会到宗白华的诗歌为何"最擅长的领域是诗人的心灵与自然宇宙以及社会人生的律动之间的契合"❷，而冰心的创作优点为何是在于"对狭小范围内的情感有具体的认识"❸。

第三个关键点——最初的创作。

宗白华在《我和诗——〈流云小诗〉后记》中讲到自己最初的创作：第一首旧体诗《游东山寺》，第一首新体诗《问祖国》。

冰心在《〈冰心小说集〉自序》中讲到最初的创作：白话小说《落草山英雄传》（介乎《三国志》《水浒传》之间，仅写了三回）、文言小说《梦草斋志异》（未写完），发表的第一个作品为小说《两个家庭》。

由此我们发现，这两位作家走的是在现代文学开创期很多作家共同走

---

❶ 杨义.中国现代小说史(上)[M].北京:人民出版社,1998:245.

❷ 程光炜,刘勇,吴晓东,等.中国现代文学史(第三版)[M].北京:北京大学出版社,2011:115.

❸ 夏志清.中国现代小说史[M].上海:复旦大学出版社,2005:53.

过的道路：从古典文学走向现代文学。古典文学是他们创作的起点，但是他们对待自己起点的态度耐人寻味。第一，他们重视自己的初始创作，虽然这些创作没有发表甚至没有完成，但是他们依然在传序之中坦然地披露而出。这是他们对于自己创作之路的一种认同。第二，我们可以发现他们对自己创作起点的感受有所不同。宗白华将自己的第一首旧体诗《游东山寺》当作古老的化石，认为老气，以至于后来甚少写旧体诗。由此可见，宗白华对于旧体诗的创作是否定的，至少他认为这不是现代文学诗歌创作的主流。而冰心谈到自己写白话小说《落草山英雄传》和文言小说《梦草斋志异》，却用的是"偷偷"二字，并不厌其烦地写到自己曾经写《落草山英雄传》第三回重复写了几十次，写《梦草斋志异》某一段重复写了十几次。最终觉得没劲，方才放弃。其中洋溢着小儿女的痴情，更多是兴趣盎然，而没有丝毫的批判之意。由是可以看出，冰心对于中国古典小说的喜爱并没有因为现代小说的冲击而有所减弱。从中我们不仅可以窥见两位作家的个性不同，也可细味到诗歌、小说两种体裁在现代文学阶段发展、改变的激烈程度的不同。

　　而关于他们的新文学创作，他们的态度却是同样的。宗白华谈自己的第一首白话诗《问祖国》时，并没有谈及内容，但是却谈到了德国浪漫主义文学、歌德的小诗、康白情和郭沫若的创作。冰心谈自己发表的第一篇小说《两个家庭》，也没有谈到内容，而是谈到自己读了杜威、罗素、托尔斯泰、太戈尔，由此知道小说里有哲学。因此，我们从中可以了解，他们其实并不关注自己的作品，而是在回忆中关注自己因何而作。这种原因的探究，他们以为更值得记忆与思索，他们重视的是自己成长的历程之中，这第一个脚步是如何迈出的。而宗白华所说的试作小诗，冰心所说的爱小说的心情的浮现，一个"试"字，一个"爱"字，文学青年"小荷才露尖尖角"的青涩心情跃然纸上。固然日后他们的创作远远比当初之作更为成功，但是当年的心境也成为不可重回的创作状态，只能成为永久的记忆，因而让他们在序跋中用心书写。

　　从宗白华的《我和诗——〈流云小诗〉后记》和冰心的《〈冰心小说集〉自序》中，我们可以发现在他们成长的道路上，曾经与哪些人相遇。

在宗白华的《我和诗——〈流云小诗〉后记》中，提到的第一个人是郭沫若，然后有外祖父方老诗人、同济大学的一位同学、朋友左舜生、康白情、一位景慕东方文明的教授。郭沫若是这些人中最为重要的，他在《我和诗——〈流云小诗〉后记》中出现了两次。第一次出现在第一段，"我的写诗，确是一件偶然的事。记得我在同郭沫若的通信里曾经说过：'我们心中不可没有诗意诗境，但却不必定要做诗'。这两句话曾引起他一大篇的名论，说诗是写出来的，不是做出来的。他这话我自然是同意的。我也正是因为不愿受诗的形式推敲的束缚，所以说不必定要做诗"❶。从与郭沫若的通信入手，可见二人交往至深。但是宗白华并没有提及他人生中的一件重要的事情，即 1916 年 8 月受聘上海《时事新报》副刊《学灯》，任编辑、主编，当时郭沫若留学日本，给《学灯》寄了两首新诗《抱和儿浴博多湾中》和《鹭鸶》，宗白华刊出了这两首诗，并且《女神》的大部分诗篇都刊登在《学灯》上。因此，郭沫若在《创造十年》中说过："但使我的创作欲爆发了的，我应该感谢一位朋友，编辑《学灯》的宗白华先生。"❷而宗白华并没有提及这些，他如此开头是通过交代与郭沫若的往来，阐明自己对诗歌的态度，而其间蕴含的情谊尽在笔端。第二次出现在宗白华提到自己尝试新诗创作是源于康白情、郭沫若创作的影响时，以此再次肯定了郭沫若对于自己新诗创作的影响力。

冰心的《〈冰心小说集〉自序》中提到的人有北新书局的主人、熊秉三先生、母亲、父亲、奶娘、舅舅杨子敬、表舅父王葆逢、表兄刘放园等。其中她重点描述的人物是她的三位先生：第一个是她的母亲，第二个是她的舅舅杨子敬，第三个是她的表舅父王葆逢。谈到自己的母亲这第一个老师，冰心说"虽然从四岁起，便跟着母亲认字片，对于文字，我却不生兴趣。还记得有一次，母亲关我在屋里，叫我认字，我却挣扎着要出去"❸，并说喜欢缠着母亲讲《老虎姨》《蛇郎》《牛郎织女》《梁山伯祝英台》等故事。在冰心心里，母亲是启蒙者，为她开启了文学的大门。第二个老师

---

❶ 宗白华.流云小诗[M].合肥:安徽教育出版社,2001:6.

❷ 郭沫若,著,郭平英,编.创造十年[M].昆明:云南人民出版社,2011:43-44.

❸ 冰心.冰心小说集[M].上海:开明书店,1943:4.

是舅舅杨子敬，头一部给冰心讲的书是《三国志》。因为舅舅公务繁忙，经常中断，因而使七岁的冰心自己开始读《三国志》。此外，舅舅作为同盟会会员，激发了冰心对于国事的关心，让她不仅偷读禁书《天讨》，并开始读《神州日报》《民呼报》等报纸。杨子敬让她真正走进了文学的大门，自己阅读并关心社会。第三个老师是表舅父王舅逢，冰心高度评价他，称"舅逢表舅是我有生以来，第一个好先生！"● 他劝诫冰心读书应该精而不滥，促进冰心与经诗接触。在他的循循善诱中，冰心发疯般爱上了诗。王舅逢让她对文体差异产生了关注，开始真正进入文学的世界。这三位老师，是冰心成长的三个阶梯。

比照之下会发现，这两篇序跋为我们勾画了两个不同的人际圈落，宗白华的圈落以朋友为核心，冰心的圈落以家庭为核心。宗白华所体现的圈落，不仅体现了男性创作者的特质，也体现了他理性化的思维特征。虽然《我和诗——〈流云小诗〉后记》全文充满了诗意，但是横亘在其中的是作者对于自然、宇宙的关照，是以理性为核心的哲学性思考。而冰心所表现的圈落，则无疑体现了女性创作者的特质，融汇了她感性化的思维特征。冰心的《〈冰心小说集〉自序》体现了与其创作一致的特征，爱的哲学、家的温暖，不仅是她为阅读者创造的世界，同时也是她个人体验的世界。由此，我们发现，宗白华的圈落是友人围坐而成，理性的光芒共照大家，宗白华并肩与友人站在一起；而冰心的圈落是家人环绕而成，感性的光辉映照其间，冰心居于家人呵护培养的中心。

以序跋作传，不同于正式的传记，而是以著作为起点的一种传记。叙传的目的，虽然是为了介绍作家的成长，但更终极的指向依然是著作，因此其文本定位不是仅仅以作家为核心，而是更着重强调作家的成长与创作的关系。

二、顾颉刚"叙传"叶圣陶成长轨迹

杨义在《中国现代小说史》中指出"按照现实主义的方向，叶绍钧在五、

● 冰心.冰心小说集[M].上海:开明书店,1943:6.

六年间写下了《隔膜》（商务印书馆 1922 年版）、《火灾》（商务印书馆 1923 年版）、《线下》（商务印书馆 1925 年版）三个早期的小说集。其中《隔膜》是继郁达夫的《沉沦》之后我国现代文学的第二本短篇小说集"❶，并认为"叶绍钧早年一些作品，仅写浅浅的观感和印象"❷。诚如胡愈之所说，"顾颉刚君的长序，把作者的经历和思想，具体的说明一下。对于读者加上许多的帮助"❸。这篇序言的存在，让我们更深刻地了解了叶圣陶的成长历程。但是，这又不是一篇单纯的作家小传，作为一篇叙传，它有着许多不一样的特质，让我们从一个特别的角度去理解叶圣陶，去感受《隔膜》。

有原则地进行事件选择

任何传记都不可能将传主的一生中每一个瞬间完全地记录下来，而事件的选择正是传记作者的态度与主张的呈现，特别是叙传这样的小传，由于篇幅的限制，更体现了作者最想传达的意思。

顾颉刚在《〈隔膜〉序》的开头明确地表示："我虽则没做过文艺的研究，不能说明他的小说在文艺界上的地位，可是要做一篇序来说明他的思想的本质，与他所以做小说的背景，自以为我是最适宜了。"❹ 因此，我们可以判定，这篇序言最核心的内容是介绍《隔膜》，由此顾颉刚选择的应该是他认为最有利于这一出发点的事件。

事件一：在读私塾的时候，叶圣陶喜欢做玩物——在顾颉刚眼中，这是叶圣陶"兴起了自己创作的念头"❺。

事件二：中学时，叶圣陶刻图章、写篆字、结诗社——顾颉刚认为"别人的想象和表述，总不能象他那般的深细"❻。

事件三：叶圣陶常学雕刻，但成为了空想；想看戏写戏，但没有机会——顾颉刚惋惜着"圣陶对于文艺，没有一种不欢喜。……他家境很清

❶ 杨义.中国现代小说史[M].北京:人民出版社,1998:329.
❷ 同❶.
❸ 化鲁.最近的出产:隔膜[J].文学旬刊,1922,(38):1.
❹ 叶圣陶.叶圣陶集:第一卷[M].南京:江苏教育出版社,2004:178.
❺ 同❹.
❻ 同❹.

贫，使他不能专向文艺方面走"❶。

事件四：叶圣陶做初等小学的教师，后又离职。——顾颉刚深深体会到叶圣陶精神上的痛苦，叶圣陶"文艺上的才具既不能发展，教育上的意见又不能见诸实行"❷。

事件五：叶圣陶与小说的结缘，从读书到创作。但是，顾颉刚没有提到在1919年春叶绍钧正是由顾颉刚介绍加入新潮社的。

这五个事件，是顾颉刚在向人们展示着叶圣陶走向小说创作的必然。从小时自己创作的天性，到比照同龄人的深细，到对文艺的热爱，到对教育事业的失意，到走上创作小说的点点滴滴。我们甚至可以由此梳理出叶圣陶早期创作的年表。

因此，我们可以发现，顾颉刚并非是简单地在向我们介绍叶圣陶的生平，而是在向我们介绍小说家叶圣陶的诞生。而每一个细节，则不仅让我们了解了叶圣陶的成长，也让我们体味到顾颉刚对叶圣陶的了解之细、之深。细在每一个细节的呈现，深则体现为序文中横亘的知己之情。这种知己之情，从他们年少的时候一直绵延至成年，八九岁时的一句话、年少时的折扇上的字迹，乃至于将叶圣陶比作鞋匠，将其作品比作鞋子，点滴之间，形成打动人心的力量，也让阅读者在感动之际增加了对于作序者的信任。而这种信任，就突破了他序与作品的隔阂，既具有第三方的可信，又具有了如同获得作者授权的代言性。

涵盖双重视角

顾颉刚在序文中说："我与圣陶是最早的同学，他的思想与艺术，十分之七八，我都看见晓得。"❸

不可否认，为他人作序，虽然有一定的第三方立场，比作者自说自话多一些说服性，但同时也会因不是作者自说而引发怀疑感。如何让阅读者认同作序者所说的就是著书者的初衷？如何让阅读者认同作序者对著书者

---

❶ 叶圣陶.叶圣陶集:第一卷[M].南京:江苏教育出版社,2004:179-180.

❷ 同❶:180.

❸ 同❶:178.

的理解不是曲解？如何证明这种看见与晓得？

在这篇序言中，笔者就发现顾颉刚采用了具有说服力的方式，共有十一处引用了叶圣陶给他的书信中的文字，以此获得阅读者的信任。

第一处，顾颉刚引用了叶圣陶在中学毕业后给他的来信，是一首叶圣陶创作的七律诗《游拙政园》。此处的引用，作用有二：一是实证叶圣陶的创作才能；二是实证顾颉刚才评价叶圣陶的诗"不雕琢字面，也不堆砌典故，也不模仿哪一家，只是活泼泼的表情写景"❶。

第二处，引用了当顾颉刚写信告诉叶圣陶在上海看戏的事情后，叶圣陶对于看戏、做戏剧的想法的两封来信中的内容。笔者注意到其中包括："君于戏剧，与我同一为少有经验；然观君之评剧，……即我未聆此曲；未睹此剧之人之意，与君亦有同意。可知剧固无所谓佳不佳，惟近情者乃佳耳！余尝听人谈剧，而知剧中固多不近情者。彼演剧者亦同是人，何以乃作不近情之剧也？余与君之所见，余常以为近情；苟献身舞台，或亦不失为名伶也。"❷ 特别是"与我同一为少有经验""未睹此剧之人之意，与君亦有同意""余与君之所见，余常以为近情"这三处，笔者发现的是其中的知己之情——这种知己之情源于共同的经历、彼此的相知、彼此的认同。同时，这一情谊是从叶圣陶一端发出的，因而构成了与序文中从顾颉刚一端发出的知己之情的呼应。

第三处，引用了叶圣陶对于文艺上、教育上打击备感痛苦的两封来信。在信中，叶圣陶谈到他看到鞋匠工作，因此感慨自己既要受课业规矩的拘束、崇拜之物的束缚，还有同事寒暄的繁琐、上级教育机构的牵制，没有自由，没有乐趣，更没有成功的欢乐。而顾颉刚不仅在当时对叶圣陶的痛苦感同身受，不仅预感到叶圣陶将要离开教职，更将此信中鞋匠一事牢记，并在本序文的后半部，将叶圣陶集合了 20 篇小说的《隔膜》一书比喻为 20 双鞋子，将叶圣陶喻为鞋匠。其间可见顾颉刚对叶圣陶关切之深，可想见叶圣陶读到此处的会心之意。

后面连续四处的引用，则集中在叶圣陶小说创作的历程中，从最初喜

---

❶ 叶圣陶.叶圣陶集：第一卷[M].南京：江苏教育出版社，2004：178.

❷ 同❶：179.

欢研究观测人的心理从而引发做小说的动机与兴味，到无奈卖文为生却坚持写实，从曾经对小说界的无奈到曾经担任教师的欢乐。在行文之中，我们可以看到顾颉刚笔下的叶圣陶与叶圣陶的信件的对应（表5-2）。

表5-2　顾颉刚描述与叶圣陶信件的内容对应

顾颉刚描述	叶圣陶自述
代他们设想	默聆各人之言论
他喜欢逢人就侦察他们的心理	从旁静观，皆具妙相
他的宗旨在写实，不在虚构	不作言情体，不打诳语

由此我们可以发现，如果说叶圣陶在信中描述的是举动，那么顾颉刚则写的则是他对叶圣陶的理解、判断。如果说信件是一种一对一的私语，那么顾颉刚便将这种一对一的对话转化为了与广泛的阅读者的对话，形成了一种更为可信的阅读场。

通过这几处的书信引用，我们可以清晰地发现这里存在两个叙述视角：一个是顾颉刚的视角，一个是叶圣陶的视角。在顾颉刚的叙述视角中，他的介绍是主动的，他具有选择材料的权力；他是针对着阅读者进行着直接地对话；他有着单一的目的，即为阅读者介绍叶圣陶的经历与思想，由此让人们了解叶圣陶和《隔膜》；他的叙述，最终目的地是《隔膜》。在叶圣陶的叙述视角中，他的介绍是被动的，他的话语经过顾颉刚的选择方可呈现在阅读者面前；他是在与顾颉刚进行着直接的对话；他的话语的目的性是分散的，应该是针对不同的时事而进行阐发；他的叙述，最终目的地是与顾颉刚的沟通。同时，他们的叙述时间是不同的，顾颉刚的叙述时间是同时的、一致的，而叶圣陶的叙述时间是不同的、间隔性的。但是，无论是两个人在同时发言，还是在不同时段演说，都因为有了顾颉刚的选择而具有了同一性，由此我们体味到了顾颉刚作为叙述者的感受，也了解到了顾颉刚与叶圣陶之间的关系，让我们发现了属于他们之间的"秘密"。而这种私密空间的成功窥视感，无疑让阅读该篇序文的人们获得了探知作品之外、作家背后的秘密世界的权利，并无形之中沿着这条秘密通道走进作序者与著书者的世界，从而再也无法以纯粹旁观者的姿态去看待著作。而两种视角的交错出现，无疑也会增加说服的真实性，让人们认为自己已经如顾颉刚一样看着叶圣陶一路走来，已经掌握了真相。不管这是不是叶圣陶成长的真相，这种叙述本身就会激起我们的好奇，使我们期待着通过自己的阅读有更加深入的解释，甚至会在阅读中不由自主地去印证。

遵循叙传传统

该序言恪守着《史记》末篇《自序》创立的前述生平经历、后论著作大旨的文体特点，在为大家介绍了叶圣陶的早期的性情、学业之后，为大家介绍了《隔膜》一书。但是有意思的是，对《隔膜》一书的介绍的焦点却集中在顾颉刚对于小说集命名的异议上。

顾颉刚忠诚地为阅读者展示了叶圣陶自己对《隔膜》的理解："我有一种空想，人与人的隔膜不是自然的、不可破的。我没有什么理由，只是一种信念罢了。这一层膜，是有所为而遮盖着的；待到不必需的时候，大家自然会赤裸裸地相见。到时，各人相见以心不是相见以貌。我没有别的能力，单想从小说里略微将此义与人暗示。"❶

顾颉刚将这作为叶圣陶作小说的宗旨。但他又将这转化为他自己的理解——叶圣陶是要表现微妙的爱。原因有三重：第一，他认为《隔膜》小说集中，虽然有若干篇体现人间无情的，但是也有体现人们之间美满感情的，用隔膜无法涵盖；第二重，他认为如命名为隔膜，则叶圣陶没有脱离描写黑暗社会的小说的旧风气；第三重，他认为叶圣陶现在的生活已经没有隔膜。因此，他建议用《微笑》来命名小说集。

顾颉刚与叶圣陶有着幼时居住同巷、同读私塾的"发小"情谊，这是顾颉刚为叶圣陶作序的基础，如果没有这种了解与情谊，阐释的工作不可能如此完成。因此，顾颉刚对于《隔膜》的阅读，不是走马观花，也不是从功利角度获取内容，也不是浅尝辄止地关注情节与人物，而是与著书者一起沉浸在作品之中，甚至与著书者、作品化为一体，成为著书者的"超级代言人"。

序跋作者为他人作序时，需要实证对著书者创作意图阐释的真实性与

---

❶　叶圣陶.叶圣陶集：第一卷[M].南京：江苏教育出版社,2004：182.

正确性，因此顾颉刚引用了叶圣陶的书信内容。该段文本就是两个声音在叙述：一个是叶圣陶在阐释，一个是顾颉刚在做阐释的阐释。叶圣陶在阐释他所理解的"隔膜"是什么，如果没有了"隔膜"会怎样，他的期望是什么。但这一阐释是模糊的，因为他的阐释是针对着一个对象——顾颉刚谈的，他人如果没有共同的语境，是无法形成理解的。顾颉刚阐释时，他的对象是双向的：一是针对叶圣陶，讲述他的理解；一是针对未来的阅读者，让他们更为理解叶圣陶创作《隔膜》的缘由。因此，他延伸了叶圣陶的意思，将破除"隔膜"的方法明确为"微妙的爱"，将著作的缘由具象为"惨酷的社会徐徐的转变"，从而把"为人生"这一大的主题从人与人的关系转向社会。顾颉刚的理解是否能得到阅读者的认同呢？茅盾在《〈中国新文学大系·小说一集〉导言》中对于《隔膜》的评价可作为佐证："然而在最初期（说是《隔膜》的时期罢，民国八年到十年的作品），叶绍钧对于人生是抱着一个'理想'的——他不是那么'客观'的。他在那时期，虽然也写了'灰色的人生'，例如《一个朋友》（短篇小说集《隔膜》页三九），可是最多的却是在'灰色'上点缀一两点'光明'的理想的作品。他以为'美'（自然）和'爱'（心与心相印的了解）是人生的最大的意义，而且是'灰色'的人生转化为'光明'的必要条件。'美'和'爱'就是他的对于生活的理想。这是唯心的去看人生时必然会达到的结论。"[1] 虽然评判的好恶与顾颉刚不同，但是对于作品理解的一致，至少说明顾颉刚的阐释的真实性。

日内瓦学派的评论家让·鲁塞说："进入一部作品，就是改换天地，就是打开视野。真正的作品仿佛暴露了一道不可跨越的门槛，同时又在这个禁止通过的门槛上加了一座桥。一个封闭的世界在我面前构筑，但是开了一个门……"[2] 笔者借用此意，如果说叶圣陶的《隔膜》是一个世界，那么顾颉刚的《〈隔膜〉序》就是这座桥，或者说顾颉刚拿着"解密"的钥匙，既解密《隔膜》，又解密叶圣陶，他通过序文参与了《隔膜》的创作，他既是序文的作者，又是著作的读者，这种双重身份形成了不同于著作者自己阐释的

---

❶　茅盾编选.中国新文学大系·小说一集[M].上海：上海良友图书公司，1935：导言.
❷　[法]让·鲁塞.形式与意义[M].法国：约瑟·科尔蒂出版社，1982：2.

效果。特别值得注意的是，顾颉刚在 1923 年 3 月 15 日继续为叶圣陶的《火灾》做了序文。由此可证叶圣陶对于顾颉刚所作《〈隔膜〉序》的认同。

不过，现代的研究者更倾向于叶圣陶本人的想法。在《中国现代文学三十年》中将叶圣陶的《隔膜》列入了"问题小说"，认为"《隔膜》一篇正面展开了人的精神上的相互隔绝，却又不得不虚伪地、无聊地互相敷衍的痛苦"❶。

笔者无意在本文中辨识哪一种解析更契合作品的意义，只是想在此说明，顾颉刚遵循了叙传传统，在行文中前介作者，后介作品。

三、洪深以序言自传"戏剧的人生"

叙传并不是从作家的成长出发，而是以创作为起点，进行片段式的回顾。但是，对于序跋作者而言，叙传依然会被认为是一种自传。如洪深在《戏剧的人生——〈五奎桥〉代序》中写道："回忆着二十年中，书虽是读得很多；但是书本教导我的甚为有限，而人生教导我的，确是不少。环境是怎样地给我以戏剧知识，说起事实来，有可恨，有可笑，有的还真是可歌可泣。随便写下来，也算是我的一种自传吧。"❷

这篇《戏剧的人生——〈五奎桥〉代序》虽然题为《〈五奎桥〉代序》，但是实际上甚少直接提及有关《五奎桥》一剧的创作，而是以洪深创作历程的回顾为主体。由于该序写作于 1933 年，因此可以视为对洪深早期创作历程的描述。

这篇叙传的核心是戏剧的人生。虽然依照自传的习惯，是以时间为顺序进行回顾，但是其笔墨的着力点是洪深从六组片段回顾着自己戏剧创作的人生。

清华四年的学习、创作生涯，给予了洪深三个层面的戏剧人生体悟：第一层戏剧人生体悟——从事戏剧创作的动机是自眩其长；第二层戏剧人

---

❶ 钱理群,温儒敏,吴福辉.中国现代文学三十年(修订本)[M].北京:北京大学出版社,1998:50.

❷ 洪深.洪深文钞[M].北京:人民文学出版社,2005:33.

生体悟——戏剧不是一人独好，而需要合作；第三层戏剧人生体悟——戏剧因为写实方可感染人。

第一重体悟源自洪深自己演戏、编剧的经验片段。洪深是一个深爱戏剧的人，清华的校内演出，"差不多每次有我的份"❶，校内所演戏剧，"十有八九，出于我的手"❷。这份值得骄傲的陈述，所要引发的其实就是洪深的一个自问之题：为什么爱好戏剧。洪深否定了为艺术而戏剧、为人生而戏剧的常规回答，认为自己最初从事戏剧的动机"恐怕只是自眩其长，所谓的出风头主义……那乐于自眩的人，最能'表现自己'；而他的诚恳，他的热烈，乃不为一般拘谨的人自觉的人所能及"❸。这当然是洪深的最初体悟，因此在回顾之中，他又强调"一个从事戏剧的人，如果最初是为了出风头而来的，并不妨事；只须'因势善导'，有效的教育，适当的环境，使得他及时改善与长进就是了"❹。

第二重体悟源自一次戏剧比赛活动的参与片段。在清华学习的最后一年，在清华校内每个学期举行一次的戏剧比赛中，洪深所在年级获得了四年中第一次胜利。洪深总结获胜的原因是"我那时候，已经有一个重要的觉悟，知道戏这件事，不是一个人所能独自好的，必须大家都好，必须大家尽本分的合作"❺。而如何把大家从散乱的各自表演、各自出风头的状况，合成一种真正的戏剧演出呢？洪深的方法就是创作了有对话的剧本，也是洪深创作生涯的第一个剧本《卖梨人》，要求演出的同学遵守背诵。这种从没有台词对话的幕表到有对话的剧本的飞跃，保障了合作的准确与一致。

第三重体悟源自《贫民惨剧》的创作与演出片段。在这段经历的描述中，洪深首先谈到了自己与清华周围的贫民共处在一起，曾经一起玩、无话不谈、到过家中，贫民甚至一起挨饿、一起吃咸菜烧饼，这种生活体验正是《贫民惨剧》一剧能够深刻地描写出社会贫困、堕落、犯罪现象的原因。其次，洪深创作《贫民惨剧》的原因是为了为贫民儿童办职业小学校

---

❶　洪深.洪深文钞[M].北京：人民文学出版社，2005：34.

❷　同❶.

❸　同❶.

❹　同❶：35.

❺　同❶：35.

进行筹款而作，这一剧作的创作动因就是如此；最后，洪深强调在演出时，他坚决邀请以演戏见长而不美丽的同学出演女主角，并因此而获得成功。从生活到戏剧，从动因到内容，从剧本到演出，可以发现从《贫民惨剧》一剧，洪深就正式踏上了现实主义创作的道路。

洪深的第二段回顾应该是他1916年到1922年在美国的求学与历练，这段经历给予了他另外三个层面的戏剧人生体悟：第一层戏剧人生体悟——戏剧之外的知识可化为戏剧之内的元素；第二层戏剧人生体悟——拍戏、经营、管理的技术是重要的；第三层戏剧人生体悟——因为戏剧人生放弃爱是痛苦的。

洪深首先详细介绍了自己在渥海渥省立大学（现译为俄亥俄州立大学）的学习经历。洪深所选的是化学工程中的烧瓷工程。洪深以细致的笔墨不厌其烦地介绍了自己的课程，"那烧瓷工程，并不是狭义的单指烧制瓷器，凡砖瓦，玻璃，三合土，泥灰，搪瓷，卫生器具，电灯泡，眼镜，火砖等等，也都包括在内。我们除了研究那开掘，和土，捏坯，打彩，挂油，浇型，烘焙，建窑，烧窑等科目外，其他关于化学和工程的普通功课，也是不少"❶。其中，笔者特别注意到洪深的这么一段话："我的戏剧知识，是和我的烧瓷之事，相并地增长着"❷。那么这种戏剧之外的学习对洪深的戏剧人生到底有什么裨益呢？第一，洪深由此养成了对不熟悉的生活绝不冒昧乱写的科学态度；第二，如同制造化学用品，创作戏剧时要求每一个细节必须有存在的必要；第三，如同造机器窑，理清头绪，按项目布置；第四，如同做几何习题，戏剧创作要求前提与答案，注重逻辑。洪深将理工科的学习方法与手段有效地运用到了戏剧的创作中。洪深非常重视这段经历对自己的帮助，不仅由此总结自己的编剧特点是慢慢积累、脚踏实地的笨做，还以《五奎桥》的创作进行了4遍作为例子。因此，也就可以体昧到陈白尘、董健在《中国现代戏剧史稿》中评价洪深的戏剧创作贡献与特色时，称之为"洪深的戏剧所坚持的现实主义创作方法带有浓厚的理性色彩。……他还接受

---

❶ 洪深.洪深文钞[M].北京：人民文学出版社,2005：37.
❷ 同❶.

过工科训练，因此他剧作结构完整，符合剧作的一般规范，适合舞台演出"❶。这种理性特征形成的原因之一应该就是工科的学习历程对于洪深的帮助。

第二层戏剧人生体悟较为复杂，涉及了拍戏、经营、管理等多种经验的获得片段。洪深在美国创作的两部英文剧《为之有室》和《虹》。这两部戏是洪深迈入哈佛大学著名戏剧理论家倍克（现译为贝克）教授的"英文四十七"课堂的敲门砖。这段学习是让洪深骄傲的历程，因为倍克先生培养了戏剧界很多有成就的人，如欧尼尔（由此可以明白《〈洪深戏曲集〉代序》为什么是欧尼尔与洪深一度想象的对话）；因为他严格遵循录取的原则；因为他围着圆桌座谈的授课方式；因为他设立了名为"四七工场"的实验剧院，从而让剧作可以直接上演，同时获得排戏、管理后台的技术。而作为哈佛"英文四十七"唯一的中国学生，就成了洪深在多处提及的一种荣耀。此外，在波士顿表演学校，洪深受到了发音的专业训练；在波士顿名为 Copley Square Theater（现译为柯普莱广场剧院）的小剧场和戏院学校，获得了戏院营业、管理方面的经验，甚至连化妆的窍门洪深也领略到了一二。这一系列的正规教育，有助于洪深创作特点的形成，因而有些学者评价洪深的戏剧创作"才能多于才华，理念压倒直感"❷。这一特质是与洪深这段生活经历有着密切关系的。

洪深的这篇序文，结束于一个他自己的恋爱片段。洪深一次演出实践中，有一个少女喜欢他的表演，对他表达了爱慕。但是，面临着如果恋爱就会牺牲自己的戏剧生命，洪深以"过了三五天，我提了两个皮包，独自往纽约闯天下去了"❸结束了自己的爱情，也结束了这篇序文。

这篇序文就是集合了洪深早期戏剧创作历程重要细节的传记。首先，这一叙传是基于创作而展开的片段式描写，自然就剪除了所有与创作活动无关的事件。其次，这一叙传重在传记，因此对于具体创作的涉及并不多，特别是与《五奎桥》一剧的关联很少。它是在更为广阔的视野中，为我们

❶　陈白尘,董健. 中国现代戏剧史稿[M].北京:中国戏剧出版社,2008:212-213.

❷　同❶:213.

❸　洪深. 洪深文钞[M].北京:人民文学出版社,2005:41.

展开了洪深的创作历程。序文是过程的阐释,而《五奎桥》一剧就是这个过程的结果。可以说,没有这些历程,就没有《五奎桥》一剧的诞生;同时,《五奎桥》一剧也见证了洪深的创作成果。从阐释作品出发作叙传,又从叙传回归到作品,这一过程不是序文单独完成的,也不是著作单独完成的,而是二者合力形成的。是序跋与著作共同形成了互为印证的立场,才形成了一种独特的征服力量,让阅读者从著作者的戏剧人生走进了著作者的戏剧创作,又以著作者的戏剧创作验证了著作者的戏剧人生。

如此以创作回顾作为序传的,并非仅此一篇。如郁达夫 1927 年 8 月写的《五六年来创作生活的回顾——〈过去集〉代序》、穆木天 1933 年 11 月写的《我的诗歌创作之回顾——诗集〈流亡者之歌〉代序》、欧阳山 1934 年 5 月写的《我与文学——〈七年忌〉代序》等,都是这种叙传的典型代表。

第三节　阐发文学观念

作家通过序跋阐发文学观念,往往会从书谈起,以书为出发点,去阐释自己的文学观念。

因此,有时虽然是从一部作品谈起,却是谈到了极为重大的文学观念问题。如曾虚白在为徐蔚南《都市的男女》所作的序中,集中笔墨论及的是文学与人生这一重大而复杂的问题。在这篇序文中,曾虚白先引用史登达的一句话作为开头,"小说是沿着道路走的一面镜子",然后描述了一个生活场景的片段,"汽车上开车的身旁常有一面小镜子,街道上的形形色色都不爽毫厘地在这里面瞥过。我每常呆瞪着它出神,觉得这种高速度的递嬗才真正是活动而有生命的都市的表现。现在读了蔚南兄的这本小说集我仿佛又坐在这面镜子的边头"。从警句格言到生活场景再到《都市的男女》一书,就是通过这样从抽象的理论到形象的生活再到具体的创作,曾虚白用三步阶梯将阅读者的视线牵引到了这部小说集上。但是,在这篇序言中,《都市的男女》一书仅仅是触发艺术与人生关系话题的引子。艺术与人生的关系，不仅是一个复杂的话题，还是一个引发诸多争议的话题。曾虚白如何以千字左右的文字阐发自己的观点呢？他以文学的目的"是用着艺术的手腕来追求人生的真相"作为定论，然后将人生比喻为鸽子，要想看清鸽子，有两种方法：一种是将鸽子切成标本，放在显微镜下，然后用专业摄像机一丝不漏地摄下——这就是文学要反映生活、应致力于描述的一派主张；一种是举着摄影机静候在旁边，当鸽子掠过，不停地进行拍摄——这就是表现派的主张。曾虚白又设计了一场各持一派观点的两人相遇的虚拟场景：各自强调自己方法的优点，指明对方的缺点。然后，曾虚白将虚拟的相遇延伸到现实生活中他与徐蔚南关于这一问题的争执。关于这一问题，曾虚白并没有作出结论，而是说："然而，艺术到了纯熟的时候，岂是守着一方面，走着一条路的这样的笨拙吗？……死心眼儿的我们俩，一定要坐在老树根上守那不再回来的兔子，这不是文艺界里两个傻子吗？"❶ 他运用了很大的篇幅，离开《都市的男女》，专心地谈文学与人生。最后，他回归到《都市的男女》，以艺术实践继续着他们对这一论题的探索。《都市的男女》就是他们觉悟以后，彼此学习、吸取相互观点与方法后的产物。以摄影手法进行比喻，其实是曾虚白习惯的笔法。如作为翻译家的曾虚白曾经以摄影技术描述翻译之法，认为文学创作是直接取景，而翻译是翻版，因此文学创作需要独立性，而翻译需要模仿。诸如此类的比喻，让曾虚白对文艺理论的阐释既别具一格又清晰晓畅。

我们还可以在序跋中发现作者针对对自己著作的误读进行反驳，如施蛰存在《〈将军底头〉自序》中说："但我是因为自从这里的几篇小说以前在杂志上发表之后，曾经得到过许多不能使我满意的批评，有人在我这几篇小说中检讨普罗意识，又有人说我是目的在提倡民族主义，我觉得这样下去，说不定连我自己也要怀疑它们底方法和目的来了。因此，我以为索性趁此机会说明一下，好让人家不再在这些没干系的小说上架起放大镜来。"❷ 我们可以发现，作者期望通过序跋文引导读者找出著作的真实意义。

❶ 柯灵.中国现代文学序跋丛书·小说卷[M].海南：海南人民出版社,1988：265.
❷ 施蛰存.十年创作集：文学创作编·小说卷[M].上海：华东师范大学出版社,1996：793.

如臧克家《〈烙印〉再版后志》中说："别人的彩是可以轻口喝的，可是自己最知道自己。"[1] 而蒲风为自己的诗集《茫茫夜》作序时，则将序文命名为《自己的话——〈茫茫夜〉序》。而这种自己的话、自己的彩，经常反映出著作者对于文学的理解，体现出著作者自己的创作态度、创作尝试所关乎的文学观念问题。

当然，对一个作品每个人都会有自己的解读。但是序跋具有的特别价值在于，这是批评者与著作者两种意识的遇合，通过序跋这一载体将著作者的意识发现、认出、重建，并将序跋作者的文学意识与之重合，因而形成著作者与序跋作者的双重认同。而这种认同作为一种文本，又因为与书同步发行，自然就具有了其他文本无法替代的价值。

一、《〈背影〉序》不谈"背影"谈散文

诚如程光炜、刘勇、吴晓东等著《中国现代文学史（第三版）》中所说，朱自清的散文"是公认的现代散文和现代汉语的楷模"[2]。朱自清的文学成就最高在散文方面，是大家的共识。同时，散文理论建设也是他不容忽视的学术成就。朱自清的散文名篇《背影》，几乎是世人皆知；但是他为收入该篇散文的散文集《背影》一书所写的《〈背影〉序》则少有人注意。这不是以介绍散文集《背影》为主要内容的序文，而是集中体现了在 20 世纪 20 年代，朱自清对于中国现代散文特别是小品文的看法。

1928 年 10 月上海开明书店初版发行了朱自清的散文集《背影》，书中收录了朱自清 1928 年 7 月 31 日在北京清华园所写的《〈背影〉序》。

在这篇序言的开端，朱自清就引用了胡适在《五十年来中国之文学》中的一段话："白话散文很进步了。长篇议论文的进步，那是显而易见的，可以不论。这几年来，散文方面最可注意的发展，乃是周作人等提倡的'小品散文'。这一类的小品，用平淡的谈话，包藏着深刻的意味；有时很

---

❶ 刘增人.臧克家序跋选[M].青岛:青岛出版社,1989:1.

❷ 程光炜,刘勇,吴晓东,等.中国现代文学史(第三版)[M].北京:北京大学出版社,2001:105.

像笨拙，其实却是滑稽。这一类作品的成功，就可彻底打破那'美文不能用白话'的迷信了。"❶ 比照胡适在 1922 年 3 月的结论，朱自清认为 6 年以后，情形发生了变化，"最发达的，要算小品散文"❷，并从众多新刊物发表散文、各个书店发行散文集、知名杂志特辟小品散文专栏等几个方面介绍了小品散文的繁盛现象。胡适的这一段文本，在当时是被很多人关注并引用的，如 1935 年 3 月阿英在《〈现代十六家小品〉序》中引用了这一段；1935 年 4 月郁达夫在《〈中国新文学大系·散文二集〉导言》中谈到现代散文因个性解放而滋长时，同样也引用了这段话。这表明，朱自清与众多作家、批评家一样，重视并认同胡适的这一看法，认为这一看法不仅是准确的，也是衡量、察看中国现代散文发展的起点与标准。

朱自清在《〈背影〉序》中，第二个谈到的话题是小品文发达的原因。他认同周作人在《〈杂拌儿〉序》中的观点，承认现代散文有中国传统散文的历史背景。但是他强调，小品文发达的历史原因，指的是"历史的背景之意，并非指出现代散文的源头所在"❸。同时他也指出，周作人没有明确提出，却以散文实践证明了现代散文所受到的直接影响应该源于外国。但是，由于各种文体其实都受到了外国的影响，因此这不足以解释散文当时为何特别繁盛。在对这一问题的分析中，他得出了两个结论：第一，散文有着强大的历史优势，但是在新文学初期，诗歌、短篇散文、戏剧的成就却超过了散文，这是因为在新文学初期，人们急于摆脱传统文学的窠臼，因此不重视散文的现代创作。第二，随着新文学的发展，散文恢复了原有的位置，部分原因在于散文历史的力量的强大。实际上，这就是李泽厚在《中国现代思想史论》中所指出的传统的文化心理结构进行的转换性的创造，"这种创造既必须与传统相冲突（如历史主义与伦理主义的矛盾），又必须与传统相接承"❹。最为可贵的是，朱自清自己不仅在理论上认识到了中西文化形态对现代散文的特别影响，更以自己的创作实践了这一观点。

---

❶　朱乔森.朱自清散文全集[M].南京:江苏教育出版社,1998:39.

❷　同❶:40.

❸　同❶:40.

❹　李泽厚.中国现代思想史论[M].北京:生活·读书·新知三联书店,2008:45.

胡适曾经说，周作人提倡的小品散文可以打破美文不能用白话的迷信。而在今日的现代文学史中，我们就可以发现"白话文究竟能不能达到乃至胜过唐宋八大家之作，朱自清的创作实践是最好的回答。朱自清把古典与现代、文言与口语、情意与哲理、义理与辞章，结合到了近于完美的境地"❶这样的评价，证明了朱自清散文理论之正确、散文实践之成功。

《〈背影〉序》涉及的第三个话题是散文自身的体制特点。朱自清认为，散文由于选材与表现的自由，与有着相对严格的规则的诗歌、小说、戏剧相比，更容易创作。这是从散文自身出发，分析其繁盛的内因。在这里，他说散文"这三四年的发展，确是绚烂极了：有种种的样式，种种的流派，表现着，批评着，解释着人生的各面。迁流曼衍，日新月异：有中国名士风，有外国绅士风，有隐士，有叛徒，在思想上如此；或描写，或讽刺，或委曲，或缜密，或劲健，或绮丽，或洗练，或流动，或含蓄，在表现上是如此"❷。以上的概括，虽然较为抽象，却是朱自清以独特的洗练的语言，较早地对中国现代散文从思想、表现上进行总结、进行判断、进行描写的文本。

《〈背影〉序》最后谈的是朱自清对自己的散文创作的看法，他说"我自己是没有什么定见的，只当时觉着要怎样写，便怎样写了。我意在表现自己，尽了自己的力便行"❸。他强调文学的真实性，强调在文中要真诚地表现自我。这就是朱自清的艺术经验。

《〈背影〉序》通篇涉及《背影》一书的部分很少，多是在谈朱自清的散文观。他自己也有这样的自觉，因此在11月25日，朱自清将该文改名为《论现代中国的小品散文》在《文学周刊》第345期发表。《论现代中国的小品散文》是现代散文史上分量很重的一篇文论。但是，我们不应该忽视，这篇文论是作为《〈背影〉序》诞生的。正是《背影》一书的创作，激发了朱自清对于中国散文的思考；而它的独立发表并被重视，也证明了序跋具有独立于著作正文的价值。

---

❶ 程光炜,刘勇,吴晓东,等.中国现代文学史(第三版)[M].北京:北京大学出版社,2001:105.

❷ 朱乔森.朱自清散文全集[M].南京:江苏教育出版社,1998:43.

❸ 同❷:44.

二、从《〈从文小说习作选〉序》中看沈从文的文学观念

温儒敏认为"倾向自由主义，主张文学的相对独立性，与现实拉开距离，推崇古典式的审美标准。沈从文作为'京派'的代表作家，在文学理论批评方面虽然谈不上系统的建树，但上述倾向是明显的"❶。笔者发现，除了学界关注的《烛虚》这组随想录和《沫沫集》论集之外，沈从文的序跋文也随着他的创作的发表，为阅读者提供了了解其文学主张的另一个平台。

上海良友图书印刷公司 1936 年 5 月初版发行了沈从文所著的短篇小说集《从文小说习作选》，沈从文为该书作了《〈从文小说习作选〉代序》。在该篇序言中，沈从文谈到了许多重要的文学观念，如希腊小屋、乡下人等，这些在沈从文的文学随想录《烛虚》、评论集《沫沫集》中都进行过专门的论述，但是在序文中的表述有着独特之处。

第一，以该本著作为例漫谈主张。

在这篇序文中，沈从文第一个谈到的文学观念是——孤立态度。

沈从文解读孤立态度，其实是在谈人生与创作的问题。首先，他认为，作者对于人生的认知是有限的，而人生是广泛的，因此"能用笔写到的只是很窄很小一部分"❷，这是作者个体与社会差异形成的"孤立态度"；其次，阅读者与作者人生态度不同，因此文学的趣味不一致是自然的，写作是对作者自己"终生工作一种初步的体验"❸，这是接受者与作者差异形成的"孤立态度"；再次，阅读是期待，是喜欢的选择，但是"一切作品都需要个性，都必需浸透作者人格和感情"❶，这是阅读期待与作品差异造成的"孤立态度"。沈从文解读这一观点时，并非单纯从理论出发，而是从自己十年创作而成的《从文小说习作选》谈起，是对着他心目中在十年之中一

---

❶ 温儒敏. 中国现代文学批评史[M]. 北京：北京大学出版社,1993:209.

❷ 沈从文. 沈从文文集(国内版)：第十一卷·文论[M]. 广州：花城出版社,香港：生活·读书·新知三联书店香港分店,1984:45.

❸ 同❷.

❶ 同❷.

本接一本阅读他的作品、花费金钱与时间的读者而谈的。这一角度，是序跋独有的可以面对阅读者的对话；而这一角度谈"孤立态度"，不仅是十年汇聚一本《从文小说习作选》的既成事实，还是沈从文坚守这一态度到未来的宣言，"我只觉得我至少还应当保留这种孤立态度十年，方能够把那个充满了我也更贴近人生的作品与你们对面"❶。

第二个谈到的文学观念是——希腊小庙。

在这篇序言中，沈从文以"习作"二字的命名谈"希腊小庙"这一观念。"我只想造希腊小庙。选山地作基础，用坚硬石头堆砌它。精致，结实，匀称，形体虽小而不纤巧，是我理想的建筑。这神庙供奉的是'人性'。作成了，你们也许嫌它式样太旧了，形体太小了，不妨事。我已说过，那原本不是特别为你们中某某人作的。它或许目前不值得注意，将来更无希望引人注意；或许比你们寿命长一点，受得风雨寒暑，受得住冷落，幸而存在，后来人还须要它。这我全不管。我不过要那么作罢了。"❷ 温儒敏认为沈从文"不赞成当时支配文坛的那种过于贴近现实和服从政治的创作倾向，当他旧日的文友（如丁玲、胡也频等）纷纷转而以文学宣传革命之时，沈从文却显得清高和落寞，躲到潮流之外去默默地营造自己文学的'希腊式小庙'。这种选择与其说是说出于政治信仰，不如说出于他孤独的性格及其对文学价值的理解"❸。在对文学价值的理解上，从这篇序言来看，沈从文认为做文学如同建希腊小庙，现实性不重要，未来的影响力也不重要，最重要的是符合作者的理想。因此，他的这本习作不过是他个人对于小说取材与写作方法的探索与尝试。

第三个谈到的文学观念是——乡下人。

沈从文首先谈的一个问题是，乡下人与城市人的区别在于"乡下人照例有根深蒂固永远是乡巴老的性情，爱憎和哀乐自有它独特的式样，与城

---

❶　沈从文.沈从文文集(国内版):第十一卷·文论[M].广州:花城出版社,香港:生活·读书·新知三联书店香港分店,1984:46.

❷　同❶:45.

❸　温儒敏.中国现代文学批评史[M].北京:北京大学出版社,1993:209.

市中人截然不同"❶，即使表面上乡下人可以被城市同化，但是道德、爱情、人生这些植根于人性的观念与相关的表达方式，将会永远地划分乡下人与城市人的界限。而这一观点，沈从文让阅读者"从我的作品里找出两个短篇对照看看，从《柏子》同《八骏图》看看，就可明白对于道德的态度，城市乡村的好恶，知识分子与抹布阶级的爱憎，一个乡下人之所以为乡下人，如何显明具体反映在作品里。这不过是一个小小例子罢了。你细心，应当发现比我说到的更多"❷。

　　然后，沈从文又以自己的《边城》为例，对《从文小说习作选》进行例证的补充。对于读者，沈从文认为自己乡下人的气质没有得到真正的理解；在文坛的论争中，他的乡下人气质让他置身于论争之外、潮流之外。"我这乡下人正闲着，不妨试来写一个小说看看罢。因此《边城》问了世。这作品原本近于一个小房子的设计，用料少，占地少，希望他既经济而又不缺少空气和阳光。我要表现的本是一种'人生的形式'，一种'优美，健康，自然，而又不悖乎人性的人生形式'。我主意不在领导读者去桃源旅行，却想借重桃源上行走行七百里路酉水流域一个小城小市中几个愚夫俗子，被一件人事牵连在一处时，各人应有的一分哀乐，为人类'爱'字作一度恰如其分的说明。"❸ 这才是沈从文所构想的效果。大多数读者谋求所谓的思想、血泪，而沈从文期待的是阅读者可以得到"一点忧愁，一点快乐，一点烦恼和惆怅……慢慢的接触作品中人物的情绪，也接触到作者的情绪"。沈从文乡下人的观念有着复杂的背景，涉及诸多文坛论争，同时也有多重的意味。很多批评家也曾对此不断进行解读，甚至到了 20 世纪 80 年代，王晓明发表的《"乡下人"的文体和城里人的理想——论沈从文的小说创作》依然围绕这一观念，21 世纪初，吴福辉著《中国现代文学发展史》也依然以"一个湘西'乡下人'闯入现代大都市后具有的一种知识者的新

---

❶　沈从文.沈从文文集(国内版):第十一卷·文论[M].广州:花城出版社,香港:生活·读书·新知三联书店香港分店,1984:45.

❷　同❶.

❸　同❶:46.

身份"❶ 定位沈从文。但是在这篇序文中，沈从文以乡下人自居，是试图让阅读者从自己的角度去体味作品，因为身为城里人的阅读者无论在生活中还是在文学欣赏上，都被过多的现实事物干扰、左右甚至蒙蔽，忘记了自己的本真性情。一个真正的作者，要有独立的创作精神，才能真正创作出作品；一个真正的阅读者，也应该有自己独立的阅读精神，才能真正接近作品，有所获得。

第二，第二人称角度。

这篇序言始终保持着第二人称叙述视角，从而与读者达成对话。

这篇序言共 7 段，笔者仅在每一段的开头一句分析这一叙述视角。

第 1 段："先生真亏你们的耐心和宽容，许我在这十年中一本书接一本书印出来。"❷

第 2 段："这世界上或有想在沙基上或水面上建造崇楼杰阁的人，那可不是我。"❸

第 3 段："先生，关于写作我还想另外说几句话。"❹

第 4 段："我这种乡下人的气质倘若得到你的承认，你就会明白我的作品目前与多数读者对面时如何失败的理由了，即或有一两个作品给你们留下好印象，那仍然不能不说失败。"❺

第 5 段："提到这点，我感觉异常孤独。"❻

第 6 段："虽然如此，我还预备继续我这个工作，且永远不放下我一点狂妄的想象，以为在另外一时，你们少数的少数，会越过那条间隔城乡的深沟，从一个乡下人的作品中，发现一种燃烧的感情，对于人类智慧与美

---

❶ 吴福辉.插图本中国现代文学发展史[M].北京:北京大学出版社,2010:249.

❷ 沈从文.沈从文文集(国内版):第十一卷·文论[M].广州:花城出版社,香港:生活·读书·新知三联书店香港分店,1984:43.

❸ 同❷:44.

❹ 同❷:44.

❺ 同❷:45.

❻ 同❷:47.

丽永远的倾心，康健诚实的赞颂，以及对愚蠢自私极端憎恶的感情。"❶

第 7 段："先生，时间太快，想起来令人惆怅。"❷

笔者发现，除了第 2 段和第 5 段的开头，其余 5 段都明显地用了"先生"或者"你""你们"的称谓，直接引发对话。这种方式首先是一种强调，强调沈从文期望通过序文与阅读者直接对话的强烈意愿。但是其潜在的层面，是沈从文期望自己的作品是活生生的人去阅读，因此期望这篇序文也是给活生生的人去读。而这种对话的语气最没有距离感，诚如他反复在序文中提到的"对面"的读者，这种叙述方式就实现了他与读者面对面的沟通，这种叙述方式的选择，不仅是沈从文十年创作之后给予阅读者答复的诚恳态度，也是他坚持新鲜活泼风格，贯穿一生追求人性的一种体现。

第三，无所顾忌的表述。

在这篇序言中，沈从文的表述语气直率。"我以为应当如此，必需如此。一切作品都需要个性，都必需浸透作者人格和感情，想达到这个目的，写作时要独断，要彻底地独断！"❸ 连续运用重复性的词语，"如此""必需""独断"都是两次使用，这是一种强烈意愿的传递；"应当""必需"这种语气词的使用，是态度的肯定；"一切""彻底"这种修饰语，完全没有犹豫。"我和你虽然共同住在一个城市里，有时居然还有机会同在一节火车上旅行，一张桌子上吃饭，可是说真话，你我原是两路人。"❹ 这样的真话，表面上拒人千里，实际上却是面对面地在感慨。"只是可惜你们大多数即不被批评家把眼睛蒙住，另一时却早被理论家把兴味凝固了。你们多知道要作品有'思想'，有'血'，有'泪'；且要求一个作品具体表现这些东西到故事发展上，人物言语上，甚至于一本书的封面上，目录上。你们要的事容易办！可是我不能给你们这个。我存心放弃你们，在那书的序言上就写得清清楚楚。我的作品没有这样也没有那样。你们所要的'思想'

❶　沈从文.沈从文文集(国内版):第十一卷·文论[M].广州:花城出版社,香港:生活·读书·新知三联书店香港分店,1984:47.

❷　同❶:48.

❸　同❶:44.

❹　同❶:44.

我本人就完全不懂得你说的是什么意义。"❶ 这是一种批评的语气，但却是朴素而生动的表达。

笔者以为，这是沈从文在通过序文谈自己的书，这不是正式的批评，也不是构建理论；他不是在与别人论争，不是在与评论家直接交锋。借由序跋这一自由的文体，面对着阅读者，愈坦率愈有打动力，因此沈从文才在这里无所顾忌。

三、从《〈望舒草〉序》看戴望舒诗歌观念的变化

关于戴望舒诗歌，我们在不同的版本的文学史中可以发现不同的解读。在唐弢、严家炎主编的《现代文学史》中，戴望舒受到重视的诗集是《我底记忆》《望舒草》《灾难的岁月》，但是对于《雨巷》一诗没有提及。在程光炜、刘勇、吴晓东、等所著《中国现代文学史（第三版)》中，虽然认为戴望舒"早在1928年就以《雨巷》名噪一时……戴望舒也因之获得了'雨巷诗人'的称号……"❷ 同时认为"戴望舒在新诗史上的意义尤其体现在'古典美'中。《雨巷》的更内在的美感就来自于古典氛围"❸，但是却在引用诗作原文上区分了诗作的重要程度，高度评价了《我底记忆》"《我底记忆》堪称是意象性的典范之作"❹。而顾彬的《二十世纪中国文学史》则以"中国现代主义诗歌的中心文本是《雨巷》"❺ 的评价和全文引用《雨巷》一书的手笔，高度赞美了《雨巷》一诗。

一时、一地的文学史，固然有其各自书写文学史的标准与尺度。但是，在作品发表之初，人们是如何评价的呢？作者当时对自己诗作的评价又如

---

❶ 沈从文.沈从文文集(国内版):第十一卷·文论[M].广州:花城出版社,香港:生活·读书·新知三联书店香港分店,1984:47.

❷ 程光炜,刘勇,吴晓东,等.中国现代文学史(第三版)[M].北京:北京大学出版社,2001:182.

❸ 同❷:183.

❹ 同❷:183.

❺ 顾彬.二十世纪中国文学史[M].上海:华东师范大学出版社,2008:154.

何呢？与作品同步发表的序跋可以告诉我们历史的原貌，并由此发现作者文学观念的演变。

1932 年上海复兴书局出版了戴望舒的诗集《望舒草》，苏汶（杜衡）所作的《〈望舒草〉序》随书共同发表。这是一篇早期的对戴望舒的诗歌观念进行剖析的文章。

首先，苏汶首先解读了戴望舒自己说过的话"由真实经过想象而出来的，不单是真实，亦不单是想象"❶。苏汶认为，戴望舒的意思是他"把他底诗作里底'真实'巧妙地隐藏在'想象'底屏障里"❷，这是戴望舒作诗的态度、对诗歌的见解和戴望舒诗歌"开始写诗的时候起，一贯地发展下来的"❸ 特点。

就作诗的态度而言，戴望舒、苏汶和施蛰存三人有着共同的认同："我们体味到诗是一种吞吞吐吐的东西，术语地来说，它底的动机是在于表现自己与隐藏自己之间"❹，从这一角度说明"不单是真实，亦不单是想象"❺这一核心评价。有意味的是这种共同认同的阐释过程。第一，苏汶通过回忆告知人们，这一认同早在戴望舒写诗的 1922 年到 1924 年之间就已经形成。第二，通过戴望舒、苏汶和施蛰存三人只在彼此间偷偷交换看诗歌，从不高声朗诵的情境，以事实表明态度。第三，透露戴望舒至今仍保留着的癖性，"厌恶别人当面翻阅他底诗集，让人把自己底作品拿到大庭广众之下去宣读更是办不到"❻，以此证明戴望舒的态度的当时性。第四，回忆了一个玩笑式的往事：他曾经玩笑般地说过如果诗者只是赤裸裸地流露，那么野猫叫春就是最好的诗，以此挑战了当时通行的狂叫式诗歌的说法。这种言说的方式，是以事实在说话，而不是单纯的理论评说，因此就具有一种不凭空高谈的述说力量。

---

❶　戴望舒.戴望舒诗全编[M].杭州:浙江文艺出版社,1989:50.

❷　同❶.

❸　同❶:51.

❹　同❶:51.

❺　同❶.

❻　同❶:51.

当谈到戴望舒的诗歌形式时，苏汶勾勒出了戴望舒在不同阶段对于诗歌形式的不同主张。从最初的追求音律的美，到试验各种新的形式，到象征派对于戴望舒的影响。虽然戴望舒自己的主张"诗不能借重音乐。诗的韵律不在字的抑扬顿挫上。韵和整齐的字句会妨碍诗情，或使诗情成为畸形的"❶ 形成了大多数人对于戴望舒诗歌观念的认知，但是苏汶如同揭秘般告诉人们，戴望舒在创作之初也是追求音律之美的，只是在不断地创作中才最后形成了自己的新诗歌观念。由此，不仅仅让我们看到了不一样的戴望舒，更因为有这些过程的描述，更让人知晓戴望舒对于诗歌形式的主张是经过了尝试、探索、实验之后的判定，而不是先有诗歌主张后有诗歌创作。他的诗歌主张因诗歌创作而不断变化，同时他的诗歌创作也因诗歌主张的演变而不断呈现新貌。由此，苏汶方才推出自己对戴望舒诗歌的特点的判定："细阅望舒底作品，很少架空的感情，铺张而不虚伪，华美而有法度，倒的确走的诗歌底正路。"❷

此外，经由诗歌形式的讨论，我们也可获知戴望舒自己与朋友们对他的作品的理解。人们多认为《雨巷》是戴望舒最重要的作品，但是戴望舒和朋友们并没有如叶圣陶一样欣赏。原因到底是什么？就是源于戴望舒的诗歌主张发生了变化，他已经抛弃了为了音乐的成分在《雨巷》中凑韵脚的方式，从字句的节奏走向了情绪的节奏。对于戴望舒和他的朋友而言，《我的记忆》反而是形成戴望舒诗歌风格的最重要作品。"这以后，只除了格调一天比一天苍老、沉着，一方面又渐次地能够开径自行，摆脱了许多外来的影响之外，我们便很难说望舒底诗作还有什么重大的改变；即使有，那也不再是属于形式的问题。我们就是说，望舒底作风从《我的记忆》这一首诗而固定，也未始不可的。"❸ 不管后来的文学史如何评说《雨巷》与《我的记忆》，至少我们了解到：在 1932 年，在戴望舒、苏汶的心中，《我的记忆》是地位更为重要并获得认可的。这也解释了戴望舒将《我的记忆》

---

❶ 戴望舒.戴望舒诗全编[M].杭州:浙江文艺出版社,1989:52.

❷ 同❶.

❸ 同❶:54.

再度收入《望舒草》中而将《雨巷》删掉的原因。

　　这篇序文中对于戴望舒作品的解读，还原了历史的原貌，留存了创作者、序跋作者当时对这些创作最原初的阐释。这种原汁原味，不仅仅具有史料的价值，也让我们了解了他们的诗歌观念的标准与尺度。苏汶在这里充分地应用了经验这一元素，理顺了与戴望舒共同在诗歌领域探索的过程，琐事与小节构成了说服阅读者的力量。这篇序文将苏汶的个人经验，甚至是略带隐私性的经历公示出来，因其经验的独特性，自然就形成一种感染力。如何让这种经验成为一种共同的经验，序跋就成为了特别的载体。作为一种从自我个体出发的序文，自然就形成了一种公开而不是板起脸来的剖析，因而更贴近最原初的风貌。

第六章　中国现代文学序跋的
互文特点

　　后结构主义有一个重要概念——"互文性"，这一词语的拉丁词源是"intertexto"，它的基本意是把一些东西通过编织混合在一起。法国文学理论家朱丽亚·克里丝蒂娃认为"任何作品的本文都是像许多行文的镶嵌品那样构成的，任何本文都是其他本文的吸收和转化"❶。序跋是为书而生的一种文体，必然会注重将书的行文"镶嵌"其中，笔者认为可以称为互文性。中国现代文学序跋因书成文，肩负着导读作品的使命，自然与书的关系极为紧密，序跋勾连书的互文特征应该是它最重要的特征。这种互文性体现的方式可以分为显性互文与隐性互文。显性互文，就是直接在序跋文中引用著作中的语句；隐性互文，则是融会著作的内容在序跋中。无论采用哪一种互文方式，都能够体现出序跋对于著作的理解与阐释。

第一节　显性互文

　　一般来讲，摘句是中国现代文学序跋较为普遍采用的表述方式，这一方式也最能体现序跋的互文特征。

　　摘句是古代诗话的一种重要批评方式，起源于先秦，应用广泛，注重

---

　　❶　朱立元. 现代西方美学史［M］. 上海：上海文艺出版社,1993:947.

感悟。摘句也是序跋文的传统方式。如《〈孟子〉题辞》就是东汉赵歧为自己的著作《孟子章句》所作的序,这是中国历史上有案可稽的第一篇称孟子为"亚圣"的文章。在这篇序言中,赵歧多处引用了《孟子》中的语句,以阐释《孟子》一书的思想内容、写作风格。中国现代文学序跋延续了这一传统。一般而言,在古代摘句往往是对偶诗句,但是在现代文学阶段,由于新文学观念与语言的演变,这种摘句自然就扩大为从原著中引用语句了。

在现代文学序跋中,当介绍与评判著作的写作手法时,往往会特别强调互文特点。如周作人在《〈桃园〉跋》中写道:"的确,文坛上也有做得流畅或华丽的文章的小说家,但废名君那样简炼的却很不多见。在《桃园》中随便举一个例,如三十六页上云:

铁里渣在学园公寓门口买花生吃!

程厚坤回家。

达材想了一想,去送厚坤?——已经走到了门口。

达材如入五里雾中,手足无所措——当然只有望着厚坤喊。……

这是很特别的,简洁而有力的写法,虽然有时候会被人说是晦涩。这种文体于小说描写是否唯一适宜我也不能说,但在我的喜含蓄的古典趣味(又是趣味)上觉得这是一种很有意味的文章。"❶从一部小说中选取几句作为例子,本身就是一种判断与选择,序跋文的互文特征就是将序跋作者对于原著的判断与选择明晰地呈现出来,构成一种独立的表述,让阅读者在原著之外依然可以完整地获得明确的信息。这也是笔者认为序跋是一种独立文本的依据之一。

与周作人的《〈桃园〉跋》类似,以互文方式阐释著作的序跋文还有很多。如朱自清在《〈冬夜〉序》中点评俞平伯诗中多用偶句的特点;胡适在《〈尝试集〉再版自序》中讲到双生叠韵这一诗歌写作方法;胡适在《〈蕙的风〉序》中谈到汪静之的诗作深入浅出,是诗中之诗;蒲风在《〈九月的太

---

❶ 周作人,著文,钟叔河,编订.知堂序跋[M].北京:中国人民大学出版社,2009:254.

阳〉序》中对黄宁婴诗句采用连珠式抒情方式的嘉许；赵景深在《〈苓英〉序》中评价尤其彬小说中的描写妙句；胡仲持在《〈怅惘〉序》中谈到冯都良的小说描写平凡人生，精彩而不沉闷的特点；苏雪林在《写在〈现代作家〉的前面》中对王坟短篇小说以短句构成篇章的尝试的赞美；谢六逸在《〈少女之春〉序》中对郭箴一小说中女性心情描写的喜爱；陈瘦竹在《论红石的作风——〈温馨的梦〉代序》中谈到红石的小说作风与莫泊桑小说类似；胡风在《〈生死场〉读后记》中将萧红小说中体现的非女性的雄迈胸境称为女性作家中少见的一种创见；谭正璧在《〈当代女作家小说选〉叙言》中点评16位女作家的创作倾向；徐蔚南在《〈倥偬〉序》中详细介绍王世颖散文暗示手法；黄衫在《〈青春散记〉序——我与读者介绍这留住青春的佳作》中对邹枋散文空灵笔调的介绍；何凝（瞿秋白）在《〈鲁迅杂感选集〉序》中对鲁迅杂感的价值的高度评价……都是直接摘取、引用了著作中的文字，以便对著作的创作特色，特别是行文的写作手法予以点评与介绍。

在有些序跋文中，也是采取了摘句引章的方法，但是与以上谈到的序跋不同。在这些序跋文中，引用的不是该著作的文字，而是著书者其他作品中的文字。如顾颉刚在《〈火灾〉序》中写道："《隔膜》这一集，最使我感动的，是下一半。这一半写的情感，几乎没有一篇不是极深刻的。圣陶在《阿凤》一篇里说：世界的精魂，是爱，生趣，愉快。他理想中有一个很美满的世界的精魂；他秉着这个宗旨，努力的把它描写出来，可说是成功了。"❶ 顾颉刚在为叶圣陶的短篇小说集《火灾》所作的序中，引用叶圣陶的短篇小说集《隔膜》中的一句话"世界的精魂，是爱，生趣，愉快"❷。为何顾颉刚要如此做呢？笔者以为，第一，书本身的原因让顾颉刚采取这种方式。显然，顾颉刚认为，叶圣陶的《火灾》延续了《隔膜》的主旨。有些文学史著作认为"叶圣陶的早期创作从《隔膜》到《火灾》，反映了从问题小说到主观抒情小说的过渡"❸。茅盾虽然认为《隔膜》大都有问题小

---

❶ 叶圣陶.叶圣陶集：第1卷[M].南京：江苏教育出版社，2004:327.
❷ 同❶.
❸ 程光炜,刘勇,吴晓东,等.中国现代文学史(第三版)[M].北京：北京大学出版社，2011:92.

说倾向，《线下》和《城中》的现实主义色彩更浓郁，但是当谈到叶圣陶小说反映小市民知识分子灰色生活时，仍将《隔膜》《火灾》中的短篇小说作为例子，由此可见茅盾认为《隔膜》与《火灾》还是有着很多共同之处。审看长久以来对《隔膜》与《火灾》的批评研究，基本上来讲，众多批评者认为这两部书并没有实质上的变化，如杨义在《中国现代小说史》中认为，"按照现实主义的方向，叶绍钧在五六年间写下了《隔膜》（商务印书馆 1922 年版）、《火灾》（商务印书馆 1923 年版）、《线下》（商务印书馆 1925 年版）三个早期的小说集"❶。因此，顾颉刚的判断还是有一定道理的，他认为"世界的精魂，是爱，生趣，愉快"❷，这是《隔膜》与《火灾》共同的宗旨，因此在《〈火灾〉序》中引入此句。第二，采用这种特殊的互文方式也是因为作序者自身。顾颉刚也是《隔膜》与《火灾》作序者。在《〈隔膜〉序》中，顾颉刚的重点是为读者介绍叶圣陶其人，关于《隔膜》其书涉及很少。因此，在《〈火灾〉序》中，补说几句也属正常。第三，发行的原因。顾颉刚期望阅读过《隔膜》的人能够继续关注《火灾》。笔者以为，基于以上原因，顾颉刚采取了这一方式。也正因如此，《〈火灾〉序》的互文较为复杂，它涵盖了《隔膜》与《火灾》两本小说集。但是，这一互文并不让人困惑，因为这两部小说集在顾颉刚眼中体现了叶圣陶做小说一贯的宗旨，这也是他如此构建该篇序言最重要的原因。

我们再审看许广平为鲁迅所写的序文。在《〈夜记〉后记》中，许广平更多的是讲述鲁迅著作印行的点滴事情，查阅鲁迅的遗稿，讲述鲁迅文章被删改的无奈。当许广平写到鲁迅先生曾经在 1934 年的杂文《附记》里说"但是我总不懂为什么不能说我死了'未必能够弄到开起追悼会'的缘由，莫非官意是以为我死了会开追悼会的么？……我们活在这样的地方，我们活在这样的时代"❸，她自己写道："不幸鲁迅先生竟在一九三六年十月死了。铁一般的事实，证明了他究竟活在怎样的地方，活在怎样的时代。"❹

❶　杨义.中国现代小说史(上)[M].北京:人民出版社,1998:329.
❷　叶圣陶.叶圣陶集:第 1 卷[M].南京:江苏教育出版社,2004:327.
❸　许广平.许广平文集[M].南京:江苏文艺出版社,1999:56.
❹　同❸.

这句反复引用的话，表达了一种无言的沉痛与哀思。与此同样的是，许广平在《〈且介亭杂文末编〉后记》中，行文一如《〈夜记〉后记》讲述着鲁迅著作印行的点滴事情，一如《〈夜记〉后记》引用了鲁迅《白莽作〈孩儿塔〉序》中的一段话语："一个人如果还有友情，那么，收存亡友的遗文真如捏着一团火，常要觉得寝食不安，给它企图流布的。"❶ 引用，表达着一种尊重，更是一种高度的认同。这不是一种简单的模仿性重复，而是在许广平的内心深处、在对鲁迅的一致性认同中进行自我的思考，鲁迅的著作是许广平思索的源头、情感的源头，是许广平沉浸在鲁迅作品所创造的世界之中，真正实现了与作品的契合无间。这是在著作的创造者和著作的阅读者这两个彼此不同的世界间，进行了一种主动的交流与认同。它从内到外、从主体到客体进行了心灵的交互，无须求助于技巧与语言的手段，而是一种独特的口吻，这种独特的口吻是由作序者与著作者特殊的关系形成的特殊角度。但是这种独特的口吻却形成了普遍性的打动，因此这种心绪的再现构建了序跋的独特魅力。

在中国现代文学序跋中，使用显性互文以勾连作品是较为常用的方式。这一特点，首先呈现出了序跋文体因书成文的基点。它直接体现了序跋与书的密切关系，无论是介绍、评论还是感慨性的抒情，都是基于著作而发出的。同时，这是序跋自身文体的一种显著特质，互文的应用，让序跋与书本身发生关系的同时，也产生了阅读的距离。即使不同时比照阅读著作，依然可以明了序跋所要阐明的问题。因此，这也是序跋独立成文的一种方式。

一、"摘句"《烙印》作为案语

在序跋中采用摘句的方法，往往会让著作中的某一句话成为一个经典。

1933 年 7 月，闻一多为臧克家作了《〈烙印〉序》，在序中他写道："克家在《生活》里说：'这可不是混着好玩，这是生活。'这不啻给他的全集下了一道案语，因为克家的诗正是这样——不是'混着好玩'，而是'生

❶ 鲁迅.鲁迅全集：第六卷[M].北京：人民文学出版社，1981：493.

活'。……克家的诗,没有一首不具有一种极顶真的生活的意义。"❶ 这是闻一多作为著名学者、诗人对臧克家这位新诗人进行的赞赏与评价。

在臧克家的《烙印》这一诗集中共有 22 首诗,从这 22 首诗中闻一多慧眼选出了这一句。他引用了臧克家的这句诗,并认为这句诗最能体现整部诗集的价值,同时将这一价值阐释为臧克家诗歌体现出的对生活的严肃态度和现实主义的创作风格。

这种引用诗句的写法,首先体现了闻一多对著作者臧克家的尊重,用著作者自己的诗句来肯定著作者,这是一个知名诗人对一个新诗人的肯定。其次,体现了闻一多对臧克家诗歌的了解与喜爱,他在 22 首诗歌中找到了自己认为最能体现著作魂灵的诗句,并将其呈现给未来的阅读者。再次,这体现了闻一多自己对《烙印》的判断。因为无论是在臧克家 1933 年 11 月所写的《〈烙印〉再版后志》,还是 1963 年 4 月写的《〈烙印〉新序》中,臧克家都没有提及这一论断。但是,笔者发现日后对《烙印》一诗的批评非常重视闻一多的这一论断。1933 年 11 月,茅盾即在《一个青年诗人的〈烙印〉》一文中表示,虽然并不全面认同闻一多的评价,但是他承认,"克家在《生活》里说:'这可不是混着好玩,这是生活。'这不啻给他的全集下了一道案语,因为克家的诗正是这样——不是'混着好玩',而是'生活'"❷,闻一多这一案语让他"对于诗集《烙印》起了'不敢亵视'之感"❸。由此可见当时的评论界对于闻一多序言的重视。在 1944 年,孔休在《臧克家论》中写道:"臧克家的第一部诗集《烙印》出版时,闻一多便在该书的序文中说过这样一句话:'克家的诗没有一首不具有一种极顶真的生活意义'。这虽只是对《烙印》这一集所说,但我们把它用在臧克家自《烙印》以后的许多诗作上,也觉得非常妥帖,这他自己也说过:'诗的花是开在生活的土上的'。"❹ 孔休充分认同闻一多对于《烙印》的评价,认同"生活"的概念,并将这一概念延伸到臧克家以后的作品中,同时以臧克家自己

---

❶ 闻一多.闻一多全集:第 2 卷[M].武汉:湖北人民出版社,1993:174.
❷ 同❶.
❸ 茅盾.一个青年诗人的《烙印》[J].文学,1933 年,1(5):801.
❹ 孔休.臧克家论[J].时与潮文艺,1944 年,3(1):135-136.

的话进一步肯定闻一多评价的准确。在王瑶的《中国新文学史稿》、张曼仪（香港）的《现代中国诗选》、周锦（台湾）的《中国新文学史》等文学史著作中，以及在苏联评论家契尔卡斯基的《农民诗人臧克家》、蒋振昌的《臧克家诗歌研究综述》等文章中，也在不同历史时期、从不同角度对闻一多的这一论断进行了分析。由此可以判断，闻一多的论断获得了很多人的认同。

但是，笔者关注的是闻一多的《〈烙印〉序》借此形成了与著作的互文。这种互文，并非只是引用，而是以引用这一诗句形成了一个对应《烙印》的立点，并通过这一立点，形成了序跋作者对于著作的一个新空间。"克家在《生活》里说：'这可不是混着好玩，这是生活。'"❶，这是臧克家的表述，是《烙印》的原诗句；而"这不啻给他的全集下了一道案语，因为克家的诗正是这样——不是'混着好玩'，而是'生活'。……克家的诗，没有一首不具有一种极顶真的生活的意义"❷，这是闻一多序跋中的表述。首先通过序跋作者即闻一多，在臧克家的诸多诗行中进行选择，构成了与臧克家诗歌的直接触点。通过这一触点，再经过闻一多的序对臧克家的诗歌进行阐释，这两种不同作者的文本交流融汇，共同形成了对原著更为精深、更为丰富的解读。

在这里，臧克家的诗句成为了闻一多序跋的一部分，成为了闻一多评价的一部分，这是一种基于原著但又有序跋作者自我判断的表述，从而形成了具有独立意义的文本。从选择诗句，到应用诗句，再到阐释诗句，源于原作，但是所表达的意思却是序跋作者的观点，这就使序跋作者与著作者的双重声音都在其中，既保持了原著作者的创作原貌，又体现了序跋作者的观点与判断，从而以双重空间呈现在读者面前，这就是序跋互文的显性体现。

二、《忆》中诗句融入《〈忆〉跋》段落

在中国现代文学序跋中，有些序跋作者将摘句方式应用得灵活自如，化著作之词句为序跋之血肉，且行文灵活自然，毫无牵强之感。如朱自清

❶　闻一多.闻一多全集：第2卷[M].武汉：湖北人民出版社，1993：174.
❷　同❶.

为俞平伯的诗集《忆》所写的跋文就是这样的佳作。

1925 年 10 月朴社出版了俞平伯的诗集《忆》，这是俞平伯的第三本诗集。1924 年 8 月 17 日，朱自清为该诗集作了《〈忆〉跋》，他把自己对俞平伯《忆》的理解融汇在诗一般的语言之中。笔者特别注意到，朱自清在该篇跋文第四节文字末尾作了一处注解："此节和下节中的形容语，多从作者原诗中拉取，——加以引号，觉着繁琐，所以在此总说一句。"❶ 由此我们可以判定，在《〈忆〉跋》中，朱自清摘用了俞平伯诗集《忆》诗句中的词句。

笔者在这里对《〈忆〉跋》与诗集《忆》的文字进行比照。

朱自清《〈忆〉跋》第四节原文如下：

在朦胧的他的儿时的梦里，有像红蜡烛的光一跳一跳的，便是爱。他爱故事讲得好的姊妹，他爱唱沙软而重的眠歌的乳母，他爱流苏帽儿的她。他也爱翠竹丛里一万的金点子和小枕头边一双小红橘子；也爱红绿色的蜡泪和爸爸的顶大的斗篷；也爱翦啊翦啊的燕子和躲在杨柳里的月亮……他有着纯真的，烂漫的心；凡和他接触的，他都与他们稔熟，亲密——他一例的拥抱了他们。所以他是自然（人也在内）的真朋友！❷

朱自清《〈忆〉跋》第四节文字中选用俞平伯《忆》诗句的情况如表 6-1 所示。

表 6-1　朱自清《〈忆〉跋》第四节 选用的俞平伯《忆》诗句的情况

朱自清《〈忆〉跋》语句	俞平伯《忆》诗句
1. 红蜡烛的光一跳一跳的	第二十八　红蜡烛底光一跳一跳的
2. 他爱故事讲得好的姊妹	第三十五　姊姊的故事讲得好哩
3. 爱唱沙软而重的眠歌的乳母	第二十四　沙软而重的眠歌
4. 他爱流苏帽儿的她	第十　流苏帽的她来我家 这更使我时时忆那带流苏帽的 我总时时被驱迫着去追忆那带流苏帽的

❶　朱自清. 朱自清序跋书评集［M］. 北京：生活·读书·新知三联书店，1983：53.

❷　同❶：51.

朱自清《〈忆〉跋》语句	俞平伯《忆》诗句
5. 爱翠竹丛里一万的金点子	第九　你抢去了我的一万的金点子呀
6. 小枕头边一双小红橘子	第二十八　照在小枕头边一双小红橘子上
7. 也爱红绿色的蜡泪	第三　红绿色的蜡泪
8. 爸爸的顶大的斗篷	第十一　爸爸有个顶大的斗篷
9. 也爱翦啊翦啊的燕子	第十七　这样的，翦啊，翦啊 还是这样的，翦啊，翦啊
10. 躲在杨柳里的月亮	第三十五　月儿躲在杨柳里

从以上对比可以发现，朱自清《〈忆〉跋》的第四节共有10组意象从俞平伯《忆》诗句中摘取词句而来。

朱自清《〈忆〉跋》第五节原文如下：

他所爱的还有一件，也得给你提明的，便是黄昏与夜。他说他将像小燕子一样，沉浸在夏夜的梦里，便是分明的自白。在他的"忆的路"上，在他的"儿时"里，满布着黄昏与夜的颜色。夏夜是银白色的，带着栀子花儿的香；秋夜是铁灰色的，有青色的油盏火的微芒；春夜最热闹的是上灯节，有各色灯的辉煌，小烛的摇荡；冬夜是数除夕了，红的，绿的，淡黄的颜色，便是年的衣裳。在这些夜里，他那生活的模样儿啊，短短儿的身材，肥肥儿的个儿，甜甜儿的面孔，有着浅浅的笑涡；这就是他的梦，也正是多么可爱的一个孩子！至于那黄昏，都笼罩着银红衫儿，流苏帽儿的她的朦胧影，自然也是可爱的！——但是，他为甚么爱夜呢？聪明的你得问了。我说夜是浑融的，夜是神秘的，夜张开了她无长不长的两臂，拥抱着所有的所有的，但你却瞅不着她的面目，摸不着她的下巴；这便因可惊而觉着十三分的可爱。堂堂的白日，界面分明的白日，分割了爱的白日，岂能如她的系着孩子的心呢？夜之国，梦之国，正是孩子的国呀，正是那时的平伯君的国呀！❶

朱自清《〈忆〉跋》第五节文字中选用俞平伯《忆》诗句的情况如表6-2所示。

---

❶　朱自清.朱自清序跋书评集[M].北京：生活·读书·新知三联书店，1983：51.

表6-2　朱自清《〈忆〉跋》第五节 选用的俞平伯《忆》诗句的情况

朱自清《〈忆〉跋》语句	俞平伯《忆》诗句
1. 他说他将像小燕子一样 沉浸在夏夜梦里	第十七　离家的燕子 在初夏一个薄晚上
2. 在他的"忆的路"上 在他的"儿时"里	题词　这条路，他告我就是"忆"
3. 夏夜是银白色的 带着栀子花儿的香	第三十　近黄昏了，灯还没有上 栀子以一阵阵的香
4. 秋夜是铁灰色的 有青色的油盏火的微芒	第三十三　挨着铁灰色的夜 只胜得淡青色油盏火的微茫
5. 春夜最热闹的是上灯节 有各色灯的辉煌 小烛的摇荡	第三十二　上灯节的大晚上 提着的有 挂着的有 擎着的有 自己跑着的有 在院子里 在堂屋里 在廊上，在我房里 …… 小蜡烛，小得很
6. 至于那黄昏 都笼罩着银红衫儿	第三十　太朦胧的三两重的碧纱窗 她，高高的身个儿，银红的衫儿
7. 流苏帽儿的她的朦胧影	第三十　定就这朦胧且匆匆的景光 将一件银红的衫儿鲜明地染了 我若是个诗人 定把那时所有的狂歌怨思 随她的影儿微微一撩

从以上对比可以发现，朱自清《〈忆〉跋》的第五节共有7组意象从俞平伯《忆》诗句中摘取词句而来。

笔者尝试进行对比性分析。

第一，朱自清将《忆》原有诗句中的词句，熔为序跋文，由诗入文。在第四节文字中，从原诗中跳跃的红烛光入笔，引发爱的主题。然后连用3

个"爱"的排比句式，3个"也爱……和……"的排比句式，将这种源于儿时梦境的爱，归结为俞平伯是自然（包括人）的真正朋友。在第五节的文字中，朱自清特别强调了原来夹杂在诗句中的夜晚这一意象，并将夜晚按照夏、秋、春、冬的季节来描绘。行文流畅，丝毫不因为采用了他人的词句入文而牵强或阻塞，充分体现出了朱自清的才情。第二，从以上对比可以发现，朱自清并不是按照俞平伯原诗的顺序来排列这些意象的，而是重新组合了这些意象。在第四节中，3个"爱"的排比句中，爱的对象是姊姊、乳母，还有那个"她"，朱自清从《忆》诗句中将俞平伯的童年最重要的人归纳出来；3个"也爱……和……"的排比句中，爱的对象是翠竹丛中金点子和小枕头边一双小红橘子、红绿色的蜡泪和爸爸的斗篷、燕子和月亮，这是俞平伯童年生活中印象最深刻的事物。在第五节中，更是按夏、秋、春、冬的季节分类进行，完全没有顾及原著的行文顺序。由此我们可以发现，朱自清并不是依据《忆》中诗歌的章节去行文，也不是按照《忆》中诗歌的思路去写序跋，而是经过自己的阅读之后，进行了分类、归纳与总结，并由此进行了新的演绎。这就形成了该跋文与原著呼应但却独立的互文式表述。它将原著的词句"吸进来"，然后按照序跋作者的逻辑"连起来"。这一互文表述，始于原著，终结于序跋文，并构成了具有序跋作者独立判断意愿与表述方式的文本。第三，我们可以判断出，该跋文与原著的写作目的不同。原著的目的自然是抒发俞平伯的诗情；而跋文则是通过朱自清的阅读体验、读后评价与引导性的介绍，促进阅读跋文的人产生对俞平伯的《忆》更深入的理解。

因此，如果说《忆》是一个相对而言较为单一的表述整体，《〈忆〉跋》则是明显融入了《忆》这一诗集意象的混合型的互文表述，这一互文表述，究其原因，正是序跋文的创作目的决定的。

三、《〈中国牧歌〉序》中的"战斗的小伙伴"

田间的《中国牧歌》1936年出版，胡风为诗集写了序言。在序言中，胡风提出了"战斗的小伙伴"这一意象，以此评价田间其人其诗。不仅在当时引起人们的关注，在以后人们谈到田间及其创作的时候，也经常引用或谈及"战斗的小伙伴"。其实，从《〈中国牧歌〉序》中，我们可以发现"战斗的小伙伴"并不是胡风自己提出的，而是他从田间的一句诗中引用的，并且这句诗并不在《中国牧歌》中。

胡风在《〈中国牧歌〉序》中写道："在《我怎样写诗的》里面，田间君唱了：

> 我，
> 生长在南方的村野，
> 城市，给我又浪荡了十年。
> 我没有在她怀中哭泣过，
> 也没有流过泪！在世界上，
> 在中国，
> 我养育着弱小的自己！

在这里诗人所说的'弱小的自己'，并不是指对于丑恶生活的无力或追随。因为，他接着就歌颂了'太阳的旅途''自由底伟大'，在近作《海》里面还看得到这样的自赞：

> 我，
> 是结实，
> 是健康，
> 是战斗的小伙伴。
>
> 　　　　(《我是海的一个》)

田间是农民底孩子，田野底孩子，但中国底农民中国底田野却是震荡在民族革命战争的暴风雨里面。从这里'养育'出了他底农民之子底温顺的面影同时是'战斗的小伙伴'底姿态。"❶

胡风是一个具有敏锐眼光的引用者。在评价《中国牧歌》时，胡风没

❶　胡风.胡风评论集(上)[M].北京：人民文学出版社，1984：405.

有选用《中国牧歌》中的诗句，而是选用了田间《未明集》中的诗句"战斗的小伙伴"。因为，胡风认为"战斗的小伙伴"最能体现田间《中国牧歌》这部诗集的精神，最能体现田间的诗歌观。他独辟蹊径地以这句诗为核心，将田间及其诗作《中国牧歌》隆重地介绍给阅读者。

因此，他更是一个发现者，在整部《中国牧歌》之外，他发现了这句诗。笔者感兴趣的是，他如何发现了这句诗并将其作为这部《中国牧歌》的亮点呈现。正如温儒敏所说，"胡风关于'主观战斗精神'的主张，是在三十年代中期反对三种文学倾向中初步形成的，但当时还多是就具体作品评论而提出一些看法，不成体系，也缺少充分的理论阐述"❶，从这篇序文中可以看出胡风对体现"主观战斗精神"的文学现象的敏感，正是这种敏感性让他发现了这一句具有战斗精神又源于田间个人体验的"战斗的小伙伴"。

同时，他还是一个放大者。这本来不是田间创作这一诗句的原初意愿。但是，胡风认为"战斗的小伙伴"不仅是《中国牧歌》诗章中大多数场景的核心精神，更是民族革命战争的需要。他把田间的诗歌放在民族革命战争的背景中探究意义与价值，从而将田间诗歌的价值从个人的创作扩展至整个民族战争的大时代中，将隐含在诗歌中的意义直接阐释出来。同时，也让人们发现这个年轻诗人在这本诗集之外的创作，从而形成了对于其书其人更为完整的认知。

胡风引用田间的一句"战斗的小伙伴"，将之作为《中国牧歌》的核心精神，同时这也是胡风对田间亲密的称呼。1995年6月晏明为田间作品研讨会写下了纪念田间逝世十周年的文章《擂鼓的诗人》，其中第一节的标题就是"从战斗的小伙伴到擂鼓的大诗人"，并特别指出"战斗的小伙伴"是胡风对田间的称呼。这从一个侧面证明，胡风当年目光之敏锐、判断之经典，经过时光的考验，依然被批评界引为经典。而这篇序言，则让我们发现"战斗的小伙伴"的来龙去脉，感受到胡风对于田间这一诗坛后辈的关心、爱护与尊重，感受到作为一个诗人、一个批评家源于作家作品又高于原著的批评水准。

---

❶　温儒敏. 中国现代文学批评史［M］.北京:北京大学出版社,1993:169.

190

第二节　隐性互文

有些序跋文虽然没有直接引用著作的词句，但是依然体现出了序跋文与著作存在着隐性的互文状态。比照显性互文，这种隐性互文状态在现代文学序跋中更为常见。

隐性互文，可以多种形态呈现。

有时，序跋中的隐形互文会呈现出著作者的写作状态。如蒋光赤在《写在〈短裤党〉的前面》中写道："当写的时候，我为一般热情所鼓动着，几乎忘记了自己是在做小说。写完了之后，我自己读了两遍，觉得有许多地方很缺乏所谓'小说味'，当免不了粗糙之讥。"❶ 茅盾在《写在〈野蔷薇〉的前面》写道："抱着这样的心情，我写我的小说。尤其是这里所收集的五个短篇，都是有意识地依了上述的目的而做的。"❷ 这是什么心情？他又说："真的勇者是敢于凝视现实的，是从现实的丑恶中体认出将来的必然，是并没把它当作预约券而后始信赖。真的有效的工作是要使人们透视过现实的丑恶而自己去认识人类伟大的将来，从而发生信赖。不要感伤于既往，也不要空夸着未来，应该凝视现实，分析现实，揭破现实。"❸ 这其实是两种写作状态的呈现，一种是写作小说时热情澎湃的创作，一种是写作序文时；在创作著作之后、在阅读自己小说之后的写作。这种写作状态的互文，交织着两种不同的写作形态，一方面揭示了著作者创作小说时的激情，这是一种主动的揭示，而另一方面则呈现了序跋写作的状态，这是一种不自觉的流露。这种互文也就体现出序跋写作的独特性，它应该是创作作品之外的另外一种写作，这种写作已经不同于创作作品时的心情，至少应该是在回味或者阅读著作之后的写作。因此，序跋虽然是附在著作前

---

❶　柯灵. 中国现代文学序跋丛书·小说卷[M]. 海南：海南人民出版社,1988:116.

❷　同❶:300.

❸　同❶:300.

后的，但却不是著作的一个部分，而是独立于著作之外的一种写作。

有时，序跋会延续作品的叙述内容，从而形成具有延续性的互文。如张资平在《〈冲击期化石〉篇后致读者诸君》中告诉读者："有一件要紧的事要告诉诸君的——想诸君也急于要听——就是陈女士的事，我到东京进大学后才听见人说，她已竟做了人家的第三夫人了。她在东京沉沦的经过也等第二次机会报告诸君知道。"**❶** 在这篇跋文中，张资平把小说中没有告诉读者的故事的发展透露给了读者，并且这一告知是与鸣谢相关出版人员的文字并列在一起的，所以更强化了真实可信性。这首先是当时小说的接受环境决定的，因为真实性是当时小说受到欢迎的重要原因之一，因此著作者期望以真实性获得读者信任。但是笔者最为关注的是，在这篇跋文中自觉不自觉地延续了小说的情节，形成了一种隐性的互文，完成了正文没有完成的情节。如果没有阅读正文，自然无法理解这段互文文本的意思；但是，反之，如果没有阅读这篇跋文，也会无法知晓著书者到底会将情节发展到什么地步，又将如何收束。因此，这种互文一方面体现了序跋对于著作的依附，另一方面也体现了正文如果缺少这一序跋也会产生阅读的不完满。

这种基于书中内容而阐发序跋作者所思的隐性互文，在现代文学序跋中较为常见。让我们再仔细审看巴金为梅子所著长篇小说《争自由的女儿》所写的序。对于著作者梅子而言，长篇小说《争自由的女儿》是一部创作；对于序跋作者巴金而言，它让他做了一个好梦，如果说《争自由的女儿》是一枚炸弹，那么炸弹的巨响就让巴金不再在这种寂寥中断送青春。从这部小说之中，巴金看到了自己的世界：通过这部小说他看到了自己的回忆，感受到自己的小说《灭亡》里描写的瞬间，并且能够看到几年前他自己的的影子。我们在这篇序言中看到了两个声音：一个是梅子的声音，这是巴金针对《争自由的女儿》的介绍；一个是巴金的声音，这是巴金用《争自由的女儿》投射出自己的所思、所感，甚至投射出自己的人生与创作。

隐性互文实际上更体现了序跋作者通过著作的自我解读，阐发了著作者之外的序跋作者的观点。这种区别于显性互文的方式，往往通过概括原

---

❶ 柯灵.中国现代文学序跋丛书·小说卷[M].海南:海南人民出版社,1988:8.

著、延伸原著等方式实现对著作的解读，因而序跋作者的观点就更为显著。虽然有时会与著作有一定的偏离甚至有异议，但是也丰富了人们对著作的阅读，从而形成依附于著作，但是却有着独立意义、特殊价值的文本。

一、《〈小小十年〉小引》对《小小十年》的发现

1929 年 8 月，上海春潮书店出版了叶永蓁的长篇小说《小小十年》，鲁迅在 1929 年 7 月 28 日为该书写了《叶永蓁作〈小小十年〉小引》。比照叶永蓁自己所写的《〈小小十年〉后记》仅仅将自己的创作归为未完成的恋爱，鲁迅对《小小十年》的发现更具有独特而深刻的意味。

鲁迅在《叶永蓁作〈小小十年〉小引》中写道："旧的传统和新的思潮，纷纭于他的一身，爱和憎的纠缠，感情和理智的冲突，缠绵和决撒的迭代，欢欣和绝望的起伏，都逐着这《小小十年》而开展，以形成一部感伤的书，个人的书。但时代是现代，所以从旧家庭所希望的'上进'而渡到革命，从交通不大方便的小县而渡到'革命策源地'的广州，从本身的婚姻不自由而渡到伟大的社会改革——但我没有发见其间的桥梁。"❶鲁迅首先肯定了小说著作者叶永蓁的创作，特别指出了旧与新、爱与憎、感情与理智、缠绵与决撒、欢欣与绝望连续五组意义相对的概念，种种矛盾融合而成这部《小小十年》。这是鲁迅发现的，也是叶永蓁建构的《小小十年》，这是属于原著的世界。一个"但是"，将书里的世界引向了现实的世界，鲁迅敏锐地发现了个人的上进不可能变成社会的革命，小县城不是广州，仅仅婚姻的不自由不可能过渡到社会革命，鲁迅以"但我没有发见其间的桥梁"❷明确地指明了他所发现的《小小十年》构建的小说世界与小说作者期望的《小小十年》的不同，这是《〈小小十年〉小引》引导自己发现并引导阅读者发现的序跋空间。

鲁迅继续挖掘着《小小十年》中的人物，他如是说："一个革命者，将——而且实在也已经（!）——为大众的幸福斗争，然而独独宽恕首先压

---

❶ 鲁迅.鲁迅全集:第四卷[M].北京:人民文学出版社,1981:146.
❷ 同❶.

迫自己的亲人，将枪口移向四面是敌，但又四不见敌的旧社会；一个革命者，将为人我争解放，然而当失去爱人的时候，却希望她自己负责，并且为了革命之故，不愿自己有一个情敌，——志愿愈大，希望愈高，可以致力之处就愈少，可以自解之处也愈多。——终于，则甚至闪出了惟本身目前的刹那间为惟一的现实一流的阴影。在这里，是屹然站着一个个人主义者，遥望着集团主义的大纛，但在'重上征途'之前，我没有发现其间的桥梁"❶。如果说为了大众的幸福斗争的革命者形象是著作者渴望塑造的，那么鲁迅却发现了这个革命者面临的困境——四面是敌却四不见敌，可为社会解放斗争却无法对自己所爱的人负责。因此，这个期望通过个人的奋斗实现集团主义的胜利的革命者成功的机会是渺茫的。

两处"我没有发现其间的桥梁"❷，如果"其间"是《小小十年》的表述空间，那么"没有发现"则是《〈小小十年〉小引》的表述空间。这种"没有发现"，显然是鲁迅对于《小小十年》内容与情节的批评。不过笔者关注的是，这仅仅是《〈小小十年〉小引》互文空间的开始。鲁迅继续说："然而这书的生命，却正在这里。他描出了背着传统，又为世界思潮所激荡的一部分的青年的心，逐渐写来，并无遮瞒，也不装点，虽然间或有若干辩解，而这些辩解，却又正是脱去了自己的衣裳。至少，将为现在作一面明镜，为将来留一种记录，是无疑的罢。多少伟大的招牌，去年以来，在文摊上都挂过了，但不到一年，便以变相和无物，自己告发了全盘的欺骗，中国如果还会有文艺，当然先要以这直说自己所本有的内容的著作，来打退骗局以后的空虚。因为文艺家至少是须有直抒己见的诚心和勇气的，倘不肯吐露本心，就更谈不到什么意识。"❸鲁迅从这本著作的描写出发，过渡到现实社会中的文学创作问题。这种对于当时文学创作的虚伪与欺骗性的揭露，不是独立的批评，而是建筑在对于《小小十年》的解读之中。

鲁迅作为一个阅读者，通过互文的方式，与原著形成一种包容。但是在这种序跋与原著的交互之间，序跋作者并非完全地丧失了自我，而是在

❶ 鲁迅.鲁迅全集:第四卷[M].北京:人民文学出版社,1981:146.
❷ 同❶.
❸ 同❶:147.

接近作品的过程中，在对作品进行解读的时候，形成序跋独立的表述空间，谈到序跋之外的事情。

二、路翎与胡风：两个"郭素娥"的互文

胡风在《〈饥饿的郭素娥〉序》中，为我们展现了另外一种隐性互文。

首先，胡风通过自己的概述，为读者介绍了《饥饿的郭素娥》这篇小说的特质："展开了用劳动、人欲、饥饿、痛苦、嫉妒、欺骗、残酷、犯罪，但也有追求、反抗、友爱、梦想所织成的世界；在这中间，站着郭素娥和围绕着她的，由于她底命运而更鲜明地现出了本性的生灵。"❶

但是，针对这部作品，胡风与路翎的认知并不完全一致。路翎认为："郭素娥，不是内在地压碎在旧社会里的女人，我企图'浪费'地寻求的，是人民底原始的强力，个性底积极解放。但我也许迷惑于强悍，蒙住了古国底根本的一面，像在鲁迅先生底作品里所显现的。我只是竭力扰动，想在作品里'革'生活底'命'。事实许并不如此——'郭素娥'会沉下来，暂时地又转成卖淫的麻木，自私的昏倦。……"❷ 但是，胡风从这篇小说中看到的是与路翎不一样的事实，因此他说"但我看，事实许并不'并不如此'的。……但她却扰动了一个世界。——张振山站了起来……魏海清站了起来……在这两个人物里面作者得到了辉煌的成功，或者竟超过了郭素娥本人以上。郭素娥死了，她底命运却扰动了一个世界。走的走了，死的死了，当兵的到前线去了，做工的上矿山来了……而这劳动世界底旋律，带着时代底负担，带着被郭素娥底惨死所扰起的波纹，却在辉煌的天空下面继续前进，在它中间有老人底顽健，小人底坚实，青年长工底强壮的手臂和坚持而冷淡的面容，抱着忧虑抱着希望投了进来的青年农妇底温暖的泪光和善良的心地……就这样，作者寄付了他底悲悼和希望；在目前，似乎他也只能这样地寄付他底悲悼和希望了"❸。路翎认为郭素娥是一种沉沦，

---

❶ 柯灵. 中国现代文学序跋丛书·小说卷[M]. 海南：海南人民出版社，1988：1129.

❷ 同❶：1130.

❸ 同❶：1131.

没有完成革命的救赎；而胡风认为郭素娥自身的灭亡推动了张振山、魏海清奔向新的路途，因而这一人物更有价值。著作者与序跋作者认知的不同点就在这里。

实际上，这篇序言呈现了三种声音，一种是著作的声音，一种是著作者的声音，一种是序跋作者的声音。著作的声音，就是对于作品内容的描述；著作者的声音，就是路翎对自己作品的解读；序跋作者的声音，就是胡风对作品的理解。笔者认为，这篇序言最有意思的是路翎说"事实许并不如此"，而胡风说"但我看，事实许并不'并不如此'的"。他们所说的事实，并不是小说《饥饿的郭素娥》，而是他们各自所理解的《饥饿的郭素娥》。不过是他们将自己的看法隐蔽地藏在了《饥饿的郭素娥》这一事实存在的作品上而已，也就由此构成了《〈饥饿的郭素娥〉序》隐含而复杂的互文空间。审看众多对《饥饿的郭素娥》的批评与解读，笔者发现了一个很有趣的现象。有的批评，截取了路翎的部分陈述——《饥饿的郭素娥》作为"是人民底原始的强力，个性底积极解放。……想在作品里'革'生活底'命'"，或认为"充满着一种那么强烈的生命力！"❶，或认为"这里包含着理解路翎式的心理描写和人物塑造的钥匙"❷。其中"人民底原始的强力"更是一些文学史著作的共用之语，如严家炎《中国现代小说流派史》、程光炜、刘勇、吴晓东等著《中国现代文学史（第三版）》，钱理群、温儒敏、吴福辉著《中国现代文学三十年（修订本）》，就都从"人民底原始的强力"去阐释、介绍《饥饿的郭素娥》。表面上是众多批评家、分析者认同了路翎的说法，但是如果看到这篇《〈饥饿的郭素娥〉序》以后，就可以发现，其实大家还是认同了胡风的分析，认为郭素娥这一形象的塑造既体现了生活与斗争的复杂性，也真正体现了这一人物强悍的生命力对于他人的影响，这种影响超越了郭素娥自身解放的价值。

很多评论者认为路翎以自己的创作实践着胡风的理论，其实有的时候，是胡风从路翎的创作中发现了路翎自己也未察觉的深意。这篇《〈饥饿的郭素娥〉序》就是一个例证。

---

❶ 荃麟.《饥饿的郭素娥》[J].青年文艺,1944,1(6):40.

❷ 杨义.中国现代小说史(下)[M].北京:人民出版社,1998:178.

三、陆小曼三序志摩遗作，爱在互文间

夫妻（或恋人）间的序跋是一种特殊的情形，在现代文学之前是较为罕见的，因此也必然会引发人们的关注。这一特殊角度，有时更注重对于著作的互文，也由此产生不一样的效果。1926 年 10 月，徐志摩与陆小曼结婚。1931 年 11 月 19 日，徐志摩由南京乘飞机到北平，因飞机失事遇难。陆小曼分别在 1931 年、1936 年、1947 年为徐志摩的遗作《云游》《爱眉小札》《志摩日记》作了 3 篇序言。

1931 年 12 月 30 日，陆小曼为徐志摩生前未结集的遗稿《云游》写了《〈云游〉序》，在满腹的追思之中，她情深之际，不忘评价徐志摩的诗："说实话他写的东西是比一般人来得俏皮。他的诗有几首真是写得像活的一样，有的字用得别提多美呢！有些神仙似的句子看了真叫人神往，叫人忘却人间有烟火气。它的体格真是高超，我真服他从甚么地方想出来的。诗是没有话说不用我赞，自有公论。……书房书桌我也不知给他预备过多少次，当然比我的又清又洁，可是他始终不肯独自静静的去写的，人家写东西，我知道是大半喜欢在人静更深时动笔的，他可不然，最喜欢在人多的地方，尤其是离不了我，除我不在他的身旁。我是一个极懒散的人，最不知道怎样收拾东西，我书桌上是乱的连手都几乎放不下的，当然他写完的东西我是轻意也不会想着给收拾好，所以他隔夜写的诗常常次晨就不见了，堵着嘴只好怨我几声，现在想来真是难过，因为诗意偶然得来的是不轻容易再来的，我不知毁了他多少首美的小诗，早知他要离开我这样的匆促，我诅咒也不那样的大意的。真可恨，为甚么人们不能知道将来的一切。"❶笔者注意到，徐志摩在 1927 年 8 月 20 日写下了《〈巴黎的鳞爪〉序》，开头就写道："这几篇短文，小曼，大都是在你的小书桌上写得的。在你的书桌上写得：意思是不容易。……曼，说来好象拿你比小猫。你又该说我轻薄相了吧。凭良心我不能不对你恭敬的表示谢意。因为你给我的是最严正的

---

❶　陈绍伟编.中国新诗集序跋选[M].长沙:湖南文艺出版社,1986:234-235.

批评（在你玩儿够了的时候），你确是有评判的本能，你从不容许我丝毫的'臭美'，你永远鞭策我向前，你是我的字业上的诤友！"❶ 这两篇序文互为见证，一是见证了陆小曼的书桌确是徐志摩诸多诗作的诞生之所，二是见证了陆小曼独具慧眼的判断。陆小曼的《〈云游〉序》看似私语，却点点滴滴都是出自真情——陆小曼认为：徐志摩诗歌的特点是俏皮，字句生动之中美而不俗，体格高超。

这不是专业性的评判，而是充盈着情感的知音之爱，寄托着的哀思更让这种点评充满着情绪性的打动力量，通过意识的和潜意识的文本，回响的是心灵深处的相互交流与融合，通过一种共同的情绪，让人们进入对象序文的世界。情，不仅形成了序文的独特魅力，更让无法表达的事物形成一致，在陆小曼通过序文与徐志摩的作品同呼吸、共生死的批评过程之中，让序文的读者获得认同，获得读懂陆小曼的序文从而读懂陆小曼对于徐志摩诗作的理解的渠道。这是一种个人的阐释，私语的角度让这种阐释具备了新鲜的活力，让人们通过她的私语进入徐志摩的世界，在情感的倾诉中，搅动阅读者的内心世界，经历他们共同经历的欢乐与痛苦。在真诚的爱恋之中，序文作为一种选择方式，让陆小曼能够真诚地表达自己，在这一文本之中凝聚着空间与时间、过去与未来、生与死，因此这种自发的阐释对徐志摩的诗作进行发现、认出，并在序文中重建新的意象，将自己的意识与徐志摩重合。这种建立在夫妻之情、知己之情之上的高度认同，虽然没有理性的公正可言，但是另有一种打动人的力量，这不是无关痛痒的观察者的导读，而是发自内心的情感的倾诉，因此让这种导读产生了具有穿透性的同感力量，形成一种深刻的认知。

陆小曼在徐志摩去世后 5 年的徐志摩生辰写了《〈爱眉小札〉序》，借助徐志摩生前的话，写出了对《爱眉小札》的评价："不要轻看了这两本小小的书，其中那一字那一句不是从我们热血里流出来的。将来我们年纪老了，可以把它放在一起发表，你不要怕羞，这种爱的吐露是人生不易轻得的。"❷

1947 年 2 月，在徐志摩去世 16 年后，陆小曼在《〈志摩日记〉序》中

---

❶ 柯灵.中国现代文学序跋丛书·散文卷[M].海南:海南人民出版社,1988:113.
❷ 同❶:1009.

写道："《全集》既没有出版，唯一的那本《爱眉小札》也因为良友的停业而绝了版，志摩的书在市上简直无法见到，我怕再过几年人们快将他忘掉了。……这部《志摩日记》，虽然内容很琐碎，但是当作纪念志摩五十诞辰而出版这本集子，也至少能让人们的脑子里再涌起他的一个影子吧！……志摩文字的那种风格，情调，和他的诗，我这十几年来没有看见有人接续下去，尤其是新诗，好像从他走了以后，一直没有生气似的，以前写的已不常写，后来的也不多见了，我担心着他的一路写作从此就完了吗？"❶

　　这已经不是简单的对于徐志摩著作的评价，而是将徐志摩的世界与陆小曼的世界合而为一，是批评者与著作者的彼此认同，通过序文，将两个主体融为一体，形成双重的认同，通过两种意识的耦合形成批评，不仅从作品出发回归了作品，更从著作者出发回归了著作者，从而更深入完整地挖掘出作品的意义。

---

　　❶ 柯灵.中国现代文学序跋丛书·散文卷[M].海南:海南人民出版社,1988:1537-1538.

第七章　自由书写的无拘形式

中国现代文学序跋作为一种特殊的文体，写作形式上并没有严格的规范。因此，书写自由，没有形式上的局限，就成为中国现代文学序跋的重要特征之一。

第一节　突破议论、叙事的体例限制

在现代文学阶段，序跋的写作已经不拘泥于古代文体学所认定的序"一曰议论，二曰叙事"❶的体例限制。很多现代文学序跋注重批评与介绍，因此一般而言，议论是其最为常用的语体。但是，毕竟序跋是一种不拘泥形式的文体，因此我们可以发现许多现代文学序跋专于说明、专于抒情或专于叙事，体现出不同于侧重议论的更为丰富多变的语体自由化的特色。

在古书版本的鉴定中，序跋是一种重要的依据。因为在序跋文中往往会透露出编辑体例、编纂经过、刊刻情况等。有些现代文学序跋延续了这一传统。如陆侃如在《〈卷葹〉再版后记》中，明晰地说明了几个问题：淦女士与沅君是一个人；初版有误处，再版已经改正；再版所加篇目。言简意赅，颇具中国古代跋文的特质。这篇再版后记，充分体现了陆侃如从事中国古代文学的研究和教学工作因而受到的古典文学的影响。仅仅在结尾

---

❶　吴纳.文章辨体序说·徐师曾.文体明辨序说[M].北京:人民文学出版社,1962:135.

处"只因作者秉性疏懒，故托我代说"❶，隐约透露出陆侃如与冯沅君的夫妻之情。但是这种说明体例为主的序跋不代表现代文学序跋的主体。

　　笔者发现，不仅戏剧、小说的创作者会在序跋中如实地写出自己的创作轨迹，诗人在写序跋的时候往往也会冷却自己的澎湃诗情，呈现一种冷静的回顾与思考。如冯至在《〈十四行集〉序》中写道："有些体验，永久在我的脑里再现，有些人物，我不断地从他们那里吸收养分；有些自然现象，它们给我许多启示：我为什么不给他们留下一些感激的纪念呢？由于这个念头，于是从历史上不朽的精神，到无名的村童农妇，从远方的千古的名城，到山坡上的飞虫小草，从个人的一小段生活，到许多人共同的境遇，凡是和我的生命发生深切的关连的，对于每件事物我都写出一首诗"❷。华兹华斯曾经说过选择田园生活作为题材的理由："因为在这种生活里，人们心中主要的热情找着了更好的土壤，能够达到成熟境地，少受一些拘束，并且说出一种更纯朴和有力的语言；因为在这种生活里，我们的各种基本情感共同存在于一种更单纯的状态之下，因此能让我们更确切地对它们加以思考，更有力地把它们表达出来，因为田园生活的各种习俗是从这种基本情感萌芽的，并且由于田园工作的必要性，这些习俗是从这种基本情感萌芽的，并且由于田园工作的必要性，这些习俗更容易为人了解，更能持久；最后，因为在这种生活里，人们的热情是与自然的美而永久的形式合二为一的。"❸ 冯至也是如此。虽然诗歌始终是以情感的表现为核心，但是题材的选择依然至关重要。冯至明确地表示，与他的生命发生深切关连是他选材的起点，而自然、历史或是平凡的生活，只要能够激发诗人的情感，就能让他写出自己的诗。他已经将自己的诗情拓展到更为宽阔的领域，即使是平凡的人物或日常的风景也能闪耀出不平凡的光彩。

　　以情动人，是很多文学作品常用的手法，序跋自然也不例外。如郭沫若在《〈塔〉前言》中写道：

---

❶　柯灵.中国现代文学序跋丛书·小说卷[M].海南:海南人民出版社,1988:180.
❷　陈绍伟编.中国新诗集序跋选[M].长沙:湖南文艺出版社,1986:445.
❸　刘若端.十九世纪英国诗人论诗[M].北京:人民文学出版社,1984:135.

我把我青春时期的残骸收藏在这个小小的"塔"里。

无情的生活一天一天地把我逼到了十字街头，像这样幻美的追寻，异乡的情趣，怀古的幽思，怕没有再来顾我的机会了。

啊，青春哟！我过往了的浪漫时期哟！我在这儿和你告别了！

我悔我把握你得太迟，离别你得太速，但我现在也无法挽留你了。

以后是炎炎的夏日当头。❶

唯美如郭沫若的《〈塔〉前言》的，还有成仿吾《〈流浪〉跋》：

岁月匆匆，不觉已经三十寒暑了。万事都如一梦，这些便都是梦中的呓语。

青春时代的欢乐与悲哀，一去已无踪迹；它们的残照与余音，通通收在这里。

请宽恕这种利己的动机，因为这都不过是一场易醒的迷梦。❷

这些序跋作者洋溢着充沛的情绪，以感染读者的文笔，宣泄自己的激情。

但是，有的时候序跋文中的情感宣泄更强调一种功利性。不管序跋作者是否意识到，当他们在抒发自己的情感时，都肩负着一种责任，就是让著作流传。这就是鲁迅所说的"一个人如果还有友情，那么，收存亡友的遗文真如捏着一团火，常要觉得寝食不安，给它企图流布的"❸。

因为这种强烈的目的性，所以自认为不懂诗但是明白为亡友作序文的义务的鲁迅在《白莽作〈孩儿塔〉序》中说："这《孩儿塔》的出世并非要和现在一般的诗人争一日之长，是有别一种意义在。这是东方的微光，是林中的响箭，是冬末的萌芽，是进军的第一步，是对于前驱者的爱的大纛，也是对于摧残者的憎的丰碑。一切所谓圆熟简练，静穆幽远之作，都无须来作比方，因为这诗属于别一世界。"❹笔者无意挖掘其中的思想深意，这

---

❶ 柯灵.中国现代文学序跋丛书·小说卷[M].海南:海南人民出版社,1988:52.

❷ 同❶:129.

❸ 鲁迅.鲁迅全集:第六卷[M].北京:人民文学出版社,1981:493.

❹ 同❸:494.

在许多的研究论著中已经阐明。笔者关注的是，这是一种情感性的打动。尤其是"东方的微光""林中的响箭""冬末的萌芽"这一系列的比喻，将无形的情感有形化，从而让爱憎的情感显性化。鲁迅将自己在文坛上的号召力，化为对年轻的著书者的怀念，而这种情感将引导阅读者体会著作的含义。这是比通常的点评更为打动阅读者的方式。

在丘东平牺牲两年后，胡风为丘东平的《第七连》写的题记中说："而现在的这一本，在斤两上又何尝轻？展开它，我们就象面对着一座晶铜的作者底雕像，在他底灿烂的反射里面，我们底面前出现了在这个伟大的时代受难的以及神似地跃进的一群生灵。"❶ 这同样运用了比喻的手法，将对丘东平的怀念之情，融为一种纪念。对于知晓丘东平的阅读者，是激起他们对丘东平的追忆；对于不对于知晓丘东平的阅读者，是让他们了解其事迹之后，产生崇敬之情。两类阅读者都会在感情的激发下，进入阅读的状态。

不忍站在萧红的墓前，茅盾即使到了香港也没有到萧红的墓前凭吊，而是借助《〈呼兰河传〉序》感受着萧红的寂寞，更在寂寞中点明《呼兰河传》的价值："无意识地违背了'几千年传下来的习惯而思索而生活'的老胡家的小团圆媳妇终于死了，有意识地反抗着'几千年传下来的习惯而思索而生活'的萧红则以含着泪的微笑回忆这寂寞的小城，怀着寂寞的心情，在悲壮的斗争的大时代。"❷ 他说："要点不在《呼兰河传》不像是一部严格意义的小说，而在于它于这'不像'之外，还有些别的东西———一些比'像'一部小说更为'诱人'些的东西：它是一篇叙事诗，一幅多彩的风土画，一串凄婉的歌谣。"❸ 这种寂寞，从著作者到作品，再到序跋作者，由此为阅读者构建出一种阅读前的心境，以一种情绪化的感染导引阅读者的视线。

明代徐师曾在《文体明辨序说》中，从语源上引用《尔雅·释诂》"叙，绪也"的解释，就是说序这种文体好像引出一束乱丝的线头，却能把

❶　柯灵. 中国现代文学序跋丛书·小说卷[M]. 海南：海南人民出版社，1988：1158.

❷　丁尔纲. 茅盾序跋集[M]. 北京：生活·读书·新知三联书店，1994：470.

❸　同❷：471.

乱线整理齐。根据这一特点，古人又称序为"引"。由此可见序的主要作用之一就是引出著作，让读者更好地阅读与理解著作。而情感性的引发，就是一种直入人心的牵引。

很多现代文学作家写作的序跋揭示了自己创作时执着的情绪。如石风在《〈残雪〉自白》中追忆着自己爱过的女子，并且借由女子留下的贺年片和残破的考试卷创作了《残雪》。叶紫在《〈丰收〉自序》中写到自己的作品："这里面，只有火样的热情，血和泪的现实的堆砌。毛手毛脚。有时候，作者简直象欲亲自跳到作品里去和人家打架似的！……"❶ 陈梦家在《〈梦家存诗〉序》中倾诉，他的诗是在伤感中孕育而成的，灵感无法捕捉，如同错综的线索，诗歌的来源就是伤感。

不同于这样直接的倾诉，穆时英在《〈白金的女体塑像〉自序》中进行了生动的比喻："人生是急行列车，而人并不是舒适地坐在车上眺望风景的假期旅客，却是被强迫着去跟在车后，拼命地追赶列车的职业旅行者。以一个有机的人和一座无机的蒸汽机关车竞走，总有一天会跑得筋疲力尽而颓然倒毙在路上的吧！我是在去年突然地被扬到铁轨上，一面回顾着从后面赶上来的，一小时五十公里的急行列车，一面用不熟练的脚步奔逃着的，在生命的底线上游移着的旅人。二十三年来的精神上的储蓄猛地崩堕了下来，失去了一切概念，一切信仰；一切标准，规律，价值全模糊了起来；于是，象在弥留的人的眼前似地，一想到'再过一秒钟，我就会跌倒在铁轨上，让列车的钢轮把自己辗成三段的吧'时，人间的欢乐，悲哀，烦恼，幻想，希望……全万花筒似地聚散起来，播摇起来。……为了纪念自己生活的变迁，我把这八篇零落的东西汇印了。"❷ 穆时英将创作的过程比喻成后有急行列车追赶的奔跑，这种奔跑不讲求概念、信仰、标准、规律、价值，因而不是一种理智判断后的书写；这种奔跑融会了欢乐、悲哀、烦恼、幻想、希望，因而是一种情绪激发中的宣泄。更为奇特的是，这种比喻洋溢着现代工业的气息：不同于人生如白驹过隙的古典比喻，没有浪漫的气息，更多的是铁轨的冰冷闪烁出的生命的无奈；没有天涯逆旅人生百年的

---

❶　柯灵.中国现代文学序跋丛书·小说卷[M].海南:海南人民出版社,1988:589.

❷　同❶:564.

苍凉，更多的是面对着时速五十公里的列车在生命的底线上垂死的挣扎；没有天人交际的感慨，只是有机的人和一座无机的蒸汽机关车，这种现代词语冷冷地在对峙。比照穆时英的奔跑，艾芜在《〈荒地〉序言》中则用了另一种比喻："不幸写作这些短篇的时候，无边无际的这种荒凉的景色，总围绕在我的周遭，仿佛自己的影子似的，简直没法叫它退开。我知道，骑着千里马逃跑吗？它会一直展现在你的马蹄下面；坐在牛背上打盹吗？梦里都缭绕进来，使眼皮闭着有什么用？那么，我就坐下来，让它拿愁惨忧郁来压杀我么？我不！我还没有这么傻！我跳起来，我要把周遭的荆棘、茅草、刺藤尽量拔去。虽然茅草、刺藤、荆棘，是那样地多，但我并不退缩，反而一面流汗，一面笑了起来。我写《信》《梦》《某城纪事》的时候，便是有着这样的心情。但这笑也不是常有的。在荆棘里面看见长不起来的残弱果树，在茅草里面看见受不着阳光的稻粱，在刺藤里面，看见宛转可怜的小花，我就不能不十分愤慨。我写《山村》《荒地》《意外》《锄头》《乡下的宴会》《母亲》等篇的时候，的确是一点也笑不起来。"❶ 这些更多地洋溢着乡土的气息。而徐志摩则在《〈猛虎集〉序文》中写道："诗人也是一种痴鸟，他把他的柔软的心窝紧抵着蔷薇的花刺，口里不住的唱着星月的光辉与人类的希望，非到他的心血滴出来把白花染成大红他不住口。他的痛苦与快乐是浑成的一片。"❷ 这是一种来自西方的荆棘鸟的比喻，已经不再是杜鹃啼血般中国传统的悲哀，而是洋溢着蔷薇、星月、人类诸如此类充满着西化因素的比喻。

痛苦的创作历程，甚至让洪灵菲将其比喻成生产的过程，他在《〈流亡〉自叙》中写道："在饥寒交逼，营养不良的状态下；我终于绞着肠，忍着苦把这头胎婴孩——《流亡》——产生出来，因为穷得要命，所以临产时，只在一间昏黑的，臭湿的贫民窟里，在一张张破旧而没有美感的卧榻上，死挺挺地，拼命一送，便把她弄出地面来了。这婴孩！这婴孩！唉，只听到她的哭声的微弱，看到她的脸色的苍白，便知道她是多么不健康！多么难以长大起来！这真是，使到做她的娘亲的多么伤心和失望！但，这

❶ 柯灵.中国现代文学序跋丛书·小说卷[M].海南:海南人民出版社,1988:1103.
❷ 陈绍伟.中国新诗集序跋选[M].长沙:湖南文艺出版社,1986:220.

有什么办法呢?! 这有什么办法呢?!"❶ 而与他有同感的是谢冰莹，她在《〈梅子姑娘〉序言》中写道："一篇小说的题材，有时在脑海中思索了几天几夜还找不着，又有时它突然会来到你的脑中，比一阵风还快。我记得很清楚，是奶妈带着胜子回杜曲的第三天晚上，因为想念他过度，我居然病了，热度很高，全身的骨节都烧痛了，突然做了一个悲惨的恶梦，我从梦中哭醒来，连忙抱着枕头当做胜子，眼泪越流越多，于是我想到要用这个题材写篇小说，起初想用《疯妇》做题目，以便把述凡在街上看到的那个女疯子插进去，但后来开始写时，突然从笔尖下流出来《夜半的哭声》几个字，于是我改用了这个题目。"❷ 无论是比喻中的痛苦，还是真实生活中的痛苦，对于很多作家而言，创作的本身就是一种痛苦，而序跋文则是他们揭示自我痛苦的载体，成为他们自主同时也自足的平台。在这里，他们可以自主地倾诉自己在创作历程中的甘苦，这种宣泄让他们获得自我的满足，满足于从另外的视角去直接讲出自己的苦乐，无须再让书中人物去代言，无须通过韵脚的排列去委婉地表述，而是直接地表达，让自己的意愿直达读者的心灵。

当然创作的历程并非都是痛苦的，如蒋山青在《〈秋蝉〉题卷首》就将创作的历程比喻为陶醉人的美酒："一本本的小稿簿中，一张张的绿柏纸上，一行行的黑墨团儿，使我爱惜，使我凝视，使我幽思，也正使我陶醉。我很高兴写下去，我想有多次的陶醉；这陶醉也能安慰我，兴我以悠悠的欢乐的滋味。"❸ 这种陶醉不仅仅在比喻之中，同样也在风景之中、自然之中。在《〈啼笑因缘〉自序》中，笔者了解到，张恨水是在中山公园的美景中，手拿袖珍笔记本，坐在石墩上，靠在石桌上，用铅笔写出了《啼笑因缘》。美景在前，"旧京五月的天气。阳光虽然抹上一层淡云，风吹到人身上并不觉得怎样凉。中山公园的丁香花、牡丹花、芍药花，都开过去了。然而绿树阴中，零碎摆下些千叶石榴的盆景，猩红点点，在绿油油的叶子上正初生出来，分外觉得娇艳。水池子里的荷叶，不过碗口那样大小，约

❶ 柯灵.中国现代文学序跋丛书·小说卷[M].海南:海南人民出版社,1988:147.

❷ 同❶.

❸ 同❶:106.

有一二十片，在鱼鳞般的浪纹上飘荡着。水边那些杨柳，拖着丈来长的绿穗子，和水里的影子对拂着。那绿树里有几间红色的屋子，不就是水榭后的四宜轩吗？"❶ 张恨水就是藉由这些外物鼓动情绪与兴致，写出了《啼笑因缘》。而冬天的雨，则让周作人的创作冲淡而随意。周作人在《〈雨天的书〉自序一》中写道："今年冬天特别的多雨，因为是冬天了，究竟不好意思倾盆的下，只是蜘蛛丝似的一缕缕的洒下来。雨虽然细得望去都看不见，天色却非常阴沉，使人十分气闷。在这样的时候，常引起一种空想，觉得如在江村小屋里，靠玻璃窗，烘着白炭火钵，喝清茶，同友人谈闲话，那是颇愉快的事。不过这些空想当然没有实现的希望，再看天色，也就愈觉得阴沉。想要做点正经的工作，心思散漫，好像是出了气的烧酒，一点味道都没有，只好随便写一两行，并无别的意思，聊以对付这雨天的气闷光阴罢了。冬雨是不常有的，日后不晴也将变成雪霰了。但是在晴雪明朗的时候，人们的心里也会有雨天，而且阴沉的期间或者更长久些，因此我这雨天的随笔也就常有续写的机会了。"❷ 从自然的雨到心中的雨，呈现了一种更为广阔的空间，让创作的历程因自然而生，但不因自然而被拘束。兴之所至，是自我性灵的真实呈现，是参悟天地的睿智，是生命守望的意趣，较之张恨水单纯的美景，更为隽永。虽然无法单独从一文之差异看出高下，但是比照《〈啼笑因缘〉自序》所揭示的张恨水的创作历程和《〈雨天的书〉自序一》中所描述的周作人的创作历程，一种仅为自然的旁观者，风景就是环境，一种自然与心灵相通，自然即人。二者之不同，可见一斑。

一、郭沫若早期历史剧序跋的写实性

很多以现实主义创作著称于现代文坛的作家，常常会为自己的作品写出具有写实风格的序跋，但是由于序跋诚如《文章辨体序说》中所说具有"随事以序其实也"❸ 的特点，因此即使作为浪漫主义代表的作家，在序跋

---

❶ 柯灵.中国现代文学序跋丛书·小说卷[M].海南:海南人民出版社,1988:359.
❷ 周作人,著文,钟叔河,编订.知堂序跋[M].北京:中国人民大学出版社,2009:29.
❸ 吴纳.文章辨体序说·徐师曾.文体明辨序说[M].北京:人民文学出版社,1962:42.

中也会呈现出写实主义的特点，其中郭沫若的序跋是具有代表性的。

郭沫若在为自己的戏剧所写的序跋文中，经常会如实地披露自己的创作轨迹。他早期的历史剧《三个叛逆的女性》包括1923年的《卓文君》《王昭君》、1925年的《聂嫈》。文学史评判《三个叛逆的女性》时，着眼点往往在郭沫若借助历史来彰显时代精神、借助古人来抒发自我。有的学者认为《三个叛逆的女性》"在历史人物的'骸骨'里吹进了'五四'时代精神，'借着古人来说自己的话'"[1]。有的学者认为，郭沫若"在写历史中也融入了自己，这正体现了浪漫主义精神，以历史传说为题材是浪漫主义的一个特点，注重主观情感的宣泄则是浪漫主义更为重要的特点。郭沫若早期的《三个叛逆的女性》是浪漫史剧的代表。郭沫若的历史剧注重追求诗的意境，营造一种悲剧意蕴，将自我'完美的人格'理想体现于其中，发展了历史精神"[2]。也有学者认为，《三个叛逆的女性》"全是为所谓革命思想和反抗思想而作的"[3]，强调其对于黑暗政治的抗议。

但是，从郭沫若为著作而写的序跋《写在〈三个叛逆的女性〉后面》中，我们可以了解到剧本之外、文学史尚未涉及的很多历史真相。在郭沫若的原初规划中，三个叛逆的女性并非是卓文君、王昭君、聂嫈，而是卓文君、王昭君、蔡文姬。郭沫若创作三个叛逆的女性并非随意点选古人，而是针对着中国旧式道德的"三从"，提出了解放妇女的"三不从"新道德——"在家不必从父，出嫁不必从夫，夫死不必从子"[4]。卓文君是"不从父"的典型，王昭君是"不从夫"的标本，蔡文姬是"不从子"的代表，由此构成了郭沫若的"三不从"妇女形象。而《聂嫈》这一剧本的出现源于五卅惨案的发生激发了郭沫若的创作激情，因而没有创作蔡文姬，而是将《卓文君》《王昭君》《聂嫈》合集为《三个叛逆的女性》。

笔者着眼于的是，该篇跋文的存在，让我们能够从另一个角度去解读

---

[1] 钱理群,温儒敏,吴福辉.中国现代文学三十年(修订本)[M].北京:北京大学出版社,1998:86.

[2] 程光炜,刘勇,吴晓东,等.中国现代文学史(第三版)[M].北京:北京大学出版社,2011:136-137.

[3] 顾仲彝.郭沫若研究资料[M].北京:中国社会科学出版社,1986:73.

[4] 周靖波.中国现代戏剧序跋集[M].北京:北京广播学院出版社,2003:103.

《三个叛逆的女性》，实际上一个整体中有两个不同的部分，虽然同为叛逆的女性，但是却是两个不同的主题。《卓文君》《王昭君》体现的是"三不从"中的"二从"，更强调妇女解放的新道德观，但是由于缺乏了"不从子"的蔡文姬，因而没有形成完满的阐释；《聂嫈》则是直指五卅惨案的现实意义，虽然具有战斗作用，但是却疏离了原有的创作主旨。其实，如郭沫若一样，田汉在《〈回春之曲〉自序》中也曾遗憾地写道："我做过一个'三黄'的计划，那是黄花岗，黄鹤楼，黄浦江。黄花岗写过两幕，至今没有写成。黄鹤楼预备写辛亥革命，为着这，我搜集了许多材料，至今材料都因几次的转徙散失了。而作品，却未动笔。"❶ 再如，茅盾在《〈子夜〉后记》中也遗憾道："我原定计划比现在写成的还要大许多。例如农村的经济情形，小市镇居民的意识形态（这绝不象某一班人所想象那样单纯），以及一九三〇年的《新儒林外史》——我本来都打算连锁到现在这本书的总结构之内；又如书中已经描写到的几个小结构，本也打算还要发展得充分些；可是都因为今夏的酷热损害了我的健康，只好马马虎虎割弃了，因而本书就成为现在的样子——偏重于都市生活的描写。"❷ 由此，从序跋中我们可以窥见作者在作品中没有呈现的构想，更可以从这些构想中发现作者最原初、更完整的创作意愿，从而揭示给阅读者作品原本的意义，填平阅读者与作品之间的沟渠。在序跋中，无须猜测与想象，而是宛如面对面地沟通。更由于这是一种自发的呈现，由于其写实性的手法，记录下了最真实的创作轨迹，从而也就让阅读者获得另外一种进入作品、进入作者内心的权利，创造了一个让阅读者与写作者实现情感交流、精神认同的最直接空间。

以《写在〈三个叛逆的女性〉后面》为起点，笔者发现郭沫若在现代文学阶段为自己创作的戏剧所写的序跋文，如《我怎样写五幕史剧〈屈原〉》《关于〈筑〉》《剧本写作的经过》（为戏剧《筑》写的序）、《〈虎符〉写作缘起》《〈虎符〉后话》《〈孔雀胆〉后记》等几乎都围绕着他自己的创作经过而写，同时也呈现出共同的文体特点。

第一，郭沫若序跋文重视对于历史材料处理方式的阐述。如在《我怎

---

❶ 周靖波.中国现代戏剧序跋集［M］.北京:北京广播学院出版社,2003:88.
❷ 柯灵.中国现代文学序跋丛书·小说卷［M］.海南:海南人民出版社,1988:470.

样写五幕史剧〈屈原〉》中，笔者发现郭沫若参看了《史记》《屈原传》《离骚》《湘君》《哀郢》《战国策》《韩非子》等相关的古代文史资料；《关于〈筑〉》和《剧本写作的经过》则介绍了郭沫若参看了《说文解字》《后汉书》《淮南泰族训》《汉书》《史记》《释名》《清续文献通考》《韩非子》等书以后，才创作了《筑》一剧；《〈虎符〉写作缘起》让人们了解到郭沫若反复研读了《史记》《战国策》中的相关史料；《〈孔雀胆〉后记》则说明郭沫若参看《元史》后方创作了《孔雀胆》。因此，笔者以为，虽然郭沫若的历史剧往往给人们不重视史实而强调创造的印象，但是，诸多序跋文则告诉我们郭沫若是在了解史实的基础上进行的历史剧创作。不拘泥于史实，但并非不重视史实；强调自我的创造，但并非无端的臆想。缜密如郭沫若的还有很多作家，如舒湮在《〈精忠报国〉后记》中就写到为了创作《精忠报国》一剧，他参考了正史《宋史·高宗本纪》《宋史·岳飞列传》《宋史·秦桧列传》《宋史·职官志》《金史·太宗本纪》《金史·熙宗本纪》《金史·食货志》，别史中的陈邦瞻著《宋史纪事本末》、徐梦莘著《三朝北盟会编》、岳珂著《金陀粹编》、黄邦宁纂修《岳忠武王集》，宋人笔记中周辉的《清波杂志》、吴自牧的《梦粱录》、周密的《武林旧事》、岳珂的《桯史》和《愧郯录》、王明清的《挥尘录》，说部的材料《精忠说岳》《精忠报国传》和《岳鄂王精忠血史》，戏曲有元孔文卿的《东窗事犯记》、明姚茂良的《精忠记》、富春堂刊本《岳飞破虏东窗记》、昆曲《扫秦》，皮黄中顾一樵的《岳飞》和谷剑尘的《岳飞之死》，改良评剧中的王泊生的《岳飞》和周怡白的《三字狱》等。

通过对这些序跋文的研读，笔者发现郭沫若处理史料的方式有两个特点：一是强调历史剧要符合史实大规律，但需要进行细节上的改造或创造。二是戏剧中女性人物多以虚构为主。

郭沫若集文学家、史学家于一身，既重视考据，也重视创作。因此，通过研读《写在〈三个叛逆的女性〉后面》，我们可以了解到卓文君守寡回到父亲家、她的父亲卓王孙是势利小人、私奔司马相如是符合史实的，郭沫若虚构的是卓文君嫁给程郑的儿子、程郑迷恋卓文君等细节。虽然在《王昭君》一剧中，王昭君的母亲、父兄、毛淑姬、龚宽是虚构的，王昭君反抗元帝的旨意自愿下嫁匈奴是假想的，但昭君出塞这一大事件是符合历史真实的。当有人质疑郭沫若在《屈原》一剧中把宋玉写成一个没有骨气的文人时，郭沫若在《我怎样写五幕史剧〈屈原〉》一文中辩解道："我这也不是任意污蔑。司马迁早就说过'屈原既死之后，楚有宋玉、唐勒、景差之徒者，皆好辞而以赋见称。然皆祖屈原之从容辞令，终莫敢直谏。'再拿传世的宋玉作品来说，如象《神女赋》《风赋》《登徒子好色赋》《大言赋》《小言赋》等，所表现的面貌，实在只是一位帮闲文人。"❶ 通过《〈虎符〉写作缘起》一文，我们可以发现，《虎符》一剧基本上符合信陵君为救赵盗窃虎符的史实，但是，郭沫若将事件发生的时间设定为中秋前后，虚构了信陵君的母亲魏太妃和侯生的女儿、朱亥的女儿。面对读者对信陵君的姐姐平原君夫人带领女兵可能产生的疑问，郭沫若以《史记·平原君列传》《战国策·中山策》中的史料告知读者；自己的推论是有据可查的。同时，通过这些序跋文我们也可以发现，除了《三个叛逆的女性》中的女主角，郭沫若戏剧中大多数女性角色是虚构的，如《屈原》一剧中的婵娟、《筑》一剧中的家大人、女怀清、《虎符》一剧中的信陵君的母亲魏太妃和侯生的女儿、朱亥的女儿等。即使剧中的女性角色确有其人，她们的事件也大多经过了虚构，如《虎符》一剧中如姬虽然不是虚构的人物，但是如姬的父亲、盗窃虎符后的悲剧都是郭沫若虚构的。

更为重要的是，从这些序跋文中，我们可以了解到郭沫若为何要进行戏剧创作中的虚构。笔者以为，这第一是表现主题的需要，第二是人物性格的需要，第三是戏剧情节的需要。如《王昭君》一剧中，对于王昭君进行的创作和不与史实相符的修改，就是郭沫若所说的，"象这种运命悲剧的解释，我完全把它改成性格的悲剧了。王昭君这个女性使我十分表示同情的，就是她倔强的性格。……我从她倔强的性格，幻想出她倔强地反抗元帝的一幕来。……愈倔强的人愈会自暴自弃，要使她倔强到底，那由元帝挽留她的一幕是不能不想象出来的，但这样一来我又把王昭君写成了一个女叛徒，她是彻底反抗王权，而且成了一个'出嫁不必从夫'的标本了"❷。

<hr>

❶　周靖波. 中国现代戏剧序跋集[M]. 北京：北京广播学院出版社,2003:117.

❷　同❶:106.

在《〈虎符〉写作缘起》中，郭沫若谈如姬与信陵君的情愫时写道："我在剧中也就写成了这样。而且不惜加油加酱，在魏王的对于信陵君的嫉妒里面，加添了一层醋意。这也是想当然的事。就单为添加戏剧的成分上，我想也应该是可以得到允许的。"❶ 由此，我们可以发现，这些虚构让戏剧的创作克服了历史材料的局限，更强调穿透映像反映出事件的精髓与寓意；借助想象的力量，历史事件在新的空间里不仅仅是复原，更获得了从简单存在到让现代人感知并被感染的力量。朱光潜曾经说过："艺术家在把握住对象那一顷刻中就是在创造出那个对象，因为他从那对象中取得了具有意蕴，显出特征，引人入胜的东西，使那对象具有更高的价值。因此，他仿佛把更精妙的比例分寸，更高尚的形式，更基本的特征，加到人的形体上去，画成了停匀完整而具有意蕴的圆"❷。这种想象的力量，不仅让戏剧更易于理解，而且展现出现代作家以一种新的看待世界的方式重新掌握了历史，从身边的世界进入遥远的世界，又从遥远的世界回望现实的世界，从而实现了作家的意愿，并获得了让阅读者或观众认同的力量。如此进行戏剧构思的还有很多剧作家。如宋之的在《写作〈武则天〉的自白》中也强调自己处理题材的态度是"我只集中了一点来描写：便是在传统的封建社会下——也就是男性中心的社会下，一个女性的反抗及挣扎"❸。因此宋之的所写的《武则天》一剧，故事、场景、人物都围绕着这个重心。特别是人物，不仅仅不全是历史上的真实人物，甚至连狄仁杰等具有历史重要地位的人物他也舍弃了。

第二，郭沫若的序跋文强调了对于戏剧创作细节的描写。

如道具上的细节——笔者注意到在《关于〈筑〉》一文中，对于乐器筑的形制的考定郭沫若非常重视。对于筑的弦数，他参看了《说文解字》《后汉书·延笃传》《淮南泰族训》《格致镜原》《清代续文献通考》；对于筑的大小，他参看了《汉书·高帝纪注》《史记·刺客列传索引》《清代续文献通考》；关于筑的击法，他参看了《史记·高帝纪集解》《释名·释乐》

❶　周靖波.中国现代戏剧序跋集[M].北京:北京广播学院出版社,2003:134.
❷　朱光潜.西方美学史[M].北京:人民文学出版社,2003:427.
❸　同❶:367.

《清代续文献通考》，然后才得出推论"古筑，五弦，如琴而小，左手执其项，置其尾于肩上，右手以竹尺击之"❶。他还参考了《说文解字》《淮南泰族训》《荆轲传》《史记索隐》以及他在日本亲见过的古乐器和《武梁祠刻石》中的《聂政刺秦王图》，综合起来，方推论出筑的材质为竹质。

如构思中的细节——笔者注意到在序跋文中，郭沫若披露了自己草拟的人物表与分幕。

《屈原》分幕与人物表：

一、服丧——襄王、子兰、郑袖、屈原、女须、婵娟、群众。

二、屈服——襄王、子兰、郑袖、屈原。

三、流窜——襄王、子兰、郑袖、秦嬴、屈原、詹尹、女须、婵娟。

四、哀郢——襄王、子兰、郑袖、白起、秦兵、屈原、女须、婵娟、群众。

五、投江——屈原、渔父、群众、南公。❷

《筑》的人物表：

人物表里面有秦始皇、赵高、胡亥、蒙毅、夏无且、徐福、高渐离、宋意、家大人（贾德坛）、贾季，预备人物表里面有女怀清、乌云保、燕人卢生、韩客侯生、韩客韩众、魏人石生及刘邦（年三十七岁）与戚姬。❸

《筑》的分幕：

第一幕　宋子酒家

　　　宋意击筑　　无且路过谈荆轲　　当场将高渐离捕去　　宋意逃

第二幕　琅邪台下

　　　夏无且见秦王　　高渐离受审　　赵高缓颊

第三幕　同前

---

❶　周靖波.中国现代戏剧序跋集[M].北京:北京广播学院出版社,2003:123.

❷　同❶:114.

❸　同❶:125.

　　　　赵高与高渐离谈心　　　　引家大人服侍渐离

　　第四幕　　同前

　　　　密谋　　　宋意再出现

　　第五幕　　同前

　　　　行刺　　　家大人夏无且同谋　　　无且刖足被放❶

　　从道具的真实，到构思细节的缜密，让戏剧的呈现更为精确逼真，特别是对细节的精心选择上，可以发现剧作者通过对细节的讲求揭示剧作意义的努力。剧作者对于细节的重视，不是简单地去再现历史，而是通过细节去烛见主题，通过看似细小实则重要的细节，赋予剧作让阅读者或观众信服的力量。

　　除此之外，笔者非常惊异于郭沫若的才情，诚如他在《我怎样写五幕史剧〈屈原〉》中提到的《屈原》一剧的创作时间——"我是二号开始写的，写到十一号的夜半完毕。综计共十天。但是在这十天当中，我曾作过四次讲演，有一次（十号）还是远赴沙坪坝的中大，我每天照常会客，平均一天要会十个人。照常替别人看稿子，五号为看凌鹤的《山城夜曲》整个费了一天功夫，也照常在外面应酬，有一次（七号）苏联大使馆的茶会，看影片到深夜。故尔实际上的写作时间，每天平均怕不上四小时吧。"❷ 而《筑》一剧也是在忙碌与断断续续的 13 天里写成的，《虎符》一剧 10 天成稿，《孔雀胆》一剧写了 5 天半。但是，笔者也发现还有比郭沫若创作时间更短的，如在《〈敌〉序》中，可以了解到董每戡仅用 20 个小时就创作了三幕剧《敌》。

二、《〈雷雨〉序》《〈日出〉跋》情绪性书写

　　曹禺在 1936 年 1 月写下了《〈雷雨〉序》，在 1936 年 11 月写下了《〈日出〉跋》。从这两篇序跋中，我们可以发现，在这将近 10 个月时间里，曹禺《雷雨》和《日出》两部戏剧的创作既有一致性，又有发展变化。

---

❶　周靖波.中国现代戏剧序跋集[M].北京:北京广播学院出版社,2003:125-126.

❷　同❶:115.

《〈雷雨〉序》是曹禺对于自己处女作创作心路历程的展现。长久以来，很多学者就非常重视对于《〈雷雨〉序》的解读，无论是多种现代文学史著作，还是如同《中国现代戏剧史稿》等戏剧史著作，谈到《雷雨》时，往往都会引用曹禺的《〈雷雨〉序》一文。如钱理群从《〈雷雨〉序》中捕捉到了"剧作家在《雷雨》中所揭示的'生命编码'，即戏剧'意象'中所内涵的人的生存困境"❶。又如刘勇在《中国现代作家的宗教文化情结》一书中，将《〈雷雨〉序》中一句话"对宇宙间神秘事物不可言喻的憧憬"❷作为曹禺剧作对人类命运的探幽和把握。

无论是曹禺自我评价的忧郁而暗涩、孤独、精神总不甘于凝固的个性特点，还是他自我谦逊的没有自知、不能冷静等缺点，虽然他反复在说不会茫然而无法解释自己的作品，不会说什么，但是在《〈雷雨〉序》中，曹禺只用着重号强调了四处，一处是"我是我自己"❸，一处是"情感，郁热，境遇"❹，一处是"最残酷的爱……最不忍的恨……极端……矛盾"❺，一处是"认真地搬到舞台"❻。而笔者认为，"我是我自己"就是曹禺对《雷雨》创作历程最好的注解，因为这个"我自己"就是曹禺自己的情感。

如果说对于曹禺而言，《雷雨》是一种复杂而原始的情绪的宣泄，那么《〈雷雨〉序》就是一种对复杂而原始的情绪的回顾与阐释。

对于解释自己的作品，曹禺的情绪是茫然；对于别人论断他模仿甚至承袭，他的情绪是惊讶。无论别人如何阐释与推论，他在《〈雷雨〉序》中为读者话说当初："在起首，我初次有了《雷雨》一个模糊的影像的时候，逗起我的兴趣的，只是一两段情节，几个人物，一种复杂而又原始的情绪。"❼关于情节，曹禺在〈雷雨〉序中没有提及，但是关于情绪和人物，

---

❶ 钱理群,温儒敏,吴福辉.中国现代文学三十年(修订本)[M].北京:北京大学出版社,1998:319.

❷ 曹禺.雷雨·日出[M].天津:天津人民出版社,2008:5.

❸ 同❷:3.

❹ 同❷:6.

❺ 同❷:6.

❻ 同❷:10.

❼ 同❷:4.

他洋洋洒洒写了很多。其中，笔者特别关注他对于情绪的阐释。

关于情绪，曹禺分为两重意味来阐释，一重意味是《雷雨》是一种什么情绪，一重意味是写《雷雨》是怎样一种情绪。论及《雷雨》，曹禺认定这是一种情绪，而情绪的核心是诱惑，这种诱惑是曹禺对于宇宙天地的憧憬，是蛮性的遗留，是性情中郁热的氛围。笔者发现，无论是在否认《雷雨》是因果或报应，还是在迷茫于推动《雷雨》的是鬼神还是命运抑或是别的什么未知的力量，曹禺唯一肯定的都是两个字"情感"。这种情感，是神秘的吸引，是一种抓牢心灵的魔手，因此对于曹禺而言，《雷雨》悲剧的发生源于天地间的情感——残忍、冷酷。天地之情，激发曹禺之情；曹禺之情，铸就《雷雨》之情。虽然看似是曹禺个人激情的流露，但是这种流露却能够让人领受到人类共同的孤独的声音，它所创建的世界是属于曹禺自身的世界，也是有着与他感同身受的人们的世界，使人们共同激发出一种幻想与渴望，共同悲伤于一种幻想的破灭与渴望的毁灭。这是一种感情的注入，"雷雨"这一自然现象又唤醒了自然的力量，并赋予浸染着灵魂的自我重构自然的力量。论及写《雷雨》，曹禺认为是"一种情感的迫切地需要"[1]，而写作时，曹禺的情感驱动是两个字"悲悯"，由此他也渴望看戏的人们怀有悲悯之心。通过曹禺饱含悲悯之意的笔端，观众饱含悲悯地去俯视：看周萍以新的更大的罪恶去洗涤旧罪，看繁漪挣扎在道路上抓住如同稻草似的周萍却更趋近死亡。看戏的人，看着人物在无法逃脱的死井中愈挣扎愈沦陷；戏中的人，用尽心力，却愈努力愈悲哀；写戏的人，一个又一个地，铺就着一个愈憧憬愈深切的深坑。因为悲悯，所以更残忍。如果说曹禺《雷雨》一剧的人物、情节仍会让人们对于《雷雨》有着种种猜测与臆想，那么曹禺的《〈雷雨〉序》通过重建、延伸最终完成了自己的作品，并让这一作品实现了在他自我世界中的统一性。《〈雷雨〉序》的存在，将曹禺创作《雷雨》的进程与他所期望的阅读者的理解统一起来，将隐含在《雷雨》一剧中隐性的情感揭开，显性地披露在《〈雷雨〉序》中，从而将自我内在的感悟外化为渴求理解的宣泄，并且因为实现了与外在理解直

---

[1] 曹禺.雷雨·日出[M].天津:天津人民出版社,2008:5.

接的对话与连接，而将《雷雨》的内在理解释放出来。《雷雨》让曹禺从情感的内在到达了情感发泄的外在，而《〈雷雨〉序》则让外在的戏剧回归到曹禺自我内心。这样的往返就是借助《〈雷雨〉序》而完成的。创作完成，作者与作品分离了；通过序跋，作者又以另一种方式与作品接近。

在时隔10个月曹禺的《〈日出〉跋》中，我们发现了一些与《〈雷雨〉序》相同的特质：如同《〈雷雨〉序》，《〈日出〉跋》依然围绕着创作时情感的造因；如同《〈雷雨〉序》，《〈日出〉跋》依然用着重号强调了自己的意思，虽然减少到只有一处："一直在这一幕从头到尾"❶。

如果说《雷雨》是一种复杂而又原始的情绪，那么从《〈日出〉跋》中我们则发现《日出》是一种纯一而愤懑的情感。这种情感，已经不是如同《雷雨》一样无解于宇宙，而是"这些年在这光怪陆离的社会里流荡着，我看见多少梦魇一般的可怖的人事，这些印象我至死也不会忘却；它们化成多少严重的问题，死命地突击着我，这些问题灼热我的情绪，增强我的不平之感"❷。由此可以发现，《日出》的愤懑之情已经更为直接地介入了现实的问题，这是《日出》不同于《雷雨》的地方。刘勇先生在《中国现代作家的宗教文化情结》一书中做出了更为精准的分析："《日出》在着力展示现实社会生活画面的同时，其实并没有放弃对人类根本命运的哲学思考，人生的终极价值依然是《日出》所思考的一个焦点问题。"❸ 笔者发现的是《〈日出〉跋》中贯穿始终的一种愤懑之情，这是曹禺情绪化创作的起点。第一，这种宣泄的对象——"荒淫无耻，丢弃了太阳的人们"❹。第二，为何决定写《日出》——"我们要的是太阳，是春日，是充满了欢笑的好生活"❺。第三，《日出》透出怎样的渴望——"我忍耐不下了，我渴望着一线阳光。我想太阳我多半不及见了，但我也愿望我这一生里能看到平地轰起一声巨雷，把这群盘踞在地面上的魑魅魍魉击个糜烂，哪怕因而大陆便沉

---

❶ 曹禺.雷雨·日出[M].天津:天津人民出版社,2008:262.

❷ 同❶:258.

❸ 刘勇.中国现代作家的宗教文化情结[M].北京:北京师范大学出版社,1998:191.

❹ 同❶:260.

❺ 同❶:260.

为海"❶。从《〈日出〉跋》中，笔者发现曹禺奔腾的情感一直围绕着太阳这个意象。而太阳与雷雨一样，都是曹禺心目中宇宙的一个侧面。或许太阳在某些人的解读中更接近现实生活，但在曹禺这里，都是他因心中怜悯而发出的呼喊，只不过《日出》透出比《雷雨》更多的希望，而这种希望就是具有生命感的砸夯的人们的高歌。这是否就可以简单地理解为曹禺在谴责资本家的罪恶，并昭示社会主义的太阳呢？笔者以为，《日出》与《雷雨》一样，有着复杂的含义。如同《雷雨》的着重点，并不是简单地体现周朴园与周大海之间的劳资矛盾，而是着力于呈现宇宙自然的残忍。没有任何证据可以证明，写作《〈雷雨〉序》的曹禺与 10 个月后写出《〈日出〉跋》的曹禺之间有思想上的飞跃或者说发生了思想上的质变。因此，关于劳工的工作号子，不过是曹禺在天地之间发现的模糊的、喻示着不可解未来的一丝微光。虽然题为《日出》，但是不仅在《日出》一剧中一直在刻画着日出前的黑暗，就是在《〈日出〉跋》中也没有明白地呈现到底是什么代表着太阳。不同于《雷雨》所有的情节、环境都有着雷雨的特质，《日出》所有的情节、环境都是黑暗；不同于《雷雨》的人物有着雷雨的性格，《日出》所有的人物都不具有光明的特征。诚如曹禺在《〈日出〉跋》中所说，"《日出》写成了，然而太阳并没有能够露出全面"❷。曹禺无法回答自设的问题，无论是在《日出》一剧中，还是在《〈日出〉跋》一文中，他唯一可以展现的是他激愤的情绪。他知道这激愤的由来，但是他无法回答如何消除这激愤；他知道黑暗是什么样子，但是他无法回答如何走出黑暗；他知道黑暗过去就是光明，但是他无法回答光明如何到来。因此，在读了《老子》《佛经》和《圣经》之后，他依然寻找不到一条智慧之路抵达光明，唯有描绘日出之前，唯有暗示一种希望。而在愤激背后，对于人物的命运，曹禺依然保持着《〈雷雨〉序》中的怜悯之情，甚至对李石清、潘月亭也依然在憎恶中有着怜悯，怜悯他们自作聪明的罪恶。

因此，笔者以为，《〈雷雨〉序》《〈日出〉跋》的创作有着惊人的一致，

---

❶ 曹禺.雷雨·日出[M].天津:天津人民出版社,2008:259.

❷ 同❶:260.

甚至从中可以判定《雷雨》《日出》洋溢着曹禺共同的对于天地的思考、对于自然与人生的对位的思考。

三、激情写作贯穿巴金序跋二十年

抒情性书写，在作家为自己的处女作所作序跋中较为常见。因为处于创作起点的作家，往往不以文学理论的探讨为注意点，他们正处于文学创作的兴奋期，在这一时段，他们往往期望通过序跋文抒发在著作中没有喷发尽的激情。例如，1928 年 8 月，巴金写下了第一篇为自己的作品所作的序跋文《〈灭亡〉序》。在这篇序文的开端，巴金说："我是一个有了信仰的人。我又是一个孤儿。"❶ 然后他提到了两个人：一个是他的"哥哥"，一个是他的"先生"（指 1927 年在美国被处死刑的意大利工人巴・樊宰底）。他在序文中说："我的'先生'已经死了，而且他也不懂中文，这本书当然没有入他眼帘的机会。不过我的哥哥是看得见这本书的，我为他写这本书，我愿意跪在他的面前，把这本书呈献给他。如果他读完以后能够抚着我的头说：'孩子，我懂得你了。去罢，从今以后，你无论走到什么地方，你哥哥的爱总是跟着你的！'那么，在我是满足，十分满足了！"❷

在讲述自己创作《灭亡》缘由的相关文字中，充满了一组组矛盾。

孤儿——献给哥哥

爱——分离

不愿意——不能忘怀

宽恕——憎恨

为了爱哥哥——反而使他痛苦

为了爱先生——不得不背弃

但是，巴金并没有着力解决这一系列的矛盾。为什么要献给哥哥，他直言不是因为信仰，因为信仰不同；不是因为要求爱与宽恕。因为巴金不

---

❶　巴金.序跋集［M］.广州：花城出版社，1982：10.

❷　同❶.

敢再要求爱与宽恕，他只是含糊地写道，所希望的："只是你们的了解，因为我一生中没有得到一个了解我的人！"●

整篇序言，不以缜密的逻辑见长，而贯穿着没有约束的情感的流动，他更追求的是文学的感觉与宣泄情感的权利，更重视从自我角度进行个人的阐述。由于巴金在那时处于业余创作阶段，因此自然没有专业作家的行文老到，却具备了一种灵活性、吸引性，这种略带生涩、不具逻辑性的行文，形成了一种强烈的活力——青春写作的活力。虽然作为序跋文，有着不同于巴金小说《灭亡》的文体特点，但是因为《灭亡》创作的特殊性，因此该篇序文也必然有着与其关联的特殊性。从巴金的《谈〈灭亡〉》可以知道，他创作《灭亡》不是按照常规依次写出章节，也不是一气呵成，而是随着自己情绪的几次波动，每次激动的时候就写下互不相关的片段，然后才通过杜大心这个人物将这些无关的片段连贯起来。因此该序文同样不以批评的逻辑见长，而以情绪的跌宕为特征，与小说同样"紧张、热烈、真实地表达了那个时代年青人心底的骚乱与不安"❷。作为小说与序文的创作者，他没有预料到这会为他赢得一定声誉，也没有预料到会引起评论者争议，这只是一个远离祖国的青年，在诉说渴望战斗而不能的激情与冲动。而其写给哥哥的方式，在日后也几乎成为了他序跋文的模式之一。当然，当时的巴金是不可能预见这一点的。

这种激情式的阐释方式，延续到了巴金的很多序跋中。在《〈死去的太阳〉序》中，巴金说："时间不停地过去了。我的一个姓巴的朋友又在项热投水自杀。被压迫者的悲哀压倒了我。经过了短时间的痛苦生活之后我的激情渐渐地消退了，但是悲哀的痕迹却永留在心上。我想写点东西来申诉我的以及与我同为'被压迫者'的人的悲哀……"❸《〈复仇〉序》中，巴金说："在黑夜里我卸下了我的假面具，我看见了这个世界的真面目。我躺下来。我哭，为了我的无助而哭，为了人类的受苦而哭，也为了自己的痛苦

● 巴金.序跋集[M].广州:花城出版社,1982:10.
❷ 陈思和,李辉.巴金研究论稿[M].上海:复旦大学出版社,2009:139.
❸ 同●:21.

而哭。这许多的眼泪就变成了这本集子里所收的几篇小说。"❶ 在《〈生之忏悔〉前记》巴金说："这本小册子应当是我的忏悔录的一部分罢。我常常想，我第一次拿起笔写文章，那就是我的不幸的开端，从那时起我开始走入迷途了。以后一误再误，越陷愈深，终至于不可收拾。于是呻吟，呼号，自白，自剖都由我的笔端泄了出来。……但绝非我一个人'闭门造车'的结果。它也可以代表一部分年轻人的思想……"❷ 在《〈点滴〉序》巴金说："因为我的心里已经装满了许多、许多的事情，似乎再没有空隙容纳个人的哀愁。……因这风雨而起的心的寂寞，我是有方法排遣的。一个朋友最近来信说我'最会排遣寂寞'。他似乎只知道我会拿文章来排遣寂寞。"❸

　　悲哀、眼泪、忏悔、寂寞……这些在序跋文中出现核心词语，是属于个人情感的词汇，但是，这个"我"却有着丰富的内涵，涵盖着巴金的私我情感和巴金的博爱精神两个层面（表7-1）。

表7-1　巴金序跋文的私我情感和博爱精神两个层面

序跋文	第一个层面 巴金的私我情感	第二个层面 巴金的博爱精神
《〈死去的太阳〉序》	悲哀的痕迹却永留在心上	申诉我的以及与我同为"被压迫者"的人的悲哀
《〈复仇〉序》	我哭，为了我的无助而哭，也为了自己的痛苦而哭	为了人类的受苦而哭
《〈生之忏悔〉前记》	这本小册子应当是我的忏悔录的一部分罢	它也可以代表一部分年轻人的思想
《〈点滴〉序》	因这风雨而起的心的寂寞，我是有方法排遣的。一个朋友最近来信说我'最会排遣寂寞'。他似乎只知道我会拿文章来排遣寂寞	因为我的心里已经装满了许多、许多的事情，似乎再没有空隙容纳个人的哀愁

　　"我"的痛苦源于青春的梦想与希望的破灭，但是这种痛苦不是仅仅属于巴金个人的，而是属于所有年轻的人们的，甚至可以穿越时代、超越民

❶　巴金.序跋集[M].广州:花城出版社,1982:32.

❷　同❶:93.

❸　同❶:97.

族，是属于所有年轻人、曾经年轻的人们共同拥有或者曾经拥有的青春的痛苦。同时，这些所有的情感、所有的构建围绕着"我"，从自我中发现世界，并创建对这个世界意义的理解，从而让巴金的创作散发出独特的魅力。巴金的这些序跋文字，看似是无序的青春激情的迸发，但是实际上，我们会发现贯穿其中的是两种力量：一种面对所有与青春对立、与爱冲突对抗的势力的痛苦力量；一种是寻求超越秩序、在矛盾中解脱的挣扎，是以人道主义为核心的博爱精神的力量。痛苦的力量是表层的展现，从相关序跋文可以发现，《死去的太阳》源于巴金身边朋友的自杀的刺激，《复仇》是为了展现不同国籍、不同身份、不同年龄、不同性别的人们的悲哀，《生之忏悔》代表着年轻人的深思，《点滴》不是个人的悲哀而是活着的现代青年的话语。但是，这所有的悲哀实际都源于巴金对于人类的爱。正如有研究者认为，"人道主义是巴金接受其他思想影响的基础，是他的社会政治思想的基础和核心，制约着他的整个思想的发展，自然也决定了他的整个创作倾向"[1]。巴金的序跋文作为他的创作文体之一，自然反映着他的这一创作思想。因此，我们可以从《〈死去的太阳〉序》看到英雄的觉悟，《〈复仇〉序》告诉我们人类所有的悲哀都是因为无法追求到青春、自由、幸福与爱情，《〈生之忏悔〉前记》在忏悔年轻人圈子的共同不幸中与年轻人同声同气的彼此认同，《〈点滴〉序》诉说着面对着"把一切都埋葬了的环境"[2]的痛苦。

　　笔者特别关注巴金《〈爱情的三部曲〉总序》中的相关文本，例如他说："这三本小书，我可以说是为自己写的，写给自己读的。我可以毫不夸张地说，就在今天我读着《雨》和《电》，我的心还会颤动。它们使我哭，也使我笑。它们给过我勇气，也给我安慰。"[3]"我说这三本小书是为我自己写的，这不是夸张的话。我会把它们长久地放在案头，我会反复地翻读它们。因为在这里面我可以找到不少的朋友。我可以说在《爱情的三部曲》

❶　陈思和,李辉.巴金研究论稿[M].上海:复旦大学出版社,2009:10.
❷　巴金.序跋集[M].广州:花城出版社,1982:97.
❸　同❶:116.

里面活动的人物全是我的朋友。我读它们，就象同许多朋友在一起生活。"❶
巴金在这里具有了双重的身份，既是作者又是读者，同时作为创作的主体
和阅读的主体在行动，他根据自己的反应和要求创造作品，根据自己的感
受判断作品，创造与理解同为一体。他明确地说，《爱情的三部曲》是为他
自己写的，写给自己读的，当他作为阅读者的时候，心会颤动、会哭、会
笑，这部作品会给他勇气与安慰，但是为什么他会反复阅读，因为《爱情
的三部曲》的人物写的是他的朋友，阅读时如同和朋友一起。从序文中可
以发现，巴金更强调个体体验的抒发，这种个体体验又涵盖了两个层
面——第一个层面是他承认创作是他个人感情的抒发，第二个层面则是他
认为这属于个人的感情并不仅仅是私我的，而是属于时代的，属于更多
人的。

　　我们还可以发现巴金一些序跋文明确地出现了他人的概念。这个他
人——不是指某一个人，而是一类人——是《〈光明〉序》中"能够了解
我"❷的读者，是《〈短简〉序》中有着"纯白的年轻心"❸的年轻朋友们，
是《〈旅途随笔〉重排题记》中的"朋友"，是《〈火〉第一部后记》中的
"年轻人"❹。这些人有着共同的特质，年轻且与巴金有着共通的心灵。那么
巴金为他们创作的原因是什么呢？《〈光明〉序》中说："我也另有我的世
界，我也另有我的读者。他们能够了解我的。我为他们而写书。我要把我
这样的诅咒植在他们的心中，唤起他们的憎恨的记忆。"❺《光明》是诅咒，
是为了唤起憎恨的记忆。《〈短简〉序》中说："我纵然不能给那些纯白的年
轻心灵以安慰和鼓舞，我纵然不能帮助他们解决一些难题，但是我的'短
简'也毕竟告诉了他们一些事情，一些关于生活的事情，这对于他们也许
会有一点点用处。我的长途旅行最近就要开始，我和年轻朋友间的通信也
将因而暂时中断。所以我毫不惭愧地把过去写给朋友们的一部分的'短简'

---

❶　巴金. 序跋集[M]. 广州：花城出版社，1982：119.
❷　同❶：36.
❸　同❶：206.
❹　同❶：282.
❺　同❶：36.

编成这本小书，我把它献给我的年轻朋友们作为表示感激的礼物。"❶《短简》是感激的礼物，对年轻的朋友们有用处。《〈旅途随笔〉重排题记》中说："这本小书是为朋友写的。它是纪念物，也是凭证。它证明我过去、现在是一个怎样的人，将来也会是怎样的人。"❷《旅途随笔》是给朋友的纪念、凭证与证明。《〈火〉第一部后记》中说："我写小说，不仅想发散我的热情，宣泄我的悲愤，并且想鼓舞别人的勇气，巩固别人的信仰。我还想使人从一些简单的年轻人的活动里看出未来的中国的希望。"❸《〈火〉第一部》是以热情、悲愤去鼓励勇气、巩固信仰，让年轻人看到中国的希望。

我们可以看出，诅咒、憎恨，感激，纪念、凭证、证明，希望……这些动词是以上序跋文字的核心，这些激情洋溢，富有动态感、行动感的动词体现了交流的价值。如果说巴金的小说、散文等创作更为注重个人情感的宣泄，那么在序跋文中，则更为自觉地体现出交流的自觉，更考虑序跋文体的交流功效。在序跋文中，我们可以发现，巴金着重考量了在创作作品时或许无暇顾及的公众，思索自己的作品是否会获得喜好、会有什么反应、会让什么人喜爱或憎恶，这种置身于创作作品场外的视点，让巴金更能以作者与读者的身份，去阐释自己的创作缘起，在交流之中反思自己的创作缘起，自己去挖掘出并呈现出自己的创作缘起。这是一种有意识的交流与呈现，如果说作品的创作对于巴金而言更倾向于自我的宣泄，那么序跋的创作则更展现巴金交流的渴望。特别是在阐释其创作缘起的时候，巴金自我的解读，已经将无意识的激情创作明确为有意识的阐释说明。当然这无损于巴金序跋作为文学作品的价值，仅是序跋的文体特征决定了这一创作特色。

甚至到了1947年，《〈怀念〉前记》依然如此。当谈到为着读者创作《怀念》时，他一气呵成地写到他创作《怀念》是为了介绍给读者几个平凡的人："他们不害人，不欺世；谦虚，和善，而有毅力坚守岗位；物质贫乏而心灵丰富；爱朋友，爱工作，对人诚恳，重'给与'而不求'取得'。"❹

---

❶ 巴金.序跋集[M].广州：花城出版社,1982:206.

❷ 同❶:259.

❸ 同❶:282.

❹ 同❶:324.

当说到为着自己创作《怀念》时，他亲切地将《怀念》比作最亲切的伴侣，说自己是凭着记忆与感激描写自己的挚友，"没有福气同那些人永做朋友……让这些篇章永远给我督促和鼓励"❶。一个永做，一个永远，文之所至，情之所至。没有精雕细琢的文字，而是洋溢着鲜明的情绪与爱憎；感情的激烈通过对比鲜明的词汇呈现，顿挫之中充满着激情。这些都让人们感受到，巴金的序跋文始终如一地呈现出激情写作的风采。

第二节　兼容并存、合而不同的一书多序跋

很多现代文学著作在出版的时候，附有多篇序跋。这些序跋作者，分别从自己的角度，采用各异的写作手法、不同的写作风格，构成风景各异却共存一书的一书多序跋现象，显示出序跋自由书写的个性化特征。

这种一书多序跋的现象广泛存在于现代文学著作的各种体裁中。如上海亚东图书馆 1922 年 8 月出版汪静之著诗集《蕙的风》，朱自清、胡适、刘延陵三人分别为该书作序，并附有汪静之自序。上海商务印书馆 1926 年 5 月初版发行徐公美著戏剧《歧途》（文学研究会通俗戏剧丛书第 6 种），欧阳予倩、汪仲贤、孙太空、丁芳镇、徐半梅、陈大悲分作 6 篇序言，徐公美作了《作者自序》。1932 年 7 月上海湖风书局重版发行华汉（阳翰笙）所著长篇小说《地泉》，不仅收纳了华汉所作《〈地泉〉重版自序》，还将瞿秋白的《革命的浪漫蒂克》、茅盾《〈地泉〉读后感》作为序文放在书前，同时收入了钱杏邨、郑伯奇二人所作序文。上海开明书店 1934 年 6 月初版发行梁遇春遗作散文集《泪与笑》，废名、刘国平、石民三人分别作了序一、序二、序三，叶公超作跋。

上海开明书店 1929 年 8 月初版发行了叶绍钧所著的长篇小说《倪焕之》，夏丏尊《关于〈倪焕之〉》、茅盾《读〈倪焕之〉》、叶绍钧《作者自

---

❶　巴金.序跋集[M].广州:花城出版社,1982:324.

记》作为序言列在正文之前。在这三篇序言中，经常被提及的，并且写作时间最早的是茅盾的《读〈倪焕之〉》(1929 年 5 月 4 日)。程光炜、刘勇、吴晓东等所著《中国现代文学史（第三版)》中提到《倪焕之》时认为："《倪焕之》是叶圣陶唯一的长篇小说，为促进中国现代长篇小说的成熟起到了一定的作用，被茅盾称为'扛鼎之作'。"❶而这"扛鼎之作"一语就出自茅盾所作的《读〈倪焕之〉》一文。杨义在《中国现代小说史》中也引用了该文中的一段，"把一篇小说的时代安放在近十年的历史过程中的，不能不说这是第一部；而有意地要表示一个人———一个富有革命性的小资产阶级知识分子，怎样地受十年来时代的'壮潮'所激荡，怎样地从乡镇到都市，从埋头教育到群众运动，从自由主义到集团主义，这《倪焕之》也不能不说是第一部。在这两点上，《倪焕之》是值得赞美的"❷，以此肯定《倪焕之》的文学史地位。无须赘言，可见该篇序言不仅确立了《倪焕之》的文学史价值，就是该序文自身也具有文学史意义。虽然茅盾在序言中也指出《倪焕之》有着结构上头重脚轻的毛病，但是他认为这部小说依然具有时代意义，更敏锐地指出《倪焕之》"中间没有一个叫人鼓舞的革命者……主人公的倪焕之虽然'不中用'，然而正可以表示转换期中的革命的知识分子的'意识形态'"，这正是这部书以及这一人物的重要价值。而这一评价也与茅盾坚持的叶圣陶写的最好的人物就是小市民知识分子的灰色生活的认知保持了一致。

夏丏尊的《关于〈倪焕之〉》的结尾一句是"《倪焕之》实不愧茅盾君所称的'扛鼎'的工作"，可以发现夏丏尊这篇作于 1929 年 8 月的序言，应该是阅读了茅盾《读〈倪焕之〉》之后写出的。夏丏尊首先强调了"《倪焕之》不但在作者的文艺生活上是划一时代的东西，在国内的文坛上也可说是可以划一时代的东西"❸。这是夏丏尊对于《倪焕之》一书的评价，也是他对于茅盾评判的认同。他以 200 多字介绍了长篇小说《倪焕之》的内

❶ 程光炜,刘勇,吴晓东,等.中国现代文学史(第三版)[M].北京:北京大学出版社,2001:93.

❷ 柯灵.中国现代文学序跋丛书·小说卷[M].海南:海南人民出版社,1988:288.

❸ 同❷:295.

容，"《倪焕之》中所描写的，是'五四'前后到最近革命十余年间中流社会知识阶级思想行动变迁的径路，其中重要的有革命的倪焕之王乐山，有土豪劣绅的蒋士镳，有不管闲事的金树伯，有怯弱的空想家蒋冰如，女性则有小姐太太式的金佩璋与崭新的密司殷。作者叫这许多人来在舞台上扮演十余年来的世态人情，复于其旁放射各时期特有的彩光，于其背后悬上各时期特有的背景，于是十余年来中国的教育界的状况，乡村都会的情形，家庭的风波，革命前后的动摇，遂如实在纸上现出"❶。在这里，夏丏尊将小说发生的背景呈现了出来，将小说中的主要人物进行了分类，并将小说比喻成一个舞台，将小说的要点也一并呈现。但是，这个舞台上人物的命运到底如何，上演的细节到底如何呈现，故事到底怎样上演、结束等，都期待着读者自己去发现。序跋如同为阅读者的阅读画上了一个冒号，关于著作的其他种种，则是阅读者在之后的阅读中方可获知。但是，夏丏尊谈到该书的创作特点时，却泼洒笔墨地写道："作者在作品中，随处有可令人佩服的描写，很收着表现的效果。随举数例来看：焕之抢着铺叠被褥，被褥新浆洗，带着太阳光的甘味，嗅到时立刻想起为这些事辛劳的母亲，当晚一定要写封信给她。（第五六页）在初明的昏黄的电灯光下，他们两个各自把着一个酒壶，谈了一阵，便端起酒杯呷一口。话题当然脱不了近局；攻战的情势，民众的向背，在叙述中间夹杂着议论地谈说着。随后焕之讲到了在这地方努力的人，感情渐趋兴奋；虽然声音并不高，却个个字挟着活跃的力，像平静的小溪涧中，喷溢着一般滚烫的沸泉。（第三四二页）前者写游子初到任地的光景，后者写革命军快到时党人与其旧友在酒楼上谈话的情形，都很具体地有生气。诸如此类的例，一拾即是。"❷ 他甚至引用了书中的段落，以强化自己的感受。但是，笔者发现，与茅盾的序言不同，夏丏尊的序言建立在他与叶绍钧的私人情谊之上，因此他在文中不仅亲切地称叶绍钧为"圣陶"（茅盾一直称呼为"叶绍钧君"），更说《倪焕之》的成功主要是因为作者的性格原因，是文如其人的典型表现。笔者无意评判这一说法是否正确，只是想说明，这一出发点就使得夏丏尊的序言更为亲近，仿

❶ 柯灵.中国现代文学序跋丛书·小说卷[M].海南：海南人民出版社,1988：296.
❷ 同❶：297.

佛如老友在细细轻谈。这也是这两篇序言阅读感受上最大的不同。

而叶绍钧的《作者自记》则较为简短，仅仅简单谈及了写作时间、出版发行的情况以及对茅盾、夏丏尊两人作序的感谢，对于更多与书相关的内容谈及很少。这与叶绍钧一直以来序言简短的习惯保持了一致。这三篇序言，尤其是茅盾、夏丏尊的两文，虽然同为介绍、批评著作，但是依然体现了不同的见解，同列在一起，不仅没有重复之感，反而丰富了阅读者对于作品的理解。或许这就是著作者、出版者将其同列的原因吧。

有的时候，一本著作的多篇序跋都会引起文学史的关系，不分瑜亮。如程光炜、刘勇、吴晓东等所著《中国现代文学史（第三版）》在评判李季的长篇叙事诗《王贵与李香香》时，就直接引用了郭沫若《〈王贵与李香香〉序》中的评价"意识的美，生命的美，因而也就有形式上的充分的自然和健康"，真正体现了"文学的大翻身"❶，还引用了周而复的《〈王贵与李香香〉后记》中的评价"照耀着今天和明天的文坛"的"一颗光辉夺目的星星"，"无疑的，是中国诗坛一个划时期的大事件"❷。这同样是认同了这些序跋对于著作的评价，认同了由这些序跋首倡的著作的文学史价值。

随着现代出版发行的发展，这种一书多序跋现象，甚至发展到了一本书有十几篇序跋的地步。如上海文萃书局 1929 年 5 月初版发行钟吉宇所著的长篇小说《女学生外传》，共有吴微雨、吴农花、沈秋雁、谷韵芳、周瘦鹃、姜禄湄、施济群、徐呆呆、徐枕亚、徐耻痕、许廑父、陈听潮、冯立尘、贺秀湄、郑子褒、蒋剑侯所作序 16 篇，并有钟吉宇所作自跋、冯立尘所作校后跋 2 篇。上海中孚书局 1934 年 12 月出版郑逸梅著散文集《逸梅小品续集》，共有李鹤金、陆士谔、刘铁冷、顾明道、范烟桥、周无住、范叔寒、蒋吟秋、邓铁造、朱天目、徐碧波、周瘦鹃、程小青所作序言 13 篇。上海中孚书局 1934 年 12 月初版发行范烟桥著散文集《茶烟歇》，有范烟桥自作《〈茶烟歇〉前语》，并有孙东吴、严独鹤、周瘦鹃、程小青、顾明道、尤半狂、江红蕉、金震、赵汉威、张圣瑜、金祖谦、冯超人所作序言 12 篇。上海亚东图书馆 1929 年 3 月出版钱君匋著诗集《水晶座》，赵景深、汪静

---

❶　陈绍伟.中国新诗集序跋选[M].长沙：湖南文艺出版社，1986：417-418.

❷　同❶：420.

之、叶绍钧、章克标、汪馥泉分作序言 4 篇，钱君匋自作题记，姚方仁作跋。上海华新印刷所 1929 年 12 月初版发行李昌鉴著戏剧《魔力》，李昌鉴作自序 1 篇，戚饭牛、何药樵、郑正秋、徐公美、朱瘦竹、谭焕祥、冯积芳、曹祖璋、王简、沈冰血分作他序 10 篇。

　　笔者仅以《茶烟歇》的 13 篇序言为例，简单剖析。范烟桥在《茶烟歇》中，以 200 多篇随笔记录了自己近 40 年的知闻，并涉及南社中很多亲历的事件。他自己亲作《〈茶烟歇〉前语》，是一首短诗"酒力醒；茶烟歇，卅年闻见从头说。等闲白了少年头，讲坛口舌；文坛心血"❶，简单说明了《茶烟歇》的内容是讲述自己 40 年的文坛见闻。这作序的 12 人以报人为主，如孙东吴曾任《申报》主笔，严独鹤是《新闻报》副刊《快活林》及《红》杂志的主编，周瘦鹃主编《申报》副刊《自由谈》及《半月》杂志，江红蕉主编《新申报》副刊《小申报》，尤半狂是小报名人。还有一些文化名人，如金震是著名诗人，冯超人是历史学家。另外还有一些志同道合之人，如张圣瑜与范烟桥共创"同南社"，赵汉威和金祖谦是"同南社"社员，而周瘦鹃、程小青、顾明道是范烟桥在苏州与赵眠云组织的文学团体"星社"社员。此外，这些人大多或居于苏州，或主要活动在苏州。有意思的是，1957 年被称为"苏州四老"的范烟桥、周瘦鹃、程小青、蒋吟秋，有三人与本书有关。由此可见，由于职业原因，范烟桥交游较广，特别是在报界、出版界朋友众多，因此为他的作品写序跋的人会很多。交友广泛、认识文化名人多几乎是一书有十几篇序跋现象的共同原因。这 12 篇序言，篇幅都不长，有的从文人野史可以订正正史之讹的角度夸赞《茶烟歇》的随笔价值，有的赞其文笔隽永有趣，有的称其随笔为绝妙谈资，有的褒扬范烟桥勤奋动笔、悠然外物的雅士风范，有的追记与范烟桥的交往，有的畅谈与范烟桥友情深厚，有的称许《茶烟歇》是范烟桥的四十初度的纪念，有的将这本书与英国《伊利亚随笔》并称，有的认为这本书与《阅微草堂笔记》《庸庵笔记》齐名，有的回忆与其共创同南社的往事，有的历数范烟桥报人经历，有的赞《茶烟歇》是星社文章的代表作……总之，从人到文，

❶　柯灵.中国现代文学序跋丛书·散文卷[M].海南:海南人民出版社,1988:814.

从古到今，以《茶烟歇》与范烟桥为核心，林林总总 12 篇序言，篇篇不同，皆有各自的重点，也是蔚然一种风景。固然阅读起来，有的难免有过誉之嫌，但总是可以让人们发现一些特别之处。在一书十几篇序跋的现象中，《茶烟歇》的序跋尚可以称得上有一定的水准。虽然有些众声喧哗，但是毕竟可以提供更多的信息，因此还是有一定价值的。而序跋作者，因自己的情形、以自己的口吻、发自己的感慨，从而形成对于《茶烟歇》与范烟桥不同的介绍，构成了一个阅读的场域，给予人们缤纷的阅读感受，也能体味到序跋作为一种自由创写的文体的特色。

此外，有时也会因为一书多次改版、再版，出现同一作者多篇序跋的现象。巴金为《家》共写过 11 篇序跋。从这些不同时期创作的序跋我们可以发现，人生经验的增长与变化让他从不同的角度去阐释自己的同一部创作。1931 年，巴金写了《〈激流〉总序》：“在这里我所要展开给读者看的乃是过去二十多年生活的一幅画面。自然这里只有生活的一小部分，但已经可以看见那一股由爱和恨、欢乐与受苦所组织成的生活的激情如何地在动荡了。我不是一个说教者，所以我不能够明确地指出一条路来，但是读者自己可以在里面去找它。”❶ 这时的巴金，还充满着如同激流般的激情，如同有些评论者所说的是一个 “燃烧着青春与生命的作家”❷。在该篇序文中，洋溢着忘我与冲动的情绪，更以一种青春的自信，谋求与读者共同去寻求出路。1932 年，巴金写了《〈家〉初版代序——呈献给一个人》，这是巴金以写给他的大哥的口吻书写的。在这篇序言中，他回顾了大哥的一生，特别是回忆了他最后一次送别大哥的情景，回忆起最后大哥送给他的 Sonny Boy 唱片，而让巴金痛心的是，“如今，唱片在我的书斋里孤寂地躺了三年以后已经成了 ‘一·二八’ 的侵略战争的牺牲品，那一双曾经摸过它的手也早已变为化肥了”❸，因此，巴金沉痛地写道：“我打算为你写一部长篇小说……我要活下去。我要写，我要用我的这管笔写尽我所要写的。这管笔，

❶　巴金.序跋集[M].广州：花城出版社，1982：31.
❷　程光炜，刘勇，吴晓东，等.中国现代文学史（第三版）[M].北京：北京大学出版社，2011：204.
❸　同❶：46.

你大前年在上海是买来送给我的这管自来水笔,我用它写了我的《灭亡》以外的那些小说。它会使我时时刻刻都记着你,而且它使你复活起来,复活起来看我怎样踏过那一切骸骨前进。"❶ 仅仅一年之隔,巴金笔下已经更多地渗入了人生的沉痛,而如同家书般的诉说,则更具有打动、感染读者的力量。同时,从现实中大哥的悲剧推演到《家》中觉新的悲剧,也强化了让读者们认同的力量。1936 年 5 月,巴金的《〈家〉五版题记》是一篇不长的序言,但是出现了几处与前两篇序文不同的地方。第一,他第一次作为一个阅读者,以阅读的角度去阐释自己的感受,"我的确喜欢这本书。小说里并没有我自己,但是我在这里看到了我的童年和少年"❷。第二,他强调自己年过三十,但是感情更加偏激。第三,他第一次他表达了对觉慧的喜爱。1937 年 2 月,他写了《〈家〉十版代序——给我的一个表哥》,这篇序文一直是学者们非常重视的文章。如巴人的《略论巴金的〈家〉三部曲》引用了该篇序文,而徐中玉在《评巴金的〈家〉〈春〉〈秋〉》(原载于《艺文集刊》第 1 辑,江西赣县中华正气出版社 1942 年 8 月版)一文中引用《〈家〉十版代序——给我的一个哥哥》竟然达到了 6 处。同 1932 年的《〈家〉初版代序——呈献给一个人》一样,这篇序文也是献给一个人的,因此同样是如同书信般的语气。在这篇序文中,首次出现了巴金对于读者来信的反应,也首次出现了巴金对于自己亲戚对《家》的非议的反应。在这篇序文中,巴金再度提到了自己的家庭,不过已经将笔触从自己的哥哥推展到表哥乃至其他人身上。当时巴金写道:"然而得着这个不公平的命运的,你并不是第一个,也不是最后的一个。做了这个命运的牺牲者的,同时还有无数的人——我所认识的,和那更多的我们所不认识的。这样地受摧残的尽是些可爱的、有为的、年轻的生命。我爱惜他们,为了他们,我也应当反抗这个不公平的命运!是的,我要反抗这个命运。我的思想,我的工作都是从这一点出发的。"❸ 在经过了若干年后,巴金以更宽广的视野去回顾自己的创作初衷,提升了对于自己作品的理解。同时,巴金反复提

❶　巴金.序跋集[M].广州:花城出版社,1982:45-47.

❷　同❶:183.

❸　同❶:213.

及自己的阅读感受，"《家》我已经读过了五遍。这次我重读我五六年前写的小说，我还有耐心地把它从头到尾修改了一遍。我简直抑制不住自己的感情，我想笑，我想哭，我有悲愤，我也有喜悦。但是我现在才知道一件事情：青春毕竟是美丽的东西"❶。在这篇序文中，我们发现了巴金已经开始用回顾的眼光去审视自己的青春创作，他自己从中解读出比以往更多的意义与价值，既是对读者的回答，也是对自己的回答。1953 年 3 月 4 日，巴金写了《〈家〉新版后记》。这是巴金在中华人民共和国成立以后，第一次为《家》写序言。在这篇序言中，他强调"我不是为了要做作家才写小说：是过去的生活逼着我拿起笔来"❷，同时更强调作品中的许多场景是他自己亲眼见过或者亲身经历的。此外，他第一次对自己的作品进行了批评，甚至检讨自己在 1931 年《〈激流〉总序》中说过的话，忏悔道："事实上我本可以更明确地给年轻的读者指出一条路，我也有责任这样做。然而我当时还年轻，幼稚，而且我太重视个人的爱憎了。"❸ 但是，耐人寻味的是，在这篇序文的结尾，重复了 1937 年《〈家〉十版代序——给我的一个表哥》中的一句话"青春是美丽的东西"两次。可以发现，巴金对于青春的执着，并没有因为时光的流逝而消减，而忏悔的话语不过是时代要求使然。在 1977 年 8 月 9 日，巴金写了《〈家〉重印后记》；1978 年 11 月 29 日，巴金写了《〈家〉法文译本序》；1979 年 2 月 5 日，巴金写了《〈家〉罗马尼亚文译本序》；1980 年 6 月 24 日，巴金写了《〈家〉意大利文译本序》。在这一系列的序文中，出现了"四人帮"、四个现代化、社会主义建设事业、封建流毒……诸如此类的时代话语，可以感受到巴金已经开始在新时代的影响下去回忆自己的作品。在 1977 年 8 月 9 日，《〈家〉重印后记》中说："我写《家》就象在挖开回忆的坟墓。在我还是孩子的时候，我就常常被迫目睹一些可爱的年轻生命横遭摧残，得到悲惨的结局。我写小说的时候，仿佛在同这些年轻人一起受苦，一起在魔爪下面挣扎。……我的作品已经完成了它的历

---

❶　巴金.序跋集[M].广州：花城出版社，1982：226-227.

❷　同❶：401.

❸　同❶：402-403.

史任务。"❶ 1978年11月29日，《〈家〉法文译本序》中说："去年八月我写了《家》的重印《后记》，我说这部小说已经完成了它的'历史使命'。现在我知道我错了。明明到处都有高老太爷的鬼魂出现，我却视而不见，不能不承认自己的无知。"❷ 1979年2月5日，《〈家〉罗马尼亚文译本序》中说："让罗马尼亚的读者也了解我们曾经怎样在黑暗、专制、腐朽的封建社会里生活、奋斗，而且我们是在什么样的废墟上开始建设社会主义的。"❸ 1980年6月24日，《〈家〉意大利文译本序》中说："今天在我们的社会里，封建的流毒还很深，很广，家长作风还占优势。据我看，要实现'四个现代化'，必须大反封建。"❹ 虽然巴金依然还会提到年轻人，但是"青春"这个字眼已经彻底在这些序言中消失了。巴金在《家》中书写了青春的激情，写出了他的爱与恨，但是从这些序文中，我们可以辨识出巴金从年轻到年老的人生历程：在《家》中，他是一个创作者；而在这些序文中，他则既是创作者又是阅读者。在序言的写作中，包含着他回顾性的阅读。而不同时期的人生经验，必然让他在阅读与书写时的关注点有所不同。他不同于普通的阅读者，因为他阅读的时候没有陌生感，甚至更知晓当初他是为何、如何创作的。因此，在为《家》写序言的时候，他不可能保持客观的姿态。巴金通过这些序文，一方面展现着自己的小说创作，另一方面又随时体现出自己不断变化的阅读体验以及针对着不同时期的读者预想的读者感受。由此，我们可以发现，这些序言一直保持着青春的主旋律，虽然由于各种原因有着细微的变化。主旋律的保持，是由于小说主体的既定，而细微的变化，则是巴金不断渗入了自己不同的人生体验。在感知自己作品的同时，他也在自觉不自觉中呈现出了自己的变化，无论这些变化是时代使然还是其他因素使然。

各种形式的一书多序跋现象，让多篇序跋与著作正文共融一体。笔者以为，正是因为序跋是一种充分体现个性化书写的自由无拘的文体，才能

❶ 巴金.序跋集[M].广州:花城出版社,1982:464.

❷ 同❶.

❸ 同❶:507.

❹ 同❶:21.

构成多篇共存一体的现象。而这种类似于命题作文的写作，也提供了一个可以供我们审视序跋文体特点的空间。没有严格的体例，没有体裁的限制，诸位序跋作者可以进行自由地写作，抒发自己对著作或是著作人的感受，畅谈自己因书而发的感想。无论是文学大家、文化名人，还是著作者自己，或是著作者的好友，都可以借由这一文体，恣意地书写。或许有些序跋可以在同列中脱颖而出，但更多的是给予著作者以支持、给予著作以阐释、给予读者以充满个性化的阅读启迪，如同众人聚在一起，笔议作家作品，各发其声，从而形成了众声喧哗却又和谐共融的现象。

一、《小雨点》三序各序己见

由于序跋作者与著作者的关系不同，因而就造成了同为一本书作序写跋，每篇序跋的面貌却各自不同的情形。1928 年 4 月，新月书店出版了陈衡哲的《小雨点》。任叔永 1928 年 1 月作了《〈小雨点〉序》，陈衡哲 1928 年正月自作了《〈小雨点〉自序》，胡适 1928 年 3 月 21 日作了《〈小雨点〉序》。在该版本的小说集中，三篇序言的排列顺序为胡适序、任叔永序、陈衡哲自序。

在这三篇序言中，最应该被重视的应是 1928 年 3 月 21 日胡适所写的《〈小雨点〉序》。在写这篇序言的时候，胡适的新文学理论已然引起了文坛的震荡，个人具有了引导文坛风向的力量。他在《〈小雨点〉序》中写道："当我们还在讨论新文学问题的时候，莎菲却已开始用白话做文学了。《一日》便是文学革命讨论初期中的最早的作品。《小雨点》也是《新青年》时期最早的创作的一篇。民国六年以后，莎菲也做了不少的白话诗。我们试回想那时期新文学运动的状况，试想鲁迅先生的第一篇创作——《狂人日记》——是何时发表的，试想当日有意作白话文学的人怎样稀少，便可以了解莎菲的这几篇小说在新文学运动史上的地位了。"[1] 这短短数语，肯定了陈衡哲创作的先驱性：《一日》是文学革命讨论初期最早的作品，在时间

---

[1] 柯灵.中国现代文学序跋丛书·小说卷[M].海南：海南人民出版社,1988：178-179.

上早于鲁迅《狂人日记》；《小雨点》是《新青年》时期最早的作品之一，陈衡哲是《新青年》最早的参与者之一；陈衡哲不仅从事白话小说创作，还从事白话诗的尝试。这一论断，源于胡适对陈衡哲创作经历的了解。1917年，《小雨点》发表于胡适、任叔永主编的《留美学生季报》新4卷夏季2号，但是在中国国内，1920年9月《小雨点》发表于《新青年》第8卷第1号，1928年《小雨点》才结集出版。因此，很多中国读者是从1920年，甚至从1928年才开始认识陈衡哲和其创作。正是这篇序言，还原了历史的事实。因此，夏志清在《小论陈衡哲》一文中根据胡适的这篇序言，认为"事实上，最早一篇现代白话小说是陈衡哲的《一日》"❶。钱理群、温儒敏、吴福辉在《中国现代文学三十年（修订本）》中，虽然指出"1918年5月，《新青年》第4卷第5号发表了鲁迅《狂人日记》。这是中国现代文学史上第一篇用现代体式创作的白话短篇小说"❷，但是在年表中又写到"1917年6月陈衡哲《一日》发表于《留美学生季报》新4卷夏季2号"❸。笔者无法判定，在年表中陈衡哲的名字因其创作时间很早，而与胡适、周作人、鲁迅、冰心等现代名家同列，是否源于胡适这篇序言。但是，我们可以肯定的是，这篇序言所肯定的陈衡哲创作的文学史位置，是准确的，是历经了时间考验的。陈子善在《陈衡哲：〈小雨点〉再版本》一文中指出，"《一日》最初发表于1917年6月美国《留美学生季报》新4卷夏季2号，十一年后收入《小雨点》。从时间上看，谁都无法否认，《一日》的发表早于《狂人日记》几近一年。但从内容上呢，从影响上呢，分歧就产生了，而且是严重的分歧。这里，胡适1928年3月为《小雨点》新月初版本所作的序对评估《一日》的价值至关重要"❹。由此可见，胡适的这一评价，不仅对于当时的文坛有影响，更具有长远的影响力。确如胡适判定，在中国新文学史上，陈衡哲的文学作品占有一席之地。而这一地位的奠定，不仅仅因为其作品本身，胡适这篇序言的影响也是显而易见的。

❶ 夏志清.新文学的传统[M].北京:新星出版社,2010:90.

❷ 钱理群,温儒敏,吴福辉.中国现代文学三十年[M].北京:北京大学出版社,1998:30.

❸ 同❷:65.

❹ 陈子善.陈衡哲:《小雨点》再版本[N].文汇读书周报,2008-05-08(6).

任叔永所作的《〈小雨点〉序》，是丈夫为妻子所作。陈衡哲原是一位不婚主义者，为了理想和事业，曾决心不结婚。但到 1919 年任叔永第二次到美国，由于他三万里求婚的诚意，陈衡哲抛弃了不婚主义，与之订了婚，1920 年秋天与任叔永结婚。任叔永于 1928 年 1 月创作《〈小雨点〉序》，因此该篇序言是他们婚后所作。但是有意味的是，这篇序言在字里行间没有显露出任何夫妻关系的痕迹。任叔永在《〈小雨点〉序》中，称陈衡哲为莎菲，唯一可以看出与著书者关系不一般的仅有两处："她这本小说的印行，也可以说是我常常怂恿的结果，所以我觉得有说几句话的必要——即使犯一点'台内喝彩'的嫌疑"❶，"莎菲的第一篇小说——《一日》——就出现了。……我相信我是第一个看见这篇稿子的人，极力怂恿作者把它发表，这便是这本小说集的起点了"❷。但仅仅这两处，也没有超越一般友谊的范畴。在胡适《〈小雨点〉序》中将陈衡哲称为朋友，而这样的称谓也不曾在任叔永的《〈小雨点〉序》中出现。笔者以为，按常理推断，应该是作为著书者的丈夫和作序者，认为这样的表述对著书者、对书是最恰当的方式。这种置身于夫妻之情之外的表达，首先是对于著书者的尊重，尊重陈衡哲作为现代知识女性的独立性与自主性。同时也是对读者的尊重，力求保持第三者立场，以保持公正性，避免读者误读，从而让读者信服。他对著作进行了恰当的评价，但更敏锐地体现了一种细致的理解。任叔永在《〈小雨点〉序》中，肯定了陈衡哲创作在努力中体现的进步、作品呈现的作者感觉的敏锐、作者对人生问题的肯定。在序言中，任叔永一直在强调的是陈衡哲的进步，当然这不仅仅体现在对于作品的阅读与体验上，更体现在作序者对著书者的了解上。或许，这是夫妻间更为心意相通的理解的一种体现。

而陈衡哲的自序，则是侧重于一种心路历程的描述，她说"我每作一篇小说，必是由于内心的被扰。那时我的心中，好像有无数不能自己表现的人物，在那里硬迫软求的，要我替他们说话。他们或是小孩子，或是已死的人，或是程度甚低的苦人，或是我们所目为没有知识的万物，或是蕴苦含痛而不肯自己说话的人。他们的种类虽多，性质虽杂，但他们的喜怒

❶ 柯灵.中国现代文学序跋丛书·小说卷[M].海南:海南人民出版社,1988:173.
❷ 同❶:174.

哀乐却都是十分诚恳的。他们求我，迫我，搅扰我，使得我寝食不安，必待我把他们的志意情感，一一的表达出来之后，才让我恢复自由！他们是我作小说的唯一动机"❶。审视小说集《小雨点》的 10 篇短篇小说，确实如陈衡哲自己在序言中所说，涉及众多不同类型的人物的不同生活、不同情感。如《一日》描写的是美国女子大学的新生，《波儿》描写的是患有肺病的波儿及其一家的困窘生活，《老夫妻》刻画的是一对年老夫妇的生活晚景，《孟哥哥》描写的是表兄妹纯真深厚的友谊，《洛绮思的问题》描写的是一对师生之间爱与友谊的痛苦，《一支扣针的故事》描写的是西克夫人母爱，而《小雨点》《运河与扬子江》《老柏与蔷薇》则是寓言。这些小说的内容多涉及内心活动描写。可以发现，陈衡哲对自己创作的判断与介绍是恰当而得体的。

这三篇序言，写作的出发点不同、着重点不同，因而呈现出了三种迥然不同的序言风貌，也让阅读者感受了三种迥然不同的序言风采。

二、同为《泪与笑》序跋各不同

梁遇春译作很多，自己的著作仅有两本散文集，一本是《春醪集》（1930 年 3 月，北新书局发行），一本是《泪与笑》。1932 年 6 月 25 日，梁遇春去世。1936 年 6 月上海开明书店初版发行了梁遇春的遗作《泪与笑》，废名作《序一》，刘国平作《序二》，石民作《序三》，叶公超作跋。在这四位序跋作者中，废名、石民与梁遇春同为叶公超的学生，刘国平是梁遇春的好友。根据唐弢在《唐弢书话》中的讲述，"废名把他（指梁遇春，笔者注）未问世的《泪与笑》带给在上海的石民，希望找个出版机会，寄来寄去，结果还是由废名寄给开明书店，于 1934 年 6 月出版"❷，从中可以看出《泪与笑》出版的波折，也可发现一些作序者与书的关系。

废名作为梁遇春的知友，在 1932 年 7 月 5 日写下《悼秋心》一文，发表于 1932 年 7 月 11 日天津《大公报·文学副刊》第 236 期。在悼文之前，

❶　柯灵.中国现代文学序跋丛书·小说卷[M].海南:海南人民出版社,1988:171.

❷　唐弢.晦庵书话[M].北京:生活·读书·新知三联书店,2007:51.

有该刊附言，其中写道"兹特约梁君之知友废名（冯文炳）君撰文一篇，以志哀悼"❶。虽然《泪与笑》在1934年6月方才出版，但是废名的序言在1932年12月8日就已经写好。废名的《〈泪与笑〉序一》仅有两大段。一段是哀悼好友之早逝，痛惜之情延续了《悼秋心》一文，不过经过了近半年的沉淀，情绪更加沉郁。废名将梁遇春喻为春光，既爱惜其生前"绿暗红嫣，什么都在拼命"❷，更哀叹着人间的春光一去不返，运命如同洪水淹没了"这一个春的怀抱"❸，将这化作"一个春的挣扎"❹。这种对于亡友的痛惜，暗合"梁遇春"名字中的"春"字，横亘的满腔知己之情、悲痛之心。第二段就是谈梁遇春的散文。废名没有过誉梁遇春的作品，而是说梁遇春因为著作较少，虽然"我想我们新的散文在我的这位朋友手下将有一树好花开"❺，但是却未曾来得及让世人看到其才华。一个"将"字，让阅读者生出无限叹惋。因此，虽然废名认为"秋心的散文是我们新文学当中的六朝文，这是一个自然的生长，我们所欣羡不来学不来的"❻，但是因为他的早逝，已经无法再让其幼稚的文字有成熟的机会了。纵观该序言，谈人论文，都是一个"惜"字为核心，惜友人早逝，惜才华未展。

刘国平作为梁遇春的好友，在梁遇春去世后一年，作了《〈泪与笑〉序二》。在这篇序言中，他首先提到了《泪与笑》中的《观火》一文。刘国平说"他有一篇文章题目叫做《观火》，我们觉得他本身就像一团火，虽然如此，但他不能真实的成一团火，只是把这团火来旁观——他在人生里翻筋斗，出入无定，忽悲忽喜"❼。梁遇春如何体味"观火"的呢？在1930年元旦所写的《观火》一文中，他说"独自坐在火炉旁边，静静地凝视面前瞬息万变的火焰，细听炉里呼呼的声音，心中是不专注在任何事物上面的，只是痴痴地望着炉火，说是怀一种惆怅的情绪，固然可以，说是感到了所

---

❶ 王风.废名集（第三卷）[M].北京：北京大学出版社,2009：1287.
❷ 同❶：1293.
❸ 同❶：1293.
❹ 同❶：1293.
❺ 同❶：1293.
❻ 同❶：1293.
❼ 梁遇春.泪与笑[M].北京：中国文联出版公司,1993：6.

有的希望全已幻灭，因而反现出恬然自安的心境，亦无不可。但是既未曾达到身如槁木，心如死灰的地步，免不了有许多零碎的思想来往心中"❶。从中我们可以感受到梁遇春的散文已经从青春激情的《春醪集》走向了阴郁与感伤，独坐、静观、细听，已经开始有了岁月的沧桑。而心绪虽然恬然自安，但更多的是伤感怅惘。为何喜欢观火？因为他觉得"火是最易点着轻梦的东西。我只要一走到火旁，立刻感到现实世界的重压——消失，自己浸在梦的空气之中了"❷，独坐观火，让梁遇春远离现实，走进自己的梦想世界。他认为火焰显示出了生命的真相，"生命的确是像一朵火焰来去无踪，无时不是动着，忽然扬焰高飞，忽然销沉将熄，最后烟消火灭，留下一点残灰，这一朵火焰就再也燃不起来了"❸。这是对生命无常的慨叹，虽然也有辉煌灿烂的瞬间，但是所有的一切都将灰飞烟灭。他觉得"我们生活内一切值得宝贵的东西又都可以用火来打比。热情如沸的恋爱，创造艺术的灵悟，虔诚的信仰，求知的欲望，都可以拿火来做象征"，而这所有的最终将燃烧为灰烬，甚至将自己燃烧殆尽，如同早逝的济慈。梁遇春在写《观火》之时，没有预料到自己的人生已经快要到尽头，在观火之中观自己、观他人，是寂寞中的怀想、独坐的潇洒，有喜有悲。但是在刘国平读《观火》之时，梁遇春已经逝去，在观火之中，看的是梁遇春出入无定的宿命，无喜，惟有悲。在序言之中，刘国平连用了两处"平凡"，谈到梁遇春的一生平凡但所得非凡，情感平凡但亲切让人无法忘怀。在刘国平的追忆之中，梁遇春于学问上最得古人精髓，既生气勃勃又饱含哲理，文章吞吞吐吐但谈话滔滔不绝……这种追忆已经是人世间最悲痛的事情。在结尾处，刘国平引用了梁遇春自己的一句话"青年时候死去，在他人的记忆里永远是年青"❹，并说想不到梁遇春自己应了这句话。这种心情，让人想到梁遇春在《吻火》一文中，将徐志摩的逝去比喻为对人世火焰的最后一吻；而梁遇春自己的骤然早逝，则将青春的印记永远地留在了友人的心底。

---

❶　梁遇春. 泪与笑[M]. 北京：中国文联出版公司，1993：29.

❷　同❶：29-30.

❸　同❶：30.

❹　同❶：7.

直至 50 多年以后，冯至在 1983 年 8 月 27 日写下《谈梁遇春》，依然引用了这句话，并说"梁遇春在我的记忆里永远是年轻的"❶。这是对梁遇春追忆 50 年，也是与刘国平感同身受 50 年。刘国平的序文，以梁遇春的文为开头，以梁遇春自己的话语为结尾，虽然他自认为是理智之文，实则围绕"忆"字自始至终。

石民《〈泪与笑〉序三》作于 1932 年 12 月 20 日，那时他应该是在北新书局任编辑。同废名、刘国平的序言一样，这篇依然充满回忆。废名是以春光逝去为喻的痛惜，刘国平是从文到人的回忆点滴，而石民则将与梁遇春从校内到校外的交往、在上海相聚的平生快事、梁遇春到北京后的书信往来一一娓娓道来。最引人注目的是，石民认为梁遇春"虽则在文字上是比以前精练的多而且在思想上也是更为邃密些，然而却似乎开始染上了一种阴沈的情调，很少以前那样发扬的爽朗的青春气象了。尤是最近在《新月》上看到他的一篇遗稿《又是一年春草绿》，我真叹息那不应该是像他那样一个青年人写的，为什么这样凄凉呢！如果我们把他的这篇文章拿来和《春醪集》中的《春宵一刻值千金》或《谈流浪汉》对读，恐怕这三年的间隔应当抵上三十年罢。难道他的灵魂已经预感到死的阴影了?"❷ 石民已经敏锐地发现走出"春醪"时期的梁遇春，青春的梦想已经渐渐幻灭，失望与期望交织在一起，再无少年谈笑，而是走向消极与阴冷。

作为梁遇春的老师，叶公超为《泪与笑》作跋，这是一篇对《泪与笑》一书针对性较强的跋文。与他人理解的梁遇春的文字走向悲观不同，叶公超认为写作《泪与笑》的梁遇春依然是生气勃勃、青春依旧。他指出《泪与笑》体现了梁遇春对于世界的理解，如同以光明之心理解黑暗，梁遇春感悟到生长就是死亡，"他所要求于自己的只是一个有理解的生存，所以他处处才感觉矛盾。这感觉似乎就是他的生力所在，无论写的是什么，他的理智总是清醒沉着的，尤其在他那想象汹涌流转的时候"❸。在对生死的感悟中，梁遇春更多是理智，而不是悲哀；更多是透彻的思考，而不是大彻

---

❶　冯至. 谈梁遇春[J]. 新文学史料,1984,(1):112.

❷　梁遇春. 泪与笑[M]. 北京:中国文联出版公司,1993:9.

❸　同❷:96.

大悟；更多是积极的探索，而不是消极的躲避。虽然梁遇春早逝，但是在文章中并没有颓废或绝望的气息。同时，叶公超也指出"在这集子里我们也可以看出他确是受了 Lamb 和 Hazlitt 的影响，尤其是 Lamb 那种悲剧的幽默（tragic humour）"❶。这篇序言是较早地指出了兰姆对梁遇春的影响的文章，这一观点获得了学界的认同。如 1935 年，郁达夫在《（中国新文学大系·散文二集）导言》谈到英国散文对中国的影响时，就举例说"像已故的散文作家梁遇春先生等，且已有人称之为中国的爱利亚了"❷。直至进入21 世纪，依然有研究者在比较梁遇春的散文与兰姆的随笔。叶公超在这里谈到这种影响，敏锐地指出这种悲剧感并非来自梁遇春的生活际遇的影响，而是来自书本经验，"换言之，他从书本里所感觉到的经验似乎比他实际生活中的经验更来得深刻"❸。实际上，叶公超在跋文中，表示了与石民不同的对于《泪与笑》的观点。他更倾向于认为，虽然梁遇春的逝去让人无限惋惜，但是《泪与笑》与《春醪集》在思想、文风等方面没有发生质的变化，并没有从乐观走向悲观，梁遇春对于人生依然保持着青春的朝气、积极的态度。

这四人的序跋，侧重点不同，甚至观点也不尽相同，但是对于逝去者的哀思是一致的。我们可以发现，这些序文饱含着情感，因而更具有感性的力量。在这些序跋文中，蕴含两种情愫——一是对著书者的情感，一是对著书者遗作的情感。当然，因为是为著作所作的序跋，因此对于作品的情感是建立在对著书者的情感之上的；而对著书者的情感则是为了让人们在一种情感的驱动下去阅读作品。因此建立在对著书者的了解、对著书者的深情基础上对著作进行的阐释，更具有一种情绪性的打动力量。这四篇序跋，如同在纸上进行了一次对梁遇春共同的回忆与讨论，虽然不是有来有往的探讨，却是一场集中了师友之情、师友之智的发言，各具特色、各持己见，丰富了人们对于梁遇春及其《泪与笑》的理解，也让我们有机会

---

❶　梁遇春.泪与笑[M].北京:中国文联出版公司,1993:97.

❷　郁达夫编选.中国新文学大系·散文二集[M].上海:上海良友图书公司,1935:导言.

❸　同❶.

体味到出自四位名家之手的四篇序跋卓绝各异的风姿。

三、七人序跋众议《水晶座》

1929 年 3 月，上海亚东图书馆出版了著名篆刻家、书画家钱君匋的诗集《水晶座》。赵景深、汪静之、叶绍钧、章克标、汪馥泉五人分作序言，钱君匋自作题记，姚方仁作跋。虽然有七篇序跋的《水晶座》不是现代文学阶段序跋最多的诗集，但在 20 世纪 20 年代也算是序跋较多的诗集。而且这几篇序跋有一些特殊之处，因此笔者在这里特别探讨一下。

首先，这几篇序跋最为独特的地方就是互相关照，彼此提及，甚至展开共同讨论，形成了不是各抒己见，而是众人研讨的一书多序跋的特别现象。

第一场讨论，是关于《水晶座》体现的钱君匋诗歌特点，赵景深、汪静之、叶绍钧接续进行了总结。

赵景深 1928 年 7 月 6 日作《〈水晶座〉序一》。他提出了钱君匋诗歌的两个特点，一个是"诗中多以海水洋水河水湖水等为背景"[1]，一个是"诗中颇多家乡风味"[2]。汪静之 1928 年 8 月 17 日作《〈水晶座〉序二》，开篇接着赵景深的《〈水晶座〉序一》写道："我的朋友景深发现君匋诗中有以海水为背景和颇多家乡风味两个特点，这两个特点是由君匋的故乡的土气息泥滋味造成的；我现在又发现了君匋诗中另两个特点，是由君匋所学的绘画与音乐两种学识所造成的"[3]。叶绍钧 1928 年 8 月 27 日作《〈水晶座〉序三》，开篇对赵景深的《〈水晶座〉序一》与汪静之的《〈水晶座〉序二》，进行了综合，"知他（指钱君匋，笔者注）的专门是图画与音乐，他的家乡是变化万千的海边，就会想，印在这一本书里的真该是他的诗"[4]。这是关于钱君匋诗歌特点的共同讨论。

---

❶ 陈绍伟.中国新诗集序跋选[M].长沙:湖南文艺出版社,1986:191.

❷ 同❶.

❸ 同❶:192.

❹ 同❶:195.

赵景深是第一个作序者，由他发起了这场讨论。但是由于他无法预料后面几个作序者的意图与序跋内容，因此他的介绍与评论较为自由。但笔者认为，他指出的钱君匋诗歌的海水背景与家乡两个特点，实际上可以归为内容上的特点。而作为诗人的汪静之则从钱君匋诗作的意境与韵律入手，给予了《水晶座》较高的评价与详尽的分析，这其实是偏向于从创作手法上予以分析与肯定。而叶绍钧则是进行了综合性的总结，并未呈现更多个人的感受。关于钱君匋诗歌特点，这三篇序文实则没有形成争论，而是不断丰富或是认同彼此的观点。

第二场讨论，是关于《水晶座》中的《我将引长热爱之丝》和《蝶》两首诗，赵景深、汪静之、汪馥泉三人进行了接力讨论。

赵景深在《〈水晶座〉序一》中，认为《水晶座》中的《我将引长热爱之丝》和《蝶》两首诗，"在我个人，觉得太艳了一点"❶。汪静之在《〈水晶座〉序二》中，不同意赵景深的看法，直接指出"景深的序内说《我将引长热爱之丝》和《蝶》两首太艳了一点，景深竟说出这样的话来，长提倡道德礼教的老腐败的威，短新少年的志气，真该打三百板屁股！我觉得这两首诗是'艳'而不'太'，如果更艳一点，便更好一点。我的解释是：'太艳了'等于'太好来了'，不赞同景深那样把'艳'解做'坏'"❷。汪馥泉在1928年9月6日作《〈水晶座〉序五》，对于赵景深与汪静之的争论，提出了自己的看法："君匋底诗中，没有艳诗；即使说是有艳诗，也是二十世纪的人所厌弃的艳诗；二十世纪的人所爱读的艳诗，当是沙乐美捧了约翰底头在接吻。景深静之底官司，我来做判官，着各打屁股一百五十板。"❸

钱君匋的《我将要引长热爱之丝》全文如下：

我将要引长热爱之丝，

紧紧地把你寸心缠住；

虽到了日月齐毁之时，

---

❶　陈绍伟. 中国新诗集序跋选[M]. 长沙:湖南文艺出版社,1986:191.

❷　同❶:193-194.

❸　同❶:200.

紧紧地依旧这样缠住。

这世间幸亏生长着你，

这一朵心花不致乍闭；

因我的爱情仅知向你，

另外的我总永不合意。

倘我心化成翩翩春燕，

当即刻飞到你家椽前；

呢喃地讴歌你的美丽，

在你的身边永远依恋。

或化个蝴蝶到你唇边，

狂吻着吸吮爱之香涎；

如果你憎我把我扑死，

我还是一样心甘情愿。

　　这是一首被称为豆腐块的格律诗，与当时一些轻柔而含蓄的诗歌比较，在赵景深的眼里可能有些艳情，这是可以理解的。但是，在擅长创作爱情诗的汪静之眼里，这种赤裸裸的爱情的表白，不仅不过分，甚至应该更热烈。笔者也发现，其实汪静之对于《我将引长热爱之丝》和《蝶》的肯定，更多是格律和谐的肯定，汪馥泉则观点较为中立。笔者审看这场笔谈讨论，认为对于诗歌的评判自是仁者见仁、智者见智的事情，但是对于爱情诗，这三个人的尺度与标准如此不同，并积极进行讨论，显示出当时的评论界对于爱情诗非常重视。同时，爱情诗也是很有争议的，因此即使是彼此交好，也无法形成基本的共识。

　　其次，这些序跋是否是以诗人的标准进行评判。

　　这些序言很多都是在比较之中谈钱君匋的诗歌。赵景深在《〈水晶座〉序一》中，将钱君匋的诗歌与中国古代诗人王维、韩偓、柳永、苏东坡的诗歌比照，又指出《水晶座》中有几首诗有俄国小说《恐怖》的特性，有几首诗有芬兰诗歌的影子。汪静之在《〈水晶座〉序二》认为，钱君匋的诗歌兼有杜甫视觉刻画和白居易听觉刻画的特点。叶绍钧用钱君匋同乡王国维的"境界"一词，认为钱君匋的诗歌有境界。

这些评论者都是享誉文坛之人，这些评价也是很高的。但是随着时光的流逝，《水晶座》一作没有成为彰显于诗歌史中的巨作，钱君匋也不是以诗人身份让人们认知与流颂的。再看这些序言，似乎也有过誉之嫌。但是仔细审看这些序言，又会发现他们的褒扬一般针对的《水晶座》中的具体诗作去谈特点，并非泛泛而谈空洞地夸赞。而且，他们是基于钱君匋是音乐家、美术家的前提下进行的赞美。姚方人的跋文更为有趣，他说："人们对于他（指钱君匋，笔者注）的歌曲，大概熟识的已多了。他的诗不大多见……这次，是他的诗集初次和读者见面。……在未读他诗之前，如已读过他的画，那画已给他的诗介绍过了……"❶ 因此朋友们的序跋更像是对偶然投入诗作的非专业诗人进行的鼓励和认可。他们在鼓励的同时，也是有着自己的尺度。如汪静之说他不会说"君匋的诗首首都是杰作那样捧场而欺骗读者的话，但我可以诚恳地向读者介绍：这本诗集内许多诗作是难得的很好的作品，值得你们去读一读"❷；叶绍钧说"对于别人的东西，应该用了解的心情，取宽容的态度，来阅读，来吟味"❸；章克标说"平常不大开口的他，我是无从去探出他的秘密的，在这集内的诗中，也许有人可以找出秘密的关键，这一点是要读者去留意了"❹。

最后，钱君匋自己如何看这些序言。

钱君匋是著名的书画篆刻家。但他首先让世人认知不是他的诗书画印，而是他的装帧艺术设计。在开明书店时期，钱君匋曾为鲁迅、茅盾、巴金、郁达夫等文学大师设计过书衣，被称为"钱封面"。因此，钱君匋与很多作家诗人有很深的交往。很多人给他作序写跋是很自然的现象。

钱君匋在自己的题记中说了一个话题，即"借序文的光，卖序文的稿"。由于他已身有所长，又不是真正投身诗坛，因此自然不必靠名人序文出名、骗钱。他自认为是因为一时的高兴才汇集这些序文在《水晶座》中，甚至印行这本书，也是因为亚东图书馆希望钱君匋为他们的书籍画书籍封面，顺便谈成的偶然之事。

---

❶ 陈绍伟.中国新诗集序跋选［M］.长沙:湖南文艺出版社,1986:204.

❷ 同❶:194.

❸ 同❶:195.

❹ 同❶:197.

一部诗坛"外人"的诗作，几位文坛名人的序跋，共同议论，一起探讨，应该也是一段文坛佳话。但是，不可否认，由于这些序跋作者的推荐，《水晶座》在当时自然会引发注目，在当代也会引发研究者或是读者的关注。这些序跋的存在，创造了更多的机会让人们去发现作为诗人的钱君匋，让人们发现在现代文学阶段诗歌创作更丰富的面貌。

第三节　"诗歌体"序跋：特殊形式的序跋

现代文学序跋的写作体裁是很自由的，其中以散文为最为常见的体裁。在散文体裁中，也有一些比较特殊的体例，如书信体形式，例如实薇写的《〈休息〉序》、王以仁写的《致不识面的友人的一封信——〈孤雁〉代序》、卢梦殊写的《给陈葆枝舅父的一封信——〈阿串姐〉代序》、王铁华写的《给她一封信——〈残茧〉代序》、郑伯奇《〈寂寞中的悲剧〉代序》等都是以书信的形式写的序跋。

除此之外，在现代文学阶段，还有许多"诗歌体"序跋存在。笔者根据相关材料统计，从 1917 年至 1949 年，共 62 部诗歌集有"诗歌体"序跋，共 11 部散文集有"诗歌体"序跋，共 17 部小说著作有"诗歌体"序跋，共 4 部戏剧著作有"诗歌体"序跋。通过以上统计可以发现，第一，"诗歌体"序跋大多数还是为诗集所作；第二"诗歌体"序跋的作者大多数是诗人。一般而言，"诗歌体"序跋命名为序诗或者诗序。

序诗，是以诗歌体为书作序，一般而言与自由抒发的诗歌虽然没有形式上的区别，但是在内容上往往与著作有一定的关联性。

如郭沫若 1921 年 5 月 26 日所写的《〈女神〉序诗》：

> 我是个无产阶级者；
> 因为我除个赤条条的我外，
> 什么私有财产也没有。

《女神》是我自己产生出来的，

或许可以说是我的私有，

但是，我愿意成个共产主义者，

所以我把她公开了。

《女神》哟！

你去，去寻那与我的振动数相同的人；

你去，去寻那与我的燃烧点相等的人。

你去，去在我可爱的青年的兄弟姊妹胸中，

把他们的心弦拨动，

把他们的智光点燃吧！

在这篇分为两节的序诗中，直白地解释了几个问题：第一，郭沫若的经济状况；第二，《女神》是他的个人独创；第三，他希望与读者分享《女神》；第四，他对于《女神》的读者有着自己的预期。我们可以发现这篇序诗与《女神》这部诗集有诸多不同。序诗中的"我"俨然就是真实世界中的郭沫若，看似不是那个"开辟洪荒的大我"，也不是呼喊着各种将自我神化、进行自我崇拜的新生的巨人。站在读者面前的，似乎就是一个赤贫的无产者。但是，这个"我"恰恰就是那个创作出的诗人，因此他以赤条条为自己的修饰语，而将《女神》这部诗集作为唯一的私有财产。因为《女神》，郭沫若不再是一个一无所有的人；通过《女神》，他将自我完全地呈现给了世人。而三个连用的"你去"，不仅将《女神》这一诗集拟人化，更以与诗集贯通的反复歌咏的方式，使郭沫若对于《女神》的期待喷薄而出，而"振动数""燃烧点""智光"……这些在20世纪初属于新鲜词语入诗，让诗人的诗情洋溢着时代的新文化气息。

有的时候，序诗并不强调对于作品在内容上的介绍，而是强调在意境的创写、情绪的抒写。如陈梦家第一部诗集《梦家诗集》1931年1月由上海新月书店初版发行，他1930年11月在南京写下《梦家诗集》序诗。该序诗仅有3小节12句，体现着陈梦家强调哲学意味要融入诗歌中的创作主张。

我走遍栖霞

只看见一片枫叶；

从青天摘下

一条世界的定律。

尽管有我们

自己梦想的世界；

但总要安分，

"自然"是真的主宰。

人生是条路，

没有例外，没有变——

无穷的长途

总有完了的一天。

十九年十一月南京小营三零四

第1节，是第一人称的"我"与世界的对话，这一对话是通过"一片枫叶"达成的。这片小小的枫叶，是与整个栖霞山的自然比照而出的，是从朗朗青天摘下的，是一条作者认识世界的定律。这片枫叶也就不仅仅是一片枫叶，而是作者的一片诗心。第2节，已经从"我"到了复数人称"我们"，而那充满的梦想的世界，也让位给了"自然"。自然是真的主宰，这是诗人观看天地宇宙的情怀。第3节，是进入到无我之境，谈到的是人生的哲理：人生如同一条长路，却总会有尽头。这首序诗的风格同陈梦家诗集中的诗作一样，从枫叶这一意象入手，创造出恬淡的意境，而这一种意境又与心境融为一片，最后又将现实中的意象与对人生的思考交织在一起，由浅显的事物到哲理性的思索。文字纯净，思索深邃却不留一丝刻意的痕迹。而当我们联想到陈梦家自身特殊的宗教文化背景，他自称"我是一个牧师的好儿子"❶，又可以从这序诗中嗅到宗教的意味。由此诗作，我们则

---

❶ 陈梦家.我是谁[J].新月,1931,3(11):154.

可以感受到当时的评论"意境与形式并茂,且不为人籓篱"❶ 的恰切。而陈梦家将这首诗作为序诗,不仅体现了自己的哲学思考,还体现了他以敏锐的感觉入诗的创作方法。

序跋采用诗歌的方式,往往会是出于序跋作者的个人喜好与创作习惯,一般而言,诗人喜欢为自己或者他人的著作写作诗歌体序跋。虽然有的时候,由于需要涉及著作内容,会影响诗歌的表达与意境,但有时也会留下隽永的诗句流传至今。如陈梦家的《〈梦家诗集〉序诗》、王统照《〈一叶〉诗序》,都是具有自身审美诗境的佳作。但是,相对而言,序诗还是或明显或隐含地担负着序跋的介绍性功用,因此,这种与著作的交流是非常重要的。不过,由于序诗的体裁特点,使得这种介绍更强调一种感染。它传达着著作者在作品中独特而强烈的感受,这种感染是独特而直接的,也是著作最核心的意义。诗歌的形式,让这种感染特别强烈,而阅读者则在这种诗歌的意境中接受,并由此进入著作之中。而这种情感的焕发,有着与传达准确而完整的散文体序跋不同的艺术感染力,也就构成了诗歌体序跋独特的魅力。

一、从序诗《一叶》看小说《一叶》

上海商务印书馆 1922 年 10 月初版发行了王统照的长篇小说《一叶》,这是中国现代文学史上最早出现的单行本中篇小说之一。王统照 1922 年 5 月在北京为《一叶》写了诗序。如果说《一叶》这部小说通过李天根的生活遭遇表达了王统照对于人生问题的探讨,那么这首诗歌体序言,则是作者直接的发问、直接进行着痛苦与迷茫的抒发。

"为何人生之弦音上,都鸣不出不和谐的调子?/为何生命是永久地如一叶的飘堕地上?/为何悲哀是永久而且接连着结在我的心底?"❷ 这是王统照以诗歌的语言,对主人公李天根悲惨的人生遭遇的预告。李天根是一个出身于没落封建家庭的青年大学生,父亲因为家族的嗣续问题而在二十八岁悲惨地死去,恋人伍慧因为父亲误听流言而被迫许配别人,最后伤心而

---

❶ 孙作云.论"现代派"诗[J].清华周刊,1935,43(1):57.
❷ 王统照.王统照文集:第二卷[M].济南:山东人民出版社,1981:193.

亡，忘年老友张柏年被诬陷入狱，染上疾病死去……李天根的命运，就如同诗序中所说，人生演奏着不和谐的曲调，生命如同坠地的落叶，悲哀一直萦绕在他的身边。

这同时也是李天根思想起伏变化的预告。在这里王统照发出了三问。第一问——"为何人生之弦音上，都鸣不出不和谐的调子？"❶ 李天根开始相信"爱"是力量，但是家庭、亲友、社会、自身的种种遭遇，让他发现"爱"不是良药，不能拯救一切。第二问——"为何生命是永久地如一叶的飘堕地上？"❷ 李天根在否定了"爱"的理想之后，陷入了悲观与虚无之中。在大学课堂上听了从外国来的哲学博士的讲课，他开始相信"定命论"。第三问——"为何悲哀是永久而且接连着结在我的心底？"❸ 最后，李天根成为了怀疑派，认为人生充满不幸，因而更为茫然而无解。这连续三问，表达了王统照已经认识到了"爱"无法解决人生的难题与消除人生的痛苦，感受到了现实与理想之间无可化解的矛盾。

同时，王统照这首诗序与小说形成了紧密的联系。如果单独阅读，这首诗序是一首可以独立阅读的诗歌，与王统照同期的《童心》诗集中的很多诗歌一样诅咒黑暗，探索与追寻理想。但是，这毕竟是一首作为序言的诗歌，因此就必然与著作本身有着直接的联系。

他写道："一叶之浮生吧！/有谁敢说它有永久的宝贵的地位？/飘在乱流之上哟，/腐在枯草之底哟，/谁能管得？又谁能管得？一叶罢了！/当微风吹过；/或有零雨的点滴，/也会鸣出它的弱细的凄声呵！"❹ 这种情绪，更是一种找不到正确的路途的茫然。小说《一叶》的结尾处，是李天根与汪青立的一段对话："'一个人的生活，譬如，'他说时从松根的下面，将一个松叶拾起道，'一个人的生活，譬如一个树叶子，尤可譬如一个松树的叶子。在严冷的冬日。受了环境的风和雪，便黄枯些，到了春风吹来的时候，便青而长大起来。人生的痛苦与'爱'是这样的循环。不过没有一定的周

---

❶　王统照.王统照文集:第二卷[M].济南:山东人民出版社,1981:193.

❷　同❶.

❸　同❶.

❹　同❶:194.

回律，如一定的天时一般。……或者也可说，人生还不如一叶，能有幸福呢！……但是也一样的，总需要春风的吹长！……'青立见他又说到难以索解的上面去，便游戏般的将那个松树的一页，夺过来，轻轻地丢在林外的小河流中去。说道：'一叶呵！……只要在水中漂流去罢！'他如赞颂如嘲笑地对着天根这样说，这时一阵轻风吹过，头上的松枝，却微微的响了，仿佛是吊他们在水中漂去的一个。"❶ 这些文字与前面的诗序形成了一种呼应，其实都在讲着"一叶"的三种命运：或者坠落，或者漂流于水上，或者摇摆在枝头，这是一种对生命存在的探询与叩问。它不仅揭示了《一叶》的主题，暗示了人物的命运，同时也与结尾形成了呼应，明确地表达了王统照在当时对于人生问题的探索与理解，抒发了他面对现实生活无路可寻的茫然与彷徨。

二、《〈鸭绿江上〉的自序诗》中"美的国度"与"粗暴"

一般而言，诗歌体序跋更强调情绪的诗意传达，而不是内容的阐释。如我们将蒋光慈的《〈少年漂泊者〉自序》与《〈鸭绿江上〉的自序诗》进行对比阅读。

1925 年 11 月 1 日，署名蒋光赤写了《〈少年漂泊者〉自序》：

在现在唯美派小说盛行的文学界中，我知道我这一本东西，是不会博得人们喝采的，人们沉醉于什么花呀，月呀，好哥哥，甜妹妹的软香巢中，我忽然跳起来做粗暴的叫喊；似觉有点太不识趣了。

不过读者切勿误会我是一个完全粗暴的人！我爱美的心，或者也许比别人更甚一点；我也爱幻游于美的国度里。但是，现在我所耳闻目见的，都不能令我起美德快感，更哪能令我发美的歌声呢？朋友们！我也实在没有法子啊！

倘若你们一些文明的先生们说我是粗暴，则我请你们莫要理我好了。我想，现在粗暴的人们毕竟占少数，我这一本粗暴的东西，或者不至于不

---

❶ 王统照.王统照文集：第二卷[M].济南：山东人民出版社,1981：327.

能得着一点儿同情的应声。❶

不到一年以后，1926 年 10 月 28 日，署名蒋光慈写下了《〈鸭绿江上〉的自序诗》：

> 我曾忆起幼时爱读游侠的事迹，
>
> 那时我的小心灵中早种下不平的种子；
>
> 到如今，到如今呵，我依然如昔，
>
> 我还是生活在不平的空气里！
>
> 我也曾爱幻游于美的国度里，
>
> 我也曾做过那温柔的温柔的蜜梦；
>
> 我也曾愿终身无虑地依傍着花魂，
>
> 而不是在象牙塔中漫吟低唱的诗人。
>
> 从今后这美妙的音乐让别人去细听，
>
> 这美妙的诗意让别人去写，我可不问；
>
> 我只是一个粗暴的抱不平的歌者，
>
> 我但愿立在十字街头呼号以终生！
>
> 朋友们，请别再称呼我为诗人，
>
> 我是助你们为光明而奋斗的鼓号，
>
> 当你们得意凯旋的时候，
>
> 抚摩着那仙女的玉腻的酥胸。……
>
> 但是到如今呵，消散了一切的幻影，
>
> 留下的只是这现存的真实的悲景！
>
> 我愿闭着眼睛追寻那仙女的歌声，
>
> 但是我的耳鼓总为着魔鬼震动得不宁。
>
> 是的，我明白了我是为着什么而生存，
>
> 我的心灵已经被刺印了无数的伤痕，

---

❶ 柯灵.中国现代文学序跋丛书·小说卷[M].海南:海南人民出版社,1988:71.

> 我不过是一个粗暴的抱不平的歌者，
>
> 我的责任也就算尽了！……❶

笔者发现这两篇序文其实在内容上有很多共同点（表7-2）。

表7-2　《〈鸭绿江上〉的自序诗》《〈少年漂泊者〉自序》内容共同点

《〈鸭绿江上〉的自序诗》	《〈少年漂泊者〉自序》
我也曾爱幻游于美的国度里 我也曾做过那温柔的温柔的蜜梦 我也曾愿终身无虑地依傍着花魂	我爱美的心 或者也许比别人更甚一点 我也爱幻游于美的国度里
我只是一个粗暴的抱不平的歌者 我但愿立在十字街头呼号以终生 ……我不过是一个粗暴的抱不平的歌者	我忽然跳起来做粗暴的叫喊

很明显，《〈少年漂泊者〉自序》与《〈鸭绿江上〉的自序诗》的关键词是一致的：一个是过去的美的歌声，一个是蒋光慈作品的粗暴。在这两篇序文中，都是在讲蒋光慈认为自己的作品因为粗暴而与以往的文学作品不同。

但是《〈少年漂泊者〉自序》是散文体式，它最主要的特点是更为明确性地阐释，因此可以直接点明唯美派小说盛行的文学现状。它可以直接地表达情绪："朋友们！我也实在没有法子啊！"而《〈鸭绿江上〉的自序诗》是诗歌体式，因此它要遵从诗歌的规则，只能用"温柔的温柔的蜜梦""依傍着花魂""在象牙塔中漫吟低唱的诗人"等意向性的词语，暗示唯美派小说。同时，它的抒情是诗意化的。但是，笔者无意比较这两篇序文的高下，只是想说《〈少年漂泊者〉自序》与《〈鸭绿江上〉的自序诗》有各自的特点，而其特点并不是由于著作的不同、文学观念的变化而形成的，而是由序文本身文体的不同造成的。

---

❶　柯灵.中国现代文学序跋丛书·小说卷[M].海南:海南人民出版社,1988:110-111.

三、《〈一条鞭痕〉自序诗》：诗人序诗写"诗人"

1928 年 3 月上海泰东图书局初版发行了钱杏邨的中篇小说《一条鞭痕》，随书收录了钱杏邨写的《〈一条鞭痕〉自序诗》与《〈一条鞭痕〉后记》。《一条鞭痕》这篇小说，通过描写虚构的发生在保加利亚的革命，来反映中国的北伐战争。人名、地名虽然是外国的，但是事件都是中国大革命的真实反映。

钱杏邨在 1927 年 11 月 15 日，为小说《一条鞭痕》写了《〈一条鞭痕〉自序诗》。

> 这故事没有什么新奇，
>
> 也没有多少的深奥意义；
>
> 写的仅只是抗斗者的一群，
>
> 人生又着上的一条鞭痕！
>
> 可是，诗人的命运我不悲悯，
>
> 只歌颂那勇往直前的牺牲；
>
> 女性中能有几个莎菲？
>
> 诗人，不过是暴力下生活的象征！
>
> 你聪明的读者哟，
>
> 我不是在为诗人作传；
>
> 表现升华的革命的狂飙，
>
> 我是渴望着大无畏的英雄来到！❶

在这首自序诗中，显而易见的是我们并没有发现对著作内容上的介绍，而是通过诗歌的方式揭示了小说核心的情感。在这首序诗中，我们可以发现有两个人物存在，一个是"诗人"，一个是莎菲。

序诗中的"诗人"，是指白尔森涅夫，是一个投身于革命的青年诗人。

---

❶ 钱杏邨.一条鞭痕[M].上海:泰东图书局,1928:1-2.

他是小说《一条鞭痕》中的主人公之一，也是在小说中第一个出场的人物。在小说的开篇，在惊天动地的"走向保加利亚"的革命狂潮之中，钱杏邨以"同志们！这便是我们的诗人白尔森涅夫"，让主人公出场了。

在序诗中，我们可以发现，钱杏邨对待诗人白尔森涅夫的态度是复杂的；在小说中，我们发现，钱杏邨对诗人白尔森涅夫的塑造是丰富的。在序诗中，他承认诗人白尔森涅夫属于抗争者的一分子，但却是特殊的一分子；我们看小说中，诗人白尔森涅夫确实在新都日夜奋战，这种斗争是作者肯定与赞赏的。在序诗中，他说不怜悯诗人的命运；但是在小说中，他对待诗人的态度一直在反复之中，虽然他在后记中说"诗人白尔森涅夫是我最憎恶的病态的人物"❶，但是其实他一直在小说中称白尔森涅夫"我们的诗人"，这种态度更多的是亲近与认同，所以最终他也没有给白尔森涅夫安排悲剧的结局。在序诗中，他说不是为诗人作传；但是在小说中，他对白尔森涅夫的描写是着力最多的。这位诗人的形象复杂而真实，既有对革命的狂热又有革命挫折时的痛苦，既有对英雄的崇拜又有对小家庭的眷恋，既有对敌人的痛恨又有软弱与胆怯，这是一个复杂而又在成长的人物。而且在小说中，钱杏邨对于白尔森涅夫的心理描写篇幅很多，极为细致，有时甚至脱离了情节而展开。

笔者以为，对于诗人白尔森涅夫，钱杏邨是真的熟悉这样的人物类型，因为他自己就是一个诗人，一个渴望着革命的诗人，他身边的人也有很多是投身大革命的文学家。甚至有研究者认为，诗人白尔森涅夫就是钱杏邨的化身。因此他对诗人白尔森涅夫的刻画，有着对于投身革命的诗人深入的体察、感同身受的理解、如同自我的审视。因为了解，所以塑造起来得心应手；因为了解，所以可以展现丰富的性格；因为了解，所以寄予的情感也是多面的。钱杏邨正是在以诗人之情、诗人之心、诗人之笔，去塑造一个诗人。

序诗中的另一人物是莎菲，指的是小说的女主人公女革命家莎菲。在这首自序诗中，钱杏邨对这一英雄革命者高度赞美。但是从小说中审看这

---

❶　钱杏邨.一条鞭痕［M］.上海:泰东图书局,1928:117.

一人物，比照诗人白尔森涅夫，刻画笔墨不多，事迹不多，也不生动。或许，钱杏邨对于革命斗争缺乏直接的了解，对于莎菲这样的革命者没有直接的接触，因而更多的是概念化的推测。显然钱杏邨自己也承认这一点，他在后记中，写道"不愿努力写的白尔森涅夫反而被我写的比较的精细，而重心的莎菲，反而只划出了一个轮廓"❶。

笔者推测，或许因为小说《一条鞭痕》的主人公是一位诗人，而且自始至终钱杏邨行文中都在强调白尔森涅夫是一个诗人，因此他选择了用诗歌的形式为《一条鞭痕》作序，从而与充满整部小说的诗人的自白相互呼应。

作为一个诗人，钱杏邨以诗歌体的序言，写出了对《一条鞭痕》中诗人白尔森涅夫复杂而微妙的情绪，仿佛是在与自己塑造的人物，以他们彼此理解的诗歌语言，进行着对话。

第四节　对传统序跋界限的突破——后记

按照中国传统序跋观念，"序与跋的内容不尽相同。大凡序文多是揭示书的创作、编纂思想、主要内容、编辑体例、学术造诣等；跋文多是叙述编纂经过、刊刻情况等"❷。因而，一般而言，与序言相比，跋文更为简短。在现代文学阶段，由于文学观念的演变、白话文的盛行，以及出版业的繁荣等因素的影响，序跋在内容上的区别不再是序跋作者的关注重点，这仅仅是放在书前或者书后的位置区别而已。后记的出现与繁荣，更加丰富、改变了中国序跋的写作。

审看中国现代文学序跋，有些跋文以后记命名。如鲁迅所写的《〈朝花夕拾〉后记》、周作人所写的《〈谈虎集〉后记》，还有朱其华所写的《〈狱中记〉付印后记》、桑弧所写的《〈浮世杂拾〉校印后记》等命名稍有变化的后记。

---

❶ 钱杏邨.一条鞭痕[M].上海:泰东图书局,1928:117.
❷ 李致忠.古书版本学概要[M].北京:北京图书馆出版社,1990:134.

一般而言，后记都是著书者在创作完自己的作品后写出的，体现的是著作者在创作后的一种态度，或是尚未脱离创作冲动的余兴，或是已经开始冷静地回顾作品。但是无论出于什么样的情形，这些后记的书写与著作正文的创作比较，作者都更为轻松、随意，应是一种自由状态下的书写。

欧阳山（罗西）在《〈杂碎集〉后记》中不仅开始冷静地审视自己的这部理论、杂文合集，甚至开始回顾总结自己的创作。他认为自己的这第十本书是一个旧创作时代的结束、新创作时代的开始，因此将《杂碎集》定位于"刚好代表了一种青黄不接的冲突。这是可纪念的一点，也就是说，可以做过去的创造生活底一个结束"[1]。方敬反惯例而行，一般来说，散文集《风尘集》因何命名是在序言中交代，他却在《〈风尘集〉后记》中告诉阅读者。他更在后记中坦然地告诉人们，在创作之后，他的心情没有欢乐与满足，而是失望，因为发现了自己创作的不足。而巴人在创作《生活、思索与学习》之后的感受更为强烈，是一种痛心疾首，在《〈生活、思索与学习〉后记》中，他倾诉了丧子之痛、文坛市侩的污蔑之痛，洋洋洒洒之中，旗帜鲜明地表达着爱与憎恶。何家槐在《〈冒烟集〉后记》中告诉阅读者，《〈冒烟集〉中的文章是在日军轰炸中，自己在黝黑潮湿的岩洞中，在嘈杂的环境中艰辛地写出，因而不是用来赞颂盛世、歌舞升平的，而是一种战斗。与之相同的是巴金的《〈废园外〉后记》，他将自己的创作环境总结为自然界零下4度的严寒，社会上太平洋战争的阴云，因而在恶劣的环境中，写的是虽然是"不像样的零碎文章"[2]，但这是为最后的胜利所作的努力。艾芜《〈漂泊杂记〉改版后记》中回顾了素材如何成为作品的过程："这本小书里面的文章是记我好些年前在国内国外的漂泊生活的。但当我正在漂泊的时候，并没有把经过的生活，到过的地方，看过的景物，一一记了下来，而我也不想这样做，即使在小客店的菜油灯下，高兴记了一点，也是随记随就抛却，不曾加意保存过。写这些杂记，一直是蹲在上海的时候。跟有些往事，已是相隔五六年了。……那时住在上海，一个人很寂寞，不想到繁华闹热的地方去玩耍，只终天呆在亭子间内看书，先前漂泊过的

❶ 柯灵.中国现代文学序跋丛书·散文卷[M].海南:海南人民出版社,1988:321.
❷ 同❶:1395.

生活，便常常象梦也似地，回到我孤寂的心上来了。……文章既是根据回忆来写，便抛弃了一向写游记文章那种记账式的写法，只将能够使我心神向往并还感到一些留恋的东西，尽我在文学修养方面得来的能力，珍重地将它描绘在纸上。同时写的时候大约还带有一点'往事如梦不堪回首'的心情吧，有些文章便自然而然感染上一层不甚分明的忧郁。也许当年抱着乘长风破万里浪那样壮快的胸怀，光起两足走到世界上去漂泊，仍旧暗自潜藏有一些忧郁吧。比如在他乡异国的小客店里面，早上醒来，有时候——自然不是常常——会诧异地感到：我为什么不在家中的床上，会睡在这么远这么陌生的地方呢？这里就似乎不能不有一丝轻微的感喟。然而只不过一刹那就过去了，因为店门外迎着我的是山间刚刚冒起的玫瑰朝日，是抹着晨光朝雾的丰饶原野，是将我带到新鲜地方去的坦坦旅途，是引起我高声呼啸的林中歌鸟：这一切都使人感到自由而且快活。"❶ 而何其芳则在何其芳《〈夜歌〉初版后记》中剖析的是自己思想变化的过程，体现出作者自己已然超越《夜歌》迈向了新的创作征程。

　　一般而言，后记是由著作者自己写的。但这并不是硬性的规定。如周而复就为李季的长篇叙事诗《王贵和李香香》写了《〈王贵和李香香〉后记》。笔者特别注意到在 1938 年 2 月 27 日罗淑去世以后，巴金在 1938 年 4 月、1939 年 6 月、1941 年 3 月四年之间，连续创作了《〈生人妻〉后记》《〈地上的一角〉后记》《〈鱼儿坳〉后记》三篇后记。

　　巴金与罗淑的友谊，可以从马小弥《关于母亲的点滴回忆》一文中概括出来："感谢巴金伯伯，是他发现了母亲的创作才能，以极大的热情，鼓励她写作，帮助她改稿，使她的创作有了发表的机会。"❷ 巴金在罗淑去世以后，为她编辑出版了《生人妻》《鱼儿坳》《地上的一角》三本创作集、《何为》《白甲骑兵》两本翻译集，并为每一个集子写了后记。笔者重点关注了巴金为罗淑的《生人妻》《鱼儿坳》《地上的一角》三本创作集所写的后记。

---

　❶ 柯灵.中国现代文学序跋丛书·著文卷[M].海南:海南人民出版社,1988:1441.
　❷ 艾以,沈辉,卫竹兰,等.中国现代文学史资料全编·现代卷:罗淑研究资料[M].北京:知识产权出版社,2010:34.

罗淑去世那一年，巴金在《〈生人妻〉后记》中说："她（指罗淑）答应回到那边把它们删改后再寄来。可是她并没有寄出。她的来信里只说她身体不好，不能够静下心来工作，要我等待一些时日。于是就来了她的死讯。这就是我等待了多日的结果！我还能够等待的。但是书店负责人却几次来催索《生人妻》的原稿。我很了解那位负责人的心情。在这种时候我们的生命犹如庭园中花树间的蛛网，随时都会被暴风雨吹打断。倘使我们不赶快做完一件事情，也许就永无机会来做它。今天还活着谈笑的人，明天也许会躺在寂寞的坟场里。"❶ 巴金看似没有评价罗淑的《生人妻》，但从书店负责人的态度，从等待无望的悲哀中，从斯人已去的痛惜里，无须一字评价，价值自在其中。

　　罗淑去世第二年，巴金在《〈地上的一角〉后记》写道："在敌机轰炸中，我仔细地读完了这篇小说，我一字一字地读着世弥的写得颇为潦草的字迹，我想到作者不能够和我们同生在这个'大时代'中经历目前的一切的事，遗憾象火似地在我胸中燃烧起来。……我和那个异国朋友苦痛地、感动地说'她不应该就这样地死去。……'我们又说'她没有死。'是的，'一个真正善良的人的纪念是永不会死的。'我们都相信克鲁泡特金的话。而且世弥留给朋友们的印象还不只是善良。"❷ 巴金在这里依然没有评价《地上的一角》，但是通过异国朋友的口，通过引用克鲁泡特金的话，通过"不只是善良"的追思，《地上的一角》在巴金心中的位置昭然若揭。

　　罗淑去世第四年，巴金在《〈鱼儿坳〉后记》中写道："最近在成都我看过世弥的墓地。一抔黄土，一块石碑，一丛矮树编的短篱，这里埋葬了一个年轻有为的生命，也埋葬了友情、尊崇和许多朋友们的期望。我想起了四年前在上海西站分别的情景，仿佛还是昨天的事，在悲痛的回忆的包围中，我几次暗暗地问自己：难道生命就是这么脆弱，死的魔手随意一动，便可以毁掉一切？现在我应该说，死并没有毁掉一切。生命也不是在一瞬间就可以灭亡的东西。如今我们谈起世弥，还仿佛她就活在我们中间。她

---

❶　巴金.序跋集[M].广州:花城出版社,1982:233.

❷　柯灵.中国现代文学序跋丛书·小说卷[M].海南:海南人民出版社,1988:997-998.

的名字和她的面影至今还牵系着许多朋友的心。今天，在这窗外细雨如丝的春三月的寒夜，摊开她的遗稿，那些颇为潦草的字迹还诉说着一个善良仁爱的女性的心的跳动。甚至躺在最后的安息地里，她还发出正义的喊声，为那些被侮辱与被损害者呼吁。"❶ 在这里，巴金在怀念一个朋友，不仅仅是对生命与死亡的思考，更是因其作品对于被侮辱与被损害的人悲悯与真切的同情焕发出的人性的光辉，让巴金无法忘却，让罗淑的作品穿越了死亡焕发出永久的魅力。

知己之情，是三篇后记始终贯穿的线索。巴金在这里，丝毫不掩饰地展现了与罗淑的友谊，没有评论家通常具备的冷静，更没有保持客观的视角。这正是序跋文的文体富有的魅力。但与此同时，这也不是单纯的对罗淑的怀念文章。因为纯粹的友情，又怎能让巴金四年之后依然在为罗淑编书著文？正是罗淑的创作有着穿越生死的魅力，因此巴金在深情之中，字字句句着落于对罗淑的创作的揭示。这种魅力到底是什么？我们如果回归到当时的历史，可以发现巴金这三篇后记创作于抗战时期，在这一阶段，巴金主要创作、出版了长篇小说《春》和《秋》，完成了《激流三部曲》以及《抗战三部曲》中的《火》。巴金对于罗淑的认同，源于罗淑的创作契合了巴金"互助、平等、自我牺牲，……巴金的伦理道德观念的基本要素"❷。《生人妻》《鱼儿坳》《地上的一角》所体现的农村生活的悲惨境遇，对于乡土生活中人们经济与物质的痛苦的描写，都与巴金呼唤与渴求互助、平等的思想一致。而罗淑的创作经历，其不自觉地从业余创作进入文坛的轨迹，也与巴金的创作经历相似。罗淑的去世，更加剧了巴金对于青春的痛苦、生与死的痛苦的感同身受。因此，这种知己之情，藉由巴金编书的行为、藉由巴金著写后记的行为喷薄而出，巴金在这里不仅是在哀悼逝去的友人，更是在友人的背影里看到了自己，在友人的著作中彰显着自己的思想。通过一个作品（后记），去展现另一作品的价值；借助一个著作者（巴金），去宣泄另一著作者（罗淑）的思想与情感。而两个著作者的关系，更将后记的独特价值体现得淋漓尽致，如同巴金所说，"她的作品活下去，

❶ 巴金.序跋集［M］.广州:花城出版社,1982:289.
❷ 陈思和,李辉.巴金研究论稿［M］.上海:复旦大学出版社,2009:427.

她的影响长留，则她的生命就没有灭亡，而且也又不会灭亡"❶。巴金的后记又何尝不是如此。因罗淑的著作，巴金的后记成为不朽；因巴金的后记，罗淑的著作永不会死亡。

一、冰心的短序与长篇后记

除了《〈冰心全集〉自序》以外，冰心很多为自己的单本著作所作的序言篇幅都不长。

如冰心的《〈繁星〉自序》篇幅不到 200 字。谈到泰戈尔的影响，是三年前她和弟弟冰仲围炉共读泰戈尔的《迷途之鸟》受到的启发，"繁星"一名是两年前她二弟冰叔为她题写，之所以结集是一年前由小弟冰季期望印刷促成，三个孩子的鉴定是冰心《繁星》成书的原因。短短小序重建了一种情境，让我们仿佛置身于作者的身边，感性地认知到作家为何创作，将冰心的《繁星》被人们认为是受到泰戈尔的影响感性地呈现而出。《〈春水〉自序》则干脆摘录了《繁星》第 120 首短诗"母亲呵！/这零碎的篇儿，/你能看一看么？/这些字，/在没有我以前/已隐藏在你的心怀里"，短短 6 节小诗直接地表达了对母亲的爱。

诗集的序言较为简短，或许是因为诗集的内容多是小诗，长序不太适宜。不过冰心的散文集序言篇幅一般也不长。如《〈寄小读者〉四版自序》，冰心不仅笔墨不多，更延续了《〈春水〉自序》的母爱主题，不过是在文中强化了宗教的含义。整篇序言语调温和依然，甚至连续对小朋友的三遍呼唤"小朋友！……浓雾却遮不住那丛树枝头嫩黄的生意，春天来了！……小朋友，冰心应许你在这一春中……小朋友，记取，春天来了!"❷ 也依然有诗的味道。

1943 年 9 月重庆天地出版社初版发行了冰心的散文集《关于女人》，附有冰心写的《〈关于女人〉后记》；1945 年 11 月，上海开明书店增订再版时，增加了冰心的《〈关于女人〉再版自序》。冰心的这篇后记如果与他人

---

❶ 巴金. 序跋集[M]. 广州：花城出版社，1982：290.

❷ 柯灵. 中国现代文学序跋丛书·散文卷[M]. 海南：海南人民出版社，1988：95.

的序跋，如巴金的序跋比较，或许无法称为长篇幅。但是，如果跟冰心自己的序跋文比较，就可以算是长篇幅了。

我们可以比较阅读《〈关于女人〉后记》与《〈关于女人〉再版自序》，以此发现它们的异同。

冰心是以"男士"为笔名发表的散文集《关于女人》。在 1984 年 11 月 5 日，冰心写了《关于男人》一文，回忆了这段创作历程："四十年前我在重庆郊外歌乐山隐居的时候，曾用'男士'的笔名写了一本《关于女人》。我写文章从来只用'冰心'这个名字，而那时却真是出于无奈！一来因为我当时急需稿费；二来是我不愿在那时那地用'冰心'的名字来写文章。当友人向我索稿的时候，我问，'我用假名可不可以？'编辑先生说：'陌生的名字，不会引起读者的注意。'我说：'那么，我挑一个引人注意的题目吧。'于是我写了《关于女人》。"❶ 因而《关于女人》就成为了一本以"男士"为笔名，以男性视角写作的散文集（贾植芳、俞元桂主编的《中国现代文学总书目》中，将这本书归为散文类，也有一些研究者认为这是一部小说集）。因此，《〈关于女人〉后记》与《〈关于女人〉再版自序》都是以男性的口吻进行的书写。

在《〈关于女人〉后记》中，冰心将自己伪装成一个男子，这个男子的形象，冰心描述为：四十岁，尊重女性，爱而不恋，保持单身，没有官职，拥有女性亲戚众多的大家庭。在范伯群、曾华鹏的《冰心评传》中则被进一步描绘成"一位学识渊博、彬彬有礼、尊重女性、爱而不恋的四十岁尚未娶妻的男士"❷。这一描绘应该主要源于《〈关于女人〉后记》。在后记中，冰心从男性的角度，谈到对女性的看法：女人应该是真善美的代表，女人的可怜源于愿意为爱牺牲，但女人却不能不爱。这种阐释的视角很是奇特，因为冰心毕竟是一个女性，因此在后记中，她的视角既不是一般的男性视角，也不是一般的女性视角，而是冰心心目中理想男性的视角，是一个最能理解女性、尊重女性、爱女性，甚至为了"不能积极的防止男子以婚姻

❶ 冰心. 关于男人[J]. 中国作家,1985,(1):31.
❷ 范伯群,曾华鹏. 冰心评传[M]. 北京:人民文学出版社,1983:177.

方式来摧残女人"❶ 而不结婚的极端的男性视角。这一视角本身就是几乎不存在的，只是停留在冰心的想象之中。而这一视角与《关于女人》一书的叙述视角是一致的。《关于女人》这一特殊视角，被一些研究者关注过。如郑飞中在《"杂语"中的性别逃逸——冰心的〈关于女人〉解读》一文中，认为"'男士'这一叙事人的选择，是一种叙述的策略，一种表达自我的策略"❷。而宋嘉扬、靳明全、程启华在《冰心在日本教学期间的女权思想》一文中，则认为"冰心在日本教学期间的女权思想正是《关于女人》表现出来的女权思想的延续"❸。由此可见，这种特殊的视角，引发了研究者从写作手法、思想意义等多方面的探讨。不过比照著作正文，这篇后记呈现得更为明显、直接，不是通过叙事或描述间接地传达，而是直接地阐明思想、抒发情感。

笔者还发现，虽然冰心刻意地掩饰，但是在这篇后记中还是可以发现她一贯流露的思想情感的蛛丝马迹。特别是其爱的哲学、母爱至上的言说，在这篇后记中依然可见。如"你看母鸡、母牛、甚至于母狮，在上帝所赋予的爱里，她们是一样的不自私，一样的忍耐，一样的温柔，也一样的奋不顾身的勇敢"❹，虽然表面上有着男性口吻，但是蕴含的母爱至上的情愫、排比的句式，依稀可见冰心的影子。而"我觉得我不配作任何女人的丈夫；惟其我是最尊敬体贴她们，我不能再由自己予她们以痛苦。我已经哭了一个我最敬爱的女人——我的母亲，但那是'身不由己'，我绝不忍使另一个女人再为我痛苦"❺，这样的表述，不过是换了一个角度，依然是对母爱的赞歌。拨开蒙在表面的遮蔽物，在男性面具的后面，依然是冰心温婉而执着地洋溢着爱的光辉的女人面庞。

比照 1943 年 8 月所写的《〈关于女人〉后记》，冰心在 1945 年 2 月所写

❶　冰心.冰心文集[M].上海:上海文艺出版社,1982:405.

❷　郑中飞."杂语"中的性别逃逸:冰心的《关于女人》解读[J].探索与争鸣,2005,(9):141.

❸　宋嘉扬,靳明全,程启华.冰心在日本教学期间的女权思想[J].贵州大学学报(社会科学版),1993,(4):59.

❹　同❶:404.

❺　同❶:404.

的《〈关于女人〉再版自序》则较为简单，但是也隐隐流露出冰心的小小的调皮与伪装成男性的狡黠。当她谈到《关于女人》一书只赠送给女性，不送男人；当她批评天地出版社的版本错字连篇，却不发行改正版，因此被女朋友乃至几位弟妇责骂；当她反语中暗示天地出版社隐瞒销路……轻语巧言中，交代清楚了《关于女人》的再版交给开明书店的原因。而其间的口吻，已经不似一个四十岁男子，而更像一个小女人的诉说。特别是她明确地说《关于女人》不送给男朋友，是因为"我估计男人对于这本书，一定会感很大的兴趣，我不送，他们也会自己去买了看"❶，而送给女朋友则是"因为我素来尊重她们的友情；二来因为这本书是藉着她们的'灵感'，才写出来"❷。这种态度，更吻合一个女性作家对于事物判断的逻辑，感性而琐碎。在这篇序言中，那个四十岁的男性形象已然模糊，而隐藏在男性面具后的那个女人，已经浮出了水面。

《〈关于女人〉后记》应该是冰心在现代文学三十年期间目前的资料中唯一可见的跋文，也是她为单本著作所作的最长的一篇序跋文。没有考虑到序长跋短的传统，冰心是从有利于作品阐释的角度，选择了适合的方式去书写序跋。同时也表明，在她心目中序跋的界限并不在内容上，只有位置的区别而已。这种观点在现代文学阶段是较为普遍的一种现象。无论是有意还是无意，这一现象都体现出传统文学在文体上的规则的约束力量已然渐渐地消失，因文而宜、因人而异的个性化书写已经成为共识与实践。

二、冯至《〈山水〉后记》记中有跋

重庆国民图书出版社 1943 年 9 月初版发行了冯至的散文集《山水》；上海文化生活出版社 1947 年 5 月出版了散文集《山水》，增加了作者新作以及《〈山水〉后记》。

在 20 世纪 40 年代，冯至出版了一部诗集《十四行集》、一部散文集《山水》。诗集《十四行集》获得了很多好评，李广田称之为"沉思的诗"。

---

❶　冰心.冰心文集[M].上海：上海文艺出版社，1982：301.
❷　同❶.

而散文集《山水》没有得到相应的重视，直至 20 世纪 90 年代，季羡林还叹息"像我这样来衡量他散文的文章，还没有读到过"❶。不过近年来，《山水》也日益成为了研究者关注的重点，出现了一些关于《山水》的哲学意蕴、西方山水理念与《山水》、杜甫诗歌与《山水》等方向的研究。

笔者发现，增加进 1947 年 5 月出版的散文集《山水》中的《〈山水〉后记》也应该是一个值得关注的文本。

这篇后记中，冯至首先全文引用了自己为 1943 年 9 月初版本散文集《山水》所写但是没有发表的跋语。

在这几段跋语中，冯至提到了"灵魂的山川"。所谓"灵魂的山川"已经不限于《山水》文章中提到的地方，而是每一处他经过的地方，哪怕是只停留过几分钟的地方，也是冯至"无异于爱惜自己的生命"❷ 的"灵魂的山川"。冯至坦言，《山水》中写到的地方不是名胜。确实，散文集《山水》不是描写名胜的游记，而是描写了中国的赣江、平乐，欧洲的赛因河（即塞纳河）、罗迦诺乡村等山水中的人与物。他更在跋语中强调，无名的山水对人的影响才大，在风景中无名的人们才不会玷污自然。周良沛在《冯至在昆明》一文中提到"从'山水'二字，很容易想到冯至 1932 年在德国译了《论"山水"》交给北平的《沉钟》，在 18 期刊用"❸。里尔克在《论"山水"》中写道"他们走过的那条路，他们跑过的那条道……这些都是'山水'，人在里边生活"❹。而冯至的山水则是"十几年来，走过许多地方……一棵树的姿态，一株草的生长，一只鸟的飞翔，这里边含有无限的永恒的美"❺。可以看出，冯至的山水虽然与里尔克的山水有着近似的地方，但二者还是有区别。里尔克关注的是人，山水是背景；冯至关注的是山水，人是其中如同树木一样的部分。有研究者认为，《山水》"充分体现了冯至

❶　季羡林.诗人兼学者的冯至先生[J].外国文学评论,1990,(3):39.

❷　柯灵.中国现代文学序跋丛书·散文卷[M].海南:海南人民出版社,1988:1533.

❸　周良沛.冯至在昆明[J].边疆文学,1999,(10):47.

❹　里尔克.论"山水"[M].冯至,译.北京:生活·读书·新知三联书店,1994:66-72.

❺　同❷.

独特的自然哲学……整个文本流淌的是冯至关于孤独生命个体的存在之思"❶。或许有人在《山水》里解读出了孤独,笔者在《山水》和《〈山水〉后记》中,更多地发现了自然中的人,发现了《人的高歌》中的石匠与渔夫,发现了《动物园》中的老人,发现了无名少女……而这种人的存在,让山水充盈着生命的喜悦。

接着跋语的引用,冯至在后记中特别感谢了昆明的生活。昆明的山水,让冯至"认识了自然,自然也教育了我"❷,成为他的精神食粮,给予他启示、给予他安慰、给予他领悟。而这种领悟,让冯至学会成长、学会忍耐。即使不再写山水文章,即使面临种种现实的痛苦,却因为"《山水》中的风景和人物都在我的面前闪着微光……也多赖这点微光引导着我的思路,一篇一篇地写下去,不曾感到疲倦"❸。甚至回到了北平之后,"昆明的山水好像成为我理想中的山水"❹,因而这本书就成为对昆明的纪念。

这篇后记是冯至创作《山水》四年之后所写,因此已经远离了创作的原始阶段,而是呈现出一种远距离的冷静的沉思。这种沉思,随着时间的变化,距离创作的时间越来越远;随着地点的变化,距离写作的山水的空间也越来越远。而这种距离,凝聚成冯至对《山水》更深入的思考,在跋语中还仅仅是平凡风景中的永恒之美,在后记中则发生了"比任何人类的名言懿行都重大的作用"。现实让冯至选择走进自然,而自然的山水让冯至拥有了面对现实的力量,深化了他对社会的思考。这就是这篇后记告诉人们的冯至的"山水"。

三、端木蕻良后记中"土壤的故事"

端木蕻良在 1937 年写了《〈大地的海〉后记》、1939 年写了《〈科尔沁

---

❶ 吴武洲.山水映照下的存在之思:论冯至散文集《山水》的哲学意蕴[J].北京理工大学学报(社会科学版),2002,(5):35.

❷ 柯灵.中国现代文学序跋丛书·散文卷[M].海南:海南人民出版社,1988:1535.

❸ 同❷.

❹ 同❷.

旗草原〉后记》。这两篇为自己的长篇小说所作的后记，集中反映了端木蕻良序跋写作的风貌。

在 1937 年的春天，端木蕻良写了《〈大地的海〉后记》，一年以后，1938 年 5 月上海生活书店初版发行了长篇小说《大地的海》。这是端木蕻良的一部抗战小说。《〈大地的海〉后记》重点并不在对于小说《大地的海》的介绍，而是针对《大地的海》和《科尔沁旗草原》两部小说，对东北农民的历史与现状、精神与行动进行书写。按照端木蕻良自己的话，就是"我写的都是一些关于土壤的故事"❶。其实他所说的应该是在东北地区的农民的故事。东北农民是"双重的奴隶。在没有失去（土地，笔者注）的时候，是某一家人的奴隶。失去了之后，是某一国的奴隶"，这就是灾难深重的端木蕻良笔下的农民。"惨阴"是他们生活的主旋，"和善而傲慢，悲哀而倔强"❷ 是他们的性格，"为了生，他们知道怎样去死"❸ 是他们的斗争，而《〈大地的海〉后记》寄托的是端木蕻良对于故土的爱与怀念。在以往的研究中，有人关注到了端木蕻良的"土地情结"。如张立群在《论 20 世纪三四十年代端木蕻良小说创作道路与写作主题》一文中提到，"在《科尔沁旗草原》《大地的海》《大江》《大时代》以及《科尔沁旗前史》这些颇具规模，又暗合端木蕻良自身经历的篇章中，我们可以察觉一道将土地设置为原点并不断延伸、迈向作家此刻生活的生命轨迹"❹。这种对于土地意向的关注，很多人的研究起点是 1944 年端木蕻良在《我的创作经验》中对自己创作动因的反思："在人类历史上，给我印象最深的是土地。……土地传给我一种生命的固执。土地的沉郁的忧郁性，猛烈的传染了我。……土地使我有一种力量，也使我有一种悲伤……我活着好像是专门为了写出土地的历史而来的。"❺ 但较早地体现其对土地这一意象关注的应是《〈大地的海〉后记》。此外，关于该后记中"双重奴性"的揭示与研究，还少有关注。

---

❶　柯灵.中国现代文学序跋丛书·散文卷[M].海南:海南人民出版社,1988:942.

❷　同❶:944.

❸　同❶:945.

❹　张立群.论 20 世纪三四十年代端木蕻良小说创作道路与写作主题[J].民族文学研究,2011,(5):162.

❺　端木蕻良.我的创作经验[J].万象,1944,4(5):27.

　　1939 年 5 月，上海开明书店初版发行了端木蕻良的《科尔沁旗草原》，附有 1939 年他写的《〈科尔沁旗草原〉后记》。在这篇后记中，端木蕻良写了三个问题，一为"我怎样把《科尔沁旗草原》直立起来呢"❶，一为"农夫又怎样的呢"❷，一为"关于丁宁"❸。因此可以看出，这篇后记是侧重于对于创作手法的阐述。关于《科尔沁旗草原》的结构，端木蕻良的阐释被很多研究者注重，特别是"我采取了电影底片的剪接的方法，我改削了很多，终于成了现在的模样。上半是大草原的直截面，下半是他的横切面。上半可以表现出他不同年轮的历史，下半可以看出他的各方面的姿态"这一经典的解析，被诸如杨义《中国现代小说史》等文学史以及闻敏的《端木蕻良的〈科尔沁旗草原〉》等相关研究引用并分析。海外学者也注意到了这一表述，如夏志清就在《小说〈科尔沁旗草原〉——作者简介与作品述评》一文中说端木"显然对能够生动再现小说故事的电影艺术很感兴趣。他也是第一位公开声明借鉴这种艺术的中国作家"❹。由此可见这一后记的重要。关于农夫的形象，端木蕻良先是分析了他心目中农民的样子：有着自给自足的幻想，有着强壮的活力，但是不具备自我觉醒的能力，"我始终认为在中国的现阶段的农村里，能发现一个自发性的绝对的觉醒者，恐怕是很难能的"❺，因而不知道该如何抗争。这种饱含感情但又不乏理性的分析，是在小说中无法直接说出的。因而，他自认为农民大山是一个未完成的形象，这种形象的完成不是在小说中可以实现的，更需要在生活中由时代去完成。在以后的对于端木蕻良的农民形象的研究中，如侯敏在《端木蕻良小说中的农民形象塑造》一文中认为，端木蕻良塑造的农民形象"主要有两种性格特质——粗犷和忧郁，这两种性格特质的形成与作者自身的经历，以及大时代背景的影响息息相关"❻。但是，对于端木蕻良自己在《〈科尔沁旗草原〉后记》中的相关阐释缺少关照。

---

❶　柯灵.中国现代文学序跋丛书·小说卷[M].海南:海南人民出版社,1988:979.

❷　同❶:981.

❸　同❶:985.

❹　夏志清.大地诗篇:端木蕻良作品评论集[M].哈尔滨:北方文艺出版社,1997:306.

❺　同❶:983.

❻　侯敏.端木蕻良小说中的农民形象塑造[J].现代语文,2008,(1):40.

最有意味的是端木蕻良对于"丁宁"这一人物的解读，仅有一句，"丁宁自然不是我自己。但他有新一代的青年的共同的血液"❶。丁宁是新人形象，这是毫无疑义的。但是，众多研究者不认同丁宁这一人物没有端木蕻良自传成分的说法。孔海生在《端木蕻良和他的小说（1933—1943）中的自我形象》一文中，就肯定地说，"明眼人在小说主人公丁宁身上看到了太多的端木的影子，也就很自然把端木的话反读为'丁宁就是我自己'"❷，并从端木蕻良的小说创作中的诸多细节论证"丁宁"虽然不等于端木蕻良，但却是端木蕻良塑造的"自我"形象。闻敏在《端木蕻良的〈科尔沁旗草原〉》一文中也认为"作为艺术形象的丁宁，不能与作者自身等量齐观。但，……端木早年经历确与丁宁颇为近似。……可以看到作者自身精神的投影"❸。以此可以看出，这篇后记中的这一句，一直引起人们的关注，因为这是著作者最直接的对于人物创作的表述，是一个不容忽视的声音。

❶ 柯灵.中国现代文学序跋丛书·小说卷[M].海南:海南人民出版社,1988:985.

❷ 孔海生.端木蕻良和他的小说(1933—1943)中的自我形象[J].中国现代文学研究丛刊,1999,(2):104.

❸ 闻敏.端木蕻良的《科尔沁旗草原》[J].中国现代文学研究丛刊,1997,(3):197.

第八章　关照读者的对话意识

瞿世英在《〈春雨之夜〉序》说"凡是读一位作家的作品，如能将他的思想看得清楚明白，对于他的作品便是能了解。我想我对于剑三是很了解的，但是为着读者了解作者起见，很愿意将剑三介绍给读者，使大家也和我一样和他做朋友"❶。从这段文本，我们就可以看出，现代文学作家在作序跋的时候，清醒地意识序跋是为读者而作，之所以为读者而作，是为了让读者更好地理解作家、理解著作。

第一节　广众性对话意识

审看现代文学序跋，我们可以发现很多序跋的题目中就含有"读者"这个词语。如倪贻德为散文集《玄武湖之秋》自作序言《致读者诸君》、高长虹为散文集《心的探险》自作跋文《跋：留赠读者》、黄衫为邹枋著散文集《青春散记》自作序言《我与读者介绍这留住青春的佳作》、邹韬奋为散文集《小言论（第一集）》自作序言《预告读者的几句话》、马国亮为散文集《再给女人们》自作序言《作者致读者》，王吟雪为王任叔著诗集《情诗》自作序言《给读者》、谢采江为诗集《荒山野唱》自作序言《致读者》、曹雪松为诗集《爱的花园》自作序言《致读者》、英蝶为诗集《夜》

---

❶　柯灵.中国现代文学序跋丛书·小说卷[M].海南:海南人民出版社,1988:38.

自作序言《致读者的几句话》、郎雪羽为诗集《睫》自作跋文《致读者（代跋）》、白夫为诗集《白夫诗册》自作跋文《跋——向读者致谦》、向培良为戏剧集《沉闷的戏剧》自作序言《给读者》、鲁觉吾为戏剧集《自由万岁》自作跋文《后记——给读者、导演（1944 年 10 月 10 日于重庆）》、朱雷为戏剧集《独幕剧新集》自作跋文《后记——答复青年读者（1946 年 7 月 4 日）》、子兮为小说《爱的浪费》自作序言《致读者（T. C. 1925 年 9 月 26 日）》、顾仲起为小说《生活的血迹》自作序言《告读者（1928 年 1 月 15 日）》、罗西（欧阳山）为小说《你去吧》自作序言《致读者（1928 年 6 月 6 日）》、叶鼎洛为小说《未亡人》自作跋文《篇末致读者诸君（1928 年 4 月 13 日）》、黄素陶为小说《失恋之后》自作序言《给读者们的一封信（代序，1928 年 5 月 12 日）》、陈明中为小说《爱与生命》自作序言《致读者诸君（代序）（1929 年 12 月 15 日）》、骆宾基为小说《播种者》自作序言《答读者》、张爱玲为小说《传奇》自作跋文《有几句话同读者说》。还有很多序跋文，虽然在题目中没有指明给读者，但是在行文之中，明确地显示了对于读者的关照。

这些序跋文明显地透露了现代文学作家渴望与读者进行沟通。在作品中，他们有时也会直接对读者说出自己的想法，而在序跋中他们可以将这种交流显性化；在作品中，他们更倾向于作品空间的构建，赋予作品思想内涵、情感内涵，而在序跋中他们可以将自己对阅读者的期待、对知音的呼唤直接地呈现出来；在作品中，作家的选材与文体特点会决定隐含读者的存在，而序跋则会推进隐含读者向现实读者转化的进程，从而在文学接受的过程中起到催化、激发的作用。

从现代文学序跋创作开始，这种读者意识就清晰地显现着。1921 年 7 月，王力在《〈苦儿记〉自叙》中说："我于文字，是主张写实的。现在既有了这种事实，不由的拿笔把它描写出来。并非有意作弄，想引起读者诸君的苦闷。我的心里，不过希望一般读者，知道我国'穷乡陋邑'，有这等苦闷的人生。……所以在我的心里，又希望一般读者，凡处在'苦闷底境遇里'的，大可拿这书中主人看一看。那抵抗苦闷环境的力量，一定可增加不少。……如果因此引起苦闷的观念，也以为不合算，那我便没有方法，只好向读者深深道歉。"❶ 这是一篇始终与读者对话的序文，序跋作者的笔墨始终围绕着自己"苦闷的观念"是否能让读者接受这一主题，而不是单向地讲述自己的"苦闷的观念"。他明白通过读者的意识体会自己的作品是重要的，这种阅读的重要性与创作的重要性是同等的，因此通过序文，他明确地期望自己的创作获得阅读者的认同。

虽然如汪敬熙在《〈雪夜〉自序》中所说，"读者的意见，我现在是不晓得"❷，但是重视、关照读者，仍是现代文学序跋作者自觉的选择。不是偶然在一两篇序跋文中做到这一点，而是在很多序跋作品中注意对读者说话，并将这一态度贯穿始终。

很多序跋文本体现出的对读者的关照，是一种广众性的。他们对心目中的读者没有特别的规定，仅仅定位在正在或是将要阅读作品的人。因此，这种关照的内容，更多侧重于表达一种对话的渴望。如冯文炳在《〈竹林的故事〉序》中期望"我愿读者从他们当中理出我的悲哀"❸，这是冯文炳期望读者能够在《竹林的故事》发现并理解作者的悲哀，理解作者的初衷。高长虹在《〈故乡〉小引》中希望"这书的将来的读者们，有幸运能够用自己的眼睛细心读下去"❹，这是高长虹希望读者能够对许钦文的小说《故乡》有自己的判断与理解，并希望读者能够以认真的态度进行阅读。蒋光赤在《〈少年漂泊者〉自序》中，对着读者大声呼喊："不过读者切勿误会我是一个完全粗暴的人！我爱美的心，或者也许比别人更甚一点；我也爱幻游于美的国度里。但是，现在我所耳闻目见的，都不能令我起美的快感，更哪能令我发美德歌声呢？朋友们！我也实在没有法子啊!"❺ 他将读者视为朋友，期望读者接受这本粗暴的《少年漂泊者》。钱杏邨在《〈一条鞭痕〉自序诗》中写道"你聪明的读者哟，/我不是在为诗人作传；/表现升华的革命的狂飙，/我是渴望着大无畏的英雄来到"❻，作为诗歌体序跋，一般而言文

---

❶　柯灵.中国现代文学序跋丛书·小说卷[M].海南:海南人民出版社,1988:6.
❷　同❶:62.
❸　同❶:53.
❹　同❶:94.
❺　同❶:71.
❻　同❶:139.

字简短，但是就是在这短诗之中，依然没有遗忘点明读者这一对象，可见钱杏邨对于读者的重视程度。这种对读者的告知，既有如胡适在《〈小雨点〉序》中以"所以我很高兴地写这篇小序，给读者知道这是这几篇小说是作者这十二年中援助新文学运动的一部分努力"❶，正式如同宣言般告知读者《小雨点》的作者陈衡哲的文学史位置，也有如潘汉年在《〈离婚〉序》中写道"写完凑凑字数的本篇，无以名之，名之曰：'致读者'"❷，以自嘲的口吻进行沟通。

一、郁达夫以序跋与读者交流

郁达夫是一个始终关注读者的序跋作者，在《郁达夫文集》（国内版）第七卷·文论、序跋中所收的郁达夫的序跋文中，共有 10 篇序跋文中明确有"读者"一词。

《郁达夫文集》（国内版）第七卷·文论、序跋收录的郁达夫第一篇序跋文《〈银灰色的死〉附言》是以英文书写的，全文不长，全文抄录如下：

The reader must bear in mind that this is an imaginary tale. After all the author cannot be responsible for its reality. One word, however, must be mentioned here that he owes obligation to R. L. Stevenson's 'A Lodging for the Night' and the life of Ernest Dowson for the plan of this unambitious story. ❸

于月明译文如下：

读者必须记住，这是一篇想象中的故事，作者毕竟不能对故事的真实性负责。然而，这里必须提一句，他对 R. L. 史蒂文森的《客店》及厄内斯特·道森的一生表示十分感谢，因为是他们使他计划写了这篇不引人注目的小说。❹

❶ 柯灵. 中国现代文学序跋丛书·小说卷[M]. 海南：海南人民出版社，1988：179.
❷ 同❶：186.
❸ 郁达夫. 郁达夫文集(国内版)第七卷·文论、序跋[M]. 广州：花城出版社，香港：生活·读者·新知三联书店香港分店，1983：148.
❹ 同❸.

郁达夫为自己的第一篇创作《银灰色的死》所作的附记，可以看出应是直接摘用的其他人所作序文或前言。但是，从这一引用的语句开头即用了"读者"一词可以发现，郁达夫从创写序跋的开始就关注读者。而这一关注应该是西方著作前放置致读者的前言的影响而形成的。

从郁达夫的《〈茑萝集〉自序》开始，"读者诸君"一词，就常常出现在他的序跋文中。如《写完了〈茑萝集〉的最后一篇》《〈达夫全集〉自序》《〈达夫代表作〉改版自序》《再谈日记——〈达夫日记集〉代序》等序跋文中均出现了"读者诸君"。笔者以为，"读者诸君"是一个很有意思的词语，"读者"当然是郁达夫序跋文的阅读对象，也是他期望的自己著作的读者，而"诸君"则包含了敬意、尊重，但是也略有保持距离的感觉。而郁达夫有意无意之中反复应用这一词语，不免有一种对读者期待同时保持距离的矛盾，个中意味，值得玩味。

在郁达夫的序跋文中，有些就点明了著作是为读者而作，如《〈日记九种〉后叙》在开头就表明"半年来的生活记录，全部揭开在大家的眼前了，知我罪我，请读者自由判断，我也不必在此地强词掩饰"[1]；有些是对读者的劝告，如在《〈达夫代表作〉改版自序》中，他说"这一本所谓代表作，实在是由全集里选出来的东西，万一你们买重了之后，可不要来怪我，说我在骗取你们的几个血样的金钱"[2]；有的期望阅读者有自己的选择，如在"因为读者读了他的诗后，好恶的判断，当然是自己能够去下的"[3]。总之，郁达夫习惯从不同的角度，表达他对读者的关注。

郁达夫特别喜欢在序跋的结尾与读者作最后的告别。如《〈茑萝集〉自序》的结尾是"我可以不再多讲了，因为我所欲讲的，都写在后面三篇小说里，可怜的读者诸君——请你们恕我这样的说——你们若能看破人生终

[1] 郁达夫.郁达夫文集(国内版)第七卷·文论、序跋[M].广州:花城出版社,香港:生活·读者·新知三联书店香港分店,1983:174.

[2] 同[1]:234.

[3] 同[1]:284.

究是悲哀苦痛，那么就请你们预备，让我们携着手一同到空虚的路上去罢"❶；《〈茑萝集〉自序》的最后一句话是郁达夫的祝福："读者诸君，我祝你们康健"❷；而《〈生活与艺术〉书后》是一种自嘲："拾人牙慧，毫无新意，因勉己兄催稿，寄此塞责，请读者原谅"；在《再谈日记——〈达夫日记集〉代序》中，他以"现在当将全集改编一道的时候，当然是要先从容易做的事情来着手，达夫日记的汇录改削，就于是成功了，这就是我这一册日记的所以得与诸君相见的缘由"❸收尾。诸如此类，仿佛郁达夫在与读者面对面地说再见，不仅是一种行文的礼貌，更可见他对读者的重视。

在《〈茑萝集〉自序》中，郁达夫将读者的范畴缩小了，"我的这几篇小说，只想在贫民窟，破庙中去寻那些可怜的读者。得意的诸君！你们不要来买罢，因为这本书，与他们的思想感情，全无关涉，他们买了读了，也不能增我的光荣。……可怜的读者诸君——请你们恕我这样的说——你们若能看破人生终究是悲哀苦痛，那么就请你们预备，让我们携着手一同到空虚的路上去罢！"❹笔者注意到，郁达夫在该篇序文的落款为"一九二三，七，二八午后　叙于上海的贫民窟里"❺。作为序跋作者的郁达夫，身在贫民窟，因此他期望阅读者也在贫民窟。至少，郁达夫明确地表明，他的书不是给所有人看的，他的读者应该有着与他类似的生活经历、思想情感。其实，郁达夫更想要表明的是，他的书不应该是对他的生活没有体验、没有同情的批评家看的，因为没有对世界共同的理解、没有对生活共同的体验，因此无法对他的作品感同身受。这才是郁达夫这篇序跋的重点。这种对于读者的勾画，在《写完了〈茑萝集〉的最后一篇》也有体现："这本书应该是不受欢迎的，因为读这本书的时候，并不能得着愉快。本来是寥寥的几个爱读我的著书的人中，想读我这一本书的，大约更要减少下去。但是我不信在现代的不合理的社会里，竟无一个青年，能了解这书的主人

---

❶　郁达夫.郁达夫文集(国内版)第七卷·文论、序跋[M].广州:花城出版社,香港,生活·读者·新知三联书店香港分店,1983:154.

❷　同❶:157.

❸　同❶:267.

❹　同❶:148.

❺　同❶:154.

公的心理。我也不信使人不快乐的书，就没有在世上存在的权利。"❶ 从这里，我们可以发现：郁达夫深知自己的著作不是予人快乐的著作，因此有可能损失曾经的读者；但是，他又期待真正读者的出现，从而真正理解这本书让人不快乐的原因，在真正理解书的意义、著者的意旨之后，成为真正理解书之本意、作家之本意的读者。甚至，郁达夫期待读者因为阅读而产生行动，在《〈达夫全集〉自序》中，他在结尾写道："我是弱者，我是庸奴，我不能拿刀杀贼。我只希望读我此集的诸君，读后能够盎然兴起，或竟读到此处，就将全书丢下，不再将有用的光阴，虚费在读这些无聊的呓语之中，而马上就去挺身作战，杀尽那些比禽兽还相差很远的军人。那我的感谢，比细细玩读我的作品，更要深诚了。"❷ 在这里，已经超越了对于读者的阅读期待，已经将阅读后的行动指向明晰地指出了，这不仅是对读者的期望，更是对自己创作的肯定与目的的揭示。

二、《给女人们》之后《再给女人们》

将读者放在对话的位置上，是很多现代文学序跋的共同点。有时，我们会从序跋中发现读者的作用已经远远超过了阅读与理解作品，甚至成为作品创作的根源。

上海良友图书印刷公司 1931 年 2 月初版发行了马国亮的散文集《给女人们》，1933 年 7 月初版发行了马国亮的散文集《再给女人们》。马国亮为什么在写了《给女人们》之后，又写了《再给女人们》，他的《再给女人们——作者致读者》这篇序言可以告诉我们他创作的动力。

在这篇序言中，马国亮告诉读者，《再给女人们》的创作，首先源于读者的期待。而这种期待始于马国亮《给女人们》的前记，里面曾经无意中说过，《给女人们》不止这些。这让读者时常到良友营业部询问续集何时出版。外在的读者期待，转化为了马国亮的创作动力。这种动力就是回报读者的厚谊。

---

❶ 郁达夫.郁达夫文集(国内版)第七卷·文论、序跋[M].广州:花城出版社,香港:生活·读者·新知三联书店香港分店,1983:156.

❷ 同❶:168.

而这种回报，马国亮以新的创作予以实现。因此，在《再给女人们》中，会有不同于《给女人们》的新内容、新趣味。而在结尾处，马国亮说："我也无须多谈什么了，反正书已摆在读者的面前，一切还是请读者批判罢。"

从这篇序言中，我们可以发现，读者在马国亮的心中，是阅读者，是评判者，是激发者，甚至是作品的参与者。为读者而写，在现代文学阶段，已经不局限于教育、感化读者，读者也不再是简单的被传播者，而是已经成为可以与创作者对视的人，已经超越了以往的看官的身份，从而以自己的阅读丰满乃至参与中国现代文学的建设。而序跋文，就是一个现代文学作家与读者直接对话的载体。

笔者以为这正是序跋在现代文学阶段体现现代文学性的一个重要方面。不同于古代文学阶段，在现代文学阶段，机械印刷和以机械印刷为基础的书籍、报纸、期刊等现代大众传媒大量发展起来，已经构成了大众传媒市场，由此引发了文学的非功利性的发展，强调文学不再是实用性的载体或是附属物，强调文学的非功利性，引发文学为艺术的观念。同时，大众传媒市场也促成了作家的职业化，即作家可以把作品投向文化市场，获取生活物质资料，就是所谓的卖文为生。中国现代文学作家，一般或将写作作为第一职业，或将写作作为第二职业。因此，序跋的创作就必然成为文学成为商品过程中的一个要素。对于此，很多序跋作者是有着清醒的认知的。如徐志摩在《〈猛虎集〉序》中叹息本来不想写序言，"但书店不肯同意；他们说如其作者不来几句序言书店做广告就无从着笔。作者对于生意是完全外行，但至少也知道书卖得好不仅是书店有利益，他自己的版税也跟着像样，所以书店的意思，他是不能不尊敬的"❶。郁达夫在《序冯蕉衣的遗诗》中写道："说万事具齐备，只少了我的一篇序，假使我若不写这一篇序的话，则对不起出款子的诸位热心家的事小，对不起死在九泉下的诗人，却是很大哩！"❷

---

❶ 陈绍伟.中国新诗集序跋选[M].长沙:湖南文艺出版社,1986:216.
❷ 郁达夫.郁达夫文集(国内版):第七卷·文论、序跋[M].广州:花城出版社,香港:生活·读书·新知三联书店香港分店,1993:283.

这是他们文学自主性的平台。因为他们深知文学作品作为传媒的一种的力量，因而序跋也就成为他们主动向阅读者传播的平台。在第一时间吸引阅读者让他们对著作产生兴趣，进而为了读者的需要去创作作品，从而在创作更多作品的同时赢得更多的商业价值。而序跋就是体现这一进程中著作者与读者交流的一个载体。仅就这一点而言，序跋就有不同于其他文本的独立的认知价值。

第二节　针对性对话意识

有些现代作家在序跋中明确地将自己或是他人的著作献给特定的群体，自觉地在序跋中规定读者。这种针对性的对话意识，体现了现代文学作家在创作中开始针对某一种群体而书写的意识。这些作家往往不同意一部文学作品能够为所有人去阅读、去喜爱、去理解，他们认为某一部作品可能会赢得某一类人，因此他们在序跋中一方面指明了自己心目中的读者，一方面借此传达作品的思想与情感倾向。这种针对性的对话，比起对泛泛而称的广义上的"读者"进行言说，更有目标的指向性，因此更为贴近著作者的原初创作意图，观点也更为鲜明。

巴金在《〈光明〉自序》中排斥了一部分人，认为"整日舒服地躺卧在象牙塔里"的人，是不会读《光明》这部书的，更不会理解书中爱与憎的矛盾。短篇小说集《光明》中的小说内容复杂，有社会中发生的种种悲剧的反映，如《苏堤》展现的是渔夫的不幸与苦难，《爱的十字架》写出了知识分子的悲惨人生，《狗》描写的是中国人连狗都不如的残酷现实，《生与死》是斗争中生离死别的悲伤与痛苦……巴金的《光明》是他对社会的诅咒，不是让人愉悦的消遣性的读物。因此，巴金明白，看不到生活苦难、不理解人间痛苦、不同情遭受苦难的人，不会是《光明》的读者。

丁玲在《〈一个人的诞生〉作者记》中，刻画了她期待视野中的读者。她心目中的读者，应该是忠实与坦白的，这种忠实与坦白体现在"给我严正的批判，勉励我。鼓舞我，推进我而指导我"❶。但是，丁玲也承认，这样的读者是极为难得的，因为在她的小说《在黑暗中》发行以后，三年之间，她都没有寻觅到这样的读者。因此，她感到了一种寂寞、一种著作者的悲哀。在《一个人的诞生》出版之际，丁玲"觉得有站在作者的立场来向读者和批评者说几句话的需要"❷。她认识到唯有有思想的读者，才能负担起读者的责任，对自己的作品进行批评与指导。由此可以发现丁玲对于读者的要求：不再仅仅是读她的作品，更要成为一个有责任感的读者。她是从读者的阅读态度上予以要求，以此对应自己作为作者的态度。因为丁玲是努力、辛勤地忠实于自己的文字工作者，因此她也就要求阅读者同样努力、辛勤地忠实于自己的阅读。这实际上体现了丁玲的观点：文学作品不仅仅是赏心悦目的艺术，更应该是一种对社会的责任。这种观点使她对读者发出了特别的要求。

钱杏邨在《〈达夫代表作〉后序》中特别辟出了"致读者"一节，将郁达夫的作品特别献给青年，并认为不同的青年都可以从《达夫代表作》中获得力量，已经前行在革命斗争征途中的青年将更加勇敢，徘徊在歧路上的青年将发现徘徊是没有前途的，因而会选择更正确的人生道路。周文在《〈吕梁英雄传〉序》中，认为《吕梁英雄传》"对边区的每一个读者就都显得很亲切。边区的读者们，在八年抗战中❸，大都亲自体验过书中所写的那些斗争，虽然情况各有不同，但是斗争的体验是相同的"❹。他更指出，由于书中英雄就是边区的读者自己或是战友，因此在著作中读者会看到自己、认识自己，并在阅读之中提高自己。

诸如以上例子，现代文学序跋中对于读者的期待，已经进入一个新的阶段。序跋作者已经感受到，阅读的效果不仅仅由著作文本自身决定，还需要读者的参与。他们这种规定读者、进行针对性对话的方式，是承认读者参与的重要，承认读者是具备个性与区别的个体，阅读不可能是一种普

---

❶　柯灵.中国现代文学序跋丛书·小说卷[M].海南:海南人民出版社,1988:390.

❷　同❶.

❸　同❶:1427.

❹　同❶:1427.

遍的阅读，不是被动吸收，而是一种选择。因此，他们期望通过序跋发现真正的读者，也让读者在阅读之前发现与肯定自己是否是真正的读者。虽然现代文学作家尚不知隐含作者、期待视野等文学接受的理论，但是他们以序跋为实践，去展现了自己对读者的理解，并推进了文学接受理论的尝试与实践。

一、《〈边城〉题记》中"我的读者"

中篇小说《边城》尚未完成，即于 1934 年 1 月 1 日开始在《国闻周报》第 11 卷第 1 期连载，至 1 月 21 日第 11 卷第 4 期载完先写的部分。续写的部分，载于《国闻周报》3 月 12 日第 11 卷第 10 期至 4 月 23 日第 10 卷第 16 期。沈从文 1934 年 4 月 20 日作《〈边城〉题记》，发表于 1934 年 4 月 25 日天津《大公报·文艺副刊》第 61 期。1934 年 10 月，上海生活书店初版发行了沈从文著的小说《边城》，著作正文前收有《〈边城〉题记》。

这篇《〈边城〉题记》，沈从文着重地谈了他心目中《边城》的读者应是什么样的人。

他直接地表示"我这本书不是为这种大多数人而写的"❶。这种大多数人实际上包括了两种不同的读者，一类是文艺批评家，一类是读者。笔者以为，沈从文实际上首先是针对文艺批评家表明了自己的态度。他的这一姿态，不仅仅是从自己的作品《边城》出发，还是为了回击艺界某些人的对他以往作品的批评。如 1931 年 3 月 1 日，韩侍桁在《一个空虚的作者——评沈从文先生及其作品》中批评沈从文的作品只有空虚的题材与轻飘的文体，因此吸引了有着低级趣味的读者，"有许多青年男女学生曾读过他的作品，并且赞赏他；有许多已经结束了学生生活而从事于各种职业较新的青年们曾读过他的作品，并且赞赏他；甚至有许多从事文艺的青年们曾读过他的作品，并且至少也说'他是有着创作的才干'。但是，一个在思想上，在生活上有着较深的根底的，对于文艺的要求是超过了一切的趣

❶ 柯灵.中国现代文学序跋丛书·小说卷[M].海南:海南人民出版社,1988:556-557.

味——更不用说低级的趣味——而具有真实的鉴赏和判断的眼和心的人，看了他的作品，不但厌恶他作品中的人物，而甚至对于那作者的本身发生反感，唾弃这位作者的创造的态度"❶。对于这种批评，沈从文极为不认同，他在《〈边城〉题记》中说"我这本书预备给一些'本身已离开了学校，或始终就无从接近学校，还认识些中国文字，置身于文学理论、文学批评以及说谎造谣消息所达不到的那种职务上，在那个社会里生活，而且极关心全个民族在空间与时间下所有的好处与坏处'的人去看"❷。

沈从文说"我这本书不是为这种大多数人而写的"，而韩侍桁则认为沈从文作品的价值"在某一方面——社会中的较大部分——因为是正适合了一般人的本能的低级的趣味，所以受了赞赏"❸。笔者判断，沈从文的不为"大多数人"而写，应该是针对韩侍桁这样的批评而发出的。

我们比较以上两个文本中对于读者的描述（表8-1）。

表8-1 沈从文、韩侍桁两个文本对读者描述的比对

韩侍桁 《一个空虚的作者——评沈从文先生及其作品》	沈从文 《〈边城〉题记》
青年男女学生	本身已离开了学校，已经结束了学生生活而从事于各种职业较新的青年们 或始终就无从接近学校
许多从事文艺的青年们	置身于文学理论、文学批评以及说谎造谣消息所达不到的那种职务上

从这种针对性的描述可以判断出，沈从文的阐述应该是对以往批评的回击。他所期望的读者，首先应该是远离所谓的持有专业的批评理论的人。这种观点是沈从文一直以来的观点。不仅从这篇序言中可以看出，他在之前的《〈生命的沫〉题记》、之后的《〈长河〉题记》中都表达了同样的观点。这是沈从文对"我的读者"提出的第一个要求。

❶ 韩侍桁.一个空虚的作者:评沈从文先生及其作品[J].文学生活,1931,1(1):8.
❷ 柯灵.中国现代文学序跋丛书·小说卷[M].海南:海南人民出版社,1988:556-557.
❸ 同❶:11.

沈从文在《〈边城〉题记》中对读者提出了第二个要求："他们真知道当前农村是什么，想知道过去农村是什么，他们必也愿意从这本书上同时还知道点世界一小角隅的农村与军人。我所写到的世界，即或在他们全然是一个陌生的世界，然而他们的宽容，他们向一本书去求取安慰与知识的热忱，却一定使他们能够把这本书很从容读下去的。"❶ 这一要求，源于《边城》的内容。因为沈从文是"对于农人与士兵，怀了不可言说的温爱"❷ 去创作《边城》一书的。从《边城》面世以来，对农村的书写赢得了众多人的认同。1934 年 6 月 7 日汪伟发表在《北京晨报·学园》上的《读边城》一文，较早地提出了《边城》的牧歌风，直至 20 世纪 80 年代还有评论者将《边城》作为乡土文学进行研究。因此，可以发现，正是《边城》自身内容的特点，焕发出了富有针对性的召唤，而《边城》现实中阅读者的认同与《边城》作者对阅读者的期待的吻合，证明了《边城》的成功，也证明了沈从文在《〈边城〉题记》所做的判断的准确，或者说证明了多数人对于沈从文创作的这一特点是认同与支持的。

沈从文在《〈边城〉题记》中对读者提出的第三个要求是理性。他说："我的读者应是有理性，而这点理性便基于对中国现社会变动有所关心，认识这个民族的过去伟大处与目前堕落处，各在那里很寂寞的从事民族复兴大业的人。这作品或者只能给他们一点怀古的幽情，或者只能给他们一次苦笑，或者又将给他们一个噩梦，但同时说不定，也许尚能给他们一种勇气同信心！"❸ 关于这一对读者的要求，实际上涉及了沈从文自己对《边城》思想内容的理解，以及他所认为的文艺作品的功用。实际上，虽然对于《边城》思想内容的解读，一直有很多声音，众说不一，如情爱—乡情论、现实批评论、文化哲理—喻言论、双重悲剧论等，但是他自己的观点就是从乡土性、地域性的文学出发，去关注民族与现实，以淳朴的过去的乡村的人性之善、之美，给现实中的人们以勇气。有学者是认同他的观点的，如苏雪林在《沈从文论》中就指出沈从文的作品"借文字的力量，把野蛮

❶ 柯灵.中国现代文学序跋丛书·小说卷[M].海南:海南人民出版社,1988:555.
❷ 同❶:556-557.
❸ 同❶:556-557.

人的血液注入到老迈龙种颓废腐败的中华民族身体里去使他兴奋起来……引燃整个民族青春火焰"❶。凌宇则指出"在沈从文的创作品格中，鲜明地体现着湘西苗族文化、汉族文化和西方文化三条文化线索的交织"❷，形成了以生命为核心的人生哲学观念与独特文化心理结构。由此可见，无论是在当时，还是在以后的研究中，《〈边城〉题记》中的言说，都激发了人们对《边城》的探讨与思考。

虽然沈从文在《〈边城〉题记》中对自己的读者提出了种种要求，但是笔者以为，沈从文在《〈边城〉题记》所谈的"我的读者"，其重点并不仅仅是对读者的期待，而是试图从要求读者阅读的角度，去阐释自己的作品，去阐释自己的文学观点。他真正的意图，并不是让某些人读或者不读《边城》，而是期望人们可以从《边城》中读懂自己的意图，用自己的眼睛、自己的心去体味，而不是机械地以某些文学理论为基点去判读《边城》。

二、《〈旧时代之死〉自序》中"奋斗"或"挣扎"的朋友

1929 年 10 月北新书局出版了柔石的长篇小说《旧时代之死》，这部著作是柔石第一部也是唯一的一部长篇小说。鲁迅不仅将《旧时代之死》推荐给北新书局，还在《我们要批评家》中写道："这两年中，虽然没有极出色的创作，然而据我所见，印成本子的，如李守章的《跋涉的人们》，台静农的《地之子》，叶永蓁的《小小十年》前半部，柔石的《二月》及《旧时代之死》，魏金枝的《七封信的自传》，刘一梦的《失业以后》，总还是优秀之作。"❸ 以此赞赏这部《旧时代之死》。

柔石在《〈旧时代之死〉自序》中，明确地表明要"忠诚地向站在新时代台前奋斗，或隐在旧时代幕后挣扎的朋友们，供献我这部书"❹。为什么要将读者规定成这样？

---

❶ 苏雪林.沈从文论[J].文学,1934,3(3):72.
❷ 凌宇.从苗汉文化与中西文化的撞击看沈从文[J].文艺研究,1986(1):64.
❸ 鲁迅.鲁迅全集:第四卷[M].北京:人民文学出版社,1981:240.
❹ 柯灵.中国现代文学序跋丛书·小说卷[M].海南:海南人民出版社,1988:325.

从序文中，我们可以发现这部小说的创作背景。这部《旧时代之死》是柔石从上海到家乡再回到上海这一段还乡前后过程中创作出来的。创作之初最具有影响的社会事件就是北京的"三·一八"惨案。柔石面对段祺瑞屠杀学生的残酷现实，希望以创作冲洗时代的悲哀，才开始了《旧时代之死》的创作。因此只有理解他创作初衷的人，才会读懂《旧时代之死》。

在整篇序言中，柔石一直以一个青年自许，以一个青年的口吻与读者进行着沟通。他激愤地呼喊"我们都是青年，不该有悲哀来冲洗的时代"！❶他"收拾青年们失落的生命的遗恨"动手创作小说。他"誊出自己的青春放在一字字的改修与抄录中"❷，在暑热之中完成了作品。这是一篇青春的苦痛与悲哀的告白，虽然柔石在序言中是将《旧时代之死》献给朋友们，但从字里行间，我们可以判断出应该是给青年朋友们。

特别要指出的是这部小说的主人公是在时代熔炉里挣扎的青年。在《旧时代之死》中，其实有两类青年。一类以主人公青年知识分子朱胜瑀为代表，他们感受到了新时代的气息，他们的思想受到过新知识的洗礼，因此他们有新的渴望与觉醒。但是，他们没有斗争的勇气，甚至对革命有一种恐惧，因此他们躲在旧时代的阴影中，懦弱、沮丧而悲观。这就是柔石在序言中所说的"隐在旧时代幕后挣扎的朋友们"❸。柔石告诉人们，这样的人生选择，结果只有死亡，如同朱胜瑀一样自杀。另一类青年以李子清和叶伟为代表，他们是柔石心目中的理想人物，他们面对现实，有毅力、有行动，对于社会的悲哀并不持悲观的态度，而是更感受到人生的意义与责任。这就是柔石在序言中所说的"站在新时代台前奋斗的"❹朋友们。

因为认为那些走出了旧时代、走向新时代的人，或是依然在旧时代中挣扎的人，才会对作品感同身受，所以柔石将自己的作品献给他们，献给他期望的读者，同时也借此阐明了自己作品的意义与价值。

当然，如果仅仅从《旧时代之死》这部小说本身来看，对于朱胜瑀的

---

❶ 柯灵.中国现代文学序跋丛书·小说卷[M].海南:海南人民出版社,1988:325.

❷ 同❶.

❸ 同❶.

❹ 同❶.

刻画是较为充分的，但是对于李子清和叶伟的描写较为单薄。仅仅在小说最后一章《余音》中，对李子清和叶伟在朱胜瑀墓前的对话进行了重点的描述，为整部小说添加了光明的尾巴。这确实有游离于整部作品的感觉，但是这一艺术手法的缺陷，是柔石执着于自己的主题造成的。他认为朱胜瑀不足以展现时代青年的整体风貌，因此构架了两类青年。

笔者在这里无意对《旧时代之死》做出更多的评价，只是从对《〈旧时代之死〉自序》的解读中，发现了柔石原初的创作意图，发现了他渴望与心目中的读者对话的强烈意识。他认为社会中值得书写的青年是这两类，因此他在小说中刻画了这两类青年；由于他在小说中刻画了这两类青年，所以他在序言中将自己的作品献给这两类青年读者。

参考文献

【著作】

[1] 唐弢.晦庵书话[M].北京:生活·读书·新知三联书店,2007.

[2] 朱金顺.新文学考据举隅[M].北京:中国文史出版社,1990.

[3] 朱金顺.新文学资料引论[M].北京:北京语言学院出版社,1998.

[4] 余嘉锡.目录学概论[M].北京:中华书局,1982.

[5] 埃尔拉夫.杂闻与文学[M].天津:天津人民出版社,2003.

[6] 金宏宇.新文学的版本批评[M].武汉:武汉大学出版社,2007.

[7] 吴纳,徐师曾.文章辨体序说·文体明辨序说[M].北京:人民文学出版社,1962.

[8] 戚良德.文心雕龙校注通译[M].上海:上海古籍出版社,2008.

[9] 钱仲联.历代别集序跋综录[M].南京:江苏教育出版社,2005.

[10] 南帆,刘小新,练暑生.文学理论基础[M].北京:北京大学出版社,2008.

[11] 王一川.文学理论(修订版)[M].北京:北京大学出版社,2011.

[12] 刘世生,朱端青.文体学概论[M].北京:北京大学出版社,2006.

[13] 石建初.中国古代序跋史论[M].长沙:湖南人民出版社,2008.

[14] 贾植芳,俞元桂.中国现代文学总书目[M].福州:福建教育出版社,1993.

[15] 鲁迅.鲁迅全集[M].北京:人民文学出版社,1981.

[16] 老舍.老舍序跋集[M].广州:花城出版社,1984.

[17] 叶圣陶.叶圣陶序跋集[M].北京:生活·读书·新知三联书店,1983.

[18] 柯灵.中国现代文学序跋丛书·散文卷[M].海南:海南人民出版社,1988.

[19] 柯灵.中国现代文学序跋丛书·小说卷[M].海南:海南人民出版社,1988.

[20] 钟叔河.知堂序跋[M].北京:中国人民大学出版社,2009.

[21] 庐隐,李唯建.云鸥情书集[M].深圳:海天出版社,1992.

[22] 叶圣陶.叶圣陶集[M].南京:江苏教育出版社,2004.

[23] 陆志韦.渡河[M].上海:亚东图书馆,1923.

[24] 陈绍伟.中国新诗集序跋选[M].长沙:湖南文艺出版社,1986.

[25] 巴金.序跋集[M].广州:花城出版社,1982.

[26] 王风.废名集[M].北京:北京大学出版社,2009.

[27] 戴望舒.戴望舒诗全编[M].杭州:浙江文艺出版社,1989.

[28] 徐志摩.猛虎集[M].天津:百花文艺出版社,2006.

[29] 郁达夫.郁达夫文集(国内版)[M].广州:花城出版社,香港:生活·读书·新知三联书店香港分店,1983.

[30] 楼沪光,孙琇.中国序跋鉴赏辞典[M].石家庄:河北教育出版社,2003.

[31] 陈振国.中国现代文学史资料全编·现代卷 冯文炳研究资料[M].北京:知识产权出版社,2010.

[32] 林贤治.鲁迅选集:序跋、书信卷[M].长沙:湖南文艺出版社,2004.

[33] 郭沫若,郁达夫、邓均吾、郑伯奇、张资平,等.辛夷集[M].上海:泰东图书馆,1923.

[34] 王先霈.古代小说序跋漫话[M].沈阳:辽宁教育出版社,1993.

[35] 林语堂,著,季维龙,黄保定,选编.林语堂书评序跋集[M].长沙:岳麓书社,1988.

[36] 胡适.尝试集[M].北京:华夏出版社,2009.

[37] 唐弢.唐弢杂文集[M].北京:生活·读书·新知三联书店,1984.

[38] 钱钟书.写在人生边上[M].沈阳:辽宁人民出版社,2001.

[39] 俞平伯.杂拌儿集[M].北京:中国青年出版社,1995.

[40] 曹禺.蜕变[M].重庆:重庆文化生活出版社,1941.

[41] 许地山.空山灵雨[M].福州:福建人民出版社,2012.

[42] 林语堂.大荒集[M].海南:上海生活书店,1934.

[43] 郭沫若.郭沫若作品新编[M].海南:人民文学出版社,2010.

[44] 刘勇,邹红.中国现代文学史[M].北京:北京师范大学出版社,2010.

[45] 梁遇春.梁遇春散文选集[M].天津:百花文艺出版社,2004.

[46] 梁遇春.泪与笑[M].北京:中国文联出版公司,1993.

[47] 温儒敏.中国现代文学批评史[M].北京:北京大学出版社,1993.

[48] 启功.启功全集:第1卷[M].北京:北京师范大学出版社,2009.

[49] 王富仁.中国反封建思想革命的一面镜子:《呐喊》《彷徨》综论[M].北京:中国人民大学出版社,2010.

[50] 钱理群.走进当代的鲁迅[M].北京:北京大学出版社,1999.

[51] 汪晖.反抗绝望:鲁迅及其文学世界(增订版)[M].北京:生活·读书·新知三联书店,2008.

[52] 师陀.师陀全集:第三卷[M].开封:海南人民河南大学出版社,1988.

[53] 李广田.画廊集[M].北京:人民文学出版社,2001.

[54] 钱理群,温儒敏,吴福辉.中国现代文学三十年(修订本)[M].北京:北京大学出版社,1998.

[55] 艾芜.南行记[M].北京:华夏出版社,2009.

[56] 钟敬文.荔枝小品·西湖漫拾[M].石家庄:河北教育出版社,1994.

[57] 许钦文.鼻涕阿二[M].北京:华夏出版社,2009.

[58] 汪静之.蕙的风[M].北京:人民文学出版社,1957.

[59] 王以仁.孤雁[M].上海:三通书局,1941.

[60] 陈思和,李辉.巴金研究论稿[M].上海:复旦大学出版社,2009.

[61] 吴福辉.插图本中国现代文学发展史[M].北京:北京大学出版社,2010.

[62] 孙玉蓉.俞平伯序跋集[M].北京:生活·读书·新知三联书店,1986.

[63] 祝尚书.宋集序跋汇编[M].北京:中国书局,1986.

[64] 英伽登.对文学的艺术作品的认识[M].北京:中国文联出版社,1988.

[65] 刘增人.臧克家序跋选[M].青岛:青岛出版社,1989.

[66] 周作人.周作人散文钞[M].北京:开明出版社,1994.

[67] 新诗社编辑部.新诗集:第一编[M].上海:新诗集出版社,1920.

[68] 徐德邻.分类白话诗选[M].长沙:崇文书局,1920.

[69] 冯光廉,刘增人.臧克家研究资料(上)[M].北京:知识产权出版社,2010.

[70] 徐雉.雉的心[M].天津:新中国印书馆,1924.

[71] 闻一多.闻一多全集[M].武汉:湖北人民出版社,1993.

[72] 温梓川.梓川小品[M].上海:女子书店,1933.

[73] 另境.斧声集[M].上海:泰山出版社,1936.

[74] 施蛰存.十年创作集:文学创作编·小说卷[M].上海:华东师范大学出版社,1996.

[75] 陈瘦石.秋收[M].上海:生路社,1928.

[76] 洪深.农村三部曲[M].上海:上海杂志公司,1936.

[77] 赵树理.李家庄的变迁[M].上海:新知书店,1947.

[78] 唐弢,严家炎.中国现代文学史(三)[M].北京:人民文学出版社,1980.

[79] 程光炜,刘勇,吴晓东,等.中国现代文学史(第三版)[M].北京:北京大学出版社,2001.

[80] 杨义.中国现代小说史(下)[M].北京:人民出版社,1998.

[81] 夏志清.中国现代小说史[M].上海:复旦大学出版社,2005.

[82] 路翎.财主底儿女们[M].北京:人民文学出版社,1985.

[83] [瑞士]让·斯塔罗宾斯基.批评的关系[M].法国:伽利马出版社,1970.

[84] 阿英.阿英序跋集[M].开封:河南大学出版社,1989.

[85] 俞平伯.俞平伯全集:第一卷[M].石家庄:花山文艺出版社,1997.

[86] 顾仲起.笑与死[M].上海:泰东图书局,1929.

[87] 杨义.中国现代小说史(中)[M].北京:人民出版社,1998.

[88] 巴人.窄门集[M].香港:海燕书店,1941.

[89]   武汉大学中文系三年级巴金创作研究小组.论巴金的世界观[M].长沙:湖北人民出版社,1959.

[90]   唐弢.中国现代文学史简编(增订版)[M].上海:复旦大学出版社,2011.

[91]   宗白华.流云小诗[M].合肥:安徽教育出版社,2001.

[92]   冰心.冰心小说集[M].上海:开明书店,1943.

[93]   伍蠡甫,胡经之.西方文艺理论名著选编[M].北京:北京大学出版社,1987.

[94]   宗白华.美学散步[M].上海:上海人民出版社,1981.

[95]   杨义.中国现代小说史(上)[M].北京:人民出版社,1998.

[96]   郭沫若,著,郭平英,编.创造十年[M].昆明:云南人民出版社,2011.

[97]   茅盾编选.中国新文学大系·小说一集[M].上海:上海良友图书公司,1935.

[98]   鲁塞.形式与意义[M].法国:约瑟·科尔蒂出版社,1982.

[99]   洪深.洪深文钞[M].北京:人民文学出版社,2005.

[100] 陈白尘,董健.中国现代戏剧史稿[M].北京:中国戏剧出版社,2008.

[101] 朱乔森.朱自清散文全集[M].南京:江苏教育出版社,1998.

[102] 李泽厚.中国现代思想史论[M].北京:生活·读书·新知三联书店,2008.

[103] 沈从文.沈从文文集(国内版)[M].广州:花城出版社,香港:生活·读书·新知三联书店香港分店,1984.

[104] 顾彬.二十世纪中国文学史[M].上海:华东师范大学出版社,2008.

[105] 朱立元.现代西方美学史[M].上海:上海文艺出版社,1993.

[106] 许广平.许广平文集[M].南京:江苏文艺出版社,1999.

[107] 朱自清.朱自清跋书评集[M].北京:生活·读书·新知三联书店,1983.

[108] 胡风.胡风评论集(上)[M].北京:人民文学出版社,1984.

[109] 周靖波.中国现代戏剧序跋集[M].北京:北京广播学院出版社,2003.

[110] 刘若端.十九世纪英国诗人论诗[M].北京:人民文学出版社,1984.

[111] 丁尔纲.茅盾序跋集[M].北京:生活·读书·新知三联书店,1994.

[112] 顾仲彝.郭沫若研究资料[M].北京:中国社会科学出版社,1986.

[113] 曹禺.雷雨·日出[M].天津:天津人民出版社,2008.

[114] 刘勇.中国现代作家的宗教文化情结[M].北京:北京师范大学出版社,1998.

[115] 夏志清.新文学的传统[M].北京:新星出版社,2010.

[116] 郁达夫编选.中国新文学大系·散文二集[M].上海:上海良友图书公司,1935.

[117] 王统照.王统照文集:第二卷[M].济南:山东人民出版社,1981.

[118] 钱杏邨.一条鞭痕[M].上海:泰东图书局,1928.

[119] 李致忠.古书版本学概要[M].北京:北京图书馆出版社,1990.

[120] 艾以,沈辉,卫竹兰,等.中国现代文学史资料全编·现代卷:罗淑研究资料[M].北京:知识产权出版社,2010.

[121] 范伯群,曾华鹏.冰心评传[M].北京:人民文学出版社,1983.

[122] 冰心.冰心文集[M].上海:上海文艺出版社,1982.

[123] 里尔克.论"山水"[M].冯至,译.北京:生活·读书·新知三联书店,1994.

[124] 夏志清.大地诗篇:端木蕻良作品评论集[M].哈尔滨:北方文艺出版社,1997.

[125] 鲁迅先生纪念委员会.鲁迅全集:第一卷[M].上海:鲁迅全集出版社,1938.

[126] 李元龙.鲁迅书评序跋论稿[M].成都:电子科技大学出版社,1999.

[127] 傅义正.鲁迅序跋解读[M].呼伦贝尔:内蒙古文化出版社,2005.

【论文】

[1] 彭林祥.新文学序跋论略[J].南通大学学报(社会科学版),2008,24(6):59-63.

[2] 彭林祥.序跋与中国现当代文学研究[J].中国图书评论,2010(3)79-82.

[3] 彭林祥,金宏宇.作为副文本的新文学序跋[J].江汉论坛,2009(10)

98-101.

[4] 贺根民.旧形新质:晚清民初小说序跋的观念张力[J].山西师范大学学报(社会科学版),2008,35(5):106-110.

[5] 夏美武.序跋类文体述评[J].铜陵财经专科学校学报,1999(3):74.

[6] 毕绪龙.鲁迅的序跋文体及其文学批评[J].山东师范大学学报(人文社会科学版),2007,32(3):77.

[7] 彭林祥.论郭沫若的序跋[J].新乡学院学报(社会科学版),2009,23(3):125.

[8] 姬海英.郁达夫的序跋体文学批评探索[J].临沂师范学院学报,2009,31(1):105.

[9] 许广平.鲁迅先生序跋集·序言[J].《鲁迅研究月刊》,1998(8):62.

[10] 周海波.作为文学批评的近代序跋[J].聊城师范学院学报(哲学社会科学版),1997(1):113.

[11] 茅盾(雁冰).通信[J].小说月报,1922,13(2).

[12] 成仿吾.《沉沦》的评论[J].创造季刊,1923,1(4).

[13] 黎锦明.达夫的三时期:《沉沦》—《寒灰集》—《过去》[J].一般,1927,3(1).

[14] 苏雪林.郁达夫论[J].文艺月刊,1934,6(3).

[15] 董易.郁达夫的小说创作初探(下)[J].文学评论,1980(6):27.

[16] 凌宇.从《桃园》看废名艺术风格的得失[J].十月,1981(1):68.

[17] 胡适.文学改良刍议[J].新青年,1917,2(5).

[18] 君实.小说之概念[J].东方杂志,1919,16(1).

[19] 韩侍桁.迷羊[J].创化季刊,1933,1(1).

[20] 臧克家.答编者问——一个文艺学徒的"自道"(创作经验谈)[J].文艺知识连丛,1947,1(2).

[21] 臧克家.甘苦寸心知——谈自己的诗《罪恶的黑手》[J].诗刊,1980(1).

[22] 陈柏彤.论臧克家新诗集(1933—1948)序跋的诗史价值[J].社会科学动态,2023(4).

[23] 严家炎.教训:学术领域应该"费厄泼赖"[J].文学评论,1988(5).

[24] 徐中玉.评巴金的《家》《春》《秋》[J].艺文集刊(第1辑),1942(8).

[25] 扬风.巴金论[J].人民文学,1957(7).

[26] 王瑶.论巴金的小说[J].文学研究,1957(4).

[27] 巴金.和读者谈谈《家》[J].收获,1957(1).

[28] 巴金.文学生活五十年——一九八〇年四月四日在日本东京朝日讲堂讲演会上的讲话[J].花城,1980(6):6.

[29] 雷米,记录整理,黎海宁,译.巴金答法国《世界报》记者雷米问[N].香港《大公报》,1979-07-02,"大公园"栏.

[30] 吴组缃.读《十年诗选》[J].文哨,1945,1(1):39.

[31] 章尚正.一种摇曳多姿的文学样式:谈古代自传文[J].文史知识,1996(3):76.

[32] 王瑶.论巴金的小说[J].文学研究,1957(4):21.

[33] 朱志棠.《家》中觉新形象塑造的艺术辩证法初探[J].中国现代文学研究丛刊,1984(3):239.

[34] 茅盾.一个青年诗人的《烙印》[J].文学,1933,1(5):31.

[35] 孔休.臧克家论[J].时与潮文艺,1944,3(1):19.

[36] 严家炎."五四""全盘反传统"问题之考辨[J].文艺研究,2007(11):9.

[37] 剑三.论冰心的《超人》与《疯人笔记》[J].小说月报,1922,13(9):82.

[38] 化鲁.最近的出产:《隔膜》[J].文学旬刊,1922,(38):37.

[39] 冯至.谈梁遇春[J].新文学史料,1984年,(1):112.

[40] 陈梦家.我是谁[J].新月,1931,3(9):154.

[41] 孙作云.论"现代派"诗[J].清华周刊,1935,43(1):57.

[42] 冰心.关于男人[J].中国作家,1985(1):31.

[43] 郑中飞."杂语"中的性别逃逸——冰心的《关于女人》解读[J].探索与争鸣,2005,(9):141.

[44] 宋嘉扬,靳明全,程启华.冰心在日本教学期间的女权思想[J].贵州大学学报(社会科学版),1993(4):59.

[45] 季羡林.诗人兼学者的冯至先生[J].外国文学评论,1990(3):39.

[46] 周良沛.冯至在昆明[J].边疆文学,1999(10):47.

[47] 吴武洲.山水映照下的存在之思——论冯至散文集《山水》的哲学意蕴[J].北京理工大学学报(社会科学版),2002(5):35.

[48] 张立群.论20世纪三四十年代端木蕻良小说创作道路与写作主题[J].民族文学研究,2011(5):162.

[49] 端木蕻良.我的创作经验[J].万象,1944,4(5):27.

[50] 侯敏.端木蕻良小说中的农民形象塑造[J].现代语文,2008(1):40.

[51] 孔海生.端木蕻良和他的小说(1933—1943)中的自我形象[J].中国现代文学研究丛刊,1999(2):104.

[52] 闻敏.端木蕻良的《科尔沁旗草原》[J].中国现代文学研究丛刊,1997(3):197.

[53] 韩侍珩.一个空虚的作者——评沈从文先生及其作品[J].文学生活,1931,1(1):8.

[54] 苏雪林.沈从文论[J].文学,1934,3(3):72.

[55] 凌宇.从苗汉文化与中西文化的撞击看沈从文[J].文艺研究,1986(1):64.

后记　序跋不仅仅是副文本

笔者认为，中国现代文学序跋是一种特殊的文体，其特殊性主要体现在以下两个方面。

第一，中国现代文学序跋从诞生起就与著作正文有着天然的联系；它虽然有时也会在报纸或者期刊上作为独立文章发表，但是它一定要在著作正文的前面或者后面，与著作一起出现在书中，才具有其序跋的合法身份。因此，它对于著作正文的附属性是必然的。这也是很多研究者发现并认同的事实。但是，将中国现代文学序跋作为副文本，其实只是体现了它对于著作正文而言具有附属性的一面。笔者从研究中发现，中国现代文学序跋确实有其独立的文体特点与价值。特别是面对千年的中国古典文学序跋传统，中国现代文学序跋有其独立的沿承与突破，这是不容置疑的。

第二，中国现代文学序跋文体的另一个特殊性，就在于其实序跋的写作并没有一定之规。

当写作序跋的时候，序跋作者处于一种没有拘束的自由状态。他可以在创作文学作品之前写下序跋，也可以在创作文学作品之后写下序跋。他可以为自己的著作写序跋，以作者的身份发言；他也可以为他人的著作写序跋，以阅读者的身份发言。他可以针对文学作品写出自己的批评与感受，也可以脱离文学作品写出与书无关的序跋。他可以发议论，也可以写故事、纯抒情。他可以采用散文体，也可以采用诗歌体……总之，序跋的写作本来就是一种自由的书写。

但是，当我们面对众多的现代文学序跋文本的时候，必然也会发现其中一些共同点，这些共同点并不是由于序跋的写作有着种种规定而体现出来的，而是序跋作者不自觉地遵从着一些序跋写作的规律而体现的。而这种规律的发现，对中国现代文学序跋的整体把握，应该有一定的贡献。而这也正是笔者所希望的。

同时，序跋作为一种与现代文学作品、现代文学作家有着密切联系的文本，总会告诉我们一些与现代文学作品密切相关但是却没有或者无法在现代文学作品之内发现的东西，告诉我们与现代文学作家密切相关但他们在其他文本中没有或者无法提及的东西，这些只有序跋可以告诉我们答案。而对这些答案的解读，就是序跋研究对中国现代文学研究的一种贡献。

在研究之中，笔者往往会被这些中国现代文学序跋吸引。很多序跋文字精简，但是从这一篇篇短序简跋可以发现作者们何其用心！因而感叹，诸多现代文学序跋，都是现代作家（或文化名人）的经典之作，如果不对其做研究，是何等的损失与遗憾！

如笔者一直喜欢并欣赏蔡元培先生在 1938 年 6 月 1 日所作的《鲁迅先生全集序》。1938 年，鲁迅全集出版社出版了中国第一套《鲁迅全集》，共20 卷，包括了鲁迅的著作、译作和辑录的古籍。面对如此庞大的一部文集，蔡元培的序言全文不足千字，字字珠玑，实为大家之作。

他在文章的开端高度评价鲁迅，认为"为旧文学殿军的，有李越缦先生，为新文学开山的，有周豫才先生"❶。在序言中，他从三个方面高度评价了鲁迅：一为辑录古籍方面，他说"鲁迅先生本受清代学者的濡染，……不为清儒所囿，……已打破清儒轻视小说之习惯……等等，均为旧时代的考据家鉴赏家所未著手"❷；一为译作，他认为鲁迅"既博览而又虚衷，对于世界文学家之作品，有所见略同者，尽量的移译……真是谦而勤了"❸；一为创作，他称"鲁迅先生的创作，除了'坟'，'呐喊'，'野草'数种之外，均成于 1925 年至 1936 年，其文体除小说 3 种，散文诗 1 种，书信 1 种外，均为杂文与短评，以 12 年光阴成此多许的作品，他的感想之丰富，观察之深刻，意境之隽永，字句之正确，他人所苦思力索而不易得当的，他就很

---

❶ 鲁迅先生纪念委员会.鲁迅全集:第一卷[M].上海:鲁迅全集出版社,1938:1.

❷ 同❶.

❸ 同❶.

自然的写出来，这是何等天才！又是何等学力！"❶ 最后，他以"但方面较多，蹊径独辟，为后学开示无数法门，所以鄙人敢以新文学开山目之"❷ 作为结尾。虽然现在鲁迅几乎一致被认为是中国新文学的奠基人，但是在1936 年，这一看法并未形成共识。如在鲁迅去世以后，蔡元培受宋庆龄之邀，参加了鲁迅治丧委员会，并在鲁迅举行葬礼时亲为执绋。有些人，如苏雪林就对此产生非议，并致公开信以斥责。

蔡元培这篇序言并未收入日后的《鲁迅全集》之中，也一直没有如同他的《〈中国新文学大系〉总序》一样在现代文学研究的视野中得到充分重视。这篇序言背后的故事更是不被很多人所知。当 1937 年《鲁迅全集》定稿以后，接到许寿裳求助，蔡元培想了诸多办法以帮助该书通过当权者审查。1938 年，许广平请蔡元培为《鲁迅全集》作序。他不仅欣然应允，更花费一个月时间阅读鲁迅主要作品后才动笔写作序文。1938 年 6 月《鲁迅全集》出版，蔡元培为《鲁迅全集》纪念本题字。鲁迅纪念委员会为答谢他，让沈雁冰转赠他一套《鲁迅全集》纪念本。当时蔡元培已经按照价格付了 100 元订金，许广平将款退还但蔡元培坚持付款。最后，许广平只好收下，作为日后举办鲁迅纪念活动所用。

短短一篇序言，其实可以告诉我们现代文学史上很多有关作家、作品的事情。像这样没有被充分重视的中国现代文学序跋其实还有很多，笔者尚在研究之中，也期望是一种挖掘的工作。

由于笔者的学力有限，因此本研究必然有很多遗憾。如周作人在《〈燕知草〉跋》中说，"小时候读书不知有序，每部书总从目录后面第一页看起。后来年纪稍大，读外国书，知道索引之必要与导言之有益，对中国的序跋也感到兴趣。……因为我喜欢读序，所以也就有点喜欢写序……"❸ 由此可以发现，西方书籍中的导言、前言、后记、索引等类似于中国序跋的文本，应该对中国现代文学序跋产生过诸多的影响，但是笔者尚不及在研究中展开。又如中国现代文学序跋的文体特征，还可进一步清晰梳理。此外，本

---

❶ 鲁迅先生纪念委员会.鲁迅全集:第一卷[M].上海:鲁迅全集出版社,1938:1.

❷ 同❶.

❸ 周作人,著文,钟叔河,编订.知堂序跋[M].北京:中国人民大学出版社,2009:292.

研究中的很多议题，应该可以更深入地展开……诸多不足，只能期待日后的研究予以接续。

笔者以为，本研究仅仅是一个开始，更多的研究正等待着人们去探索，而笔者不过是其中一分子而已。